문명 너머의 문학

문명 너머의 문학

발행일　2024년 6월 21일

지은이　이정훈
펴낸이　손형국
펴낸곳　(주)북랩
편집인　선일영　　　　　　　　　**편집**　김은수, 배진용, 김현아, 김다빈, 김부경
디자인　이현수, 김민하, 임진형, 안유경, 한수희　　**제작**　박기성, 구성우, 이창영, 배상진
마케팅　김회란, 박진관
출판등록　2004. 12. 1(제2012-000051호)
주소　서울특별시 금천구 가산디지털 1로 168, 우림라이온스밸리 B동 B113~115호, C동 B101호
홈페이지　www.book.co.kr
전화번호　(02)2026-5777　　　　　　　**팩스**　(02)3159-9637

ISBN　979-11-7224-165-0 03800 (종이책)　　979-11-7224-166-7 05800 (전자책)

(주)북랩 성공출판의 파트너

북랩 홈페이지와 패밀리 사이트에서 다양한 출판 솔루션을 만나 보세요!

홈페이지 book.co.kr　•　**블로그** blog.naver.com/essaybook　•　**출판문의** book@book.co.kr

---

작가 연락처 문의 ▶ ask.book.co.kr

작가 연락처는 개인정보이므로 북랩에서 알려드릴 수 없습니다.

이 책은 🌊 **전라남도** 전라남도, 🌊 **문화재단** (재)전라남도 문화재단의 후원을 받아 발간되었습니다.

문명
너머의
문학

이정훈 평론집

북랩

 2016년 이후 발표한 비평문을 선별하여 책으로 묶는다. 돌이켜보면 문학에 관심을 둔 지 꽤 오랜 시간이 흘렀지만, 그동안 시집을 내려는 한 차례 시도마저 무산된 후 내면의 글쓰기에 열중하던 중 문예지의 논단과 평론에 주목하게 되었다. 그런 인연으로 이제야 조그만 작품집 하나를 세상에 내놓는다. 학부 시절, 문학 비평에 관한 안목을 길러준 불문학과 교수님들의 강의에 매료되어 열심히 공부했던 기억이 마음속에 소박한 추억으로 떠오른다. 프루스트에서 사르트르에 이르는 '20세기 불소설' 강좌는 문학을 넘어 현대인들의 지성사, 철학 사조에 바탕을 둔 터라 난해하면서도 사변적이어서 인간의 본성을 성찰하고 궁구하는 데 정말 적절한 화두가 되었다. 하지만 지금 생각하면 그것은 우리 문학 발전에 도움 주려는 방편으로서 '근대 수용'의 과정이었지 '근대 극복'이라는 인식에는 미치지 못한 시기였다. 우리 문학을 서양 문학이라는 프리즘을 통해 이해하고 적용해 보고자 하는 의지가 강했던 반면에 이를 주체적으로 파악하고 우리 실정에 적합한 규준으로 평가하지 못했다. 국문학의 범주를 조선 시대 한문학까지 거슬러 올라간다고 하더라도 선조 이후 싹트기 시작한 여항문학이나 위항문학으로 대변되는 민서·중인이나 여성들의 글쓰기도 양반 관료들의 중국 문학 심취와 창작 열풍에 매몰되어, 우리 문학을 주체적으로 보지 못하고 당시 양반들과 견줄 수 있는 문학 수준에 이르고자 고군분투했던 문인들을 쉽게 볼 수 있다. 안타까운 점은 신분 계급사회를 넘어서지 못하고 자신들이 창작의 주체가 되어 새로운 문학 질서를 마련하지 못한 채, 기존 신분 계급에 편입할 수 없는 자신들의 불우한 신세를 한탄하는 데 그치는 문학적 삶이었다.

최근에 글을 쓰면서 글로컬라이제이션glocalization과 인공지능 시대에 문학이 버틸 수 있는 영역은 과연 어디까지일까? 요즈음 시대 문학의 소임은 도대체 있기라도 하는가? 자문해 보았다. 4차 산업혁명과 인공지능이 대세를 이루는 이번 세기에 문학은 여전히 유효한 것인지 묻는다면 1990년대 말 '인문학 위기설'이 나돌 때처럼 어리석은 기우가 될지 아니면 문학에 관한 성찰적 토론 마당이 될지 경계하여 지켜볼 일이다.

여기에 묶인 글은 크게 구분하여 4부로 구성되어 있는데, 제1부 '문명과 문학'은 지역 문학과 해양문학, 나아가 역사와 관련한 문학의 정체성을 묻는 글을 모아 묶었다. 문명을 관통하는 문학 정신으로서 동서양의 문학을 거칠지만, 전체적으로 살펴보았고, 역사의 진실을 밝히려는 작가의 혼과 노력을 되새겨보았다. 세계화 시대에 우리 한국문학에 국한하지 않고 세계문학과 견주어 문학이 추구하고 작가가 힘써야 할 일이 무엇인지 주로 문학의 당위성 측면에서 살펴보았다.

제2부 '인간의 삶에 녹아든 서정'은 시론으로서 지역 작가들의 시를

분석한 글을 중심으로 지역 정서와 세계와 대면하는 작가정신을 살펴보았다. 노동시든 서정시든 시문학이 인간 존재와 그들의 삶에 어떻게 드리워져 세계를 변화하는 추동력으로 작용하는지 살펴보았다.

제3부 '삶의 애환과 극복'은 소설론으로서 인간의 삶과 노동, 역사 인식을 묻고 있는데, 우리 삶의 문학적 재현 방식을 살펴본 글이다. 이들 작품론에서 자본주의와 문명에 맞서는 작가의 창작 역량을 되짚어 보았다. 지역 문학에서 일국의 문학으로 또한 세계문학으로 발돋움하기 위해 지역의 역사와 인간 삶에 천착해 온 역량 있는 작가들의 작품에 관해 평가해 보았다.

마지막으로 제4부 '문학의 지평'은 평론이나 비교문학과 관련한 글로서 우리 문학을 열린 시각으로 세계문학이라는 관점에서 쓴 글이다. 평론가에 관한 비평론에서 외국 작가의 작품론에 이르기까지 개방적이면서 포용적 태도로 같은 주제를 놓고 국내 문학과 세계문학을 견주어 검토한 글이다.

그러나 이제 와 돌아보면, '하늘 아래 새로운 것이 없다'라고 한 전도서 기자의 말처럼 모든 글이 초라하고 왜소해 보인다. 하지만 작가는 문학의 무용함을 지우려고 또 끊임없이 글을 쓰는지도 모른다. 시시포스의 형벌처럼 뭔가 이루고자 하는 목전에서 커다란 낭패감을 매번 경험하지만, 시시포스의 그 '무용한 정열passion inutile'이야말로 그를 위대하게 만든 힘의 근원이었듯이 글쓴이에게도 다시 글쓰기를 시작해야만 한다는 필연성을 뒷받침해 준 강력한 무기임에는 틀림이 없다. 나아가 '응구기 와 시옹오'(Ngũgĩ wa Thiong'o, 1938~)가 작가란

"마음의 의사요 공동체의 영혼"이라고 했던 말도 글을 쓰는 데 멀리서 응원이 되었다.

작품집을 내려고 한다면 하나의 주제로 새로운 관점에서 통째로 쓰려고 결심했다. 여기저기 기존에 발표한 글을 한데 모아 묶는다는 일은 어쩐지 중복된 일처럼 여겨졌기 때문이다. 그러나 뜻대로 되지 않고, 시간에 쫓기다 보니 욕심만 앞설 뿐 새로운 내용을 선보이지 못했음을 고백한다. 이번에 엮은 글도 매우 미흡하고 부족한 글이라 생각한다. 이 책에서 혹여 오류가 있거나 보완할 부문이 있다면 독자 여러분께서 지적해 주고 조언해 주시기를 부탁하고 싶다.

또한, 문학에 관한 저자의 생각을 프랑스어권francophonie 독자들에게 소개하고 그들과 조금이라도 공유할 기회를 얻고자 이 책의 주요 내용을 뒷부분에 프랑스어로 요약해 놓았다. 발간을 지원해 준 전라남도 문화재단과 어려운 사정에도 출판을 맡아주신 북랩 출판사 손형국 대표님, 김회란 선생님 그리고 편집자 여러분께도 고마움을 전한다.

작품집을 내기까지 격려해 주시고 응원을 아끼지 않았던 여수작가회의 이옥근·송은일 고문님과 우동식 회장님 그리고 모든 회원님께도 진심으로 감사함을 전한다. 마지막으로 늘 든든한 울타리이자 큰 힘이 되어준 가족들, 특히 사랑하는 딸 하람과 동생 은주·상훈에게 이 책이 작은 기쁨이라도 되었으면 하는 마음이다.

2024년 초여름
호암산 아래서, 이정훈

제1부
문명과 문학

제4부
문학의 지평

문명과 문학

문명 너머의 문학

현대문명과 문학

문학이란 무엇인가?[1] 가장 원론적이고 일반적인 이 물음에 답변한다는 것은 문학의 뜻을 다시 한번 재정립한다는 의미도 있겠지만 문학과 인간 간의 관계에 관한 질문을 내포하고 있다. 또한, 인류의 역사와 문학 간의 관계나 인류 문명에 관한 문학의 공헌도 혹은 소임을 다시금 캐묻는 질문이라 말하지 않을 수 없다.

현대 사회는 전통적인 산업분류를 넘어 제4차 산업혁명을 맞이하고 있다. 이제 인공지능(AI)까지 등장하여 인간의 감정과 보편적 정서

---

1   사르트르J. P. Sartre(1905~1980)도 같은 제목의 책에서 그의 문학관에 관해 설명하면서 실존주의 철학 관점에서 작가의 사회참여와 작가는 누구를 위해서, 또 무엇을 써야 하는지에 관한 내용을 성찰한 바 있다.

를 글로 표현하는 컴퓨터 기술까지 선보이고 있다. 기계가 인간을 대신하는 시대가 성큼 다가온 시대다. 몇 년 전 알파고와 이세돌 간의 프로바둑 대국은 이런 관점에서 세간의 이목과 집중을 받고도 남음이 있었다. 비록 이세돌이 1승을 거두기는 했으나, 알파고에 진 패배는 두고두고 개운치 않은 뒷맛을 남겼다. 인간과 문학은 인류 문명 발달 과정에서 공진화하였는가 아니면 서로 갈등과 반목으로 멀어져 갔던가? 이는 산업혁명과 서구사회의 발전 과정에서도 잘 드러난다. 경제 발전은 물질적 풍요와 예술의 발달 즉 문학의 발전에도 일정 부분 공헌해 왔다. 근대소설이라는 장르도 부르주아 계급 형성과 신문이라는 새로운 언론매체 등장과 밀접한 관련이 있다.[2] 하지만 이러한 밀월 관계는 오늘날에도 지속하고 있는가?

18세기 절대주의에서 19세기 시민사회로 이행하는 시기에 많은 작가는 문학을 매체로 인간의 자유와 정의를 탐구하고자 했다. 여기에는 지배계층의 타락과 폭압적인 정치 현실을 비판하며 상대적 약자인 여성과 민중의 용기와 덕성을 기리는 진보적이고 개혁적인 희곡을 썼던 프리드리히 실러Friedrich von Schiller(1759~1805)가 자리 잡고 있다. 그는 『빌헬름 텔』(1804)에서 이러한 인간 본성 회복을 '자연의 오래된 원상태'란 말로 표현한다. 이는 폭력적인 권력으로부터 신분이나 계급 차별이 없는 상태를 뜻한다.

우리의 글쓰기 환경은 과거에 비해 엄청나게 달라졌다. 출판시장도 이에 못지않게 급격한 변화를 불러왔다. 전통적인 글쓰기와 달리 인터넷 매체를 통하여 웹소설의 등장이나 공동창작을 넘어서 디지털 글

---

2 대표적인 예가 발자크에 의한 근대소설의 새로운 영역 개척이다.

쓰기가 점차 보편화하고 있다. 종이책을 발간하던 작가나 출판사보다 문학적 명성은 다소 떨어질지라도 인터넷상에서 많은 인기를 누리며 막대한 인세를 챙기는 작가도 출현하였다. 또한, 대학에서는 문예창작학과라는 전문학과가 새롭게 탄생했으며 온·오프라인에서 문예 강좌나 전문 글쓰기 단체도 과거보다 폭발적으로 증가하였다.

따라서 우리는 다시 한번 생각하게 된다. 문학이란 무엇인가? 오늘날 주목받는 작품의 주제로서 여권신장이나 소수 성애자 문제, 성애적 내용은 처음 발표될 당시에는 작가에게 대중이나 문단의 온갖 비난과 비판 나아가 문학적 파문까지 겪게 하는 일도 있었다. 『즐거운 집』(1920), 『이선 프롬』(1911)을 쓴 미국의 이디스 와튼Edith Wharton(1862~1937)이나 『고독의 우물』(1928)을 쓴 래드클리프 홀Marguerite Antonia Radclyffe Hall(1880~1943)이 바로 그 주인공이다. 『채털리 부인의 사랑』(1928)을 쓴 로런스D. H. Lawrence(1885~1930)도 마찬가지다. 그러나 돌이켜보면 오늘날 우리 문학인들이 다루는 주제가 지금으로부터 100년 전에도 시대를 앞서간 선배 문인들이 그들의 작품에서 다루었던 담론이다.

이 글에서 논하고자 하는 '문명 너머의 문학'이란 어떤 뜻을 담고 있는가? 그것은 첫째, 초기에는 문명 발달 과정 배태된 것이었으나, 종국에는 문명을 초월하여 전 시대를 아우르는 하나의 문학적 테제를 갖는 독자적인 문학 자체를 의미할 수 있고, 둘째는 물질문명에 맞서 사회적 모순을 극복하려는 인간 탐구 문학을 뜻할 수 있다. 한편 인공지능 '챗GPT'는 '문명 너머의 문학'을 다음과 같이 정의한다. 인용문의 첫째 단락과 관련하여 말하자면 잭 런던Jack London(1876~1916)의 『야성의 부름』(1903)이 이에 부응한다. 알래스카를 무대로 '벅'이라는 개가 겪는, 생존을 위한 투쟁을 냉철한 시선으로 생생하게 묘사한 작품이다. 그렇지만 셋째 단락 글이 여기서 필자가 말하는 내용에 잘 부합한다고 생각한다.

문명 너머의 문학은 흔히 영적인 차원을 넘어선 문학이라고 이해할 수 있습니다. 이는 특정 문화나 시대의 규범이나 제약을 초월하여 깊은 인간적 경험, 철학적 고찰, 심리적 복잡성 등을 다루는 문학적 작품들을 의미합니다.

문명 너머의 문학은 종종 비현실적인 요소, 초월적인 차원, 신비주의적인 상상력 등을 포함하는 작품들을 포괄합니다. 이러한 작품들은 종종 현실을 벗어나는 상상의 세계를 탐구하거나, 개인적인 내면세계를 탐색하며 인간의 복잡성과 정체성에 대한 질문을 제기합니다.

또한 문명 너머의 문학은 종종 철학적인 개념이나 윤리적인 고찰, 종교적인 심벌이나 신화, 신비주의적인 요소 등을 통해 현실 세계의 한계를 초월하고, 깊은 의미를 탐구하는 경향이 있습니다. 이러한 작품들은 독자에게 현실과는 다른 경험을 제공하며, 생각과 감정을 자극하고, 더욱 깊은 이해와 통찰력을 제공하기도 합니다.

문명 너머의 문학은 종종 고전적인 문학 작품들이나 판타지, 공상과학 소설, 신화, 선율적인 시 등 다양한 형태로 나타날 수 있습니다. 이러한 작품들은 독자들에게 현실에서는 찾기 힘든 아름다움, 귀감, 영감을 선사하며, 더 큰 질문들을 던지고 심오

한 사고를 유도하는 소임을 합니다.[3]

오늘날의 주목받는 작품들에서 영미 작가 중심에서 벗어나 제3세계 작가들의 강세가 두드러지는 경향을 보인다. 아프리카, 중남미, 근동의 작가들이 바로 그러한 부류인데, 탈식민주의를 꿈꾸는 네이딘 고디머, 치누아 아체베, 마르케스, 오르한 파묵 같은 여러 작가를 손꼽을 수 있다.

아체베는 "어떤 상황에서도 현실을 개선해야 한다는 욕망, 그리고 이 세상에서 내가 기존에 허락받았던 공간보다 더 확장된 공간을 획득해야 한다는 욕망이 그것이다. (…) 우리의 세계는 지금 과거에도 그랬던 것처럼 변화의 갈림길에 서 있다. 우리의 작가들도 지금 그들의 작품에 이 변화의 문제를 반영하고 있다."라고 말한 바 있다.[4]

일제강점기 우리나라 대표적 저항 시인인 이육사(1904~1944)의 작품에서 우리는 시인이 처한 암울한 시대적 상황을 극복하고자 했던 그의 절실한 노력을 살펴볼 수 있다. 주변의 일가친척들 대부분이 독립운동을 위해 희생당한 가족의 역사 위에 시인 자신이 현실을 고뇌하며 일제의 갖은 압박을 마다치 않고 민족정기를 바로 세우고 조국 광복을 염원하며 썼던 그의 대표적인 시 「청포도」, 「광야에서」를 잊을 수 없다. 이는 식민지 수탈론을 넘어 일제에 동조하며 식민지 근대화론을 주장한 친일 세력 혹은 그런 부류의 작가와 확연히 다른

---

3 이 글 내용은 맞춤법이나 띄어쓰기의 오류가 약간 보이나 답변을 그대로 실은 것이다 (2023. 5. 22. 검색).

4 아체베(이석호 옮김), 『제3세계 문학과 식민주의 비평』, 인간사랑 1999.

행보였다.

또한 『만다라』(1978)를 쓴 김성동(1947~2022) 작가를 살펴보아도 그의 삶 자체가 근대 문명과는 거리가 먼 것이었다. 그의 조부가 구한말 한일 강제 병합 때 순국한 애국지사요, 부친은 사회주의 계열의 독립운동가로서 시대의 아픔과 고통을 외면하지 않고 온몸으로 맞서 싸워온 소신 있는 작가였다. 그의 대표작 중 하나인 『국수國手』(2018)에서 보듯이 잊히거나 사라져간 우리말의 원형을 살리고자 주옥같은 충청도 지역어를 발굴하고 조탁한 언어의 연금술사였다. 국어운동가 이오덕 선생도 말했듯이 참으로 지식인이나 글 쓰는 이들이 우리 말의 참신함과 아름다움을 외면하고 외국어나 현학적인 어투에 심취하여 우리말을 어지럽힌 책임이 크다. 이는 앞서 언급한 치누아 아체베가 식민지 교육의 영향으로 영어 작품을 쓰더라도 자신의 부족어인 나이지리아 이보족 언어의 원형을 잘 살려 부족의 정체성을 살리고 사라져가는 부족의 문화나 풍속을 재현하려 했던 사례와 마찬가지다.

따라서 문학의 본령은 자본주의 문명과 함께 나가는 것은 아니라고 본다. 일찍이 사회인류학자 레비 스트로스Claude Lévi-Strauss가 얘기했듯이 문명과 미개의 차이를 말하려는 것은 원주민의 삶에 관해 서양인의 기준으로 바라본 문화 폭력이자 언어도단이었다. 문학은 작가가 처한 환경과 토대인 장소를 그가 어떻게 인식하느냐가 매우 중요하다. 글쓰기 환경과 여건이 나은 지역을 동경하며 주류 문학인들이 활동하는 중심부로 얼굴을 비추려고 노력하는 것은 작가 자신이 암암리에 자본과 문명에 찌든 자기 모습을 반영하는 것이다.

"알퐁스 도데Alphonse Daudet(1840~1897)는 동시대의 플로베르Gustave

Flaubert(1821~1880)나 졸라Eimile Zola(1840~1902)와 달리, 빠리Paris를 중심으로 한 문학이 아닌 자기 고향에 대한 문학으로써 얘기할 줄 아는 작가였다. 다시 말해 중심부 관점이 아닌 지역적 관점에서 프랑스 자연주의 문학의 정수를 보여주었던 작가로서, 인간의 순수한 감성과 영혼을 서정적인 사실주의 기법으로 표현한 작가였다."[5]

소설가 자신이 태어난 지역을 작품 배경 무대로서 그 지역적 특성을 부각한 대표적인 작가로서 에스파냐 출신의 에두아르도 멘도사 Eduardo Mendoza(1943~)를 들 수 있다. 그의 주요 작품 『사볼타 사건의 진실』(1975), 『경이로운 도시』(1986), 『구르브 연락 없다』(1991)에서 작가는 에스파냐 항구 도시인 바르셀로나를 더욱 유명한 곳으로 만들었다. 바르셀로나는 몇 년 전 에스파냐에서 분리 독립을 요구했던 카탈루냐 주도州都이다. 유럽의 19세기 사실주의 작품 배경에 관해서 말하자면 유럽이 계몽주의와 인본주의 사회에서 현대 산업사회로 급속히 변화하던 18세기와 19세기 말의 사회변화 모습을 표현하고 있다면, 20세기 말의 소설 배경은 주로 19세기 말에서 20세기 중반에 산업화와 문명화가 이미 이루어진 현대 사회 풍경을 주로 다루고 있다.

그리고 19세기와 20세기는 분명 비교할 수 없을 만큼 다른 시대인 만큼 그 주제 의식도 다르다. 19세기를 배경으로 주로 그려내는 사실주의 소설은 기존 전통사회의 종교적, 사회적, 정치적 제도와 구식 관습을 파괴하려는 분명한 의도가 있었다. 한 마디로 기존 전통사회의 금기를 부수고자 하는 계몽적인 의도를 숨기지 않았다.

---

5 졸고, 「알퐁스 도데의 작품에 나타난 프랑스의 지역적 특색」, 『텃밭』(22), 2019, 200~209면.

하지만 우리 동시대인 20세기에 쓰이고 있는 현대 사실주의 소설들에는 그런 계몽주의가 더 이상 존재하지 않는다. 우리가 사는 20세기의 특징은 더는 부숴야 할 터부taboo가 남아 있지 않은 그런 세계가되었기 때문일 것이다.

지역에서 활동하고 있는 원로 소설가 윤영근(1932~)은 자신이 태어난 남원을 애지중지하며 고향을 지키면서 지역의 역사, 인물, 설화, 예술에 이르기까지 사라져 가는 삶이나 문화의 원형을 지키려고 노력하는 작가다. 나아가 자신이 속한 나라, 지역사회를 외세로부터 지키고자 헌신했던 이름 없는 애국지사에 이르기까지 그 사람들을 작품 속으로 불러내어 적절한 의미를 부여해 왔다. 『각설이의 노래』(2018)나 『동편제』(1993), 『남원 항일독립운동사』(2019)라는 책이 그러한 작품이다. 이런 작품은 문명사회와 같은 방향을 바라볼 수 없는 작가의 혼이 깃든 창작물이라고 본다. 따라서 문학이 작가의 얼이요 사상이라고 본다면 물질적인 것과 같은 궤도를 그릴 순 없다. 시인 고은(1933~)이 『만인보』를 통해 이 땅에 사는 민서民庶의 진솔한 모습을 노래하려 했다면, 윤영근 소설가는 근현대 인물을 중심으로 한 의인들의 삶을 집중 조명함으로써 작가이기 전에 인간으로서 어떻게 살아야 하는지 삶의 철학을 제시하고 있다. 『공지영의 지리산 행복학교』(2010)를 보더라도 많은 문인이 문명의 그늘과는 관계가 먼 대자연 속에서 유유자적하며 자기만의 정신세계나 창작에 전념하는 것을 볼 수 있다. 오히려 문명에서 벗어나 흙에서 모든 것을 가꾸며 노동의 소중함을 아는 사람들이기에 비록 육신은 고달프고 피곤할지라도 항상 마음속에 삶의 기쁨이 가득하지 아니한가? 이러한 깨달음에서 우리는 문명에서 자유로워질 수 있다. 『동경대전』(1861)에 수록된 수운 최제우의 시가 바로 그러하다. "하루에 꽃 한 송이 피네./ 이틀에 꽃 두 송이 피네./ 삼백육십일 지나면/ 꽃 또한 삼백육십 송이 피겠지./ 한 몸에 온통 꽃이라네./ 온 집에 온통 봄이라네." 문명의 또 다른 속성은 조급함이다. 그래서 꽃을 피우거나 온통 꽃밭을 이루는 것도 몸소 행함으로써 실천하려는 것이 아니라 눈이 게으르고 천성이 게을러 언제 그렇게 되겠냐고 사람들은 흔히 되묻는다.

또 다른 예로서 우리는 호세 마르티José Julián Martí Pérez(1853~1895)의 『소박한 시』(1891)를 검토하지 않을 수 없다. 그는 시인이기 전에 혁명가요 투사였다. 조국 쿠바 독립을 위해 풀잎 이슬처럼 찬연하게 사라진 전설적인 인물이다. 그래서 그의 시는 진실한 시요, 상처 입은 사슴이 영혼의 피난처를 찾는 갈급함이 배어 있다. 그러기에 그의 시는 문명 너머의 인간만이 갖는 원초적 고고함이 서려 있다. "나는 신실한 사람/ 종려나무가 자라는 곳에서 왔으니,/ 죽기 전에/ 내 영혼에 남아 있는 시를 바치고 싶다네.// 모든 곳으로부터 나는 왔고,/ 모든 곳을 향하여 갈 것이니/ 예술 사이에 있을 때 나는 예술이고,/ 산 위에 있을 때 나는 산이라네."[6](「소박한 시」)

일찍이 아르헨티나의 보르헤스Jorge Francisco Isidoro Luis Borges(1899~1986)는 그의 책 『픽션들』(1940), 『알레프』(1949)에서 이야기하고 있듯이 허구를 주제로 가상현실과 실제 사이에서 일어나는 의미의 이미지를 선보인다. 탄탄한 현실에서 무수한 허구적 가설 속으로 독자를 인도하는 보르헤스가 구현하는 세계에서 절대적인 사실을 보장하는 백과사

---

6   호세 마르티(김수우 옮김), 『호세 마르티 시선집』, 글누림, 2020, 127면.

전 속에서 완벽하게 가공된 허구가 침투하여 하나의 꿈과 그 꿈꾸는 자, 혹은 그 꿈을 꾸는 자를 꿈꾸는 자의 모습을 통해 사고와 지각의 주체인 '자기 자신' 즉, 작가마저 하나의 허구임을 폭로한다. 보르헤스 소설의 이런 내용은 독자들에게 신선한 충격과 기분 전환을 가져다주는 데 크게 성공하였으며 작품 안에서 '무한히 갈라지는 의미의 길'을 펼쳐 보였다. 문명 몰락 이후의 세계는 블랙홀 같은 시대가 될 것인지 아니면 빅뱅 같은 큰 변화가 일어날 것인지 우리는 아무도 예측할 수 없다. 하지만 분명한 것은 물질문명 발전에 따른 인간의 정신이 개혁되지 않으면 인류의 삶은 하루아침에 모래성이 될 수 있다는 점이다.

전통적 이야기의 서사 변화

서양의 대표적 서사시로 일리아드의 『오디세이』를 들 수 있는데, 주인공은 이십 년 동안 기나긴 전쟁과 방황을 겪은 후 귀향하여 그의 충직한 아내와 사랑을 나눈 후, 침대에서 그간에 겪었던 이야기를 자세히 들려준다. 여기에 오늘날 독일 작가 베른하르트 슐링크Bernhard Schlink(1944~)는 『오디세이』를 나름대로 잘 변주하여 『귀향』(2006)이란 작품으로 현대인의 자아 찾기에 관해서 새롭게 창작한 바 있다. 보카치오의 『데카메론』에서는 궁정 귀족과 귀부인 열 명이 도시를 휩쓴 페스트를 피해 시골 별장으로 피난한 후 무료함을 달래기 위해 매일 밤

해가 질 무렵 서로 순번을 정해 놓고 이야기를 들려주며 즐겁게 지낸다. 『천일야화』에선 셰에라자드가 샤리아 왕과 사랑을 나눈 뒤 죽임을 면하려고 매일 밤 신비하고 모험적인 이야기를 들려준다. 그 왕은 왕비의 부정으로 여성을 혐오하게 된 이후 매일 밤 여성을 불러 사랑을 나눈 후 다음 날 아침 그 여인을 죽이게 된 것이며, 이러한 왕의 폐단을 막기 위해 대재상의 딸인 셰에라자드가 왕의 침실로 보내 달라고 자청한 것이다. 그래서 그 여인은 죽임을 면하려고 천 하루 동안 매일 밤 왕에게 이야기를 들려주게 된다.

따라서 오늘날 소설에 해당하는 전통 서사는 일종의 이야기요, 소설가는 이야기꾼인 셈이다. 작가는 그것이 모험적이고 공상적이든 실제로 일어날 수 있는 일이든 간에 시간의 흐름에 따라 하나의 서사적 틀을 갖춘 이야기로써 독자들에게 다가온다.

오늘날 현대 소설에서 제임스 조이스나 버지니아 울프의 작품들이 작가의 '의식의 흐름' 기법에 따라 새로운 소설 형식을 추구한 바 있고, 이는 프랑스 누보로망nouveau roman 계열의 작가에게도 영향을 주어 마르셀 프루스트Marcel Proust(1871~1922)의 『잃어버린 시간을 찾아서』(1913~1927)나 클로드 시몽Claude Simon(1913~2005)의 『플랑드르 가는 길』(1950) 알랭 로브그리예Alain Robbe-Grillet(1922~2008)의 『질투』(1957) 같은 새로운 기법의 소설을 낳게 하였다. 뒤이어 포스트모더니즘 계열의 작품도 붐을 이루게 된다. 이는 전통적 설화 양식으론 현대인들의 복잡하고 미묘한 감정을 따라가며 묘사하는 데 더 걸맞지 않기 때문이다. 그리하여 스테레오 촬영기법이나 자동 화술 방법 따위로 인간 내면의 모습이나 본성을 여러모로 조명하며 그 본질을 파헤치고자 했다. 그러한 경향 속에서 독자들은 소설에서 더는 전통적인 스토리나 이야기의 줄거리를 파악할 수 없을 뿐만 아니라 행간에 숨은 작가의 의도마저도 놓치는 경우가 허다하다.

포스트모더니즘 계열의 작품으로 우리나라에서는 하일지(1955~)의 『경마장 가는 길』(2005)을 꼽을 수 있다. 이 작품에는 경마장이나 말과 관련된 어떠한 이야기조차도 없다. 5년여 만에 프랑스에서 학위를 받고 귀국하는 R과 그와 3년 반 동안 함께 지낸 J가 공항에서 만나는 장면으로 소설이 시작되고, 마지막에 각자 헤어진 후 R이 글을 쓰며 소설은 끝을 맺는다. 작가가 말하는 경마장은 어디에 있을까? 어딘지는 모르지만, 허공에 아득히 흐르고 있는 듯한 공간은 이 소설이 만들어 낸 독특한 공간으로서 독자가 읽음으로써 생성되는 공간 아닌 장소이자 모든 소설이 궁극적으로 이야기하는 인생 그 자체를 말하고 있는지도 모른다. 우리 인생은 어디에서 어디로 가야 하는지, 무엇을 위해야 하는지, 무엇을 해야 하는지 모른다. 그저 흘러갈 따름이다. 다수의 독자가 경마장 가는 길을 정확히 몰라도 경마장 위치를 잘 알고 있다고 착각하듯이, 우리는 인생을 잘 몰라도 이미 인생 한가운데에 들어와 있고 하루하루 삶을 헤쳐 나가고 있다.

한편 존 바스John Barth(1930~)가 그의 소설 『키메라』(1972)에서 선보였듯이 오늘날 산문문학은 고답적인 모더니즘 문학에 대항하여 새로운 소설 양식을 보인다. 그는 고전 천일야화나 그리스 신화에 관한 참신한 해석을 앞서 언급한 작품에서 시도한 바 있는데, 『연초 도매상』(1960)에서도 그 기질을 유감없이 발휘해 주고 있다. 이는 역사 패러디에 따른 창의적 글쓰기로 평가받고 있다. 이는 『키메라』에서 작중 화자의 말을 통해 다음과 같이 독자에게 전한다.

제가 방황하는 영웅에 대해 막연하게나마 관심을 두기 시작한 것은 제 나이 서른 살 때였던 것 같습니다. 당시 제 소설 『연초 도매상』(The Sot-Weed Factor, 1960)의 평자들은 소설의 주인공인 메릴랜드 계관시인, 신사 에브니저 쿠크의 굴곡 많은 인생사가 어떤 부분에서는 래글런 경, 조지 캠벨 및 다른 비교신학자들이 묘사했던 바와 같이 신화적 영웅의 모험이라는 패턴을 따르고 있다고 말했죠. 다시 말해 제가 그 소설의 플롯을 위한 토대로 이러한 패턴을 사용했다는 암시였습니다. (…) 나의 이후의 소설들 가운데 몇 권, 예를 들어 긴 단편 「메넬라이아드」와 노벨라 「페르세이드」는 방황하는 영웅의 신화가 특징적으로 발현되는 모습을 직접적으로 다루며, 작가의 관심사인 보다 현대적인 주제에 관해서도 많이 다루고 있습니다. 예를 들어 죽을 운명을 타고난 인간이 갖는 불멸성에 대한 욕망과, 특히 신화적 영웅이 생애 후반부에 스스로 자기 자신의 목소리나 삶의 이야기 혹은 둘 다로 변신함으로써 아이러니하게도 불멸성을 제한적으로나마 성취하는 경우입니다.[7]

『연초 도매상』에서 시인으로서 자처하는 주인공 에브니저 쿠크는 아버지로부터 연초 농장을 물려받게 되고 식민지 메릴랜드에 있는 연초 농장을 찾아가는데, 그 여정 속에 수많은 일을 겪으며 그는 시인이자

---

[7] 존 바스(이운경 옮김), 『키메라』, 민음사, 2010, 296면.

시민으로서 또한 남자로서 성장해 간다. 연초 농장으로 출발하기 전 쿠크는 자신의 재능을 인정받고자 메릴랜드의 전 지배자였던 볼티모어 경으로부터 중요한 직위를 부여받게 된다. 볼티모어 경은 식민지 메릴랜드를 찬양하는 시를 써 달라고 요청하며 그에게 메릴랜드 계관시인이라는 칭호를 부여한다. 그는 메릴랜드로 가는 도중에 아메리카 원주민과 해적, 폭력배와 매춘부들 사이에서 죽음을 넘나드는 예측불허의 일들을 경험하고 많은 인물과 사건들에 연루된다. 이런 쿠크에게 한가지 신념이 있었다면 그것은 바로 자신의 순결(숫총각)을 지키고자 결심한 것이며, 순결을 지키는 자신에 대해 자긍심을 느끼고, 그것이 자기 최대 장점이자 순진한 성격이라는 점을 깨닫게 된다.

하지만 그는 죽음을 넘나드는 일들을 겪으며 그런 자신의 순진함이 도움이 되기는커녕 오히려 주변 사람들은 물론 자기 자신까지 곤경에 빠지자, 사람이 결코 순진해서만은 안된다는 것을 깨닫는다. 또한, 쿠크는 정의감에 불타올라 사람들이 자신을 이용하고 속이는 것도 깨닫지 못한 채 자기 영지를 악당의 손에 스스로 넘겨주고 그것을 되찾기 위해 동분서주한다. 그 과정에서 그는 순진함 따위는 필요 없는 악일 뿐 현명한 경험이야말로 어려울 때 역경을 헤쳐 나가는 최고의 자산임을 깨닫는다. 쿠크는 영토의 소유권을 갖고 있던 병든 매춘부에게 자기가 끝까지 지키고자 했던 순결을 잃어버림으로써 빼앗긴 영지를 되찾고 순진무구함을 버림으로써 새롭게 현명함을 얻는다.

한편 소설에서 '신사실주의적인 방법'의 종말을 선언했던 이탈리아 작가 이탈로 칼비노Italo Calvino(1923~1985)를 주목하지 않을 수 없다. 2차 세계대전 당시 레지스탕스에 참여해 알프스 산악지대에서 전투한 경험이 있는 그는 신사실주의 방법으로는 더는 산업화·도시화한 현대를 표현할 수 없다고 보고서 동화적이고 환상적인 방법으로 『반쪼가리 자작』(1952), 『나무 위의 남작』(1957), 『존재하지 않는 기사』(1959) '우리 선조들' 3부작을 창작하였다. 작가는 17~19세기로 거슬러 올라가 현대 사회와 인간들의 이야기를 전한다. 튀르크와 전쟁에 나가 선과 악으로 두 동강이 난 『반쪼가리 자작』, 아버지와의 불화를 견디다 못해 나무 위로 올라가 삶을 보내는 『나무 위의 남작』, 의지의 힘으로 빈 갑옷만으로 존재하는 『존재하지 않는 기사』에서 보듯이 동화 같고 알레고리 기법 같은 그의 작품이 전하는 메시지는 현대 사회의 풍자를 넘어 인간 존재의 불완전한 모습을 적나라하게 보여준다. 그는 "우리가 맨 처음 현실을 이야기할 때 우리는 역사적 현실에 대한 신뢰성이나 그 현실의 표정, 책임감, 에너지에 대한 신뢰성을 회복하려고 애썼지만, 점점 힘을 잃어가기만 했다. 환상적인 소설을 통해 나는 현실의 표정, 에너지, 곧 내가 가장 중요하다고 믿는 것에 활기를 주고 싶었다."[8]고 말한다.

길 위의 문학

'카미노 데 산티아고Camino de Santiago'처럼 대부분 순례자나 여행자

---

[8] 이현경, 『반쪼가리 자작』(민음사) 작품 해설, 2022, 124면.

는 도보여행을 통해 마음의 고통이나 상처를 치유 받거나 큰 깨달음을 얻게 되곤 한다. 우리는 국내외 문학을 막론하고 답사나 여행에서 얻은 경험이나 삶의 철학을 묘사한 많은 작품을 보게 된다. 괴테의 『이탈리아 기행』(1816), 오르한 파묵의 『새로운 인생』(1994), 잭 케루악의 『길 위에서』(1957), 이븐 바투타의 『이븐 바투타 여행기』, 마르코폴로의 『동방견문록』, 박지원의 『열하일기』에 이르기까지 일일이 열거할 수 없을 정도로 수많은 작품이 있다.

과거 인간은 항해술의 발달과 새로운 사고의 확장에 따라, 자기 지역의 경계를 넘어 미지의 세계로 나가려는 욕망이 커지게 되었다. 낯선 땅에 대한 정보 부족과 물리적 장애에도 사람들은 산과 바다를 건너 새로운 세계를 탐험하게 되는데, 괴테는 '그랜드 투어Grand Tour'라는 당시 상류사회의 유행에 따라 개인의 견문을 넓히기 위해 이웃 나라 이탈리아를 여행하면서 새로운 풍광과 낯선 문화에 접하고 이를 기록하게 된다. 마차를 타고 때론 걸어서 이탈리아 이곳저곳을 누비며 그곳의 산지 모습이나 암석, 사람들의 풍속을 샅샅이 살피고 글로 정리하여 여행 문학의 진수를 보인다.

『길 위에서』에서 작가는 자유로운 영혼을 지닌 젊은 작가 샐 파라다이스가 아내와 헤어지고 힘든 시간을 보낸 후 태양 같은 정열을 발산하는 딘 모리아티라는 청년을 만나는 과정을 그리고 있다. 딘의 광적인 호기심과 감성, 열정 등에 자극받은 샐은 뉴욕에서 미국 서부로 향하는 여행을 계획하고, 네 차례에 걸쳐 덴버, 샌프란시스코, 텍사스, 멕시코시티에 이르기까지 광활한 미 대륙을 히치하이크로 횡단하는 흥미로운 여정이 펼쳐진다.

이븐 바투타 역시 당대에선 상상할 수 없을 만큼 아프리카에서 동남아시아 지역에 이르기까지 30년이라는 긴 시간 동안 수많은 위기와 난관을 헤치고 자기가 경험한 내용으로서 동방의 풍경과 문명을 그의 저서에서 소상하게 밝히고 있다.

연암 박지원은 청나라 사신 행렬에 참여하여 서양 문물을 받아들인 청나라의 문화와 발전된 사회상을 직접 눈으로 보고 또 여러 사람과 면담을 통해 개인의 느낀 바와 그에 대한 단상을 소상하게 기록하여 기록문학의 진수를 보여주었다. 이 책에서 연암은 여행의 도정을 소상하게 기록하였으며, 여행지의 역사나 자연환경을 비교적 객관적으로 묘사하고자 하였다. 또한, 청나라의 색다른 풍속을 하나하나 자세히 소개함으로써 방문지의 장소적 성격이나 특성이 잘 드러나도록 기술한 점이 돋보인다.

문학에서 개인과 사회정의

독자와 관객에게 텍스트에 투영된 현실의 이미지를 보여줌으로써 세계를 성찰하게 하는 작가로서 우리는 뒤렌마트Friedrich Dürrenmatt (1921~1990)를 꼽을 수 있다. 그의 대표적 희곡인 「노부인의 방문」(1956)과 「물리학자」(1962)에서 작가는 독자에게 현실의 실상을 직시하고 사회 모순에 관한 경각심과 이에 관한 행동의 변화를 요구한다. 뒤렌마트가 작품 속에서 보는 세계 모습은 왜곡되어 두렵거나 경악하게 하며, 거부감을 주거나 모욕감을 느끼게 한다. 그렇게 함으로써 그로테스크한 취향을 전통적 의미에서 모방과 구별하게 한다. 모방에 따른 현실 묘사는 관객과 독자를 무대 위의 사건에 수동적으로 참여하도록 하지만, 그는 문학의 소임이 새로운 세계를 구현하는 데 있지 않고 세계에 낯선 행태를 부여하는 데 있음을 보여준다.

뒤렌마트의 두 작품에서 주인공들은 대중화된 인간이든 개별화된 인간이든 사회변화에 거의 영향을 미치지 못하는 무력한 모습으로 등장한다. 그렇다고 해서 뒤렌마트가 사회변화의 불가능성을 지향하는 것은 아니다. 작가로서 갖는 사회적 책임을 진지하게 느끼면서 냉철한 시선으로 사회 모순을 드러내고자 한다.

> 모든 집단은 번영의 길을 갈 것이다. 그러나 집단의 정신적 의미는 시들어갈 것이다. 아직 기회가 있다면 그것은 오직 개별자에게만 있다. 개별자가 세계에 맞서야 한다. 개별자에게서 시작될 때 모든 것이 다시 의미를 회복할 수 있다. (…) 작가는 세상을 구원해야 하겠다는 의지를 포기해야 할 것이다. 그러나 작가는 다시금 할 것이다. 세계의 형태를 부여하는 일을 무정형의 세계에 상을 부여하는 일을.[9]

작가는 마이클 샌델Michael J. Sandel(1953~)이 『정의란 무엇인가』(2009)

---

9 『우리 시대 문학의 의미에 대하여』, 67면. (김혜숙, 『뒤렌마트 희곡선』 작품 해설 289면에서 재인용함.)

에서 독자에게 묻고 있듯이 「노부인의 방문」에서 공동체 전체가 인간다운 생활을 위해 한 사람을 희생시키는 것은 정당한가, 정당하지 않아도 효율적이지는 않은가? 공동체를 위하여 효율적이라면 개인에게 희생을 강요할 수 있는가? 정의란 무엇인가? 언론매체를 이용한 사실 무근 어디까지 가능한가? 인간다운 생활을 조건은 무엇인가? 화려하게 반짝이는 현대문명의 경제적 풍요로움에 유혹을 우리는 얼마나 견딜 수 있는가? 결혼은 사랑의 완성인가, 아니면 재산 증식을 위한 수단인가 따위를 진지하게 독자들에게 묻고 있다. 그의 인간성에 관한 성찰은 자본주의 사회에서 독자에게 심금을 울린다.

한편 조갑상(1949~)의 「병산읍지 편찬약사」(창비 2016 여름호)는 『밤의 눈』(2012)의 연장선에서 박근혜 정부 때 펼쳐진 국정교과서 논란에 대한 알고리즘으로 읽을 수 있는 작품이다. 이 작품의 내용은 '삼봉군 병산읍'이라는 가상공간에서 6·25전쟁 전후 발생한 보도연맹사건을 놓고 병산읍의 향토사 편찬위원회와 원고청탁을 받은 이 모 교수 간에 벌이는 역사 인식의 대립각이 주를 이루고 있다. 우리는 이 작품을 통해 매우 치유되지 못한 현대사의 아픔 속에 공정한 진상규명과 명예 회복은커녕 매도당하고 있는 민간인 학살자의 유족이 많다는 것을 생각해 봐야 한다. 가해자와 피해자가 예나 지금이나 여전히 평행선을 그리며, 잘못된 행위에 대해 자기합리화와 이를 미화하려는 세력에 의해 피해자 가족들이 현재에 이르기까지 부당하게 고통당하고 있음을 본다. 다른 지역도 예외는 아니다. 유족과 관계자 증언으로 실체가 드러났지만, 여전히 진행 중인 여순항쟁에 관한 공방과 관(官)의 의도적 의미 축소 등이 그 예다.

역사는 편 가르기 싸움이 아니다. 역사를 상기하는 것은 과거에 대한 성찰과 반성을 통해 한 점 부끄럼 없이 미래로 나아가기 위함이다. 올바른 역사 세우기는 비단 국내뿐만 아니라 나라 밖도 마찬가지다. 오늘날 세계 패권을 노리는 일본의 군국주의 부활을 경계하며, 과거사에 대해 진정한 사과와 반성을 하지 않는 일본에 대해 '평화의 소녀상'을 세우려는 각 지자체의 의지도 그런 맥락에서일 것이다. 이러한 우리의 의지가 그 정당성과 합법성을 더욱 공고히 하려면 국내 역사 인식부터 올바르게 시작해야 하지 않을까. 조갑상의 소설은 그런 점에서 우리에게 교훈하는 바가 큰 작품이라고 생각한다.

글을 맺으며

오늘날 문학의 운명은 여러 사회·문화적 현상과 나아가 정치·경제적 상황과 맞물리면서 복잡한 상황에 놓여있다. 전통적 문학 장르의 서사구조나 출판시장도 4차 산업혁명과 함께 크게 바뀌고 있다. 영화, 애니메이션 같은 영상산업 발전과 SNS상에서 글쓰기, 인공지능(AI) 출현 같은 대중매체의 등장은 문학 발전과 성장에 독이 될 수도 있고, 새로운 영역이 될 수도 있다. 하지만 문학이 지향해야 할 목표 중 가장 중요한 것은 인간의 본질과 사회 현상에 관한 탐구이다. 물질문명의 발전 과정에도 인간이 추구해야 할 인간성 회복이야말로 자본주의 사회에서 필요한 요소다. 인류가 실현하는 공동체 문화와 상대를 배려하고 존중하는 기본적 생활 태도와 사회발전을 위해 협력하는 과정에서 인간 소외나 빈부격차, 사회 갈등을 최소화해야 하는 일들을 비롯하여 해결해야 할 과제가 녹록하지 않다.

또한, 인간을 둘러싸고 있는 생태환경과 관련하여 최근의 기후 위기나 생태환경의 파괴는 인류와 자연과 공진화하기 위해서는 반드시 극복해야 할 문제이고, 이를 위해 문학이 이바지할 수 있는 일들을 모색해야 한다. 그동안 산업사회의 등장과 함께 인류는 생태계의 환경을 크게 악화하였으며, 도시화에 따른 난개발과 무절제한 탐욕과 자본의 증식은 불필요한 경쟁과 갈등을 부추겨 왔다. 문학이 이러한 사회 계층과 구조 속에서 지속 가능한 발전을 위해서 생태환경을 더는 파괴하지 않으며 자원을 독점하거나 무기화하지 않으려는 노력이 필요하다. 현재 진행 중인 러시아-우크라이나 전쟁을 보더라도 영토 확장을 꾀하려는 러시아의 야욕으로 수많은 인명 피해와 재산 파괴 그리고 도로, 공장, 기관 시설 같은 사회 기반 시설을 폐허로 만들고 말았다. 일찍이 두 나라의 역사적 관계에 대해 니콜라이 고골Nikolai Vasilievich Gogol(1809~1852)이 『타라스 불바』(1842)에서 언급하고 있듯이 작가는 개인의 실존을 넘어 민족의 실존을 이야기하고 있다. 작품에서 주인공 타라스 불바가 싸움을 결행하는 이유는 자기의 두 아들이 어엿한 코사크로 살기 원하기 때문이다. 두 아들은 러시아 신학교에서 공부하고 돌아왔지만, 전쟁을 통해 그들 내면에 코사크의 본성을 심어주려 한 것이다. 하지만 둘째 아들이 코사크의 삶이 아닌 사랑을 선택하고 코사크에 맞서 전투를 벌인 결과 타라스 불바는 다른 아들과 함께 민족을 배신한 자기 아들을 손수 죽이고야 만다. 그 전쟁에서 남은 아들마저 적들에게 포로로 잡히고, 타라스 불바는 아들이 진정한 코사크로서 처형당하는 것을 직접적으로 목격하며 두 아들의 죽음으로 소설은 끝을 맺는다.

마지막으로 지금도 진행 중인 미국과 중국의 경제 패권 싸움과 과거사 문제를 둘러싼 일본과 주변 피해국 간의 갈등은 자본주의 문명과 군국주의를 넘어 인간과 사회·국가에 관한 진정한 반성과 상생을 위한 평화적 노력이 필요하다는 것을 보여준다. 전쟁의 참상과 인간 이성의 실종 그리고 진실 왜곡에 관해선 벨라루스 출신의 작가 스베틀라나 알렉시예비치Святлана Аляксандраўна Алексіевіч(1948~)의 『전쟁은 여자의 얼굴을 하지 않았다』(1985), 『아연 소년들』(1991) 같은 작품에 진솔하게 묘사되었다고 생각한다. 전자는 구소련 당시 대조국전쟁(독소전쟁)에 참여했던 소녀 병사들의 증언록을 토대로 간행되었으며, 후자는 1979년 소련-아프가니스탄 전쟁 때 겪었던 러시아 소년 병사와 그 유족 이야기다. 게다가 『아연 소년들』은 작가와 증언자, 보수단체 간 명예 훼손과 무고 재판으로 세간의 관심을 증폭시켰던 작품이다. 따라서 문학의 소임도 일정 부분 이러한 문제에 관해 사회집단이나 국가 간 연대를 통해 공동으로 대처해 나가야 하며 일시적이 아니라 지속적인 관심과 실천으로 자기가 속한 지역에서부터 새롭게 출발해야 한다.

지역 문학 공간에서 바라본 해양문학의 포용, 그 전망과 과제

문제 제기

21세기는 해양의 시대라고 말한다. 지구온난화와 생태계 파괴로 야기되는 인류의 식량·에너지난을 극복할 유일한 해법은 이제 해양에서 찾을 수밖에 없다고 말한다. 해양은 태곳적부터 인류에게 대륙과 대륙, 대륙과 도서를 연결하는 교역과 문명의 통로이자 대자연의 위력과 경외감이 아우러지는 삶의 무대였다. 고대 해상무역 장악과 국가 세력을 확장하기 위한 카르타고, 스파르타, 그리스, 로마의 활약상과 통일신라 시대 장보고의 해상활동부터 이븐 바투타의 해양 탐험, 16세기 대항해시대 및 명대 정화의 원정 그리고 조선 시대 최부·문순득의 표류 체험 등에 이르기까지 새로운 해양 실크로드의 등장은 이러한 동서 문명과 문화의 교류 활동의 결과였다. 그뿐만 아니라 해상을 장악한 국가가 신흥 강대국으로 부상하면서 근대 열강의 식민지 지배와 제국주의를 낳게 되었으며, 자원의 수탈과 빈부의 지역적 격차를 초래했다.

오늘날 우리가 다시금 해양을 주목하는 것은 단순히 경제적 의미의 자원으로서 해양이 아니라 환경과 생태계로서 인간의 역사와 삶의 외연을 확장하는 공간으로 바라보기 때문이다. 금세기에 들어와 전 지구적으로 겪고 있는 지구온난화 현상은 해양생태계의 변화와 기후 변화를 초래하고 있으며, 해수면 상승에 따른 해안 저지대나 도서 지역의 침수 피해가 나타나고 있다. 또한, 극지방의 빙하 면적 축소와 북극 항로 같은 새로운 항해 루트의 출현은 미증유의 결과를 현 인류에게 가져오고 있다. 이에 오늘날 문학도 삶의 터전으로서 또한 생태 환경으로서 해양을 새롭게 인식할 필요성이 있다. 그동안 삶의 터전으로서 대상이 주로 육지 지역에 치중하였다면, 이제는 육지와 해양을 균형 있게 바라볼 수 있어야 한다. 문학 역시 이러한 경향을 반영하여 인류의 보편적 삶의 가치 지향과 지구환경 변화에 대처하기 위하여 해양과 관련된 문제를 비판적 시각으로 바라보며 끊임없이 문제를 제기해야 한다. 왜냐하면, 해양은 오늘날 지역민들과 저개발국가들이 신자유주의 체계 아래에서 겪는 어려움과 소외를 극복할 수 있고 그들의 연대를 모색할 수 있는 대안적 공간이기 때문이다.

따라서 이 글에서 우리는 먼저 지역 문학과 해양문학은 무엇인가 그 개념 정리에서 시작하여 현재 지역 문학 공간에서 이뤄지는 해양문학의 흐름을 지역 중심으로 살펴본 후 향후 해양문학이 우리 한국 문학의 틀 속에서 어떻게 호상 작용하며 이바지할 수 있는지 논의하고자 한다.

　이글에서 논의하는 지역 문학과 그 작품 범위는 남해안 목포, 부산, 여수 지역과 제주지역을 중심으로 해양과 관련하여 지역의 가능성을 고민한 문학 작품[1]으로 국한하고자 한다. 그 이유는 예전의 해양문학에 대해 논의가 지역 문학 공간에서 활발히 일어난 지역이 바로 이들 지역이었고, 이후 해양문학이 어떻게 활성화되면서 최근 이들 지역 문학 공간에서 해양문학이 어느 정도 수용되며 지역적 확산을 보이는지 그 경향을 살펴보기 위함이다. 나아가 해양문학을 통한 지역 문학 간의 연대 가능성을 모색함으로써 중앙문학보다 갈수록 입지가 좁아지는 지역 문학의 활로를 개척하기 위함이다.

지역 문학과 해양문학에 관해서

　먼저 이 글에서 말하는 지역 문학이란 중앙문학과 대척 관계로 보는 기존 개념과 다른 의미의 문학으로 바라보고자 한다. 지역 문학이든 중앙문학이든 이는 궁극적으로 인간의 삶과 본질을 탐구하는 것을 목적으로 삼기 때문에 한 나라의 문학 틀에서 볼 때 둘이 아니라

1　장르로는 시, 소설, 평론 위주로 살펴보고자 하며, 지역 문학 작품의 범위는 해당 지역 출신 여부와 관계없이 해당 지역 문제를 다룬 작품에 한정하고자 한다. 그 이유는 워낙 작품의 범위가 넓으므로 모든 장르를 다루는 데 한계가 있으며, 지역 문학의 특징을 작가의 연고성보다는 지역 인식에서 찾고자 하기 때문이다.

하나의 영역으로 볼 수 있다.[2] 다만 지역 문학이 과거 중앙문학에 대한 종속적 개념에서 그에 의한 상대적 차별이나 소외가 있었음을 부인할 수 없으며, 오늘날 신자유주의화 초국적 자본주의에 의한 세계화를 경계해야 하며 나가 중앙문학과 당당히 견줄 수 있는 고유한 문학적 아우라를 갖추는 데도 노력을 게을리하지 않아야 한다고 본다.

이 글에서 말하는 지역 문학은 공간적 규모spacial scale의 문제와 관련된다. 문학적 토대가 되는 삶의 공간은 지역적regional-국가적national-세계적global 층위에서 바라볼 때 가장 작은 규모다. 이 층위는 종속 관계에 있는 것이 아니라 바로 상호보완적 관계에 있다는 데 주목할 필요가 있다. 작가가 작품을 쓸 때 지역적 시각에서 세계적 시각으로 바라보며 쓸 수 있어야 하며, 반대로 세계적 시각에서 지역적 시각으로 바라보며 쓸 수 있어야 한다. 이는 문학의 내재적 발전을 위해 균형적 시각을 갖춘 작품을 쓰기 위함이다. 이런 맥락에서 지역 문학-한국문학-세계문학은 각자의 틀 속에서 고유한 아우라를 형성하며 다양한 공간적 층위에서 지역 간의 상생과 문학의 지속가능성을 유지하는 데 이바지할 수 있으리라 판단된다.

한편 해양문학이란 용어가 현대문학에서 처음 논의된 것은 최강현(1981)에 의해서이며, 언론에서 언급된 것은 동아일보(1983) 기사에서

---

2 허정은 지역 문학을 '지역 현실 속에서 획득된 지역적 시선'으로 형상화된 문학으로 범주화하며, 지역 문학은 한국 일반의 문제로는 환원할 수 없는 지역의 문제에서 출발해야 한다고 주장한다(허정, 「지역 문학 비평과 지역의 가능성」, 『오늘의 문예비평』, 119면, 2008). 따라서 그의 주장으로는 작가 시선의 차이에 의해 지역 문학이 될 수 있고 한국문학이 될 수도 있다. 필자는 지역적 시선에 의한 작품도 한국 사회의 구조적 맥락에서 바라볼 수 있으므로 또한 지역적인 것이 세계화되는 현실 속에서 시선의 차이에 의해 지역/한국문학을 구분할 필요성은 점차 옅어진다고 본다.

'해양소설'이라는 용어를 사용한 바 있다.[3] 지금까지 해양문학의 개념과 범위에 대해 많은 논의[4]가 있었는데, 이를 간략히 정리하면 다음과 같다.

먼저 해양문학의 공간에 대해서 해양에 국한하는 주장과, 연안 및 갯벌과 도서를 포함한 해양으로 확대하는 주장이 있다.[5] 다음으로 해양문학의 범위와 관련하여 해양 체험에 바탕을 둔 작품이나 해양 혹은 바다 관련 소재의 작품을 두루 포함하는 포괄적 개념의 정의와 해양과 인간 간의 호상 작용에 의한 해양 체험적 삶을 포함하는 내재적 개념의 정의가 있다.[6] 이를 바탕으로 필자는 해양문학을 정의하는 데 있어 해양(해안과 연안 및 도서 포함)과 인간 활동이 호상 작용하며 해양을 주된 공간으로 하는 인간 삶의 본질이 지역을 바탕으로 내면화되고 내재화된 작품을 해양문학이라고 명명한다. 다만 해양에 관한 지역적 시선이 엷은 일반적인 바다의 자연경관이나 단순히 바다를 대상으로 한 작품 그리고 인간의 상상적 세계에서 재현된 해양 관련 작품은 해양문학의 세부 영역으로서 해양소설이나 해양 시, 해양 설화에서 다룰 수 있다고 보나 본격적인 해양문학 범주에서는 제외하고자 한다.

---

3 최강현, 「한국 해양문학 연구」, 성곡학술재단, 1981; 동아일보 1983. 7. 28. 「더위 가시는 시원한 해양소설」.
   필자가 조사한 바에 따르면 백낙청 교수가 콘래드의 「어둠의 속」을 대상으로 쓴 「콘래드 문학과 식민지주의」(『월간문학』 1969년 4월호)라는 글에서 '해양소설'이라는 용어를 처음 사용하였다고 판단한다.

4 최영호(2004), 「한국 해양문학의 현단계」, 『오늘의 문예비평』, 56~73면, 구모룡, 『해양문학이란 무엇인가』, 전망, 2004.

5 전자의 경우 구모룡(1994)의 주장이 있고, 후자의 경우 신정호(2012), 정형남(2009), 김선태(2015) 등의 주장이 있다.

6 전자의 경우 최영호, 후자의 경우 구모룡(1994) 주장이 대표적 예이다.

지역 문학 공간과 해양문학

통시적으로 살펴보자면 우리나라 해양문학의 시초는 '공무도하가'와 '해가사'를 들 수 있다. 그리고 항해 중 폭풍우를 만나 표해 체험을 기록한 '표해가'에서도 생생한 해양문학의 정수를 느낄 수 있다. 그러나 해양문학의 실제적 뿌리는 오래전부터 섬과 어촌에서 발생한 구비문학인 '어로요', '바다요', 그리고 바다에 대한 전설이나 설화 등 구전되고 있는 자료에서 그 뿌리를 찾아야 할 것이다. 현대 해양시로는 1910년 육당의 「해에게서 소년에게」가 신시의 효시라 할 수 있다. 육당이 바다를 노래한 시편들은 이외에도 『소년』과 『청춘』지에 발표한 상당수 작품이 있다. 1920년대 김억의 '해파리의 노래'도 해양시의 한 형태를 보여준다. 이 외에 '배', '등대', '발자국' 등이 있고, 김동명의 '해양송가(海洋頌歌)'도 있다. 1930년대의 정지용의 '바다 1·2', '갈매기', '갑판우', '다시 해협', '해협', 신석정의 '파도', '슬픈 구두' 등은 바다를 제재로 한 시, 그리고 김기림의 '기상도' 등은 모더니즘 시각으로 본 해양시의 경우이다. 1940년대 서정주의 '바다', 박두진의 '바다의 영가(靈歌)', 1950년대 조병화의 '감해교실(監海敎室)' 등 그 수는 헤아릴 수 없이 많다. 고전 해양소설로는 '심청전' '별주부전' 등이 해양문학의 맥을 잇고 있다. 설화로는 '구토지 설화' '거타지 설화' '연오랑세오녀 전설' '만파식적', 그리고 소설 '용궁부연록' 등이 있는데, 최초 바다와 관련된 설화는 『삼국유사』에 소개된 '연오랑세오녀(延烏郎細烏女)'에서 찾을 수 있다. 한국소설에서 현실적 문제를 바다라는 공간을 빌려 말하는 작품은 1930년대에 창작되기 시작한다. 김기진, 안회남의 작품들이 그러한 유형들이다. 대표적인 작품으로는 1939년 『조선문학』에 실렸던 현경준의 「오마리」를 들 수 있다. 이 작품은 현실 인식의 모습을, '오마리'라는 고기잡이배의 이야기를 통하여 바다 생활의 세세한 부분까지 실감 나게 묘사함으로써, 관념적 바다를 배경으로 한 것이 아니라, 바다만이 유일하게 가질 수 있는 구체적 의미를 건져낸다. 이 소설은 고기떼를 찾아 고투하며 항해하는 어부들을 묘사한 최초의 현대 해양소설이라 할 만하다.[7]

한편 전남 시인들의 작품에 한국시사의 한 획을 그을 만한 시가 상당수 있다. 현대 전남 해양시의 최초로는 강진 출신 김영랑의 '바다로 가자'가 대표적이라고 볼 수 있다.

현재까지 나온 전남 지역의 작가들에 의해 창작된 현대 해양소설을 살펴보면 문순태의 「이어(裡漁)의 눈」(1975), 천승세의 『낙월도』(문화예술사 1990), 『흑색 항해등』(장편, 1970), 한승원의 '목선'(1968), '안개 바다'(은애 1980), 송기숙의 『암태도』(창비 1981), 이청준의 「당신들의 천국」, 「이어도」, 윤정모의 「그리고 함성이 들렸다」 등의 작품이 있으며[8], 그 외 거론하지 못한 여러 작품도 많다.

지역적 관점에서 바라보자면 지역의 해양문학 뿌리는, 해양 구비문학, 해양 설화문학, 해양 가사 문학, 해양 시문학, 해양 수필 문학, 표해 문학, 등 다수의 고전문학 작품에서 찾아볼 수 있다. 이 글에서 필자는 2000년 이후 지역 문단에서 논의된 작품들을 대상으로 해양문학을 논하고자 한다.

---

7 이 단락은 노창수의 논문(「전남 지역 해양문학의 뿌리와 현재」, 『국어교육』, 제92권, 1996, 315~360면)을 참고로 요약한 것이다.

8 노창수, 앞의 글, 348면.

먼저 부산지역에서 최영호(2004)는 구모룡(1994)에 이어 해양문학에 대한 논의의 불씨를 재점화한다.[9] 그는 해양문학의 개념적 특성을 논의하면서 해양문학 여부를 따지는 일보다 해양문학이 담당할 몫—이를테면 인간의 자기 형성—과 새로운 의미 찾기가 더 중요하다고 말한다. 다시 말해 그는 "해양문학의 진정한 가치는 작품이 탄생하는 공간과 인간이 맺는 깊은 의미 관계에 따라 좌우된다."라고 본다.

천승세(2000)는 「흑색항해등」에 관해서 해양문학을 소재주의가 아닌 일반문학과 구별되는 문학이 아니라 오히려 '소설의 본격성, 리얼리즘, 앙가쥬망을 아우르는 것'으로서 문학을 말한다.[10] 즉 해양에 삶의 뿌리를 두되 거기에 머물지 않고 실물적 현실을 초월하는 문학 즉 포월包越적 문학을 해양문학으로 말하고 있다.

정형남(2009)은 해양공간에서 조간대인 갯벌의 공간 기능과 그 중요성을 강조하며 우리 조상들의 해양 문화에 기반한 해양문학에 주목한다.[11] 선사시대 울산 반구대 암각화부터 동해 연오랑세오녀 설화, 판소리 수궁가, 장보고의 해상활동, 윤선도 시조 등을 열거하여 오늘날 기후변화와 해양오염 및 어업의 남획에 의한 환경파괴를 직시하며, 해양 중심만의 해양문학이 아닌 갯벌 및 연안 지역 생태계와 삶에 주목하는 해양문학을 강조한다.

최근 부산작가회의에서 발간한 『작가와사회』(2016년 여름호)에서 편집진들은 '해양문학의 정립과 가능성'이라는 주제로 특집을 마련한 바

9 　최영호(2004), 「한국 해양문학의 현단계」, 『오늘의 문예비평』, 56~73면.

10 　천승세, 『해양문학』 2000년 가을호.

11 　정형남(2009), 「해양문학의 미래」, 『문예운동』, 66~70면.

있다. 남송우의 「해양문학의 새로운 방향성을 찾아서」, 고봉준의 「해양시 로컬리티 신자유주의」, 옥태권의 「해양문학과 부산: 소설을 중심으로」 등이 해당하는데, 이는 최근에 이르러 부산지역에서 해양문학에 관한 관심과 논의의 확산을 보여주는 대표적 사례다.

이 지역 작가로서 유연희는 해양을 소재로 해양소설의 가능성을 보여주는 『무저갱』(북인 2011)과 그 외연을 확장한 『날짜변경선』(산지니 2015)을 각각 발표했는데, 이는 이 지역 해양문학의 관심을 잘 보여주는 작품들이다. 『날짜변경선』은 7편의 중단편으로 구성되었는데, 2편을 제외하면 모두 바다에서 벌어지는 사건을 소재로 한 것이다. 그 중 「날짜변경선」은 원양항해 실습선에서 항해 중 바다에서 발생하는 사건과 독특한 개성을 지닌 인물들 간에 벌어지는 에피소드를 담은 중편이다. 화자인 선의船醫는 개업의로 많은 돈을 벌었지만, 삶의 의미를 찾지 못하는 우울증 환자이다. 그런 와중에서 아내의 일탈을 계기로 그는 일상에서 벗어나 바다로 탈출하고자 선의를 선택하게 된다. 하지만 그가 만나는 항해의 체험은 모두 낯설고 때론 위협적이다. 하이커우 항에서 마닐라 항으로 항해하던 중 선의는 조난한 한 요트를 보게 되고 의사로서 그들을 구조하는 일에 잠시 머뭇거리는 우유부단한 태도를 보인다. 이러한 자신의 한계를 극복하고 부상자를 돕기 위해 조난선으로 뛰어내리는 순간 육지의 과거는 날짜변경선처럼 넘어간다. 한 인간이 바다에서 새롭게 출발하는 순간이다. 작가는 "그들의 혼란에 가까워지고 싶을 뿐이다"고 말한다. 바다에서 삶은 때로 그들의 의지나 선택 밖의 일처럼 보이기도 한다고 작가는 말하고 있다. 사르트르가 인간 존재와 행위에 대해 말한 '원초적 선택choix original'

에 해당한다. 인간은 본인의 의지 때문에 결정되기 전 이미 어떤 존재로 거기에 있는 것이다.

> 저 사람, 와이프의 다리가 부러졌대요. 데릭 붐에 맞았나 봐요. 볼칸이 주절거린다. 어쩌자고 나는 바다로 왔을까. 무엇을 안다고 배를 탔을까. 손에 땀이 차오르고 기관장의 무전기에 내 귀는 안테나처럼 곤두선다. 응급조치 불가… 닥터… 헬기… 로저! 심장이 둥둥거린다. 바닷물이 심장으로 들어오는 것 같다. 내가 저 사다리를 타고 내려갈 수 있을까. 하이커우 항의 차도에 서조차 꼼짝 못 했던 나다. 이런 일이 있으리라곤 상상도 못 했다. 파도에 요트가 출렁거린다. 선장의 말처럼 나는 해상에 무지한 민간인이라 내 안전을 지키는 게 우선이다. 시커먼 바닷물이 눈을 파고든다.(유연희, 『날짜변경선』, 227면)

여수지역 해양문학의 기원은 시문학에서 비롯된다. 박보운 시인은 주로 여수 바다를 노래한 해양시집 『여수항』을 통하여 남해의 밝고 강한 생명력을 표현한 시인이다. 그는 해저海底와 배 위의 현실을 구체적이면서 사실적인 이미지로 형상화하여 소설 같은 재미를 주는 시를 쓰기도 했다. 그의 대표작으로 해양시집 『여수항』(세종출판사 1992) 외에 주요 해양시 작품으로 「어선 덕수호의 항진」(『신동아』, 1982. 5.)[12], 「오동도 소곡 1」(『시문학』, 1982. 10.) 등이 있다.[13]

---

12 박보운 시인의 동명同名 시집이 2003년 세종출판사에서 간행된 바 있다.
13 노창수, 앞의 글, 343면.

최근 김진수 시인은 바다를 소재로 섬과 바다에서 펼쳐지는 진솔한 삶의 모습과 그 역사를 견실하게 표현해 온 작가다.

외길로 뚫린 마래터널을 지나 만성리까지 무사히 가려면
오른쪽으로 몇 번쯤은 비켜설 줄 아는 게 요령이다.
굴 밖 비렁에는 요령없이 터널을 빠져 나가다
손가락 총에 수장된 수많은 통곡 소리가 아직 파도치고
태풍이 쓸고 간 만성리 횟집은 밤이 되어도 캄캄하다.

활어통 바닥에 납작 엎드려 있던 광어 도다리들이
순환모터가 멈춰선 수조를 뛰쳐나와
땅바닥에 온통 널브러진 횟집 앞에서

구경꾼들의 논란이 우왕좌왕 하고 있다
'눈이 왼쪽으로 쏠려 있으면 광어고
오른쪽으로 쏠려 있으면 도다리'라며
광어와 도다리 구분법을 확실히 잘 안다는 자
그 자의 높은 목청 아래,
결코 갈라져선 안 될 세상 하나가
또, 분류되고 있다.

좌우지간이란 손 내밀면 가장 가까운 거리
팽팽히 맞서 보면 좌광우도가

어깨를 나란히 동무하고 보니
두 말 할 필요 없이 우광좌도다!
그렇다.
광어는 본래부터 광어였고
도다리도 그냥 도다리였을 뿐이다.

- 김진수, 「좌광우도」 전문

『詩로 여는 세상』 2007 겨울호 / 『좌광우도』, 실천문학사 2018)

다음으로 한창훈의 『홍합』(한겨레출판 1998)은 여수 홍합 공장을 배경으로 그곳에서 일하는 중년 여성들의 삶의 애환과 서민들의 세태를 지방어로 그려낸 소설이다. 지금의 젊은 세대가 체감할 수 없는 정말 '먹고살기 바쁜' 시대가 묘사된 이 작품은 부모 세대를 이해하는 데 한 발짝 다가서게 만든다. 자신이 하고 싶은 일이나 해보고 싶은 일이 아니라, 현재 주어진 일에만 매달려 살아야 하는 이들의 현실은 암담하다는 표현이 더 어울릴 듯하다. 하지만 그런 상황에서도 긍정적인 요소를 찾고 하루의 힘든 노동을 이겨내는 지혜를 키우며 살아간다. 이 작품의 강점은 도시적 감수성을 벗어나 변화의 격동기에 지역의 삶을 옹골차게 표현한 데 있다.

최근작으로 한광현의 「동사와 화장」(『여수작가』 2015)은 뱃사람들이 어로 작업 과정에서 겪는 희로애락을 구성진 필체로 묘사한 작품이다. 「동사와 화장」은 일자리 구하기가 힘든 젊은 세대들의 방황과 인생 역전을 배경으로 하고 있는데, 주인공 순태는 여수 국동항에서 줄어 나가는 배의 선원으로 어렵게 일자리를 얻게 된다. 그는 선상에서 초보 어부로 여러 가지 경험을 하게 되는데, 특별한 기술이 없는 그는 밥 짓는 화장 일부터 그물 걷기에 이르기까지 여러 일을 함께하게 되는데 좌충우돌하는 선상의 일상에서 삶의 긴장감과 어로작업의 힘든 과정을 맛보게 된다.

날라다 준 부표를 갑판장이 받아, 줄을 조절해 묶고는 줄이 얼크러 들지 않도록 사려들고 조심하면서 멀리 배 밖으로 내던졌다. 그 줄에 만약 감기면 큰일이 날 터였다. 위험한 상황인 만큼 갑판장의 걸은 입은 한시도 가만있지 않았다.

"줄 밟지 말어, 씨팔! 발 목아지 걸리면 그냥 뒈지는 거여. 조심해. 야이! 씹팔놈아! 줄 밟지마라니깐!"

뭐 저런 인간이 다 있나, 하긴 그렇게 악다구니를 해대니 밧줄 근처를 지나갈 때는 무지 조심이 되었다. 선원들도 대꾸 없이 그의 호령에 따라 움직였다. 무섭게 나가는 그물더미를 지켜보는 선원들은 몹시 긴장한 표정들이었다.(한광현, 「동사와 화장」 『여수작가』 2015, 289면)

다음으로 목포지역의 해양문학은 1970년대 들어와 왕성한 창작물을 선보이는데, 섬을 소재로 한 천승세의 중편소설 『낙월도』가 1972년에 발표된다. 이어 목포 삼학도의 전설을 모티프로 한 차범석의 희곡 『학이여 사랑일래라』가 1975년, 「황혼」 등 바다 관련 시편이 지배적인 최하림의 첫 시집 『우리들을 위하여』가 1976년, 「바다와의 대작」 「산도 설화 1·2」 등 바다 관련 시편들이 실린 김창완의 첫 시집 『인동일기』

가 1978년에 발표된다.[14]

1980년대에서 2010년대 약 30년 동안은 목포 문학이 침체의 늪에 빠지며 이렇다 할 해양문학 작품을 찾아보기 힘들게 된다. 다만 목포대학교 도서문화연구원을 중심으로 해양 관련 연구가 활발해지고, 김지하와 김선태 시인을 중심으로 목포 문학이 해양문학으로 활성화되어야 한다는 필요성에 공감하면서 관심이 증폭된다.[15]

목포지역의 시인으로 일찍이 해양문학에 주목하고서 꾸준히 작품 활동을 해 온 작가 중에 김창완과 김선태 시인이 있다. 김창완 시인은 어린 시절 고향 장산도에 관한 추억을 바탕으로 어촌의 넘친 삶의 모습을 시집 『인동일기』(1978)에 담고 있다. 또한, 김선태 시인은 그의 대표작 『살구꽃이 돌아왔다』(창비 2009)에서 「홍어」 「조금새끼」 「주꾸미 쌀밥」 등과 같은 어촌 주민의 삶을 노래한 작품을 발표하게 된다. 이후 그의 시는 지역민의 삶을 넘어 해양생태와 해양환경 문제에 이르기까지 시의 지평을 넓힌다. 그밖에 최근 세월호 참사와 관련하여 그 아픔을 노래한 최기종 시인의 「풍등 하나」도 빼놓을 수 없는 작품이다.

> 한반도 끄트머리 포구에
> 홍어 한 마리 납작 엎드려 있다
> 폐선처럼 갯벌에 처박혀 있다
> 스스로 손발을 묶고 눈귀를 닫아
> 인고와 발효의 시간을 기다리고 있다.

---

14 김선태(2012), 「목포 해양문학의 흐름과 과제」, 『도서문화』, 40, 268면.
15 같은 글, 269면.

아무도 없다
누구도 찾아오지 않는다 다만
이 어둡고 비린 선창에서
저 혼자 붉디붉은 상처를 핥으며
충만한 외로움을 누리고 있다.

- 김선태, 「홍어」 부분, 『살구꽃이 돌아왔다』(2009)

어머니,
풍등 하나 띄운다.
물살 치는 맹골수로
수장된 아이들
어서 돌아오라고
풍등 하나 띄운다.

허리 굽은 어머니,
고체연료 되어서
푸른 불 타오르다 보면
풍등 하나 하늘 높이 오르려나
이렇게
눈이 빠지고
목이 빠지고
물이란 물 다 빠지면

풍등 하나 멀리곰 빛추려나

바람 부는 팽목항
이렇게 곡비 되어
소원하고 소원하면
풍등 하나 어두운 바다 노을 지려나
이렇게
굽은 깃발 날아가고
굽은 노래 날아가면
풍등 하나 물 아래 깊어지려나
풍등 하나 만인의 소원이 되는 것인가

- 최기종, 「풍등 하나-세월호 참사 100일」 전문,
『학교에는 고래가 산다』(2015)

제주지역의 해양문학으로서 단연 두드러지는 장르는 소설이다. 김석범, 오성찬, 현기영, 현길언, 고원정, 오을식 등은 이 분야에서 널리 알려진 작가들이다. 그런데 이들의 특징은 하나같이 사실주의 기법을 택하고 있다는 점이다.[16] 또한, 모두 4·3항쟁을 주제로 다루고 있다는 공통점이 있다. 이들 중 제주의 역사에 천착한 작가로는 현기영을 들 수 있다.

현기영의 소설이 4·3항쟁과 제주라는 소재적 한계에도 불구하고

---

16 尹石山(2008), 「제주 지역 문학의 과제와 전망」, 『문예운동』, 114면.

다채롭게 전개되어 온 이유는 집단의 역사적 체험을 개개인의 체험으로 섬세하게 용해할 수 있었기 때문이다. 권력의 잔혹성을 고발함으로써 '금기를 뚫고 진실의 규명에 나아가려는 모든 지향을 추동하는 실천'으로 평가되는 「순이 삼촌」을 비롯해서, 그 연장선에서 화해의 길을 모색하고 있는 「길」, 「아스팔트」 등 현기영의 제주 이야기는 다양하게 변주된다.[17]

한편 시 분야에서 정군칠, 김수열 시인의 작품은 제주 바다와 인간의 이야기를 웅숭깊게 담고 있다. 여기엔 제주의 역사도 함께 담겨 있다.

하루에도 수백의 시조새들이
날카로운 발톱으로 바닥을 할퀴며 차오르고
찢어지는 굉음으로 바닥 짓누르며 내려앉는다
차오르고 내려앉을 때마다
뼈 무너지는 소리 들린다
빠-직 빠-직 빠지지직
빠-직 빠-직 빠지지직

시커먼 아스팔트 활주로 밑바닥
반백 년 전
까닭도 모르게 생매장되면서 한 번 죽고
땅이 파헤쳐지면서 이래저래 헤갈라져 두 번 죽고

---

17 이주미(2005), 「현기영 소설에 나타난 화인(火印)의 기억과 역사의식」, 『현대소설연구』, (26), 239면.

활주로가 뒤덮이면서 숨통 막혀 세 번 죽고

그 위를 공룡의 시조새가

발톱으로 할퀴고 지날 때마다 다시 죽고

육중한 몸뚱어리로 짓이길 때마다 다시 죽고

그때마다 산산이 부서지는 뼈소리 들린다

빠직 빠직 빠지지직

빠직 빠직 빠지지직

- 김수열, 「정뜨르 비행장」 부분, 『바람의 목례』(2006)

해양문학의 전망과 과제

우리 한국문학에서 해양문학의 역사는 꽤 오래전부터 시작하였다. 해양을 소재로 우리 선조들은 수많은 시문과 기록물을 남기기도 했다. 그들이 바라본 해양은 대자연 일부로 인간에게 심미적 평안과 풍교風敎[18]의 대상이기도 하였고, 때론 자연의 위력 앞에서 생사를 담보하는 표류 공간이기도 하였다. 오늘에 이르러 해양문학은 지역 문학 공간에서 여러 장르에 걸쳐 활발한 전개를 보인다. 뜻있는 작가들이

---

18 성리학에서 풍교風敎란 교육이나 정치를 잘하여 세상의 풍습을 잘 교화시킨다는 의미로서, 여수 거문도 출신인 귤은 김류의 시선집에 이러한 정신이 잘 구현되었다.

자신들이 속한 지역에서 지역 문학으로서 해양문학을 새롭게 인식하며 오롯이 포용한다. 하지만 이러한 해양문학이 앞으로 지속 가능한 문학으로서 우리 한국문학 내에 뿌리를 내리기 위해서는 다음과 같은 몇 가지 과제를 요구한다.

첫째, 해양문학은 지역의 역사와 인간 존재의 의미를 해석할 수 있어야 한다. 다시 말해 해양문학은 역사 공간으로서 해양에서 삶의 진실과 올바른 지역 인식을 해야 한다. 아직도 규명되지 못한 세월호의 진실과 관련된 이야기, 4·3항쟁 및 여순항쟁의 아픔과 상처 그리고 치유의 문제, 새만금지역 등 간척사업의 문제점과 극복 방안, 적조와 바다 목장, 어족자원 고갈과 해양쓰레기 문제 등 이는 지역적 시각에서 해양문학이 감당해야 할 몫이다. 바로 이런 점에서 해양문학의 중요성이 다시 강조될 수밖에 없다. 일부 사람들은 이러한 역사문제에 대해 과거 지향적이며 생산적이지 못하다거나 대중의 관심이 없어서 작품이 발표되어도 상업성이 떨어진다고 불만을 토로할는지 모른다. 하지만 해양문학은 이러한 편견과 도전에도 굴하지 않고 지역의 특수성과 상대성을 담보할 수 있는 문학으로 굳건히 자리매김해야 한다. 왜냐하면, 한 지역의 문제는 한 국가의 문제 나아가 세계적 관심의 문제가 될 수 있기 때문이다.

이러한 정신을 구현하기 위해서는 무엇보다도 지역 간 문학 교류와 연대가 필요하다. 지역 간 연대 사업으로서 전국적 규모로 해마다 열리는 '한국작가대회'와 '전국 해양문화학자대회'[19], 그리고 '영호남 수필 문학 교류대회'가 있으며 지역에서 이뤄지는 '영호남 작가 교류대

---

19 2016년 현재 7회를 맞이하고 있는 전국 규모의 학제 간 학술행사로 해양문학 분과가 있다.

회', '섬진강 여름문학학교' 운영 등 각종 행사가 있다. '한국작가대회'는 매년 개최지를 번갈아 가며 열리는 전국 단위 행사로서 각종 문학 세미나와 토론 활동이 이뤄지며 지역 작가들의 교류 장이 되고 있다. '전국 해양문화학자대회'는 해양문학 관련 학자들이나 작가들이 참여하여 주로 학술 세미나 중심으로 이뤄진다. '영호남 수필 문학 교류대회'는 영호남 수필 문학협회가 주관하는 행사로서 "영호남 6개 지역(전북, 부산, 대구, 울산, 광주, 전남) 수필가들의 창작 교류를 통해 단일민족성 회복과 영호남의 갈등 해소와 상호 친교를 도모"[20]한다. '영호남 작가 교류대회'는 '부산작가회의'와 '여수작가회의' 간 회원 교류 및 문학 특강을 주된 내용으로 2014년부터 실시되고 있다. '섬진강 여름문학학교' 운영은 광주·전남작가회의 소속 회원들이 지역 청소년들의 문학적 소양과 재능을 고양하기 위한 행사로 매년 지역을 순회하며 개최한다. 이들 행사 기간은 대개 1박 2일 혹은 2박 3일간 일정으로 진행되며 일회성 행사가 아닌 매년 지속하는 사업으로서 향후 그 효과가 기대된다.

둘째, 해양문학은 지역 문학과 한국문학을 짊어지고 갈 인재 육성을 위해서도 노력을 게을리하지 말아야 한다. 각 지역 단위에서 일반인이나 학생들을 대상으로 실시되는 문학아카데미나 문학 학교 운영이 중요한 의미가 있는 것은 바로 이 때문이다. 지역민의 삶에 대한 올바른 역사 인식이야말로 우리 문학의 본령이자 지역 문학이 추구해야 할 길이라고 확신한다. 이러한 지역 문학은 한국문학과 연계되며 국가적 관점의 해양 관련 작품으로 승화될 수 있다. 그 예로 일제강점

---

20 『전북도민일보』, 2016. 9. 2.

기 강제노역의 아픔과 일본 제국의 조선인 인권유린을 다룬 한수산의 최근작 『군함도』(창비 2016)를 사례로 들 수 있다. 지역 간 역사문제에서 국가 간 역사문제로 시각을 확장하며 이 땅의 억압받고 소외된 민중의 삶을 진솔하게 그린 소설로서, 과거사에 대한 단순한 고발과 사실 확인이 아닌 국가 간 전쟁의 아픔과 그 상흔을 치유하고 나아가 동북아 평화공존을 모색하는 진실과 화해의 삶을 제시하고 있다.

　새만금 간척사업에 의해 변해버린 주민들의 모습과 성장 위주의 경제개발 담론에 묻혀버린 새만금의 과거와 현재를 이야기하는 조헌용의 『파도는 잠들지 않는다』(창비 2003)는 환경과 생태계 차원에서 우리에게 해양의 중요성을 일깨워 주는 작품이다. 이 작품은 해양환경과 관련된 지속 가능한 개발의 중요성을 상기시키며 인간 탐욕의 본성에 투영된 자본주의와 근대성을 고발하고 있다. 이는 지역적 시선에서 작가와 독자가 공감하는 문제를 국가적 시선에서 나아가 세계적 시선의 화두로 인식하는 마중물이 되고 있다. 왜냐하면, 오늘날 갯벌은 람사르 협약으로 전 세계적으로 인류가 개발을 방지하고 보존해야 할 삶의 공간이기 때문이다.

현대문학에 투영된 여순항쟁의 의미

글을 시작하며

한국 현대사에서 여순항쟁[1]은 해방공간 이후 공간에서 지금까지 제대로 평가받지 못한 참극 중 하나다. 다른 이유는 차치하더라도 여순항쟁은 왜 자기가 죽임을 당해야 하는가를 이해하지 못한 채 수많은 사람이 죽어 갔다는 점에서 말로 형용할 수 없는 비극적 사건이다.

---

[1] 여순항쟁은 1948년 사건 이후 '여순반란사건', '여순 14연대반란사건', '여순병란', '여순사건', '여순항쟁' 등 여러 가지 명칭으로 사용됐는데, '여순반란사건'이라는 명칭은 여순사건의 배경이나 원인에 주목하기보다는 14연대의 봉기와 이에 합류한 지방 좌익의 행위가 정부의 존립을 위태롭게 한다는 인식을 내포하는 용어. 반면에 최근 사용되고 있는 '여순항쟁'이라는 명칭은 이 사건을 일으킨 주체와 봉기 이유에 대해 정당성을 부여하는 용어. 즉, 봉기 주체의 의도와 사건이 일어난 여러 가지 사회적 상황에 주목하고 있는 용어다(김득중, 2004). 이 사건 명칭에 대한 부정적 이미지와 고장의 명예 실추를 우려하는 지역민의 염원을 일부 수용하여 김영삼 정부 시절인 1994년 11월에 '여수·순천 10·19사건'으로 개칭된 바 있고, 현재 국사 교과서에서 사용되고 있다. 이 글에서는 이 사건의 전체적 조망과 역사적 재평가를 위해 '여순항쟁麗順抗爭'이라는 명칭을 사용하고자 한다.

지금까지 여순항쟁에 관한 학제적 연구는 역사학계나 사회학계에서 활발히 논의됐지만, 이를 문학적 측면에서 살펴본 글은 매우 드문 편이다. 또한, 기존 연구도 가해자나 피해자 등 주체에 따라 견해가 달랐고, 사건의 원인이나 배경보다 피해나 결과에 치우친 내용이 많았다. 따라서 "여순항쟁을 일으킨 주체에 주목한 기존의 시선에서 벗어나 왜 여순항쟁이 발생했는지 그 배경에 대한 이해와 사건의 총체적 성격에 대한 인식 전환이 필요하다. 또한 '진실·화해를 위한 과거사정리 위원회'에 의한 조사 결과(2007) 발표에서 보듯이 여순항쟁은 '제주 4·3항쟁'과 더불어 단독정부 수립에 반대한 통일 운동의 일환으로서 이해할 수 있으며, 민간인에 대한 국가권력의 폭력과 인권유린에 관한 사건으로 볼 수 있다."[2] 이제 시간이 흐르고 사건에 대한 진실이 점차 밝혀지고 있는 현 상황에서 그동안 작가들은 문학 작품 속에 이 사건을 어떻게 다루었으며 그 역사적 의미를 어떻게 해석했는지 살펴보고자 한다.

이 글에서 검토하고자 하는 작품은 전병순의 『절망 뒤에 오는 것』(일신서적 1994), 이태의 『남부군』(두레 1988), 『여순병란』(청산 1994)[3], 정지아의 『빨치산의 딸』(실천문학사 1990), 조정래의 『태백산맥』(해냄 2007), 그리고 지역 출신 작가들의 작품으로 김진수 시인의 「좌광우도」(『詩로 여는 세상』 2007 겨울호), 김수자 시인의 「겨울꽃」(『불쑥』, 시와사람 2014)

---

2 졸고, 「여순사건 사적지에 대한 다크투어리즘 적용 방안」, 『한국지역지리학회지』 22권 4호, 827면.

3 두 작품은 작가 스스로 '수기' 내지 '실록 소설'이라고 밝혔듯이 관점에 따라서 본격적인 소설로 분류할 수 있겠는가 하는 논란의 여지가 있다. 하지만 문학적 비중도 무시할 수 없기에 이 글에서는 문학 작품으로 분류했다.

그리고 우동식 시인의 「벌떼」(미발표작)와 한광현의 단편 「형배 굴」(『여수작가』 2016) 등이다. 이외도 여순항쟁을 다룬 작품이 많이 있으리라 여겨지지만, 논의 전개상 위 작품들을 위주로 분석하고자 한다.

여순항쟁을 다룬 작품들

전병순의 소설 『절망 뒤에 오는 것』[4]은 여순항쟁을 배경으로 당시 민간인과 군인인 남녀 주인공들의 애정 관계와 생활사를 묘사한 작품으로 1962년 한국일보 장편 모집에 입선한 작품이다. 이 작품은 좌익이나 빨치산에게 가담한 사람들의 시선에서 쓴 것이 아니라, 당시 사건을 봤던 민간인의 관점에서 쓴 작품이다. 따라서 다른 작품에 비해 이 사건과 관련하여 당시 좌우익 간 대립의 결과가 가져온 참상이나 일반 시민들의 봉기 가세 등 항쟁 요소를 실상과 아주 비슷하게 묘사하지 못하고 있다. 더구나 민간인과 군인 등 남녀 주인공의 애정 관계와 진압 과정부터 6·25전쟁 때까지 겪게 되는 여러 일상이 자칫 여순항쟁에 관한 초점을 흐리게 한다. 당시 이 작품이 발표된 때가 사건이 종료된 지 10년이 지난 시점이라는 점을 참작하면 여러 가지 제약이 있었으리라 짐작되지만, 오늘날 관점에서 볼 때 당시의 사건을 제대로

---

4 이 작품에 관한 문학적 연구로는 다음과 같은 글이 있다. 전흥남, 「『절망 뒤에 오는 것』에 나타난 '여순사건'의 수용 양상과 의미」, 『국어국문학』 127, 2000.12, 399~421면.

평가하고 역사적 의미를 부여하는 데 한계가 있다고 평가된다.

그러나 단 하나, 원동휘하고 조용한 시간을 가져보고 싶었다는 아쉬움이 있었다.

'그에게는 혜련처럼 불행을 모르는, 그래서 멋모르고 언제나 행복할 수 있는 성격이 오히려 잘 어울릴지 모른다.'

이렇게 생각하며 체념 같은 것을 느끼던 때였던 것이다.

"가시겠어요?"

"기야지요, 나중에들 오세요."

혜련과 함께 묶어서 밀어내듯 '들'이라는 말을 굳이 붙였다.

어디까지나 냉정한 말투였다. 그 말을 하면서 서경은 조금 전까지만 해도 동휘가 석방되지 않는다면 어떡하나 하고 애태우던 생각이 떠올랐다. 혜련은 떠밀어놓고 걱정했지만 서경은 내심으로 혜련 못지않게 더 초조했던 것이다.

나왔다는 말을 듣고, 혜련이 기뻐하는 모습을 보는 순간부터 서경은 싸늘하게 돌변해버리는 마음을 느꼈던 것이다.[5]

더구나 작품 후반부에 가면 강서경이 임형규 대령과 결혼 후 신혼 생활 과정에서 남편과 떨어져 있으면서 겪게 되는 생활고와 주변 지인과 일상적 만남이 다소 새롭지 못하리만큼 길게 이어진다. 이는 소설이 여순항쟁에 조명되지 않고 주변부로 비켜남으로써 통속적인 남녀 간의 애정 소설로 전락한 느낌을 준다.

---

5   전병순, 『절망 뒤에 오는 것』, (일신서적 1994), 117~118면.

이태의 『남부군』은 6·25 전쟁 중 남한 빨치산을 대표하던 '남부군'을 주제로 쓴 저자 자신의 체험적 수기다. 남부군의 활동이 한국전쟁을 전후로 전개되기에 저자에 의한 여순항쟁에 관한 직접적인 조명은 미약하다. 저자가 이 작품을 쓰게 된 가장 큰 이유는 저자 자신이 책의 머리말에서 밝히듯이 "북한 정권에 의해서마저도 버림받은 채 남한의 산중에서 소멸해 간 비극적 영웅들의 메아리 없는 절규를 적어보고 싶었"[6]기 때문이었다. 이는 남부군에게 희생만 강요했지, 그들의 생명과 인권에 관해 관심조차 피력하지 않았던 북한 정권에 대한 서운함과 1953년 7월 휴전협정에서도 후방에 남겨진 살아있는 인간에 대한 고려가 없었던 북한 정권의 잔학성을 고발하고 싶었기 때문이었다. 만일 북한 정권이 남부군에 대해 적절한 조처를 했더라면 토벌대와 유격대 간의 수많은 인명 피해를 막을 수 있지 않았을까, 하는 저자의 아쉬움이 묻어나는 작품이다.

여순항쟁에 관한 내용은 이 책 중 '남한 빨치산 역사'에 잠시 언급된다.

48년 10월 20일 여수 14연대의 1개 대대가 제주도 토벌 작전에 차출되어 여수항을 출발할 준비를 하고 있었는데, 그 전날인 19일 오후 8시경 연대 인사계 선임하사관 지창수가 40명의 당세 포원들로 하여금 병기고와 탄약고를 장악하게 한 다음 비상 나팔을 불어 출동부대인 제1대대를 집합하게 했다. (중략) 약 3,000명 정도의 동조자를 얻은 반란 부대는 지창수 지휘로 여수 시내

---

6 이태, 『남부군』(두레, 1988), 17면.

로 돌입하여 경찰관서를 습격하고 20일 미명까지는 여수 시내를 완전 장악했다. (중략) 이 사건에서 반란군 측은 392명이 사살되고 2,298명이 투항 포로가 된 것으로 기록돼 있다. 이상이 국방경비대 14연대 반란 사건의 개요이다. 반란이 여수 순천에 걸쳤으므로 여순 반란사건이라 부르고 좌익측에서는 '여순병란'이라는 왕조시대 같은 호칭을 쓰고 있다.[7]

『남부군』이 발간될 당시가 군사정권 치하임을 고려한다 해도 이 사건을 인식하는 저자의 태도는 사건을 일으킨 주체에 주목할 뿐 왜 군인과 경찰이 충돌하게 되었는지 그 상황을 자세히 설명하지 못하고 있다. 그뿐만 아니라 여순항쟁을 군인, 학생 그리고 시민이 함께 봉기한 당시의 시국 상황을 제대로 이해하지 못하고 일부 좌익계 군인들이 주도한 사건으로 묘사하고 있다. '여순 반란사건'이란 용어 자체가 당시 무고하게 희생당한 민간인에 대한 억울함을 전혀 고려치 않고 있을 뿐만 아니라 이 사건에 대한 진상규명과는 거리가 있어 보인다. 이러한 점은 나중에 『여순병란』을 통해 저자의 인식이 조금씩 변화되어 갔음을 확인할 수 있다.

한편 『여순병란』은 여순항쟁에 대한 사실史實을 바탕으로 쓴 작품으로 비교적 당시 상황을 객관적으로 담으려고 노력한 흔적이 엿보인다. 『여순병란』은 다른 작품에 비해 여순항쟁에 대한 역사적 배경과 군인들의 봉기 원인 외에 학생·시민군의 참여 과정과 내용도 함께 다루고 있어 좌우익 이념대립에 머물렀던 기존 작품보다 다양한 측면에서 여

---

7 같은 책, 251~252면.

순항쟁을 다루었다는 점에서 높이 평가될 수 있다.

　군민대회는 이어서 인민위원회 결성을 결의하고 위원장에 이용기, 보안서장에 유몽룡을 선추한 뒤 그 밖의 부서는 의장단에게 일임했다.
　다음에 각 사회단체 대표들의 인공 지지 연설이 있은 뒤 '이승만 정부'의 모든 법령을 무효 선언, 친일파, 민족 반역자, 악질 경찰의 소탕, 무상몰수 무상분배의 토지개혁 실시 등 6개항을 결의하고 마지막으로 〈최후의 결전가〉를 합창했다.[8]

　당시 14연대 군인들이 봉기한 이유는 군내 좌익인사 색출과 제주 4·3항쟁 진압에 대한 강한 거부감이 주된 원인이었지만, 학생이나 일반 시민이 봉기군에 합세한 이유는 무능한 이승만 정부와 부패한 경찰, 반민족주의자들의 파렴치한 행위에 대한 강한 반감이 쌓여 있었기 때문이다. 지금까지 여순항쟁을 '여순반란사건'이라고 불렀던 기존의 명칭에서 알 수 있듯이, 공산주의에 물든 일부 좌익성향의 여수 14연대 소속 군인들이 북한과 남로당의 지시를 받아 봉기한 사건이라고 단정해 버렸다.

　미평에서 한 번 혼이 난 정부군 쪽은 여수의 반란군 전력을 과대평가했다. 지창수 부대의 탈출을 모르고 있었던 그들은 적어도 1개 대대 이상의 반란군과 1천 명 이상의 무장 시민이 거

8　이태, 『여순병란』(청산 1994), 209~210면.

리거리에 바리케이드를 치고 철통같은 방어 태세를 갖추고 있는 것으로 생각했다. 이런 정부군 지휘관의 오산이 엄청난 참화를 낳게 한다. 여수 시내에 대해 박격포를 마구 퍼부은 것이다.

26일 오후 3시경부터 장군봉, 종고산 등 외곽 고지와 여수만에 정박 중인 함정에서 일제히 시작된 정부군의 포격은 인구 6만의 여수시를 쑥밭으로 만들어 버렸다. 포격은 화재를 유발하여 1,538호의 가옥이 소실되고 198호가 파괴되는 지옥도를 연출했다. 여수 출신 국회의원 황병규의 국회 보고에 의하면 여수시의 5분의 3이 폐허가 돼 버렸다고 한다. 폐허가 된 여수 시내에 장갑차부대가 뒤를 이어 진입해 왔다. 그들은 얼씬거리는 시민을 무조건 사살하며 시내를 휩쓸고 다녔다. 잔적 소탕이라는 것이다.

신항에 정박 중인 LST 함상에서 5연대 1대대장 김종원 대위는 쌍안경으로 신항 부두를 살피고 있었다. 관동군 하사관이었던 이 인물은 장차 '백두산 호랑이'라는 이름으로 이승만 대통령의 각별한 총애를 받아 5만 경찰의 총수로까지 출세하지만, 그 대신 뭇민초의 공포의 대상이 된다. 그는 그 무렵 다른 많은 장교가 일제의 유습을 따라 그랬던 것처럼 기다란 일본도를 허리에 차고 다녔다.[9]

저자는 여순항쟁의 참상에 대해, 봉기군이 여수를 빠져나간 줄도 모르고 공격을 감행한 정부군의 오판에 의한 것임을 설명하고 있다. 이는 당시 여수에 남아 있던 잔류 병력과 수많은 민간인이 살해되는

---

9 같은 책(하권), 36면.

결과를 초래하게 된다. 여수에서 희생자가 많았던 점도 바로 이 때문이다. 당시 열악한 통신장비와 정보 불통으로 오판된 정부군의 공격은 여수지역에 돌이킬 수 없는 참상을 낳게 하였다.

정지아의 소설 『빨치산의 딸』은 우리나라 해방공간에서 작가의 부모가 경험했던 혁명 활동과 처절한 투쟁을 형상화한 빨치산 문학의 기념비다. 또한, 이러한 투쟁의 역사가 오늘날 변혁 운동으로 어떻게 승화되었는가 그 의미의 파장까지 감지하게 하는 역작이다. 그런데도 이 소설의 한계는 구례와 지리산을 중심으로 한 무장투쟁에 있다. 따라서 여순항쟁에 관한 내용이 이따금 언급되고 있지만, 항쟁으로서 의미나 그 발발 원인 등을 총체적으로 다루지 못한 약점을 드러낸다. 또한 『빨치산의 딸』이 해방공간에서 활동한 남로당 계열의 진보 세력들의 혁명 운동의 모든 과정을 소설화하려는 의욕이 앞서다 보니 소설로서 세세한 부분은 차치하더라도 빨치산과 토벌대·경찰 간의 전투, 전사와 변절자 간의 대립을 주된 내용으로 다루고 있어 다소 교조적이고 가치 지향적인 서사구조로 흐르는 한계를 드러낸다. 비록 투쟁 중이었지만 산山 사람들이 겪는 일상적인 생활 모습이나 인간적 고뇌와 갈등을 비롯하여 투쟁지역에 대한 배경 묘사나 지역적 특색, 산지 지형이나 약초, 동식물 등 생태환경에 대한 관찰 묘사가 빈약하여 당시 투쟁 현장의 장소감sense of place을 살려내지 못하고 있다.

지창수를 지휘관으로 한 14연대가 여수 시내에 진격하기도 전에 여수 시내 곳곳에서 총성이 울리고 불기둥이 솟아올랐다. 지창수가 파견한 2개 소대가 이미 여수를 해방시키고 있었던 것이다.

다음날 순천도 14연대의 손에 해방되었다. 순천경비를 위해 파견나와 있던 14연대의 2개 중대가 선임중대장 홍순석의 지휘로 봉기에 합류하였으며 벌교 방면으로 진압나왔던 광주 4연대의 1개 중대도 이진범 일등상사의 인솔로 봉기에 합류했다.

22일, 여수 14연대의 봉기 소식을 듣고 중앙당 노동부장 이현상이 봉기 지휘를 위해 순천에 도착했다. (중략) 이현상의 지휘 아래 홍순석 중위를 총지휘관으로, 김지회를 부지휘관으로 14연대의 지휘체계가 개편되었다.

당시 14연대는 바깥세상과 마찬가지로 대부분이 좌익 동조자이긴 했지만, 당원은 전 병력의 10퍼센트에 불과했고 장교조직은 더 낮은 수준이었다. 당세가 약해 전체 병사를 통솔하기 어려웠던 14연대는 순천 점령이 예상보다 늦어지자, 구례진격을 포기하고 광양을 거쳐 백운산을 넘어 지리산에 입산했다.[10]

인용문에 나와 있듯이 당시 이현상의 순천 출현에 대해서는 논란의 여지가 많다. 무엇보다 중요한 것은 여순항쟁을 하나의 사건으로서 다시 말해 여순사건으로 다루고 있다는 점이다. 왜 여수지역에서 군인뿐만 아니라 일반 민중까지 가세하여 봉기했는지 그 배경과 원인에 대한 설명은 소설에 잘 나타나지 않는다. "여순항쟁은 단순한 민간인 학살 사건 차원을 넘어 '대구 10월 항쟁', '제주 4·3항쟁'과 더불어 해방 직후 한반도 통일문제 즉 남한 단독정부 수립과 관련된 파생 사건

---

10 정지아, 『빨치산의 딸』(상권), 117~118면.

으로서 '항쟁 요소가 강한 역사적 사건'이다. 따라서 이 사건에 대한 역사적 조명과 재평가가 반드시 이뤄져야 하며,"[11] 문학적인 형상화 작업 역시 절실히 요구된다.

조정래의 『태백산맥』[12]은 해방공간에서 한국전쟁이 발발하기 전 여순항쟁 전후를 배경으로 우리나라가 분단될 수밖에 없었던 이유를 사회적 구조의 모순에서 탐색하고 있다. 작가가 작품에서 중심적으로 다루고자 하는 한국전쟁에 대해 그 전사前史로서 여순항쟁을 어떻게 다루며 우리 사회가 어떻게 계급 간 모순과 대립을 하게 되었는지 보여준다.

    23일 아침부터 중심가를 향해 무차별 비행기 폭격을 하는 것으로 반격을 개시했다. 지상군에 앞서 비행기 폭격이 감행되고 있는 것은 미군의 본격적인 출동을 의미했다. 무고한 읍민들의 희생을 줄이기 위해서는 읍내 전투를 피해 병력을 외곽으로 분산시키자는 결정이 내려졌다. 병력 분산은 신속하게 이루어졌고, 적들은 아무런 저항도 받지 않고 순천 읍내로 진입했다. 이틀 동안 적을 외곽으로 유인해 내기 위한 전투를 벌이는 동시에 여수 쪽의 상황변화에 대처하고 있었다. 여수 앞바다에는 미군 함정이 떠서, 읍내 중심가를 향해 또한 무차별 포격을 가하

---

11 졸고, 앞의 글, 827면.

12 이 작품에 관한 문학적 연구로는 다음과 같은 글이 있다. 임환모, 「1980년대 한국소설의 민중적 상상력─조정래의 『태백산맥』을 중심으로」, 『한국언어문학』 제73집, 2010; 전영의, 「역사적 트라우마 치유를 위한 문학생산론」, 『한어문교육』 27, 2012.

고 있었다. 여수에서도 같은 결정을 내릴 수밖에 없었다. *26일 밤을 기하여 모든 병력을 순천 외곽으로 이동시켰다. 그리고 백운산을 거점으로 하는 부대 편성과 이동이 구체화 되었다. 그것은 투쟁의 장기화를 위한 작전 수립이었다. 따라서 투쟁지역을 지리산과 그 주변 지역으로 확대시켜 기존 지방조직들과 공동투쟁을 전개한다는 목적이 포함되어 있었다.*[13]

그동안 여순항쟁에 관한 연구와 견주어 보면 작품 내에 묘사된 내용이 사실과 다소 다른 부분도 있다. 미군 출동 문제나 여수 앞바다의 미군 함정의 출현 등은 오해의 여지가 있는 부분인데, 미군은 실제 출동하지 않았으며, 미군 함정은 미군 LST 상륙함으로 김종원 부대가 승선한 선박이었다. 봉기군을 진압하기 위해 토벌군들은 육·해군 입체적 작전을 펼치고 있었다. 하지만 실제 봉기군들은 이미 여수를 빠져나가 백운산과 지리산 방향으로 탈출한 뒤의 상황으로 진압군은 뒷북만 치고 있었던 상황이었다. 이러한 시점에서 여수에 잔류하고 있던 애꿎은 민간인 희생자들만 늘어나고 있었던 셈이다. 당시는 정보통신 기술의 부족으로 진압군 간에도 연락이 원활치 않아 서로 예상치 못한 교전이 일어났고 그 가운데 민간인 희생도 늘어났다.

조정래는 분단 상황이 일어날 수밖에 없었던 상황적 문제점을 민족 내에서 먼저 찾았다. 즉 뿌리 깊게 내려온 지주와 소작인 간의 갈등, 쌀과 토지의 소유·배분 문제를 둘러싼 계급 간의 대

---

13 조정래, 『태백산맥』 1권, 118~119면.

립과 반목은 제국주의 논리와 결합하여 그 심각성을 드러냈다. 작가는 텍스트를 통해 해방과 미·소 강제 주둔, 여순사건과 한국전쟁 그리고 중단 등 당시 역사적·사회적 분단 상황의 문제점을 제대로 직시하고 날카롭게 비판했다.[14]

그들은 노고단 정상을 향해 다시 출발했다. 비탈길을 오르는 선요원의 발길은 빨치산답지 않게 느렸다. 그러나 뒤따르는 사람들의 발길도 거기에 맞춰질 수밖에 없었다. 그는 느리게 걸으면서 무슨 노래를 나직하게 부르고 있었다.

여수는 항구였다.
철썩철썩 파도치는 꽃피는 항구
어버이 흔히 우는 빈터에 서서
옛날을 불러봐도 옛날을 불러봐도
재만 남은 이 거리에
부슬부슬 내린다

구슬픈 음조의 노랫소리는 흐려져 가는 어둠살을 타고 고산의 새벽 공기 속에 조용히 퍼지고 있었다.
「저게 무슨 노랜지 아시오?」
박두병이 손승호에게 물었다.
「모르겠는데요.」

---

14 전영의, 앞의 글, 254면.

「저게 여순 이후 구빨치들이 지어 부른 노래요.」

손승호는 그때서야 선요원이 빨치산 노래 같지 않은 그 노래를 부르는 이유와 그 노래가 왜 그리 구슬픈 가락인지를 알게 되었다. 그리고 비감이 서린 가사 또한 이해할 수 있었다.[15]

『태백산맥』 4부 '전쟁과 분단' 편에 다시 여순항쟁에 관한 내용이 일부 소개된다. 인용한 가사 중 "재만 남은 이 거리에"는 여수항 함포사격으로 불바다가 된 당시 여수의 모습을 증언하고 있다. 앞서 얘기했듯이 조정래의 『태백산맥』은 6·25 이후 한국 정세에 초점이 맞춰 서술되었고 분단의 원인으로서 해방정국에서 여순항쟁 기간의 이야기가 삽화처럼 나타났다 사라진다. 따라서 이 소설이 우리 현대사를 실감 나게 감동적으로 그린 작품이라 하지만, 여순항쟁을 중심 내용으로 다루고 있지 않을 뿐만 아니라 묘사된 내용도 구전으로 전해 들은 다소 중립적 입장에서 기록된 것이라는 한계를 드러낸다.

지역 작가들의 여순항쟁 조명

여수지역 출신 김진수 시인은 해양을 소재로 섬과 바다에서 펼쳐지는 진솔한 삶의 모습과 그 역사를 옹골지게 표현해 온 작가다. 시인은

---

15 조정래, 『태백산맥』 9권, 348면.

여수 초도 출신으로 여순항쟁과 깊은 연관을 맺고 있다.

외길로 뚫린 마래터널을 지나 만성리까지 무사히 가려면
오른쪽으로 몇 번쯤은 비켜설 줄 아는 게 요령이다.
굴 밖 비렁에는 요령없이 터널을 빠져 나가다
손가락 총에 수장된 수많은 통곡소리가 아직 파도치고
태풍이 쓸고 간 만성리 횟집은 밤이 되어도 캄캄하다.

활어통 바닥에 납작 엎드려 있던 광어 도다리들이
순환모터가 멈춰선 수조를 뛰쳐나와
땅바닥에 온통 널브러진 횟집 앞에서
구경꾼들의 논란이 우왕좌왕 하고 있다
'눈이 왼쪽으로 쏠려 있으면 광어고
오른쪽으로 쏠려 있으면 도다리'라며
광어와 도다리 구분법을 확실히 잘 안다는 자
그 자의 높은 목청 아래,
결코 갈라져선 안 될 세상 하나가
또, 분류되고 있다.

좌우지간이란 손 내밀면 가장 가까운 거리
팽팽히 맞서 보면 좌광우도가
어깨를 나란히 동무하고 보니
두 말 할 필요 없이 우광좌도다!

그렇다.

광어는 본래부터 광어였고

도다리도 그냥 도다리였을 뿐이다.

- 김진수, 「좌광우도」 전문

(『詩로 여는 세상』 2007 겨울호 / 『좌광우도』, 실천문학사 2018)

　　"김진수의 시에는 지역에서 채록한 여순항쟁의 역사 속에 섬 주민들의 억울한 죽음이나 고립된 공간에서 척박한 삶을 일구는 이들의 고통과 애환을 진솔한 언어로 노래한 작품들이 많다."[16] 그의 시는 섬사람의 절절한 삶과 지역의 역사를 시의 본령으로 끌어냈다는 점에서 큰 의미가 있다.

　　시적 화자가 바라보는 여순항쟁은 바로 "결코 갈라져선 안 될 세상" 때문에 발생한 사건이었다. 좌우익이 선별되는 세상이 아닌 "어깨를 나란히 동무하는" 가장 가까운 사이를 염원했다. 이런 사회가 되기 위해서는 각자의 입장을 헤아릴 줄 알고 상대를 인정해 주는 사회, 그래서 "광어는 본래부터 광어였고/도다리도 그냥 도다리"라는 구절에 함축되어 있듯이 각 개인의 생각이 조화를 이루는 세상을 꿈꿨다.

---

16 졸고, 「지역 문학 공간에서 바라본 해양문학의 포용, 그 전망과 과제」, 『여수작가(4호)』, 2016, 349면.

견딘다는
말 속에는 고통의 향기가 있다

마래산 형제무덤 오르다
무성한 소문 날아와 쌓인,
손바닥만한 터를 제집 삼아 피어난
한겨울 풀꽃들을 보면
겨울을 견디는 힘은 무엇인지
속 뜨거운 것을 쏟아내지 않으면 안 될
간절한 그리움은 또 무엇인지

아픔은 아픔으로 견딘다고,
씨앗처럼 묻힌 말 오소소 소름 돋는
겨울꽃 고요한 통증

기억조차 희미해진 이름,
불러주는 이 없이 아득한
그 날의 이야기를
가만가만 풀어놓고
겨울 속 겨울을 견디고 있다

- 김수자, 「겨울꽃」 전문(『불쑥』, 시와사람 2014)

「겨울꽃」에서 시적 화자는 여순항쟁 때 희생된 민간인들이 매장된 여수 만성리 형제 묘를 소재로 시대의 아픔을 전하고 있다. 겨울은 낙화의 계절이다. 그런데도 시적 화자는 이들의 한 맺힌 사연을 역사의 차디찬 겨울을 뚫고서 "씨앗처럼 묻힌 말 오소소 소름 돋는/ 겨울꽃 고요한 통증"의 겨울꽃으로 그려내고 있다. 시인은 이렇듯 죽은 자들이 하지 못했던 말, 기억 속에서 사라져가는 역사적 진실을 붙들기 위해 차가운 겨울을 거스르는 순례자의 길을 걷고 있다.

넘너리 바다가 끓는다
벌통처럼 쪽 늘어진 14연대,
벙커 속을 땡삐처럼 들락날락했다
애초부터 잘 훈련된 벌떼들,
경계를 서고 일을 하고 꿀을 모으며
여왕벌을 위한 나래질로 윙윙거렸고
세간내기를 위해
이 집 저 집 담장을 넘었다

누가 벌통을 흔들게 했는가?

성난 벌들은 욱 싸돌아 다녔다
벌들의 이동경로를 추격하던 말벌들,
폭격기처럼 벌들을 사냥하기 시작했다

좌우지간 분변치 못하는 벌 떼들,

마구 물고 쏘고 죽이고 죽어갔다
왜? 왜? 왜?
숱한 의문 부호만 던진 채
덤탱이로 싸잡혀 죽은 자들의
망가진 집은 집이 아니다
사냥은 끝났지만, 물고 물린 자국에는
아직도 선명한 핏기가 흐른다
남은 자들의 가슴에
벌집처럼 구멍이 숭숭 나 있다
심각한 동맥경화증을 앓고 있다

- 우동식, 「벌떼」 전문(미발표작 / 『여순 동백의 노래』, 실천문학사 2022)

  시적 화자는 벌 떼를 비유하여 봉기군과 토벌군 간의 교전을 묘사하고 있다. 또한, 억울하게 희생당한 자들의 아픔을 노래하고 있다. "남은 자들의 가슴에/ 벌집처럼 구멍이 숭숭 나 있다"라는 구절에서 아직도 치유되지 못한 현대사의 비극을 느끼게 한다. "누가 벌통을 흔들게 했는가?"라는 물음을 통해 봉기의 주체뿐만 아니라 사건이 발발하게 된 배경이나 원인에 대해서도 주목하고자 하는 시적 화자의 맘을 읽을 수 있다. 시적 화자의 태도가 사건 실체를 밝히는 데 좀 더 진지하게 고민하고 성찰하는 모습으로 나아가는 대목이다.

다음으로 여수 출신 작가 한광현의 「형배 굴」은 여순항쟁과 관련된 대표적 근작에 속한다. 굴곡진 현대사 속에 비친 지역의 역사에 관심을 표방하며 지역민의 삶을 온전히 조명하려고 노력하는 작가다.

> 노인은 여전히 그 의아스런 눈초리를 풀지 않고 있었다. 그도 그럴 것이 좌건, 우건, 어느 한 편에 서지 않으면 안 되었던 비운의 시대, 반세기도 훌쩍 지나버린 굴에 얽힌 내력을 물어오는 외지인은 누굴까, 장장 30명이나 떼죽음을 당했던 그때의 무시무시한 얘기를 해줘도 되는 걸까, 얘기를 해주고 난 뒤에 무슨 동티나 시끄럼이 생기나 않을까, 갈피를 못 잡고 있는 눈치였다.[17]

여순항쟁은 지역민들에게 있어서 그 실체에 접근한다는 것은 금기의 대상이었다. 최근 지역민들이나 지역 작가들이 여순항쟁을 새롭게 조명하고 그 실체에 대해 접근하려고 노력하는 것은 바로 우리 현대사의 비극이 되풀이되어서는 안 되며 이 사건에 대한 진실과 진상규명이 절실하다는 인식 때문일 것이다. 그리하여 이 사건을 계기로 진정으로 국가가 국민의 인권을 보호하며 평화와 상생의 길로 나가야 한다는 지역민의 염원이 깃들어 있다.

다만 지역 출신 작가들의 작품 역시 여순항쟁을 온전히 총체적으로 담아내지 못하고 있다는 한계를 드러나고 있다. 앞서 말했듯이 왜 이 사건이 여수지역에서 발생했으며 시민과 학생이 가세하는 항쟁적 성격의 사건으로 나가게 되었는지 당시 시대적 상황이나 우리나라 정치

---

17 한광현, 「형배 굴」(『여수작가』 2016), 323면.

적 현실을 더욱 실물과 아주 비슷하게 담아낼 수 있는 작품으로 거듭나야 한다.

　"군인 빤스를 입은 청년들은 말할 것도 없고, 머리가 짧거나 어깨에 멜빵자국이 있거나 지까다비를 신었거나 하는 사람들은 따로 추려내져서 뒤쪽으로 질질질 끌려가는가 싶으면 이내 '탕탕!' 총으로만 사람을 그렇데 쏴대는 것이 아니었지. 웬 군인 하나는 일본도를 꼬나들고 미친 망나니처럼 나는 칼춤을 추어댔고, 나중에서야 그 살인귀가 백두산호랑이라는 것을 알았지만 말이시, 어쨌거나 나는 용케도 살아났지. 그 핵교 운동장에서 꼬박 이틀 밤 동안이나 심사를 받고 나서 풀려나면서 보니까, 반란군을 도왔던 좌익이라는 사람들과 그 좌익들에게 동조했던 협력자들이라면서 재심사를 받아야한다고 오동도로 또 끌려가더라고."[18]

위 인용문에서 보듯이 여순항쟁에 관한 사실적 묘사의 일부는 당시 왜 이 사건이 일어났는지, 왜 대다수 민중이 여순항쟁에 참여했는지, 구체적이고 자세한 내용을 밝히는 데까지는 이르지 못하고 있다. 즉 민간인 학살 피해 실태를 설명하고 고발하는 데 머물고 있다. 과거에 대한 기록은 단순히 과거의 객관적 사실을 그대로 묘사하는 데 의미가 있는 것이 아니라 그것을 작가적 시점에서 재해석하고 그 인과관계를 살펴 그 사건이 당대 여순항쟁에 어떤 의미를 부여할 수 있는지

---

18 같은 글, 336면.

성찰하는 데 있다.

글을 마치며

여순항쟁은 우리 현대사에서 '대구 10월 항쟁', '제주 4·3항쟁'과 더불어 중대한 사건이다. 그런데도 군부독재 시절 그 진실이 밝혀지지 않고, 오랫동안 금기 대상으로 지역민과 피해자들에게 엄청난 고통과 정신적 트라우마를 남겨준 사건이었다. 이를 인문학적 치유로 극복하며 그 역사적 실체와 진실을 재조명하려는 것은 여전히 작가들 몫이라 여겨진다. 하지만 우리가 예상했던 것보다 이를 문학적 소재로 형상화하려는 노력은 기대에 부응하지 못했으며, 또한 여순항쟁의 내용을 문학적으로 승화하여 표현한 작품들도 그 의미와 사건의 배경과 원인을 밝혀내는 데는 미흡했다고 판단된다.

따라서 향후 여순항쟁을 다루는 문학 작품에서는 여순항쟁의 주체를 밝히는 문제 못지않게 항쟁이 발발하게 된 시대적 상황이나 민중봉기의 원인에 대해 집중적으로 밝힐 필요가 있다고 판단된다. 나아가 오늘날 분단 현실을 극복하며 평화통일로 나아가는 데 있어 당시 해방정국의 복잡하고도 실타래처럼 얽힌 정국이 어디에서 연유된 것이며, 민족의 동질성 회복을 위한 우리의 노력은 과연 어떠했는지 자성하며 성찰하는 자세가 요구된다. 이데올로기의 대립 속에 감춰진 인간의 잔악성과 인간은 어디까지 타락하며 잔혹해질 수 있는지, 자신들과 의견과 생각이 다르면 모두 제거되거나 몰살되어야 하는 대상이었던지, 문학은 끊임없이 되물어야 하고 그 시대의 아픔에 대해 무한한 책임을 지는 자세로 나가야 한다.

이제 분단을 넘어 통일국가를 지향하며, 여순항쟁의 의미를 새롭게 조명하고 남북 간의 대립과 이질성을 극복하여 평화와 상생의 길로 나감으로써 새로운 시대를 예비하는 역량 있는 작가들의 끊임없는 정진을 기대해 본다.

대지의 절규, 진실의 먼 바다

- 『제주 4·3항쟁 70주년 기념 문학선집』 읽기

가라사대 네가 무엇을 하였느냐 네 아우의 핏소리가 땅에서부
터 내게 호소하느니라.

땅이 그 입을 벌려 네 손에서부터 네 아우의 피를 받았은즉
네가 땅에서 저주를 받으리니,

네가 밭 갈아도 땅이 다시는 그 효력을 네게 주지 아니할 것이요,

너는 땅에서 피하며 유리하는 자가 되리라.

- 창세기 4:10~12

제주 4·3항쟁이 올해로 70주년을 맞이한다. 이 뜻깊은 70주년을
맞이하면서 제주작가회의는 올해 기념 문학선집으로서 『그 역사, 우
리를 다시 부른다면』(도서출판 각 2018)이라는 시·시조 선집을 발간한

바 있다. 그동안 침묵의 역사 속에 묻혀 있던 제주 4·3항쟁의 진실이 온갖 박해에도 굴하지 않았던 제주도민들과 제주 작가의 노력으로 노무현 정부 때 「제주 4·3 특별법」이 제정되면서 그 역사적 실체를 온 세상에 드러내고 있다. 우리는 이 작품을 읽으면서 과연 문학이란 무엇인가 되묻지 않을 수 없다. 문학은 우리가 사는 시대적 상황으로부터 결코 자유로울 수 없다. 특히 글을 쓰는 작가들은 시대적 사명을 직시하며 역사적 진실에 부끄럽지 않게 험난한 길도 마다하지 않고 치열하게 글을 써 왔다. 이 글의 목적은 시·시조 선집을 대상으로 제주 4·3항쟁을 바라보는 작가들의 시각과 민중들의 고통 그리고 역사적 진실을 찾기 위한 그 노정을 되짚어 보며 문학이 사회를 위해 무엇을 해야 하는지 성찰해 보기 위함이고, 문학과 역사적 삶의 공진화共進化를 위해서 작가들이 이룩한 문학적 성취와 그 한계를 검토해 보는 데 있다. 이 『제주 4·3항쟁 70주년 기념 문학선집』(이하 '문학선집'이라 함)의 의의는 비단 지나간 역사에 대한 진실규명이라는 단순한 사고와 논리를 넘어, 4·3항쟁 희생자에 대한 명예 회복, 나아가 인류의 인권과 세계 평화를 지향하고 있다는 데 있다. 현재 제주를 비롯하여 우리나라 곳곳에서 재현되고 있는 현대사와 현실 문제에 관한 왜곡되고 그릇된 인식에 대해서 문학이 정도正道의 길로 나가고 있다는 데 있다. 다시 말해 '문학선집'은 4·3항쟁 이후의 삶에 대해서도 시대의 흐름을 예의주시하면서 제주의 강정 해군기지 건설 문제라든지, 세월호 문제, 2016년 촛불혁명 같은 사회 변혁의 문제들 그리고 베트남 인권 문제 등을 작품 속에 웅숭깊게 다루고 있다. 그리하여 현재의 문학적 성취가 4·3항쟁 역사 속에만 국한된 것이 아니라 미래 사회의 평화와 인권 문제, 나아가 후대에 대한 '역사 바로알기운동'에 이르기까지 광범위하게 그 영역을 넓혀나가고 있다는 데 있다.

4·3항쟁을 기억하고 증언하는 시

제주 작가들이 바라본 4·3항쟁의 진실은 어떤 모습이었을까? 먼저 강덕환의 작품을 보기로 하자.

어떠난/ 써넝헌디/ 눅정/ 내불어시니게// 오꼿/ 일려세와불자녕

- 강덕환, 「백비」 전문

작품을 감상하는 순간 우리는 언어 해독의 난해함을 발견하게 된다. 제주도 토속어로 표현된 이 시를 통해서 어쩌면 제주 4·3항쟁이라는 역사는 우리에게 극복할 수 없는 틈을 지닌 역사로서, 쉽게 접근할 수 없는 역사로서 오랫동안 자리매김해 왔는지도 모른다. 역사는 우리 삶을 통해서 단절된 모습으로 오는 것이 아니라 전승되어 대대로 이어져 오는 것으로 '문학선집' 곳곳에 그 흔적이 배어 있다.

아버진 말이 없었다/ 고모도 마찬가지였다/ 그래서 우리 가족

은 4·3과 무관한 줄 알았다/ 그랬는데// 호적에도 족보에도 없던 낯선 이름/ 수형인명부에서 떠돌던 이름/ 강·봉·남 (…) 배다른 삼촌/ 이·복·남

- 강덕환, 「삼촌」 부분

이 시에서 보듯이 역사의 실체는 우리가 알려고 하지 않고 들여다보려고 하지 않으면 결코 인식할 수 없는 기억의 저편으로 사라져 잊혀가는 실체다. 인용 시에서 보듯이 생존자들은 '강복남'으로 기억하지만, 역사 기록엔 '이복남'으로 기록되어 당사자의 끈질긴 노력과 정성이 아니라면 도저히 발굴할 수 없는 이름으로 '배다른 삼촌'은 역사의 어둠 속에 묻혀 있던 것이었다. 이러한 사례들은 비단 제주 4·3항쟁의 실체를 밝히는 데만 국한되지 않으며, 한국전쟁 때 발생한 민간인 학살 사건인 '노근리 사건'과 중첩되어 4·3항쟁의 의의와 그 의미를 증폭시키고 있다.

눈 감아도 보이리라/ 동그라미 세모 혹은 네모/ 쌍굴다리에/ 기호로 새겨둔 반세기// 외눈박이가 아니다/ 시퍼렇게 두 눈 부릅떠/ 진실을 기억하고자 함이니

- 강덕환, 「노근리」 부분

시의 화자들은 제주 4·3항쟁의 진실을 알리고자 '바람'이라는 매개

를 자주 활용한다. 제주도는 유독 바람이 많고 강한 섬이다. 바람이 라는 자연의 실체를 통해서 제주 사람들은 역사의 진실을 깨달으며 그들의 설 자리와 그들의 앞으로 가야 할 방향을 가늠해 보는 것이 다. 강봉수의 「곶바람」이라는 작품을 보자. 그의 시에는 무고하게 흘 린 민중의 피가 흥건히 배어 있다. 한날한시에 씨 멸족을 당한 '바람 부는 땅' 곳곳에서 대지의 절규가 들려온다.

  침묵 속에 경끼 앓는 섬 땅 사람들/ 바람 부는 날에 태어나/ 바람 부는 날에 넋을 잃고/ 섬 땅 빌레코지에 시신을 널었다// 관덕정 옆 경찰서 높이 솟은 망루에서/ 중산간 오름 언저리에/ 쇠비 쏟아져 내린 후/ 바람 부는 날이면 살타는 냄새가 독했다// 무고하게 죽어서 썩어 널브러진 살 냄새타고/ 영 행은 안뒈여,/ 영헌 싀상 뜨시 왕은 안뒈여/ 곶바람 그날 바람이 오늘 다시 걸 어온다

- 강봉수, 「곶바람」 부분

   제주 4·3항쟁의 역사는 시간을 거슬러 일제강점기에도 민중들의 아픔과 고통이 배어 있다. 이러한 역사의 현장을 작가들은 그들의 시 선을 통해서 절대 놓치지 않는다. 제주를 상징하는 '까마귀'를 통해서 때론 이름 없는 '돌멩이'를 통해서 혹은 가녀린 '할미꽃'을 통해서 그들 은 그토록 간절하게 무엇을 그리고자 했던 것인가.

여자가 거울을 보며 헤프게 웃고 있어. 분홍을 먹은 벌레들이 내 안에서 꿈틀거리나 봐. 거울을 볼 때마다 찾아오는 철모 쓴 남자의 발소리는 썩을 줄 몰라. 하긴, 여자의 다 헐은 분홍 속살을 갉아 먹는 벌레들이었으니까, 아니, 여자 속의 분홍 벌레를 삼키는 꽃들이었으니까, 군화에 뿌리를 내려 거품 꽃이 목말라,

거울을 빠져나온 여자가 축축하게 냄새나는 발을 천천히 앞으로 내디디며, 두 손을 흔든다. 술 취한 구더기 떼처럼 꽃잎들이 쏟아진다

― 고우란, 「빼앗긴 순정 그 후」 부분

그해 겨울엔 저리/ 눈보라 주둔군처럼 휘날렸네// 낙엽처럼 아픈 사연들 무수히 지고/ 속절없이 억새는 제 몸 뒤척였네// 쫓기듯 암담한 세상/ 아득한 절망의 끝자락// 어디로든 길이 막혀/ 앞일을 가늠할 수 없었네// 그렇게 그해 겨울엔/ 몸 녹일 온기 하나 없었네

― 김경훈, 「까마귀가 전하는 말」 부분

이런 역사적 진실 앞에 일부 사람들은 민중의 눈을 가리며 평화의 봄이 왔다고 진정한 해방이 봄이 왔다고 외쳤지만, 제주 사람들의 가슴엔 아직 돌아오지 않는 사람들로 봄은 왔지만 봄이 오지 않았다.

제주도민들의 삶과 진실을 외면하는 역사는 오늘도 제주에서 현재진행형으로 지속하고 있다.

> 10년 전 마을 찬성파들이 해군기지 유치 총회를 한 날/ 이로부터 모든 비극은 시작되었다/ 그 비극을 막기 위해 반대대책위가 꾸려졌지만/ 강정은 모든 구조에서 차단되고 완정(完征)당했다/ 그렇게 10년이 무참하게 흘러버렸다// 넉넉하고 부드러운 구럼비 바위는/ 폭파되고 매립되어 해군기지라는 흉물로 덮였다/ 차가운 시멘트에 묻혀 무덤이 되었다/ 할망물은 막혀 어디로 흐르는지조차 알 수 없다/ 강정은 아픈 마을 패배한 싸움으로만 기억되었다// 그러나/ 해군기지 결사반대 노란 깃발 여전히 펄럭이고/ 우리는 한결같이 싸웠고 여전히 싸우고 있다/ 찢겨지고 부서지더라도 구럼비처럼/ 상처 입고 소외되더라도 할망물처럼

> - 김경훈, 「우리가 구름비다」 부분

제주작가회의는 제주 4·3항쟁 70주년을 기리는 사업으로 지난해 '작가가 만난 사람 사람들'이라는 기획 특집으로 『돌아보면 그가 있었네』(도서출판 각 2017)라는 책을 발간한 바 있다. 그 작품집 내 「물 위에 뜨는 시간」이라는 글을 읽어 보면, 현택훈 시인이 김성주 시인의 삶과 그의 시력詩歷을 취재한 가슴 저미며 우리 맘을 뭉클하게 하는 감동의 제주역사가 꿈틀거리고 있다. 김성주 시인은 제주역사를 시로써 형상화한 대표적 시인으로 제주역사를 마주 대하며 제주 얘기를 통해

서 역사의 진실과 제주의 아픔을 전하고자 하였다. 시인 자신의 가족사가 바로 4·3항쟁이었다. 김성주 시인이 4·3항쟁을 시종일관 말해 왔듯이 제주지역의 많은 시인은 자신의 역사이자 자신의 가족사이며 지역민들의 역사인 4·3항쟁에 대해서 절대 외면하거나 회피하지 않았다. 그 뿌리가 바로 저항의 섬이자 평화의 섬, 미래의 섬인 제주에서 오래전 움트고 있었다. 시인이 가고자 했던 길은 제주의 굴곡진 역사를 통해 역사적 진실 앞에 한 점 부끄럼 없이 삶을 살고자 했던 제주도민의 저항정신 속에 있었다. 그의 시 한 편을 보자.

덤불 속 멧새들 눈알이 붉다/ 폭압적으로 몰려오는 눈보라 속에서/ 저벅저벅 철걱철걱 군화 소리 듣는다// 어머니를 잃은 내가/ 한 줌 핏덩이로 눈밭을 뒹굴던 내가/ 열여덟 처녀 인자 동무의 품에 안겨 죽어라 달리던 내가// 봉홧불 꺼진 지 오래/ 질기게 버티던 마지막 청미래 입도 떨어져/ 아무것도 증명할 수 없던 70년// 한라산을 내려온 바람이/ 자꾸만 길동무를 재촉하여 다다른 이곳// 무서운 정적// 턱, 버텨선 무지막지한 압력/ 붉은 핏물 낭자한/ 반공애국투사 충혼비 박한경 추모비 베트남 참전위령비// 저 입구를 지나/ 갱도로 들어간다는 것은 명부로 가는 것인지도 몰라/ 그래도 가야 해/ 저 폭압을 뚫고 암흑 속을 헤집어야 해/ 지상에서 사라진/ 따스한 동무들 다/ 다, 그 안에 있어// 등을 떠미는 바람/ 푸드득…/ 눈보라 속으로 날아오르는 멧새 떼

- 김성주, 「금광을 찾아서」 전문

김성주의 시는 증언하는 시로서, 4·3항쟁에 대한 기억으로서 읽힌다. 그는 1947년에 태어나 지금까지 제주 4·3항쟁의 역사와 그 궤를 함께해 온 시인이다. 그가 '인자 동무'의 등에 업혀 자라오면서 외삼촌 김상훈의 죽음을 봤고, 세월의 바다를 건너 공동체에 대한 기억의 무늬를 수놓는다. 지천명을 넘긴 나이에 문학을 다시 시작한 것도 먼저 간 사람을 기억하기 위해서 역사의 진실 앞에 얼어붙은 우리들의 마음을 녹이기 위해서였다.

4·3항쟁의 들녘에 피는 꽃

시조는 아무래도 정형시인 만큼 4·3항쟁의 역사를 시 형식에 다 담아내기에 역부족일 수 있다. 따라서 이 작품집에는 엇시조나 사설시조가 많이 등장한다. '문학선집'에 수록된 다수의 시와 마찬가지로 4·3항쟁을 기억하고 당시의 삶을 성찰하는 작품들이 많다.

별안간 우리 마을에 총소리가 들렸다네,/ 맨발로 뛰쳐나온 알녁집 우녁집 삼촌/ 옷섶에 핏방울 같은/ 동백꽃이/ 졌다네.// "낭도 총을 맞안, 옆갈니에 총을 맞안."/ 단발머리 나에게 바느질을 가르치시던/ 할머니 속적삼 깊이/ 흉터 다시/ 살아나,// 한 땀이 서툰 바느질에 손 찔린 실밥처럼/ 까닭 없이 죄도 없이 총을 맞은 나무처럼/ 뭉툭한 흉터 하나가/ 사월이면/ 아리다.

- 한희정, 「사월이면 아리다」 전문

붉은 소인 마포 형무소 아버지 엽서 한 장/ 낭설처럼/ 생트집처럼/ 인생에 끼어들어/ 와르르 허물고 가는/ 천추의 저 낙인// 반백 년 흘렀어도 풀지 못한 한이 있어/ 뿔뿔이 흩어진 가족 그 안부를 다시 물으며/ 명 긴 게 벌이라시던 어머니 생각합니다// 인생은 낙장불입/ 못 바꾸는 패 하나/ 빈속에 깡소주/ 독거노인 냉방에서/ 아버지 새로운 생애를/ 그리움으로 마십니다

- 김영란, 「엽서 한 장」 전문

첫 번째 인용 시조에서 4·3항쟁을 환기하는 이미지는 붉은색으로 나타난다. '총소리-핏방울-동백꽃'의 이미저리는 '바느질-흉터-나무-사월'과 대비되어 시의 화자의 기억을 반추시킨다. 한편 두 번째 인용 시조에서 '엽서-낭설-생트집-낙인-한恨'의 이미저리는 '안부-인생-독거노인-생애-그리움'으로 환원되어 다음 생으로 이어진다. 이는 '강정 달개비'의 이미지로 "길바닥/ 더 낮은 자세// 아침이면// 또// 피는// 꽃"(김영숙, 「강정 달개비」)으로 환생한다. 그리하여 '너븐숭이 수선화', '시린 꽃', '한라의 띠풀', '월령리 선인장', '복수초 노란 꽃망울', '한라산 철쭉', '알뜨르 엉겅퀴꽃', '한라산 진달래꽃', '섯알오름 뻘기꽃', '사월의 제비꽃'으로, 어둠을 밝히는 꽃등으로 '바람 부는 쪽'을 향해 제주 땅 곳곳

에 피어난다. 그 꽃들 "길위에 노래가 되어 떠도는 노래가 되어" 과거의 역사 속에서 현재의 역사를 예감케 하며, 현대사 속에 과거사의 잔영을 일렁이게 한다. 그리하여 진실은 예나 지금이나 투쟁하는 자의 몫으로서 민중의 삶 속에 오롯이 남아 대대로 전승되며 장강처럼 먼바다로 흘러든다.

당시 제주도에서 많은 마을이 토벌대에 의해 피해를 보았지만, 그중에서 조천 북촌리 마을이 가장 심했다. 북촌리는 무려 500명의 주민이 집단으로 학살당한 마을이다. 그곳이 바로 '너븐숭이(넓은 돌밭)'이라는 곳이며, 수많은 사람의 피로 대지를 적신 곳이다. 제주 4·3문학을 알리는 효시는 1978년 발표된 현기영의 「순이 삼촌」이다. 이 작품의 배경이 바로 북촌리 '너븐숭이'다. 작가는 4·3항쟁을 소재로 소설을 썼다는 이유로 정보기관에 연행되어 모진 고초를 겪기도 했다. 「제주 4·3 특별법」 제정이 2000년에 있었으니, 제주 작가들은 무려 20여 년 동안 진실의 바다를 향해 긴 항해를 하고 있었다.

한편 '문학선집'에는 시조 본래의 함축성과 간결성을 충분히 살려 제주 4·3항쟁의 아픔과 진실을 촌철살인의 표현으로 전하는 작품도 더러 보인다.

손 글씨 표지판 아래
엉겅퀴가 붉구나

벌초를 하고나자
배곯은 봉분 세 개

청춘아,

무얼 꿈꾸나

속냉이골

덤불 속에서!

- 김영숙, 「꽃무덤」 전문

'속냉이골'은 "서귀포시 남원읍 의귀리에 자리 잡고 있는데, 1949년 1월 의귀 사건에서 희생된 무장대원들이 집단 매장된 곳"이다. 아무도 돌보지 않은 무덤으로 누가 묻혀 있는지도 모르는 곳이다. 장소에 관한 유일한 단서가 "손 글씨 표지판"이다. 관官에서도 버려두고 주민들 사이에서도 잊혀가는 무명씨들의 무덤인 곳이다. 그런 그곳에서 시의 화자의 생각은 당대의 청년들이 품었을 생각, 해방 후 조국이 해방되었다고 하지만 당대 암울했던 제주 사회에서 민중이 그리고자 했던 사회, 미륵의 세계가 아닌 한 줌 지상의 세계는 어떤 모습이었을까 사유하며, 무상한 세월 속에서 잊혀가는 당대 민중들의 삶이 애달프고 야속하기만 한 것이었다. 후대 사람들이 할 수 있는 일이라곤 이름 없는 무덤에 찾아가 벌초하며 배곯았을 그대들을 기억하는 일이다. 자세히 들여다보아야만 보이는 덤불 속 엉겅퀴꽃처럼 골똘히 생각해야만 보이는 청춘들, 이렇듯 '문학선집'은 4·3항쟁을 기억하고자 하는 맘으로, 고통의 바늘에 찔린 작가들의 손으로 한 땀 한 땀 수놓은 대서사시大敍事詩인 셈이다.

'문학선집'의 문학적 성취와 과제

　'문학선집'이 이룬 문학적 성취는 무엇보다도 당대 사건에 대한 역사적 실체와 진실을 담는 채록 위주의 문학에서 벗어나, 4·3항쟁 정신을 계승하고 이를 넘어 4·3항쟁 이후의 삶을 다룬 작품까지 싣고 있다는 점이다. 다시 말해 우리 역사에 드리워진 민중에 대한 부당한 억압과 국가폭력에 맞선 투쟁들: 제주 강정 해군기지 건설 문제라든지 적폐 청산을 위한 촛불혁명 같은 사회 변혁의 주체를 다루고 있으며, 나아가 베트남 인권 문제까지 언급하고 있다는 점이다. 월남 파병 시 발생했던 한 베트남 민간인 학살 사건을 바탕으로 우리나라의 역사적·도의적 책임을 상기시키며, 제주 4·3항쟁은 역사 속의 박제화된 사건이 아니라 평화와 인권의 문제를 다루며, 끊임없는 반성과 자기혁신을 통해서 미래를 지향하고 있다는 점이다. 다음으로 '문학선집'은 작가들의 상상력으로써 탁상에서 기록된 관념적인 작품들이 아니라 4·3항쟁 정신 계승과 함께 제주의 아픔과 진실을 이해하며 공유하려는 제주 작가들의 발품을 팔아 만든 살아있는 증언록이라는 데 그 성과가 있다. 다시 말해 4·3항쟁에 관한 사실적 내용과 작가의 창의력이 융합되어 재탄생된 새로운 시각視覺의 작품집이라는 점이다. 이는 희생자나 유가족들의 슬픔을 외면하지 않고, 자신들의 슬픔인 양 그 슬픔을 함께 나누며 평화와 인권, 미래의 세계로 나가기 위해서 유족들의 상처를 치유하고 극복하려는 해원과 상생의 상징으로서 그 의미가 크다. 이에 대한 근거는 정군칠의 「이덕구 산전」이나 「목비(木碑)」 등의 작품에서 찾을 수 있다.

스무엿새 4월의 햇, 살을 만지네/ 살이 튼 소나무를 어루만지며/ 가죽나무 이파리 사시나무 잎 떠는 숲/ 가죽 얇은 내 사지 떨려오네// 울담 쓰러진 서너 평 산밭이/ 스물아홉 피 맑은 그의 집이었다 하네/ 아랫동네를 떠나 산중턱까지 올라온/ 사기사발과 무쇠솥이 깨진 채/ 하늘을 올려다보고 있네/ 그 숲에 나 잡목으로 서,/ 살 부비고 싶었네/ 그대 한 시절에 무릎 꿇은 것, 아니라/ 한 시절이 그대에게 무릎 꿇은 것, 이라/ 손전화기 문자 꼭꼭 눌렀네// 산벚나무 꽃잎 떨어지네/ 음복하는 술잔 속 그 꽃잎 반가웠네/ 그대 발자국 무수한 산밭길의 살비듬/ 어깨 서서히 데워주었네/ 나 며칠 북받쳐 앓고 싶었네

- 정군칠, 「이덕구 산전」 전문

백치 같다, 저 햇살/ 4월의 바람과 어우러진 백치 같은 햇살은/ 해원상생(解冤相生) 굿이 열리는 선흘리 곶자왈/ 너른 숲을 벗어나지 못하고 가장자리를 맴돈다/ 구겨진 섬의 비명으로 피어/ 잡목과 두루 섞인 동백/ 실타래를 풀어놓은 무녀의 사설에 쿵쿵,/ 섬이 울린다/ 김원준 고달옥 안창민 윤대선 정상호/ 속겹질 채 마르지 않는 목비들이 차례로 세워진다/ 버선코에 걸린 무녀의 흐느낌을 져 나르는 햇살/ 울울창창 나무의 곁가지들이/ 수런대기 시작하는 목시물골/ 습한 어두운 곳에 누워 있던 사람들이/ 총 맞은 등에 기름 뿌려 불태워진 주검들이/ 긴 그림자 매달고 걸어 나온다/ 곶자왈의 들숨과 날숨에/ 살과 뼈를 빌린 사

람들이 태어난 섬의 중심은/ 물집 투성이다/ 굿판을 서성거리던 허령(虛靈)들이/ 한데 어울려 어깨를 주무른다/ 더운 긴 뿜어내는 소리 환한,/ 그 위로 해원상생의 길을 풀어놓는 4월의 햇살/ 백치 같다, 저 햇살

- 정군칠, 「목비(木碑)」 전문

　역사는 반복된다는 말이 있듯이 과거의 역사가 우리 생활 속에서 재현되고 있음을 목격하게 된다. 정부는 반공 이념을 토대로 안보와 경제 논리로 민중들을 억압하고, 생존을 위해 일하는 그들의 삶터를 위협하며, 국가 공권력과 폭력을 동원해 도리어 국민을 핍박하는 상황들을 되풀이하고 있음을 부인할 수 없다.

　「제주 4·3 특별법」은 "2000년 1월 12일, 법률 제6117호로 제정, 공포되면서 비로소 정부 차원의 진상 조사가 이루어지게 되었고, 이후 「제주 4·3 특별법」 개정 법률안이 제출되어 2007년 1월 24일 법률 제8264호로 제정, 공포(디지털서귀포문화대전)"된 법이다. "「제주 4·3 특별법」은 현행법상 사망자, 행방불명자, 후유 장애자로 국한되어 있는 희생자의 범위에 수형자를 추가하고, 유족의 범위를 확대하며 위원회의 심의·의결 사항에 유골 발굴 수습 등에 관한 사항을 추가(디지털서귀포문화대전)"하여 법 제정의 취지를 한층 더 보완하였다. 이와 같은 법 제정이 이루어지게 된 배경 중 하나는 제주 출신 작가들의 피땀 어린 노력이 있었기 때문이다.

　우리는 '문학선집'을 통해 쌓아 올린 제주 작가들의 문학적 성취를

높이 칭찬하며, 4·3항쟁의 시대정신과 이에 대한 역사 인식을 올바르게 정립해야 하고, 나아가 이런 슬픈 역사가 다시는 재현되지 않도록 늘 깨어있어야 한다. 바로 이런 점에서 제주 4·3항쟁을 소재로 한 문학은 장차 한국문학이 달려갈 푯대와 같은 소임을 하게 될 것이며, 우리 문학사의 기념비적인 역작으로 자리매김하리라 확신한다.

이 같은 장점에도 불구하고 '문학선집'은 몇 가지 문제점을 드러내고 있다. 첫째 4·3항쟁을 바라보는 시각이 지나치게 남성 중심의 관점에 머물고 있다는 점이다. 오늘날 페미니즘 시각에서 보자면 여성의 관점에서 4·3항쟁 문제를 적용하려는 노력도 중요하다고 생각되는데, 특히 '문학선집' 내 여성 작가의 작품뿐만 아니라 남성 작가의 작품을 살펴볼 때 그러한 점들이 뚜렷하게 느껴진다. 하지만 다음 작품은 페미니즘 관점에서 읽을 수 있는 대표적 사례라고 여겨진다.

> 마을회의 때 집 빌려준 죄로 어디론가 끌려갔다
> 누가 무슨 말을 했는지
> 마을에 누구누구가 빨갱이인지 말하라고 했다
> "폭도 같은 년! 다른 데로 안 말하면 죽여!"
> 허리 묶어 들보에 돼지처럼 매달아 놓고 몽둥이로 팼다
> 둘이서 양쪽 귀에 총을 대고 쏜다고 해도
> 아무것도 모른다고 했다
> 독한 년이라고 뒷날은 지사에서 와서 잡아갔다
> "아이고, 수산은 이제 다 판났져"

수군대는 사람들의 한숨이 가슴에 파고들었다

(…)

고문 끝에 눈이 먼 당신은

이미 보고 있는지 모른다

나 먼저 살겠다는 사람이 더 많은 이 세상

모르는 죄, 잊은 죄에도 팔 없는 세상을.

"경숙이가 수산 살렸다고 했는데

그때 살아난 사람들 다 먼저 가고

그 아들들은 그걸 모릅니다.

'경숙이 착허여 착허여' 했던 이장 어른

아흔다섯 나서 이 여름에 죽고

이젠 아무도 모릅니다

- 진순효, 「양경숙 할머니」 부분

이 시는 여성주의 시각에서 여성이 주체가 되어 그 당시 제주 여성들이 겪었던 4·3항쟁의 아픔을 잘 형상화하고 있다. 남성들도 참기 힘든 고통스러운 고문을 다 참아가며 한 개인을 희생하여 다수를 살리겠다는 숭고한 희생정신을 토대로 시의 화자는 현재를 사는 우리에게 4·3항쟁의 역사에는 남녀노소가 따로 없었다는 것을 명확하게 인식시키고 있다. 가령 강봉수의 「할미꽃」에 나오는 모습은 "하늘을 올려다보지 못하고/소리 없이 눈물짓던 어머니"를 연상케 하는, 유교적 전통의 현모양처 같은 어머니 형상과는 사뭇 다른 이미지이다. 지난 4·3항쟁 이후에 삶과 역사를 다룬 작품으로 '강정 해군기지 문제'와 '촛불혁명' 같은 사회 변혁의 주체를 다룬 작품 그리고 제주처럼 아픈 역사를 가진 '베트남 인권을 다룬 작품'과 '세월호 문제'를 다룬 작품들도 눈에 많이 띄지만, 정작 여성주의 관점에서 페미니즘이나 젠더 문제를 다룬 작품이 상대적으로 부족하다는 점은 다시 한번 생각해 볼 문제다. 제주작가회의 작가들이 취재한 글모음집인 『돌아보면 그가 있었네』라는 책을 보면 김성주 시인을 비롯한 박순석, 변현옥, 김지선 할머니 등의 이야기가 나오는데, 다양한 사람들의 삶의 역사를 통해서 당대의 아픔을 한층 더 진솔하게 묘사하고 있다는 것을 볼 수 있다. 역사적 삶의 주체를 양성평등 시각에서 더 다각적으로 바라볼 때, 4·3항쟁의 실체와 그 진실이 더 잘 규명되지 않을까 반문해 본다.

마지막으로 이 '문학선집'이 서가書架에서 읽히는 시가 아니라 대중에게 좀 더 다가서는 작품으로서 '파블로 네루다Pablo Neruda'가 노동자의 삶터를 찾아다니며 그의 시를 낭송하고 그들을 위로해 주었듯이, 삶의 현장에서 역사의 현장에서 그리고 다크투어dark tour 답사에서 작가들에 의해 대중들에게 읽히는 역동적인 시가 되었으면 하는, 바람이다. 제주도민과 전 국민을 대상으로 한 작가들의 순회 시화전이나 시낭송회 등을 통해 제주 4·3항쟁 정신을 알리고 이를 문학적으로 한층 더 계승·발전시킴으로써 그 역사적 실체에 접근하려는 노력이 함께 이뤄져야 할 것이다. 제주 4·3항쟁 정신이 작가들의 작품 속에 스며들어 그에 상응하는 문학 작품으로 구조화된다면 전 국민의 4·3항쟁에 관한 이해와 기억들이 한층 더 웅숭깊어지리라 생각된다. 또한, 이 '문학선집' 발간을 계기로 여수·순천을 비롯하여 한국 현대사에서 국가 공권력에 의한 민간인 학살이나 한국전쟁 전후 민간인 학살을 경험한 지역에서 이에 관한 지역 작가와 전국 작가들의 관심이 일파만파로 확산하는 계기가 되길 바라며, 또 작가들은 이를 문학 작품으로 잘 형상화하여 당대 사건의 실체를 후대에 전하여 기억하게 함으로써 역사적 진실을 밝히는 소중한 마중물이 되기를 소망한다.

폐쇄와 격리 너머의 휴머니즘

예로부터 우리 선인들은 일상적인 삶 가운데 풍류風流를 지향하는 삶을 추구하고자 하였다. 풍류란 문자 그대로 시가 있고 멋스럽게 노는 일이나 운치가 있는 일이라고 볼 수 있지만, 다른 의미로는 아담한 정취나 취미를 말하는 것으로 속된 것을 버리고 고상한 유희를 하는 것으로 이해할 수 있다. 우리의 일상적인 삶이 때로는 즐거운 일도 있지만 슬프고 힘들고 어려운 경우도 허다하다는 것을 깨닫게 될 때가 종종 있다. 특히 코로나19 시국에서 많은 사람이 정상적인 일상생활을 누리지 못함으로써 하루하루의 삶에 대해 답답해하거나 심지어 우울증에 걸리는 사람들마저 나타나고 있다.[1]

---

1 한국건강증진개발원이 한 여론조사(2020. 8. 11. ~ 8. 24.)에 의하면 우리나라 국민 10명 중 4명이 코로나19로 우울·불안 증상을 겪었으며, 남성보다 여성의 우울감 호소 비중이 더 높은 것으로 나타났다.

전염병의 창궐을 소재로 한 세계문학에 대해 고찰하자면, 보카치오의 『데카메론』과 카뮈의 『페스트』를 대표적인 작품으로 손꼽을 수 있다. 전자의 경우, 중세 유럽에서 당시 대유행했던 흑사병을 피해 지체 높은 젊은 부인들과 귀족 청년 등 10명이 열흘간 주고받는 100편의 이야기를 다루고 있다. 작가는 흑사병의 참상 속에서 와해하는 중세적 가치를 지켜보면서 인간과 삶에 대한 끊임없는 의문을 제기하며, 인간 본연의 자유로운 욕망과 예측 불가능한 삶 가운데 맞서, 삶을 긍정하는 낙관적 세계관을 펼쳐놓았다. 이에 비해 후자의 경우, 작가는 작품을 통해 페스트와 싸우다가 죽어간 사람들, 재앙에 맞서 싸우기 위해 노력했던 사람들, 고통과 절망의 격랑 속에서 현실을 직시하며 의연히 운명에 대처하려는 인간의 모습을 묘사하고 있다. 즉 현실이 아무리 비극적이며 고통스럽다고 할지라도 희망을 버리지 않고 페스트를 퇴치하기 위해 자원봉사대를 조직하여 '치료'부터 시작하는 일은 '부조리'한 세상에 대한 진정한 '저항'이며 인간이 걸어가야 할 마땅한 길이었다고 작가는 보았다. 이들 작품에서 공통으로 발견할 수 있는 사실은 인간의 '포기할 수 없는' 희망의 의지를 찾고 있다는 점이다.

이런 사회적 분위기 속에 최근 우리 문단의 시는 어떤 모습으로 우리에게 다가오고 있는 것일까? 최근 시는 바로 '희망의 의지'라는 본질을 놓지 않고 어려운 상황 속에서도 문학이 지향해 나갈 길을 생명 존중과 가치 있는 삶으로 초대하고 있다는 점이다.[2] 최근에 발표된 각

---

2 『내일을 여는 작가』 77호에서 기획 특집으로 「질병, 이후의 문학」을 본격적으로 다루고 있다. 『창작과비평』 189호의 「코로나19가 던진 과제들」, 『문학과사회』 131호의 별책 「코로나-어펙트」 등이 이와 관련된 내용이다.

계간지나 개인 작품집의 시에서 이러한 변화나 기류를 감지할 수 있다. 먼저 김경윤의 시를 살펴보자.

산그늘 내려와 저수지에 발목 적시듯
어스름 기척도 없이 슬며시 숲길 어루만질 때
바다는 어느새 붉은 노을방석 깔아놓고
달마는 애저녁에 어둠 경전 펼쳐놓았다

어둠이 바다와 하늘의 경계를 지웠으니
저 무구한 하늘에 무슨 글자가 필요할까
별빛의 불립문자여!

스스로 빛나는 것이 너의 길이라면
그저 별빛 아래서 어둠 경(經)을 읽는다는 것은 나의 일

여기 달마의 슬하에선 오만가지 길들이 하나의 길로 눕고
어지러웠던 생(生)의 물음들도 마침내 단순해지는 것을,

- 김경윤, 「달마의 슬하」 부분(『창작과비평』 2020년 가을호)

노을 지는 대자연 앞에서 시적 화자는 우리의 삶, 그 본질에 관해 묻고 있다. 각양각색의 개인적 삶을 살아왔던 자들이 저마다 형편과 처지가 다르고 추구했던 목표가 다르다 할지라도 한 생애를 살아오면

서 대자연 속에 자기 자신을 살펴보면 인간이 지향해야 할 길은 결국 하나의 길로 수렴하게 된다는 사실을 알게 된다. 어떻게 살아야 하며 삶의 궁극적 목적이 무엇인가 자문하는 그 자리 그 찰나에서 시적 사유는 어지러웠던 우리의 삶을 단순화시키며, 삶의 지향점에 비추어 볼 때 우리가 얼마나 그로부터 멀어져 갔는지 헤아려 보는 성찰의 시간을 가져다준다. 저 하늘 캄캄한 하늘 속에 무수히 쏟아지는 불립문자 같은 별빛들 바라본다는 것은 바로 우리의 마음을 정화하는 일이며, 우리의 삶을 성찰하는 일이며 우리의 삶의 목적을 돌이켜보는 일이라고 말할 수 있다. 코로나19 사태로 우리들의 삶이 유폐된 삶처럼 답답하고 예측할 수 없는 삶이라 할지라도 지나온 시간을 어둠 앞에서 무효화시키며 마음을 가라앉히면 어둠 속에 삶의 고갱이가 뚜렷이 윤곽을 드러낸다. 멀리 있는 길을 에돌다 보면 그 또한 한 여정이요 오만 가지 길 중에 하나의 길이었음을 독자가 맘속에 새기게 한다. 이 시에서 말하는 '어둠 경전'은 우리가 사는 21세기 현 상황을 묵상케 하는 은유적 교본教本이자 삶의 지침서다. 별빛이 어둠이 강할수록 더욱 그 영롱한 빛을 발하듯이 달마의 슬하에 있는 인간들에게 그동안 걸어왔던 수만 갈래 길들이 '어둠 경전' 속에서 비로소 환하게 모습을 드러내고 있다. 그 길들을 하나로 정리하는 것이야말로 생을 정리하는 길이요, 우리가 지향하고자 했던 삶의 고갱이를 하나의 길로 펼쳐 보인다.

땅끝해안로 벼랑길 모퉁이 돌아가다
불쑥 출몰한 해무에 발목 잡힌 마음이 사구미에 주저앉았다

사구미는 늙은 고양이처럼 적막한 포구

　　여름이 와도 손 없는 해변민박 평상에는 파란만장 펼쳐놓은
바다가 종일 책갈피만 넘기며 글썽이다 저물고

　　저녁을 뒤따라온 지친 길들도 모래언덕에 발목을 풀어놓았다

　　얼마나 오랫동안 삼키고 뱉었는지 그 이름도 사구미(沙丘味)란다

　　(…)

　　더는 눈물로 생을 보내지 말자고 다짐의 몽돌들 심연에 던져
놓던 흰 밤도

　　부질없어라 만 갈래로 흩어지는 포말들!

　　잠귀에 고이는 파도소리에 뒤척이다 깨어보면 금 간 유리창
아래까지 밀려와 어깨 들썩이는 바다

　　날마다 날마다 자꾸 밀려오는 슬픔의 만조(滿朝)여

　　사는 일이 때론 하염없이 울먹이는 파문 같은 것이어서

　　누구나 울면서 파도소릴 들어야 할 때가 있는 것이다

　　　　　　　- 김경윤, 「그 여름 사구미」 부분(『창작과비평』 2020년 가을호)

　　김경윤의 시 「그 여름 사구미」를 살펴보면 현 코로나19 상황을 반영

하듯 여름 휴가철이 되어서도 해변민박에는 오가는 길손 하나 찾아보기 힘들다. 이른바 '사회적 거리 두기'로 저마다 일상생활을 접고 자신의 거처에서 칩거하며 불안하고 예측할 수 없는 현실 속에서 안타까워하는 사람들의 정서가 웅숭깊게 잘 표현되어 있다. 시적 화자는 그 쓸쓸한 해변민박에서 바다가 수많은 책갈피를 넘기듯 자신도 그와 같이 책갈피에 한 생애의 흔적을 남기고 있다. 까마득한 지질학적 시간이 해변의 모난 돌들을 몽돌로 바꿔놓았듯이 우리의 생을 눈물과 슬픔으로 만들지 않겠다고 다짐하건만, 그것도 부질없는 일이 되어 절대로 울먹이지 않고 살 수는 없는 것이라고 화자는 우리에게 고백한다. 바다는 우리의 생을 닮았는지 모른다. 그래서 화자는 잠들다 깨어보면 "유리창 아래까지 밀려와 어깨를 들썩이는 바다"를 안고서 사는 것이 너무 힘들고 가슴 답답하고 외롭고 쓸쓸한 것이라 할지라도 이 또한 이겨내야 할 주체는, 바로 시적 화자를 포함한 우리 인간이라는 점을 일깨워 준다. 그리하여 우리는 자연에서 치유 받고 바다에서 위로받게 되는 것이다. 그러므로 시적 화자는 "누구나 울면서 파도소리를 들어야 하는 때가 있는 것이다"라고 말한다. 인생의 삶 가운데 크고 작은 파도가 없다면 그 또한 쓸쓸하고 참혹하고 단조로운 삶이 된다. 세파에 찌든 우리의 삶이 흩어지는 물거품처럼 덧없이 보일지라도 밀려오는 파도에 지나간 시간을 자꾸만 지우며 우리가 나아가야 할 지점을 시는 우리에게 보여주고 있다.

파도와 관련된 또 다른 시를 살펴보자.

백사장에 신발을 벗고 앉았다
바다는 사라질 서술을 기어코 쓰고 있다

멀리 날아갈 줄 모르는 갈매기
바다의 커다란 눈꺼풀을 들어 올리는 바람

포말 속에서
포말 속으로
그때 책들이 떨어진다 그 날에 손목 달아난다 목소리가 흩어
진다

해변에 남겨진 모래 위에 글자
지우고 다시 쓴다

헝겊 인형처럼 뭉개진 손으로

파도는 오고야 말지
파도는 바다를 쓴다
바다에서는 입에 거품을 물고 말하면 안 된다는데

너무 많은 파도 앞에서
입에 거품을 무는 사람들

다시 밀려오는 파란만장
앞뒤를 다투던 파도는 기진맥진

나는
요약된 한 줄의 파도

- 정선우, 「파도 쓰기」 전문(『문예연구』 2020년 가을호)

이 시에서 시적 화자는 자신을 "요약된 한 줄의 파도"에 비유하고 있다. 파도가 상징하는 삶의 의미는 무엇일까? 수없이 밀려왔다 밀려가는 파도 위에 곧 지워지고 말 글자를 바다는 다시 쓰고 있다. 바로 글자는 사라질 존재이기에 끊임없이 지워지고 다시 쓰인다. 마치 시시포스Sisyphos의 '무용한 정열inutile passion'처럼 바다는 "사라질 서술"을 쓰고 있다. 그래서 시적 화자는 바다에서 입에 거품을 물고 말하면 안 된다고 말한다. '거품'은 '사라질 혹은 사라짐'을 암시하고 있기 때문이다. 우리의 삶이 밀려오는 파도처럼 기진맥진할지라도 우리는 모래 위에 다시 한 편의 생을 쓰고 있다.

그러면 코로나19 시대에 즈음하여 바이러스와 관련된 시편들을 좀 더 자세히 들여다보도록 하자. 이러한 시에는 바이러스의 세밀한 모습을 관찰하고 있는 시로부터 이를 강력하게 퇴치하고자 하는 시 그리고 바이러스에 노출된 우리들의 일상을 묘사한 시에 이르기까지 매우 다양한 작품들이 최근 선보인다.

붉은 문양의 손잡이가 등장했다
정교한 꽃 같다거나,
우아한 철퇴처럼 보이기도 하는 새로운 손잡이는
가장 평범하고 소중한 일상을 내리치며 단숨에
세계 곳곳으로 제 영역을 확장해 갔다

(⋯)

어떤 손잡이는 배려의 무기기도 하지
칼날에 훅 뿜어대는 나비물이나
번쩍거리며 덩실덩실 추는 장도의 무용舞踊은
단순한 최후를 일격 하는 망나니의 배려지
막 나온 아이 같은 봄의 손잡이를 당긴다
외출할 때마다 마스크를 쓰고
정화수처럼 놓여있는 손세정제를 꾹 짜
정성스레 양손을 비빈다
세상 물정 모르는 붉은 철퇴의 겨눔과 과녁 사이,
나는 나를 격리시킨다
격리된 봄, 사방에 만발하고 있다

- 금시아, 「막 나온 아이 같은」 부분(『미래시학』 2020 여름호)

지금 화자는 코로나바이러스에 대해 세밀하게 관찰하는 중이다. 붉은 문양의 정교한 꽃 같은 코로나바이러스, 그 모습은 어찌 보면 철퇴 같고 때로는 손잡이처럼 생긴 평범한 모양이지만, 코로나바이러스는 부지중에 전 세계로 확산하여 우리의 삶을 노리는 망나니처럼 우리의 숨통을 조여오고 있다. 사람과 사람 사이의 비말에 의해 전파되는 바이러스를 "칼날에 훅 뿜어대는 나비물"로 표현한 대목이 압권이다. 바야흐로 코로나바이러스가 우리와 세계 사이를 갈라놓으려 '격리된 봄' 을 세상 속에 마구 부려 놓고 있는 시점에서, 마스크와 세정제로 중무장한 우리의 모습이 스멀거리는 공포감을 연출케 한다. 그러한 절망스러운 상황에 대해 또 다른 시인은 이렇게 읊조리고 있다.

(…)

거실은 불안으로 주저앉은 무인도가 되어갔어요
가족들은 각자의 방에서 핸드폰만 두드려 대고
나는 홀로 입을 가린 채 터져 나오는 기침을 구박했죠

부어오른 후두에 자책의 입김을 불어 넣으면
절망의 표정들이 발밑에서 간족거렸습니다
이제, 아름다운 곳이라 믿었던 곳들은
문을 닫아걸었고 그리운 얼굴들은
되뇔 수 없는 이름이 되었습니다

어쩌면, 말을 잃어버린

'나'라는 바이러스가 되어버렸습니다

- 김밝은, 「코로나19 증후군」 부분(『미래시학』 2020 여름호)

현 코로나 시국에서 시인들은 이렇듯 우리의 삶의 모습에 대해 초연해지려고 노력하거나 아니면 불안을 감지하고서 절망과 고통 속에 몸부림치는 모습을 보이기도 한다. '말을 잃어버린' 바이러스가 되어 사람들과 사람들 사이의 관계에서 적막감이 감도는 폐쇄된 공간으로 세계는 순간 변하는 분위기다. 하지만 앞서 살펴보았듯이 어떤 시들은 이러한 상황 속에서 문학의 본령本領을 되찾고자 세상을 향해 '어퍼컷'을 날리기도 한다. 시인이 날리는 언어의 침방울은 백지 같은 공황 상태의 삶 가운데 치유의 백신이 되어 암울하고 기약 없는 미래를 다독거리며 안위해 주는 매개체 소임을 한다.

박세영의 시를 살펴보자.

수학 시간
코로나19 바이러스가 만든 교실
한 명의 확진자는 또 다른 확진자를 낳고
격리자의 수와 함께 날짜별로 증가한다
산술적 직선에서 수학적 곡선으로 옮겨가며
기하급수적 그래프를 보였다
바이러스 입자가 인간에게 침투하여
기생충도 아닌 것이 기생하다

복제 능력을 발휘한다 순식간에
지구를 지배하는 전투력이 압권이다
보이기라도 하면
권투, 태권도, 합기도 등등의 유단자들이
한방 날려주고 싶건만 보이지 않는,
뿔 달린 머리채를 꺼두르러
전자현미경으로 보듯 쳐들어간다
항바이러스 치료제를 싣고 보이지 않는,
나노 입자의 스텔스 전투기로 변신하여
모세혈관으로 잠입한다
눈에는 눈, 이에는 이
코로나 은신처의 세포에 투하한다
그래프의 전세는 한풀 꺾이고
곤두박질친다
제일 중요한 숫자를 보여 준다
환자도 질병도 없는
어둠의 존재가 사라지는 소중한 순간을

- 박세영, 「코로나19」 전문(『광주전남작가』 2020. 7.)

　박세영의 시에서 "권투, 태권도, 합기도 등등의 유단자들이/ 한방 날려주고 싶건만 보이지 않는," 바이러스는 얄밉기만 하다. '산술적/ 수학적/ 기하급수적' '복제 능력/ 전자현미경/ 나노 입자/ 모세혈관' 같은 시어들이 다소 시적 긴장감을 떨어뜨리는 점이 흠이지만, 바이러스를 퇴치하고야 말겠다는 시적 화자의 의지가 "스텔스 전투기"만큼이나 막강하게 느껴지는 시다.

한편, 코로나19 상황에서 삶의 일상을 평범한 소재로부터 끄집어내어 묘사한 시들도 있다.

> 한 노년이 고양이를 불러 밥을 준다
> 노란점무늬사시나무 사이에 거적으로 둘러싼 고양이의 집이
> 있다
> 서울의 여름이 오고 있는데
> 코로나19는 더욱 기승을 부리고
> 사람들의 거리가 멀어지고 있는 출근시간이다
> 아무 할 일이 없어
> 고양이 밥을 준다
>
> (…)
>
> 하얀 마스크와 검은 마스크, 시간에 가림막을 치고
> 내부를 들여다보는 유월
> 빛과 빛이 교차하는 지점에서 파란 일출이 다가온다
> 해가 출몰하는 지점에서
> 야성이 살아있는

고양이에게 밥을 준다, 뼈저린 나라미는 아직 세 홉 정도
남아 있다
아직은 갈 길이 멀다, 쉽게 무너지지 않는다

무너지러 가던 사람들이 돌아오고 있다

- 박형권, 「고양이에게 밥을 준다」 부분(『문예연구』 2020년 가을호)

지금 우리는 여태까지 겪어보지 못한 세계를 향하고 있다. 코로나
19라는 엄중한 시국에서 사람들은 지쳐만 가고 있다. '사회적 거리 두
기'라는 이름으로 사람들과 대면하는 시간이 줄어들고 그 때문에 무
료하고 아주 할 일 없는 시적 화자는 고양이에게 밥을 준다. 이 시는
무료한 가운데 집에서 소일하고 있는 시민들의 현 세태를 반영하는
'덤덤한' 시라고 볼 수 있다. 하지만 이 시를 자세히 들여다보면 아무
리 정상적 활동이 어렵고, 집에서 칩거하고 있는 사람들이라 할지라
도 '야성이 살아있는' 집고양이처럼 인간에게는 '삶의 희망'을 놓지 않
으려는 유전자가 그들 몸속에 내재하여 있음을 발견하게 된다. "아직
은 갈 길이 멀다, 쉽게 무너지지 않는다// 무너지러 가던 사람들이 돌
아오고 있다"라는 메시지는 앞서 얘기했듯이, 작가들의 세상과 인간
에 대한 '희망의 의지'와 궤를 같이하고 있다.
　우리는 코로나19를 극복하고 예전과 같은 세상으로 돌아가야 할 책
무가 남아 있다. 그 길을 우리는 결코 포기할 수 없고, 또 멀게만 느
껴지는 길이라고 여긴 자들이 다시 돌아오고 있음을 본다. 향후 미래

에 대한 희망을 잃고 낙담하는 요즈음의 독자들에게 이 시는 그들의 마음에 한 줄기 빛처럼 희망의 싹을 드리우고 있다.

　고양이를 소재로 한, 또 다른 시로서 이재린의 시를 살펴보자.

　　　사이가 나쁜 고양이들에게
　　　서로의 체취를 묻혀 준다

　　　섞이면서 잊혀지고
　　　잊혀지면서 친숙해지는
　　　체취들의 다정한 폭력

　　　(…)

　　　한껏 묻혀 비비고 핥아대느라
　　　누군가의 질투를 자초했겠으니
　　　사라지지 않기 위해
　　　이제는 외면하는 법을 익혀야 할 때
　　　마주 보지 않고 밥을 먹고
　　　몇 발자국 떨어진 채 걸어가며
　　　외면을 관조해야 할 때

　　　잠복기간이 길수록
　　　권태는 위태롭기만 한데

감동은 없고 자극만 난무하는

언어의 침방울이 묻은 밤의 백지 위로

쌓여가는 건

감염 우려가 없는

백신 같은 시 시 시

- 이재린, 「시시한 하루」 전문(『미래시학』 2020 여름호)

　코로나19 상황에서 우리는 역설적이지만 소멸하지 않기 위해 "이제는 외면하는 법을 익혀야 할 때"다. 그 가운데 우리의 현실적 삶이 고통스럽고 참담할지라도 이를 이겨내는 해법은 "감동은 없고 자극만 난무하는" 불평·불만의 언어가 아닌 공동체를 지향하며 서로 배려하고 존중하는 "백신 같은 시"에 있지 않을까?

　다시 처음 얘기했던 『페스트』 작품으로 돌아가서, 주인공 리유는 페스트로 고통당하는 모든 이들과 깊은 유대와 공동체 의식을 가지고 정직한 양심의 원칙에 따라 단호하게 희생자의 편을 들고, 자신과 같은 시민들이 공유하고 있는 삶의 고통과 기쁨 속에서 그들과 하나 되고자 하는 모습을 보이는데, 이는 문학이 지향하고자 하는 휴머니즘과도 맞닿아 있다.[3]

3　애초에 카뮈A. Camus가 작품 제목을 '페스트'라 했을 때, 이는 '2차 세계대전'의 내면화 과정을 상징하기 위해 사용한 것으로 보인다(Carnets I, Gallimard, 1962). 왜냐하면, 전쟁이란 질병이나 죽음같이 부조리한 것이라고 보았기 때문이다. 부조리하다는 것은 우리가 상식적으로 이해할 수 없는 상황이거나 감내하기 힘든 현실을 의미한다.

이러한 점에서 볼 때, 최근의 시들은 코로나 시국에서 나름대로 독자들에게 위안을 주며 희망의 씨앗이 되고자 한다. 때론 현실의 답답함에 대한 푸념을 넘어서 이웃과 소통하며 힘든 시기를 극복하려는 모습이 역력하다. 눈에 보이지 않은 바이러스도 심각한 문제이지만 지금 세계 곳곳에서 발생하는 분쟁 역시 해묵은 난제다. 이러한 국제 분쟁[4]은 우리의 맘을 암울하게 만들며, 당사국 주민들의 현실적 삶을 황폐화하고 있다. 게다가 기후변화에 따른 홍수·산불 피해[5]로 수많은 이재민이 지구촌 곳곳에서 발생하고 있다. 위기에 처한 사람들을 돕는 국제적 연대와 노력은 비단 바이러스의 퇴치 차원뿐만 아니라 난민이나 이재민 지원 등 휴머니즘 차원에서도 절실하다. 시가, 나아가 문학이 이러한 당대의 정치·사회적 문제에 대해 외면하지 말아야 할 이유가 바로 여기에 있다.

4　2020년 9월 27일(현지 시각) 분쟁지역인 '나고르노-카라바흐'에서 시작했던 아르메니아와 아제르바이잔 간의 교전은 아제르바이잔의 제2 도시 간자까지 번졌다. 사망자도 최소 200명을 넘어섰다. 양국 갈등이 터키와 러시아 등 국제대리전 양상을 띨 조짐도 보였다(『경향신문』 2020. 10. 5.).

5　AP통신에 의하면 2020년 10월 3일(현지 시각) 이탈리아와 프랑스 접경지역에 강타한 기록적 홍수로 최소 2명이 숨지고 24명이 실종되는 인명 피해가 발생했다. 또한, AP통신에 따르면 2020년 9월 27일(현지 시각) 오전 4시 미국 캘리포니아 북부 샌프란시스코 근교에서 대형 산불 '글래스 파이어'가 발생했다. 산불은 미국 최대 포도주 산지인 세인트헬레나와 나파밸리의 양조장, 이 지역 수천 가구로 번져 주민 5만여 명이 대피한 바 있다.

제2부

인간의 삶에 녹아든 서정

노동 현실과 인간 존재의 경계에서

- 백무산 시의 변모 과정

현대시의 다양성

세계의 분쟁과 사회적 갈등과 관련하여 이천 년대 이후의 시에 관해 얘기할 때, 신형철이 "문명담론, 분단담론, 계급담론이 복잡하게 뒤엉켜 있고, 미래주의futurism의 이미저리와 재패니메이션Japanimation의 상상력까지 가세해 있어서, 동시대의 여느 시에서 보기 힘든 역동적인 시적 공간이 탄생했다."[1]고 말했듯이 금세기 시의 지평은 전문화·세분화되며 복잡한 양상을 보인다. 『창작과비평』(2017년 봄호)에서 박성우는 2010년대 시와 시 비평에 대해 논하는 자리에서 최근 시의 경향에 대해 '발칙한 아이들의 모험에서 일상 재건의 윤리적 책임감으로' 표현한 바 있다. 한마디로 여러 경향이 시들이 한 데 혼합되어

---

1 신형철, 「2000년대 시의 유산과 그 상속자들」, 『창작과비평』 2013년 봄호 376면.

다양한 시의 지평을 형성하고 있다. 그런데 이러한 현대시의 흐름 속에 80년대부터 줄곧 자기만의 시 세계를 걸어온 시인이 있다. 백무산 시인은 몇 해 전 『폐허를 인양하다』(창비 2015)를 출간한 바 있다. 그의 작품은 현대시의 경향 속에 어떤 의미를 지니며, 또 어떻게 평가할 수 있을까?

백무산의 시는 주로 노동 현장에서 자본가 계급이나 자본주의에 맞서 싸웠던 경험을 토대로 일반 노동자, 민중들의 진정한 삶에 대한 역사적 투쟁을 담은 내용이 많다. 그는 무엇보다도 인간의 삶을 시에서 소외시키고 싶지 않았다. 그의 시가 인간 존재에 대한 애정과 성찰을 통해 당대 민중들의 삶의 진정성을 담보할 수 있으므로 진솔하고 감동적인 작품으로서 자리매김할 수 있었다. 그의 시에서 현실을 바라보는 시적 화자의 시선이 다소 직설적이고 정공적正攻的일 수 있겠지만, 현실적 삶을 오롯이 지탱하는 진정성을 충분히 떠받치고 있기에 시적 감동을 불러일으키는 데 모자람이 없었다. 백무산 시인의 그러한 현실주의 관점은 바로 인간 존재에 대한 철저한 반성과 성찰에서 오는 것이라고 판단된다.

지금, 이 글에서 백무산의 시를 살펴보려고 하는 것은 사회에 대한 시의 윤리적 책임을 다시금 성찰해 보기 위함이다. 지금까지 백무산 외에도 박영근, 김해자, 송경동, 박소란 등 많은 시인이 '노동과 인간의 문제'에 대해 천착해 왔지만, 노동 문학에서 백무산의 작품은 다른 작가의 작품과 차별화되는 점이 있다. 그러한 특징에 대한 근거를 찾고 해석하는 것이 이 글의 핵심이 될 것이다.

논의의 전개를 위해서 노동시의 뿌리가 되는 민중시에 관해 간략히 살펴보면, 황규관은 민중시가 꼭 특정 시기의 경향을 의미하는 것도 아니며 억압된 삶의 리얼리티에 충실한 시를 꼭 민중시라 할 필요는 없으나 "'노동시'나 '민중시'라는 호명 방식을 아주 부정할 필요는 없다."[2]고 말한다.

여기서 우리는 알튀세르의 '호명 이데올로기'를 생각해 볼 필요가 있다. 알튀세르에 의하면 "이데올로기 안에서 '표상/재현/상연하는se représentent' 것은 인간들의 현실적인 실존 조건들, 그들의 현실 세계가 아니며, 이데올로기에서 그들에게 '표상/재현/상연되는représenté' 것은 그들이 이 실존 조건들과 맺고 있는 관계"이다. "이데올로기는 개인들을 주체들로 호명한다."라고 말한다.[3]

즉 노동시나 민중시라고 호명할 때 시인은 주체로서 새롭게 인식될 수 있다는 뜻이다. 황규관은 우리의 사유 활동 그리고 그 결과물인 표현은 세계에 의해 강제적으로 조형된 것이라고 전제하고 현실이 민중의 아우성과 절규로 이루어진 세계라면, 그런 존재와 세계가 만드는 시에 그 흔적을 남기는 것은 자연스러운 일이라고 말한다. 또한, 시는 현실에 대해 흔적을 남기며, 이 흔적은 현실 세계를 초월해서 존재하는 것이 아니라 세계 속의 의미를 도출하는 데서 시적 의의가 있을 수 있다고 말한다.[4] 그에 의하면 "민중시는 민중의 잠재력을 시적으로 표현함으로써 미래의 민중을 창조하는 게 시적 과업이지 단지 민

---

2   황규관, 「날갯짓과 쇠사슬 사이에서: 민중시의 현재와 미래」, 『창작과비평』 2016년 봄호 117면.

3   루크 페레티(심세광 옮김), 『루이 알튀세르의 이데올로기』, 앨피 2014(http://blog.naver.com/cym707/220466210973).

4   황규관, 앞의 글, 117~118면 참조.

중을 도덕적으로 혹은 정치적으로 고양하는 일"이 아니라는 것이다.[5]

이에 백무산의 최근작에서 보여주는 일련의 시는 단순히 노동시로 분류되기보다는 이러한 문제점을 극복한 새로운 형식의 민중시라고 해석할 수 있다. 그 이유는 시인이 삶으로부터 시를 끝까지 소외시키지 않았으며, 끊임없는 시간성 속에서 시의 모습을 고정하지 않고 '자기부정과 혐오'[6]를 바탕으로 민중시의 변화를 추구했기 때문이다.

백무산 시의 흐름

시집 『만국의 노동자여』(청사 1988) 전편을 흐르는 그의 시 정신은 자아와 세계의 한 치 양보 없는 치열한 대결이다. 백무산 시인이 등단할 무렵인 80년대 상황은 군사정권에 대한 '민주주의 쟁취'와 '인간해방'의 강렬한 욕구가 봇물 터지듯 터지던 시절이었다. 이 시기에 삶의 현장을 형상화한 많은 민중 시인이 있었지만, 체험의 공소空疏함으로 폭넓은 공감을 불러일으키는 데는 역부족이었다. 하지만 백무산 시인의 경우, 언어가 긴박한 삶의 현실과 밀착되어 있으며 치열한 대결 의식을 넘어 미학적 성취를 이뤄내며, 시대적 요구와 시의 진정성을 담

---

5 황규관, 앞의 글, 130면.

6 백무산은 이러한 '자기부정과 혐오'의 상황을 '증발'이라는 말로 표현하고 있다(백무산, 『폐허를 인양하다』 159면).

보함으로써 새로운 민중시의 지평을 열었다.

　여기서 우리는 백무산의 시를 시대적 상황과 맞물려 떠오른 노동시의 전형으로 평가하려는 경향이 있었음을 부인할 수 없다. 시가 시대적 상황을 노래하기보다 시대적 상황이 시를 주도하려는 경향이 다분히 있었다. 지금의 관점에서 백무산의 초기시를 냉철히 짚어보면, 그의 시는 처음부터 노동시의 계보보다는 '인간의 문제'에서 출발하고 있었음을 확인할 수 있다. 이러한 인간의 문제는 노동의 문제뿐만 아니라 인간의 실존, 세계에 대한 변혁을 내포하고 있다.

> 피가 도는 밥을 먹으리라
> 펄펄 살아 튀는 밥을 먹으리라
> 먹은 대로 깨끗이 목숨 위해 쓰이고
> 먹은 대로 깨끗이 힘이 되는 밥
> 쓰일 대로 쓰인 힘은 다시 밥이 되리라
> 살아 있는 노동의 밥이
>
> 목숨보다 앞선 밥은 먹지 않으리
> 펄펄 살아 오지 않는 밥도 먹지 않으리
> 생명이 없는 밥은 개나 주어라
> 밥을 분명히 보지 못하면
> 목숨도 분명히 보지 못한다
>
> 살아 있는 밥을 먹으리라

목숨이 분명하면 밥도 분명하리라
밥이 분명하면 목숨도 분명하리라
피가 도는 밥을 먹으리라
살아 있는 노동의 밥을

- 「노동의 밥」 전문(『만국의 노동자여』)

인간의 가장 기본적인 문제는 의식주 문제에서 출발한다. 시의 화
자는 일용할 양식을 수고한 만큼 먹을 수 있는 진실한 삶을 요구한
다. 그래서 "목숨보다 앞선 밥은 먹지" 아니하고 우리 인간에게 생명이
되지 못하고 목숨도 되지 못하는 밥을 거부한다. 다시 말해 무위도식
하며 먹는 밥이 아니라 수고하고 노력한 만큼 먹게 되는 밥을 요구한
다. 그러한 밥을 "피가 도는 밥"이라고 표현하고 있는데, 여기서 시어
'피'는 곧 생명을 의미한다. 생명을 유지하는 밥은 부정한 밥이 아니라
힘써 일한 대가로서 얻을 수 있는 신성한 밥을 의미한다. 그가 원하
는 사회 변혁은 이러한 정직성과 진실함에서 배어 나오기 때문이다.
다시 말해 수고하고 애쓴 자들이 정직하게 자기 몫을 차지하는 사회,
노동을 신성하게 여기는 사회는 인간의 생명과 인격을 배신하지 않는
정직한 사회이자 진실한 공동체이기 때문이다.

잠시 손을 놓으면 들린다
시멘트 바닥 아래 철썩이는 파도 소리
오색 깃발 매달고

파도의 몸짓으로 덩실대던 어부들
만선의 고깃배 들어오는 소리 꽹과리 소리
귀를 찢는 쇳덩이 떨어지는 소리
개새끼 비키란 말야 뭘 꾸물대고 있어!

(중략)

어디로 가는 것인가
살자고 하는 짓인데
아름답던 작은 어촌 쇠말뚝을 박고
우리가 쌓은 것이 되레 우리를 짓이기고
가야 할 곳마다 철책을 둘러치고
비켜 비키란 말야!
죽는 꼴들 첨 봐! 일들 하러 가지 못해!

앰불런스 달려가고
뒤따라 걸레 조각에 감은
펄쩍펄쩍 뛰는 팔 한 짝 주워 들고
사이렌 소리 따라 뛰어가고 그래도
아직도 파도는 시멘트 바닥 아래서 숨죽여 울고

                    -「지옥선 2」부분(『만국의 노동자여』)

시의 화자는 요구한다, 최소한의 인간다운 삶을. 일한 만큼 먹고 살수 있는 세상, 그 이상 그 이하도 아니다. 생태적 순환의 법칙에 따라 먹고 마신 만큼 정직하게 그것이 노동으로 환원되는 세상, '일과 복지'가 공존하는 세상을 꿈꾼다. 하지만 그러한 노동의 가치는 노동 현실과 비교하였을 때 어떤 의미가 있는가? 「지옥선」에 나타난 시 세계를 통해 비록 가난했지만, 인간의 순수했던 삶의 모습을 반추하면서 비정한 노동 현장, 인간 삶의 터전마저 황폐하게 만드는 저 거대한 자본주의의 파고波高를 고발하고 있다. 시의 화자가 지향하고자 하는 노동의 가치와 현실 사이에는 엄연한 실존적 틈이 존재하고 있다.

따라서 이러한 초기 시는 이상과 현실에 대한 괴리감이 너무 크기 때문에 또한 노동자의 삶이 매우 위태로워서 인간의 감성이나 삶의 다양한 가치를 세밀하게 들여다볼 여유가 없었다. 시의 화자는 절박한 노동 해방을 위해 일사불란하게 움직이고자 하는 현장에서 자아와 타자 간의 틈이나 여백이 없는 투쟁적 현실을 강조하게 된다. 그 틈은 훗날 타자에 대한 인식과 삶에 대한 각성을 낳게 한다. 이 때문에 그의 시에서 "틈에 대한 깊은 관심은 결국 인간중심주의적 역사에 대한 전면적인 반성을 뒤따르게 한다."라고 볼 수 있다.[7]

> 지친 몸은 쉬게 해야 한다
> 소란스런 정신은 쉬게 해야 한다
> 소음기 없는 발동기를 단 영혼은 쉬어야 한다
> 가라앉아 맑은 눈 비칠 때까지

7　임우기, 「혁명의 그늘 속에서 자라는 생명나무」(『인간의 시간』 해설), 142면.

자신의 영혼을 한동안 쉬도록 명령해야 한다

- 「연꽃」 부분(『인간의 시간』)

마른 풀잎 위로 부드러운 빗방울이

깃털처럼 내린다

구름은 산자락까지 내려와

게릴라처럼 주위 깊다

비에 씻긴 바람도 저희들끼리

아주 주의 깊게 착지를 찾는다

개울은 작은 풀씨 하나라도 깨울까봐

뒤꿈치를 들고 걷는다

시간은 자신의 거처를 몰라 머뭇거린다

(중략)

역사가 강물처럼 흐른다고 믿는가

그렇지 않다

단절의 꿈이 역사를 밀어간다

- 「인간의 시간」 부분(『인간의 시간』)

시집 『인간의 시간』(창비 1996)에 이르면 '인간의 시간'은 '대지의 시간'

과 교감하며 새로운 '생명의 시간'을 잉태시키는 백무산 시의 변화를 보여준다. 이러한 시의 변화는 어디에서 온 것일까? 오랜 기간 노동 현장의 척박한 싸움 속에서 자아와 세계 간의 성찰과 침묵을 통해 얻은 것이다. "지친 몸"과 "소란한 정신"을 쉬게 하면서 대지에 깃털처럼 착지하여 "죽은 시간을 전복하는" 일은 결코 노동 해방 전사로서의 삶을 포기한 것이 아니라 새로운 전사로서 꿈을 모색하는 것이다. 영원히 침묵하는 것이 아니라 다시 세계가 우리를 필요할 때 "스스로 자신을 밀어 올리는" 힘을 바탕으로 단절된 꿈의 역사를 새롭게 써 내려간다. 그 힘은 한나 아렌트Hannah Arendt가 말한 바 있는 인간 존재로서 스스로 사유하며 행동하는 힘이다. 백무산의 시에서 좀처럼 보기 드문 '나무', '바람', '산' 그리고 '물' 등의 시어는 그러한 자연과의 교감 내지 새로운 생명의 기운을 암시한다. 과거 인간 중심적 역사의 시간을 딛고 자연과 생명 중심의 시간 속으로 융합한 것이다.

시집 『길은 광야의 것이다』(창비 1999) 후기에서 밝히고 있듯이 "다가올 세기는 분명 지난 세기에 대한 반성의 세기가 될 것이다. 그러나 그것은 지난 것에 대한 잘못과 오류를 수정하는 차원의 것이 아니라, 존재 자체에 대한 근원적 반성이 되지 않으면 안 될 것이다. 존재를 비워내지 않고 우리가 극복할 수 있는 것이 다시는 없다는 생각이다. 삶을 비우고 길을 비우고 존재를 비우고 나면 우리가 서 있는 곳이 길이 아니라 광야라는 것을 발견하게 될 것"이라는 점이다. 그의 시는 크리스테바J. Kristeva가 인간 존재에 대해 말한 '아부젝시옹abjection'의 방식으로 발화發話한다. 즉 언어화되지 못한 것을 언어화하기 위한 방법론이다. 다시 말해 인간의 삶으로 환원되지 못한 것들을 다시 시로 불러내기 위한 방식이다.

자본주의 경제 관점에서 바라본 시

지금까지 노동문제를 본격적으로 다루었던 노동소설이나 시에서 노사 간 갈등과 대립, 민주노조 건설 과정, 노동자의 주체적 각성과 노동의 소중함 등을 실물과 아주 비슷하게 그린 작품은 많았으나[8] 정작 경제적 시각에서 자본주의의 모순이나 문제점을 고발하려는 작품은 드물었다. 백무산 시인은 자본주의 사회에서 발생하는 문제를 자본주의 경제의 관점에서 들여다본다. 이는 초기작에서 볼 수 없었던 대목인데, 가령 「세월호 최후의 선장」(『폐허를 인양하다』)이란 작품을 보면 자본의 사슬을 관장하는 '빅브라더'가 있다. 이 시에 "배가 다 기운 뒤에도 기다려야 하는 명령이 있다/ 목까지 물이 차올라도 명령을 기다리라/ 모든 운항 규정은 이윤의 지시에 따르라" 하는 대목이 있다. '이윤의 지시를 따르라'는 말은 사회의 구조적인 모순과 부패를 '자본의 이윤'에서 찾고 있다는 증거다. 이러한 삶의 인식은 재화와 부를 무한 생산하기 위한 경쟁을 낳게 되고 인간을 도구로 전락시키고 인

---

8 이인휘의 『활화산』(세계 1990), 『내생의 적들』(실천문학사 2004), 『폐허를 보다』(실천문학사 2015)를 비롯해 박노해의 『노동의 새벽』(풀빛 1984), 박영근의 『저 꽃이 불편하다』(창비 2002), 송경동의 『나는 한국인이 아니다』(창비 2016) 등의 작품을 참조하기 바란다.

간의 삶을 황폐화한다.

시의 화자가 보여주는 이러한 자본주의의 모순과 문제점은 하비 David Harvey가 말한 '자본에 대한 무한 성장의 환상'이라는 문제에 봉착하게 된다.[9] 노동과 자원은 유한한 데 비해 이윤 창출은 브레이크 없는 기관차처럼 무한 질주를 감행한다. 이는 우리가 소비하는 상품에도 잘 드러난다. 사람들이 사서 마시는 생수 한 병에도 상품 사슬 commodity chain이 존재한다. "제주공항에 내려 목이 말라/가방에서 생수병을 꺼내 마른 목을 축이고 보니/한라산 상표가 그려진 삼다수다// (중략) 배에 실려 육지로 나가 다시 차를 몇 번 바꿔 타고/등짐에 몇 번 실려 갔다 다시 비행기를 타고 왔다/내가 지불한 돈은 물값이 아니라 석유값이다"(「물의 일생」, 『폐허를 인양하다』)라는 부분이 대표적 사례다. 상품 사슬은 핵심과 주변부에서 상품의 지리적 패턴에 주목하고, 생산자와 소비자 간의 수직적인 연결고리와 그들 간의 경제적 격차의 심화 상태를 보여준다. 그러므로 시적 주체는 물값에 포함된 교통 사슬과 공급사슬을 적확히 꿰뚫어 보며 상품의 본질을 자본주의 관점에서 비판하고 있다.

또한, 전 지구적 관점에서 '지역과 지역', '주민과 주민' 간의 현실적 문제가 복잡하게 얽혀있지만, 퍼즐처럼 잘 맞아떨어진다. 그래서 그는 "수도꼭지에서 그냥 흘려버리는 저 물은/ 사막에서 목마른 누군가 잃어버린 것은 아닐까// 냉장고에서 썩은 고등어를 버리다가 누군가/ 식구를 먹이려고 잡았다가 어디서 빼앗긴 것은 아닐까// 무료한 권태로 하수구에 흘려보낸 시간은/ 누군가 무상의 노역에 잃어버린 청춘의

---

9 데이비드 하비, 「실현의 위기와 일상생활의 변모」, 『창작과비평』 2017년 봄호 67~95면.

시간은 아닐까"(「세계화, 내 것일까」 『폐허를 인양하다』)라고 비판한다. 시의 화자는 이런 관계에서 펼쳐지는 인간의 삶이 점점 상품화되고 주변화되어 가는 현실을 우리에게 상기시켜 주고 있다.

그의 시가 현장 노동시나 지식인 노동시와 구별되는 점은 현실에 대한 단순한 감정 이입이나 투쟁적 참여가 시의 핵심을 이루는 데 있지 않고, 현대 사회의 모순을 자본주의 경제 방식으로 풍자하고 비판하여 세계와 인간 존재에 대해 근원적으로 성찰하는 데 있다. 백무산의 시는 바로 그런 점에서 자본주의와 틈을 유지하면서 자본주의의 속성을 예의주시하고 있다. 이를 가능케 하는 원동력이 바로 인간 존재에 대해 사유하는 힘이다.

노동시와 인간의 문제, 그 변증법적 변모

이러한 백무산 시의 특징은 어디에서 기원하는 것일까? 백무산 시의 초기작을 보면 앞서 언급했던 작가들과 유사한 특징을 보인다. '시의 무기화'나 '노동 투쟁의 당위성' 등이 뚜렷이 나타난다. 이 땅의 척박한 자본주의 현실 앞에 위태롭게 서 있는 노동 현실에 대한 각성과 단결 투쟁이 주된 소재로 등장한다. 하지만 시집 『인간의 시간』에 이르면 "실패한 사회주의에 대한 반성을 토대로 90년대를 통과해 나온 자의 정직한 고통과 변화하는 세계에 대한 갈등을 잘 드러내 보인다."¹⁰ 그러나 지나간 시대의 모순에 대한 비판과 성찰만으로 그의 시가 새롭게 변모한 것은 아니다. "비릿한 우리 삶이/ 질척한 곳에 폐기처분된 금지된 희망들이/ 눈물과 콧물과 똥물로 얼룩진 우리들 사랑이/ 연민도 성냄도 집착도 욕망도 모두/ 껴안고 가야 할 먼 길이 있다(「예감」『길은 광야의 것이다』)"라는 대목에서 알 수 있듯이, 이러한 변화는 세계와의 투쟁이 강하게 내면화된 선적禪的 지향을 통해 나타난다. 아래 작품도 이러한 경향에서 읽을 수 있는 작품이다.

> 사람 사는 소리가 웅얼거려 알 수가 없다
> 밖으로 가니 안이 그립고
> 안으로 가니 밖이 그립고
> 안팎을 하나로 하겠다고
> 얼마나 덤볐던가
> 저 물빛은 안인지 바깥인지
>
> 오늘 아침 얼음물에 빨래를 하는데
> 그 물빛이 얼마나 눈부시던지
>
> - 「물빛」 전문(『길은 광야의 것이다』)

"밖으로 가니 안이 그립고/안으로 가니 밖이 그립고/안팎을 하나로 하겠다고/얼마나 덤볐던가"라는 시구는 노장사상과 관련된 "가장 큰

---

10 이영진, 「시장에서 산정으로」(『길은 광야의 것이다』 해설), 122면.

것은 밖이 없고, 가장 작은 것은 안이 없다"(至大無外 至小無內)라는 내용을 연상케 한다. 안과 밖의 경계를 허물며 인간의 욕심을 초월하려는 시의 화자의 지고한 정신을 엿볼 수 있다.

아이들 부축을 받으며 노인이 계단을 밟고 암자로 올라왔다 손자의 손엔 할머니 영정이 들려 있었다 마당 가에 아름드리 오동나무를 보고 상기된 얼굴로 올려다보다가 두 팔로 껴안아 보다가 그대로 가만히 있다가

목을 쑥 빼고 담장 너머 뒷산을 바라보다가 산 너머 구름을 올려다보다가 뻐꾸기 우는 쪽으로 고개를 돌려 생각에 잠기다가

으스름 뒷산에서 총성이 울린 건 노인의 젊은 시절이었다 다급하게 청년이 숨어든 곳은 산마을 외딴집 눈이 먼 애기무당이 홀로 법당을 지키고 사는 집이었다 애기무당은 그를 숨겨주었다

밤엔 산으로 갔다가 첫닭이 울기 전에 돌아오고 낮엔 숨어 지내다 어느날 그 청년은 영영 돌아오지 않았다 여름이 가고 가을이 갔다 동짓달에 애기무당은 혼자 아기를 낳았다

그 아이 다섯살 무렵 남자가 돌아왔다 청년은 애기무당을 데리고 마을을 떠났다

그 법당 자리에는 새 법당이 지어졌고 곁방이 있었다 노인은
그 곁방을 들여다보고 문지방에 앉아도 보았다 가죽나무 그늘
고샅길을 돌아가면서 몇 번이고 뒤돌아보았다

그때 그 곁방에 숨어 지내던 나도 암자를 떠난 지 십 년이 넘
었다 그 시절 내가 심어둔 수수꽃다리 다섯 그루는 얼마나 자랐
을까

- 「수수꽃다리 다섯그루」 전문(『창작과비평』 2009년 겨울호)

한편 위 작품을 살펴보면, 이러한 변화가 인간 중심의 역사적 시간
속에서 삶의 무상과 비애를 넘어 유전자처럼 그다음 세대에 계승되고
있음을 보여준다. '노인-시의 화자-아이'로 이어지는 민중의 삶이 '수수
꽃다리'를 다시 피우게 하는, 대자연적인 유구한 시간 속에 오롯이 피
어나고 있다. 여기서 '외딴집'과 '곁방'은 사회에서 소외되거나 도피하
던 자들이 머무는 곳이며 사회 변혁의 불씨를 꺼뜨리지 않고 살아가
던 미래지향적 삶의 공간이다. 그 미래지향적 삶은 노인과 무당의 삶
이 시의 화자의 삶과 연결되면서 상승 작용하는 '수수꽃다리'가 상징
하는 자연(역사)의 무한성으로 녹아 들어간다. 노동의 기치를 높이 올
리던 시인이 이처럼 인간의 문제로 귀환한 것은 노동의 문제가 궁극
적으로 곧 인간 존재의 근원적 의미를 묻는 길이기 때문에 가능한 일
이었다. 노동의 가치와 노동자의 삶이 상품 가치로 전락하는 자본주
의 상황에서 진정한 노동해방 및 인간해방의 길은 인간 존재의 진정

성을 모색하는 데서 찾을 수밖에 없었다. 결국, 노동의 문제는 인간 존재의 근원적 의미를 묻는 길이기에 당대 리얼리즘의 본령을 이룰 수 있었으며, 80년대 백무산을 노동자 시인이라 지칭했던 점도 이러한 틀 속에서 재조명되어야 한다고 본다.

　시집『폐허를 인양하다』에서 시인은 인간의 문제를 반성과 성찰로 투영된 역사 인식의 토대 위에서 새롭게 해석한다. 이 시집의 중심을 이루는「패닉」이라는 시는 시집 전체를 이해하는 '열쇠 시'에 해당한다. 여기에 시인의 역사 인식이 더해지면서, 민중의 삶에 대한 인식이 심화한다. 시「시총(詩塚)과 백비(白碑)」를 살펴보자.

　　　어릴 적 대추가 붉게 익을 무렵이면 강을 건너
　　　성묘 다니던 그 산길에서 보았다
　　　굽어진 강이 내려다보이는 야트막한 언덕 양지바른 곳
　　　큰 무덤들 가운데 유골 대신 시가 묻혀 있다는 무덤 하나를

　　　임란의병을 일으켜 싸우다 전사한 한 선비의
　　　시신을 찾지 못해 그를 아끼는 벗들과 가족들이 쓴 시와
　　　그의 시를 모아 시신 대신 장사를 지낸다는 그 시총을

　　　배를 타고 바다를 건너 제주에 가서 보았다
　　　수만 명의 양민이 학살된 현장에 아직 세우지 못하고 아직 한
　　글자도
　　　쓰여지지 못하고 누워 있는 흰 비석 하나를

그 많은 무고한 죽음에 이름을 얻지 못한 백비들

시가 그 사람이라면 시의 숙명이 애도라면 그 무슨 증거가 못
될지라도
　애도의 봉분이 되어 지키고 있어야 하고 아무 이름을 부여받
지 못할지라도
　백비가 되어 서 있어야 하는 건 어쩔 수 없는 시의 운명일까

어느날 어둡고 짙푸른 골짜기에 나는 몸을 잃고 묻혀 있다
무덤 앞에 백비 하나 세워두고

- 「시총(詩塚)과 백비(白碑)」 전문(『폐허를 인양하다』)

　1연과 2연의 내용이 이름 없는 의병의 무덤에 관한 시적 화자의 고
향 이야기라면 3연과 4연은 민간인 학살을 다룬 제주도 이야기다. 우
리 현대사의 아픔과 질곡이 어느 특정 지역에만 존재하는 것이 아니
라 전국에 산재하여 있음을 상기시킨다. 시의 화자는 그러한 이유를
"그 많은 무고한 죽음에 이름을 얻지 못한 백비들"에서 찾고 있다. 너
무나 많은 억울한 죽음이어서 누군가 진실을 은폐하고자 했을 때, 이
름 없는 백비로서 저항했다. 이러한 저항의 정신이 임진왜란을 거쳐
제주 4·3항쟁에 이르기까지 면면히 흐르고 있음을 시의 화자는 명확
히 인식하고 있다. 그런데 이러한 인식은 단순히 인식 차원에 머무는
것이 아니라, 마지막 연에서 말하고 있듯이 시의 화자 또한 "몸을 잃

고 묻혀 있다/무덤 앞에 백비 하나 세워두고"라고 인간의 삶에 대한 지향점을 제시하고 있다. 우리는 이를 통해 역사적 주체인 민중의 저항정신이 시의 화자에게 오롯이 계승되고 있음을 확인할 수 있다. 바로 이러한 점은 백무산의 초기작에서 찾아보기 힘들었던 민중에 대한 역사 인식이었으며, 그의 시를 한층 더 웅숭깊게 만드는 한 요소가 되었다.

그러나 백무산의 시를 살펴보면 오늘날 사회문제로 대두되는 이주노동자 문제나 젠더 문제를 소재로 한 작품은 찾아보기 힘든 편이다. 물론 『폐허를 인양하다』에서 트랜스젠더와 성 문제를 다룬 「변신」, 「난해한 민주주의」 등의 작품이 있지만, 세태를 반영하는 작품은 드문 편이다. 그뿐만 아니라 노동의 연대나 가족애·동료애 같은 인간 간의 유대감도 잘 드러나지 않는다. 따라서 그의 시가 노동시로서 이러한 문제를 불식할 수 있는 상황 인식의 전환과 자기성찰이 필요하다고 생각된다. 가령 박영근의 시 「농성장의 밤 3」을 보면 "해순아, 우리들 가슴마다 성에처럼 답답하게 낀/ 네 모습을 우리는 비겁함이라고 부르지 않는다/ 부끄러움으로 짓물러 터진 네 눈물을 밟고/ 농성장 네가 떠난 빈자리를 돌며/ 어허야 몹쓸 세상 풍물판을 벌인다"라는 대목이 나오는데, 노동 현장에서 노조원이 일사불란한 대오를 유지하며 최후의 승리를 거둘 때까지 끝까지 투쟁한다는 다소 경직되고 정형화된 내용과는 거리가 멀다. 백무산의 시가 노동과 현실에 대한 이분법적 사고에 너무 치우친 것이 아닌가, 하는 우려되는 점도 없지 않으나, "시가 무모해지더라도 나로서는 어쩔 수 없는 일이다. 시의 요구에 현실이 선택되거나, 시의 행위와 장소가 따로 있는 것이라면,

시가 오히려 삶을 소외시킬 것이기 때문이다"[11]라는 시인의 말에서 현실에 대한 비판의 중심을 잃지 않으려는 시인의 결의를 엿볼 수 있다.

이와 같은 한계에도 불구하고『폐허를 인양하다』등 후기작에서 보이는 인간의 문제는 초기작인『동트는 미포만의 새벽을 딛고』(노동문학사 1990)에서도 잘 나타난다. 이는 백무산의 시가 노동시라고 지칭할 때부터 초기작 속에 배태되어 있던 것으로 여겨진다. 가령 「서시」를 살펴보기로 하자.

일을 마치고 지친 몸으로
차창에 기대어 하루의 피로를 풀자면
폐수에 찌든 강물이 멈춘 듯 흘러가고
또다시 문득 깨닫는 것이 있다

그렇지, 우리들 삶도 저처럼 찌들었지?
그렇지, 썩는 강물도 우리들 삶도
버려두고 세월은 저 혼자 저 별보다
높은 곳에서 흐르고 흘러가 버리는 것이지?
훗날 우리에게도 청춘의 추억이 남을까?

기쁘게 누릴 시간은 거친 기계에 빼앗기고
자본가의 이윤에 바쳐지면서
인간다운 노동, 창조적인 노동의

---

11 백무산, 「시인의 말」(『폐허를 인양하다』), 159면.

가치 있는 시간들을 모두 빼앗기고
훗날 우리에게도 꽃 같은 추억이 남을까?

- 「서시」 부분(『동트는 미포만의 새벽을 딛고』)

노동자로서 "인간다운 노동"을 강조하는 시어에서 절박한 인간의 문제에 대한 고뇌가 깊게 배어 있다. 강물처럼 흐르는 인간의 시간을 넘어 대지의 시간, 광야의 시간 속에서 가장 소중했던 시간과 진정한 노동이 우리에게 남아 있는지 자문하고 있다. 참 노동에 대한 자각과 그 실현이야말로 흐르는 시간 속에서 인간의 역사성과 진정한 삶의 의미를 부여한다는 시인의 신념을 보여주는 대목이다. 바로 그런 점에서 노동에 대한 성찰은 곧 역사에 대한 성찰이요 인간의 가치를 실현하는 성찰이다.

새로운 시의 지평을 향하여

시집 『폐허를 인양하다』를 살펴보면, "틈에는 풀씨가 내려앉고/ 풀은 흙에 뿌리 내리는 것이 아니라/ 풀이 흙을 만들어 간다(「풀의 투쟁」)"라는 대목이 있듯이, 역사가 인간의 시간에 뿌리내리는 것이 아니라 인간의 시간이 역사를 만든다. 그러한 인간의 시간은 "당대의 삶이 직면한 한계와 가능성을 투시하는 하나의 독특한 시학(조정환)"으로서 "닿을 수 없는 낙원"을 보여줄 '패닉'으로써 형상화된다. '패닉'은 바로 인간 존재의 의미와 열정의 순간을 비워 버리는 시의 새로운 출발점이 된다. 다시 말해 백무산의 시는 시의 완성을 쟁취하는 데 의미를 두지 않고, 그 완성을 위해 끊임없이 낡은 것을 부정하고 새로움을 추구하는 도정에 시의 진정한 의미를 두고 있다.

나는 패닉에 열광한다

내게 고귀함이나 아름다움이나
사랑이 충만해서가 아니다
내 안에 그런 따위는 눈을 씻고 봐도 없다
그런 따위로 길이 든 적도 없다

(중략)

패닉만이 닿을 수 없는 낙원을 보여준다
나는 그 폐허를 원형대로 건져내어야만 한다

- 「패닉」 부분(『폐허를 인양하다』)

백무산 시가 궁극적으로 지향하고자 하는 바는 노동 현장의 체험에서 출발하여 인간의 시간을 지나 현실에 대한 성찰을 통해 시가

"닿을 수 없는 낙원"을 위해 끊임없이 정진하는 과정에 있다.

　서두에서 말했던 시의 윤리적 책임감과 관련하여 백무산의 경우는 황규관이 말했듯이 민중을 도덕적으로 정치적으로 고양하는 일이 아니라 인간의 시간에 드리워진 폐허를 인양하는 것이었다. 그 인양이야말로 인간의 근원적 존재에 대한 탐문이기도 하며 기나긴 여정이기도 하다. 또한, 그의 시 세계가 초기작부터 노동자의 투쟁이나 대동단결을 위한 노동시들로만 점철되어 있다고 생각되지는 않는다. 일부 노동시에서 발견되듯이 시의 '진정성 문제'가 시 창작 이전에 시인이 가지고 있는 교조적이며 당위적인 문제에 사로잡혀 어떤 결론에 미리 귀착된 경우가 더러 있었는데, 백무산의 시는 가공된 진정성으로 엮어진 시가 아니라 삶에서 채화採火된 실존적 문제로 교직交織된 시라 여겨진다. 다시 말해 그의 시가 노동시로서 평가되기보다 오히려 인간의 문제를 다룬 존재론적 성찰의 시로 읽힐 수 있다는 점이다. 2000년대 다양한 시의 스펙트럼에서 삶의 원형을 시간성과 자연 그리고 생명 속에 재조명하려는 백무산의 시 세계는 우리 현대시의 백비白碑다. 그의 시가 '소멸의 방식', 즉 인간의 삶을 비워 버리며 '인간의 폐허'를 통해 다시 광야의 길을 찾는 '새로운 시작'이 되기를 기대해 본다.

시원始原의 바다, 삶의 중심

- 이성배 시집 『이어도 주막』

:

많은 사람은 원시 지구가 만들어지면서 지구 생명체가 어떻게 탄생하였는지 궁금증을 가지고 탐구해 왔다. 오스트레일리아 북서부 샤크만灣에 가면 세계자연유산인 대규모 스트로마톨라이트stromatolite 분포지가 있다. 남조류藍藻類로 추정되는 '시아노박테리아'라는 생명체다. 이 생명체는 원시 고생대 바다에서 광합성 작용을 하면서 지구에 많은 산소를 공급하는 소임을 해 왔다. 이는 지구 생명의 근원과 탄생의 과정을 밝힐 수 있는 단서가 된다고 알려져 있다. 태곳적부터 바다는 생명체의 근원이었다.

우리나라 문학계에서 한때 해양(바다)문학에 관한 논의가 활발했던 적이 있다.[1] 바다는 아주 오래전부터 인류에게 대륙과 대륙, 대륙과

---

[1] 이와 관련하여 해양문학이라는 용어의 등장과 논의에 대해서 아래의 글을 참조할 수 있다. 「더위 가시는 시원한 해양소설」, 동아일보 1983. 7. 28.

도서를 연결하는 교역과 문명의 통로이자 대자연의 위력과 경외감이 교차하는 삶의 무대였다. 카르타고, 스파르타, 그리스, 로마의 활약상과 통일신라 시대 혜초慧超의 인도 순례와 장보고張保皐의 해상활동부터 이븐 바투타Ibn Battuta의 해양 탐험, 16세기 대항해시대와 명대 정화鄭和의 원정 그리고 조선 시대 최부崔溥·문순득文淳得의 표류 체험 등에 이르기까지 다양한 해양 활동은 이러한 사실을 뒷받침해 준다.

운문으로서 우리나라 해양문학의 시초는 「공무도하가」와 「해가사」 까지 거슬러 올라가며, 조선말 거문도의 문장가 김류金瀏 선생의 『귤은전집』과 대한해협을 소재로 일제강점기 조선 청년들의 식민지 현실에 대한 자각과 극복을 노래한 임화의 『현해탄』(1938) 그리고 모더니즘 시의 개척자인 김기림의 『바다와 나비』(1946)에 이른다. 이러한 계보는 당대의 이생진, 류재만, 김선태, 김성식, 이윤길 등 수많은 시인으로 이어지며, 이들은 해양과 관련된 수많은 작품을 발표하였다.

이러한 맥락에서 이성배 시집 『이어도 주막』(2019 애지)을 주목하게 되었다. 이성배 시인 역시 이러한 해양문학의 계보를 잇겠다는 포부를 가지고 지금까지 줄곧 바다시에 천착해 온 시인이다. 시집을 읽으면서 그의 시가 바다에서 온 것임을 알 수 있었다. "내 몸에 바다가 있다// 아프고 힘들 때/ 그 바다 볼 수 있다/ 피와 땀과 눈물이/ 생명의 시원이고/ 짠맛이 인생의 참맛이라고/ 몸에 소금을 남겨 두었다"

최강현, 『한국 해양문학 연구』, 성곡학술재단, 1981.
최영호, 「한국 해양문학의 현단계」, 『오늘의 문예비평』 2004, 56~73면.
구모룡, 『해양문학이란 무엇인가』, 전망, 2004.

「바다에서 오다」라고 했는데, 시인에게 바다는 어떤 공간일까?

이성배 시인의 『이어도 주막』에 나타난 중심축은 다소 새롭지 못한 듯 보이지만 바다와 인생이다. 지금까지 시인의 삶을 지배하고, 인생의 나침반이 정침을 지향하는 곳도 바다 혹은 그 언저리였다. 바다를 무대로 살아온 사람들의 삶과 역사적 무게를 그는 온몸으로 껴안으며 치열하게 싸워왔다. 바다가 변화무쌍하듯이 인생 또한 파란만장하다. 그래서 그의 시도 바다를 닮았듯이 생을 입체적이고 전체적으로 조망하려 한다.

대자연의 서사시, 바다의 이미지

시집 전체를 읽어봐도 바다를 단순히 그리움이나 동경의 대상으로 삼은 작품은 거의 보이지 않는다. 수부들의 희로애락이 깃든 삶의 현장으로서 선하지도 악하지도 않은 대자연의 모습 그 자체로서 묘사하고 있다. 거기에 깃들어 사는 인간은 나약하지만, 강인한 생명력을 지닌 존재로서 재현된다.

녹슨 갑판 아래 죽음을 밟고 살아도
파도에 유서를 쓰지 마라
출렁거리는 문장

해독할 수 없다
바다는 하늘에 닿아 있고
바닷길 따라 하늘로 돌아간다
부풀어 오른 수평선에 뱃머리 마디마디
피멍울 맺혀도
그리운 이름 부르지 마라
소리조차 침몰하고 사랑마저 삼켜버리는
바다는 대답이 없다

- 「바다에는 메아리가 없다」 부분

  화자는 대자연의 섭리를 오래전에 터득한 선지자 같다. 냉혹한 바다의 실체 앞에서 감상적인 상념이나 푸념은 비집고 들어설 자리가 없다. 그가 발을 디디고 선 곳은 어디일까? 천 길 물속 위로 솟아오른 파도 끝이다. 그곳이야말로 대자연의 힘과 숨결이 느껴지고 위대한 자연 앞에 인간이 미약하고 위태로운 존재로 보이는 조망점이다.

뿌리 내릴 흙 한 줌 없는
태평양 한가운데
발 디딜 곳은 오로지
넵튠의 삼지창 끝
깊이를 알 수 없는 챌린저 해안이나
사라지면 돌아오지 않는 버뮤다 삼각지대에서

이물을 조아리고 고물로 부복하는

일보일배一步一拜 순례의 길

온 길 지워지고 갈 길 보이지 않는

길 없는 길 위에서

삼십 년 읽어도 해독할 수 없는

바다의 경전

평생 들어도 알 수 없는

바람의 독경

- 「파도 끝을 밟고 서서」 부분

그 순례길에서 화자는 '에피파니epiphany'를 겪게 된다. 바다는 "삼십
년 읽어도 해독할 수 없는 경전"이라는 사실, 그리하여 파도에서 경經
을 읽는다. "삶이 무거워 자꾸 가라앉을 때/ 바다로 가자/ (…) / 바다
가 읽어 주는 푸른 경전/ 차가운 해풍 속에서/ 선원의 피가 뜨거워지
고"(「파도에서 經을 읽다」) 진정한 깨달음의 경지에 이르게 된다. 급기
야 화자는 다시 바다로 돌아간다. 모든 것을 품어 안아 하나 되게 만
드는 바다, 그 바다는 모든 것을 수용하며, 세상의 모든 만물이 그들
자신의 최후를 마치고 돌아가는 곳, 귀향이자 이상향인 이어도. 그
래서 세상의 모든 것이 물과 하나 됨을 이루게 되는 곳이다. 모든 생
명체가 그들의 모태인 "바다로 떠나는 것이 아니라/ 바다로 돌아가는
것이다"(「바다로 돌아가다」)라고 했던가? 어쩜 시인이 쓴 시들도 바다에
서 왔으니 바다로 돌아가는 것이 자연스러울 것이다. "빛이 여과되고

소리가 차단된/ 가장 완전한 고독의 심연/ 삶의 굴레와 죽음의 공포 벗고/ 가장 완벽한 자유에 나침반 맞추어"(「인어를 찾아서」) 나가는 지점에서 그의 시가 빛나고 있다.

시 전편全篇과 다소 다른 느낌을 주는 표제 시 「이어도 주막」도 모천회귀를 통한 이러한 하나됨을 우리 역사와 견주어 말하려고 한 것이 아니었을까?

이어도에 주막 하나 지어야겠다
천지에서 헤어진 압록강과 두만강
다시 만나는 청정 바다에
초가지붕 올리고 봉놋방 뜨끈뜨끈 데워 놓고
개다리소반에는 미역국과 파래무침
참가재미 한 마리 구워야겠다
동해와 서해로 흐른
구애하는 귀신고래 황홀한 노래
밤 새워 청해 들어야겠다
손바닥에 박힌 소금알 혀로 핥으며
파도에 갈라진 발바닥 서로 주무르며
파도 소리로 하나 되는 첫날밤을
창호지 구멍으로 훔쳐보아야겠다
날이 새면 또 다시 흘러갈 난바다
헤어지면 언제 다시 만날지 모를
만남을 위해 다시

그 봉놋방 장작불 지펴야겠다.

- 「이어도 주막」 전문

다른 시와 다르게 사뭇 말의 가락이 느껴지는 운율이 살아있으며, 감성에 호소하는 힘이 강하게 느껴지는 시다. 시 제목 이어도는 엄밀히 말하자면 물 밑에 있는 암초지만, 제주도 사람들에게 있어 어부들이 죽어서 가는 이상향으로 알려진 섬이다. 시인의 시적 상상력으로 빚어낸 주막, 초가지붕, 봉놋방, 개다리소반, 첫날밤, 창호지 구멍, 장작불 같은 시어들이 홍명희의 소설 『임꺽정』의 시대적 배경을 연상케 한다. 남북분단의 아픔을 노래하며, 우리의 궁극적인 지향점이 통일이듯이 흩어진 물들이 합수되는 곳을 어부들의 이상향인 이어도로서 형상화한 점이 이채롭다.

난바다에서 연안으로

그런데 그의 시에서 압권은 먼바다에서 펼쳐지는 무용담(?) 같은 이야기보다 포구나 시장 같은 연안의 삶을 묘사한 작품이다. 연안은 말 그대로 육지와 바다가 어우러지는 공간이며, 사람들이 서로 부대끼며 오손도손 정을 나누는 공간이다. 바다(해양)시에서 놓치지 말아야 할 부분은 바로 인간과 자연의 상호작용이다. 바다(연안)와 인간의 삶이 어우러지고 상호 소통하는 곳에 생명력이 있고 역동성이 있다. 인간이 소외된 공간으로서 바다는 너무나 쓸쓸하고 공허하다. 하지만 자연과 인간이 어우러지며 상호 소통하는 바닷가 포구의 시장이야말로 생명력 넘치는 풋풋한 삶의 현장이다.

사는 기 자갈밭에 딩구는 거 아이가
오데 쉬운 길만 갈 수 있노
내도 사람인데 우째 편케 살고 싶지 안컸노
부모 복 없는 년은 서방 복도 없다 아이가
원양어선 십년에 갑판장 되었다고
그리 조타 싸터마는
그 해 태평양 물구신 되었다 아이가
그게 다 내 복인데 한탄하몬 뭐하노
죽자 살자 살았다 아이가
자슥들이라도 부모 탓 안해쓰몬 시퍼
새벽도 밤도 몰랐는기라
그래도 삼시세끼 밥은 묵꼬 사니 그것도 오감치
에미 고생한다고 쏙 안 써키고 커준 것만 해도 고마운 기라

- 「자갈치 아지매」 부분

정겹고도 구수한 사투리(뱃말)의 시적 화자가 대화체로 풀어내는 개

인적 삶에 관한 서사적 얘기가 독자의 공감대를 형성한다. 산전수전다 겪은 '자갈치 아지매'의 삶이 애잔하면서도 환경에 굴하지 않고 꿋꿋하게 버티며 살아온 바닷가 사람답게 듬직해 보이는 것이다. 그뿐만 아니라 은근히 독자를 끌어당기는 웅숭깊은 입담이 느껴진다. 같은 대화체 시 「하선下船」도 마찬가지다. "(…) 내는 고기를 쫓고 또 태풍은 나를 쪼차오고/ 죽을 똥 살 똥 오르락내리락 하다보니/ 벌써 여기아이가/ 참말로 잠깐이제 잠깐인기라/ 이제 고마 내도 세상에서 내릴때가 된기제/ 항구가 바로 코 앞이제// 담배 하나 더 도고"라는 대목에서 온갖 고초를 다 겪으며 한평생 어부로 살아온 바다 사나이의 숨가쁜 고백이 뛰쳐나온다. 그동안의 고통, 숨 막히는 긴장감이 마지막행 "담배 하나 더 도고"에 이르러 비로소 숨 고르기를 한다.

하지만 몇몇 작품에서는 그러한 일상적 삶이 너무나 상투적 느낌으로 다가올 때가 있다. "너는 고기보다 멍청하다. (…) 너는 잡힌 고기에게 먹이 주는 것 봤냐?"(「잡힌 고기」), "삶이 아무리 무거워도/ 세상파도 아무리 높아도/ 그 세상 속에 있을 때"(「배」), "세상의 바다에서살아남기 위해/ 끊임없이 몸부림치는 나도/ 한 마리 멸치"(「멸치」) 이런표현에서 기시감déjà-vu과 함께 시적 긴장감이 상쇄되고 만다. 오히려시인이 자주 가본 적이 있고 접해봤던 시장 사람들을 묘사한 작품이더 맛깔스럽게 느껴진다.

　　가득 실려 온 바다가 쏟아진다. 번쩍이는 비늘이 밝히는 어
　　둠. 시퍼런 칼날의 춤사위에 부력 잃은 부레가 휘청거리고 쓸개
　　도 파랗게 질려 나온다. 가르고 훑어내고 또 가르고 훑어내는

칼춤. 겹겹이 껴입은 옷에도 바람은 뼈 속을 파고든다. 비닐장갑
속 손은 아픔조차 얼었다. 납작해진 스티로폼 방석의 비명보다
허리뼈 펴는 소리 크게 들리는 새벽 세 시. 빈 뱃속 유혹하는 중
참보다 더 고픈 잠의 허기. 따뜻한 라면 국물 해풍에 보시하고
쇠기둥에 등 붙인 영하零下의 쪽잠. 갈라도 갈라도 쏟아지지 않
는 삶의 멍울 함께 잠드는 공동 어시장. 상자 안 고등어들도 빠
져나간 바다를 껴안고 잠들고 있다.

- 「공동 어시장, 새벽 세 시」 전문

사방이 고요해야 할 시간, 어시장의 하루가 새벽을 깨운다. 남들이
다 자는 시간에도 고단한 삶의 짐을 부리지 못해 추위와 허기에 지친
몸을 이끌며 새벽 시간과 사투를 벌이고 있는 시장 상인들의 모습이
클로즈업된다. 경험해 보지 않은 자라면 결코 쓸 수 없는 시요, 발품
을 팔지 않고서는 감동적인 시를 쓸 수 없다는 것을 보여주는 시다.

바다, 환경 그리고 생태계

시집 2·3부를 펼쳐보면 바다 생물 이야기가 나온다. 고래, 블루핀,
귀신고래, 말항 고래 그리고 황제펭귄에 이어 멸치, 심해 새우, 보리

숭어에 이르기까지 많은 바다 생명체가 등장한다. 그중 고래에 관한 시가 빈도에 있어서 단연코 돋보인다.

오천만 년 전 바다로 간 고래처럼 아직 나는 바다에서 진화 중, 땅 위의 이전투구 벗어나 대양 누비기 위해, 머리뼈 부수어 콧구멍 정수리에 올리고 귀 뼈 뚫어 공기주머니 만들어야 하리. 디딜 곳 없는 두 발, 잡을 것 없는 두 손 지느러미 되어야 하리. 해풍의 냄새로 계절을 알고 바다 색깔로 해류 읽어야 고래가 될 수 있으리. 가끔 파도 위로 고개 내미는 것은 떠나온 땅을 향한 한 가닥 그리움의 숨쉬기. 파도의 날카로운 이빨과 바람의 미친 발톱으로 머리 부수고 사지 잘라 나는 고래가 되어 가는 중.

- 「바다로 간 고래」 전문

고래는 예로부터 육지에서 바다로 이동하여 진화해 온 대표적인 포유류이다. 울산 반구대 암각화에 그려진 귀신고래가 그들의 역사를 말해주듯이 화자는 진정한 바다 사나이가 되기 위해 현재 진화 중이다. 자연의 순리에 거슬리지 않고 대자연인 바다에 순응하며 계절과 해류의 변화를 감지하기 위해 훈련하는 중이다. 이제 그러한 고래도 "다시 볼 수 없는 안타까움"의 대상이 되었고, "피 묻은 작살 피해 떠난 후" 부재 속의 기다림으로 화자의 가슴 속에 각인된다. 화자는 은근히 오늘날 남획으로 사라진 고래를 통해 바다 생태계 문제를 환기하고 있다.

한편 「황제펭귄」에서는 생존을 위한 허들링huddling 속에 알을 지키는 수컷의 부성애와 부화한 새끼에게 위 속에 저장해 두었던 먹이를 토해서 먹이는 부모 펭귄의 극진한 사랑을 노래한다. 또한 「멸치」에서는 "약한 것은 살기 위해 군집"을 이루는 자연의 섭리를 보여주며, "쫓는 자도 쫓기는 자도/ 살기 위한 몸부림이다"라는 깨달음에 이르게 한다.

그러나 이러한 바다 생물에 관한 관심에도 불구하고, 엄밀히 말하자면 시인이 직접 체험한 이야기라기보다는 바다 생물이나 생태계에 관한 다큐멘터리 프로그램을 보고 느낀 감흥을 노래한 시로 보인다. 해양생태 환경변화에 대한 무한한 감동과 충격을 주기보다는 그러한 생명체를 통해 인간에게 주는 교훈이나 사실적 내용 전달에 치중하는 느낌이다. 따라서 해양생태계에 관해 잘 엮어진 시라는 느낌은 들지만, 진정한 감동을 전달하는 시라고 말하는 데 다소 부족한 부분이 있다. 또한, 바다 환경이나 생태계에 관한 화자의 인식 태도도 부지중에 생존 공간 쪽으로 기울어져 있는 듯하다. "평생/ 바다를 훔쳐 먹고 살았다/ 씨 한번/ 뿌린 적 없이"(「어부」)라고 했듯이, 경제 활동과 관련된 인간중심의 사고로 바다 공간을 대하고 있다. 바다와 인간이 상호 작용하며 인간은 바다 생태계와 환경을 위해 노력하고, 바다는 또 인간에게 경제적 편익을 제공하는 상호보완적인 모습의 공간이라기보다는 생존의 공간이자 포획의 공간이다.

이제 관점을 바꾸어 인간이 바다 생태계에 어떤 부정적 영향을 미쳤는지 오늘날의 바다 환경에 대해 진지하게 고민해 볼 필요가 있다. 지구 곳곳에서 감지되는 기후변화와 남획에 의한 생물 다양성 파괴, 국가 간 바다 쓰레기 같은 환경문제로 신음하고 있는 해양에 대한 깊은 성찰과 관심이 더 필요한 때다. 특히 인간에 의한 바다 쓰레기—미세 플라스틱이나 그물 같은 어구—발생으로 많은 해양생물이 고통받을 뿐만 아니라 그 피해가 역설적으로 인간에게 돌아오는 과정을 깊이 통찰해야 한다.

바다시의 난제와 전망

시집 전체를 읽다 보면 시인이 의도적으로 그런 것은 아니라고 생각되지만, 시적 공간이 '바다/연안'에 한정되어 있다는 느낌을 지울 수 없다. 물론 이성배의 시를 바다시에 국한하지 않고 서정시의 큰 틀에서 본다고 할지라도, 시에서 다루는 바다는 어떤 공간이며, 어디까지가 바다시에서 다룰 수 있는 범위인지 고민해 보지 않을 수 없다. 해양문학을 논할 때도 해양의 범주를 어디까지 보아야 할 것인지 치열한 논쟁이 있었지만[2], 적어도 인간의 삶이 펼쳐지는 연안의 갯벌이나

---

2 "먼저 해양문학의 공간에 대해서 해양에 국한하는 주장과, 연안 및 갯벌과 도서를 포함한 해양으로 확대하는 주장이 있다. 전자의 경우 구모룡(1994)의 주장이 있고, 후자의 경우 신정호(2012), 정형남(2009), 김선태(2015) 등의 주장이 있다. 해양문학의 범위와 관련하여 해양 체험에 바탕을 둔 작품이나 해양 혹은 바다 관련 소재의 작품을 두루 포함하는 포괄적 개념의 정의와 해양과 인간 간의 상호작용에 의한 해양 체험적 삶을 포함하는 내재적 개념의 정의로 구분할 수 있다. 전자의 경우 최영호(2004), 후자의 경우 구모룡(1994) 주장이 대표적 예이다. 이에 대해 필자는 해양문학을 정의하는 데 있어서, 해양(해안과 연안 및 도서 포함)과 인간 활동이 상호작용하며 해양을 주된 공간으로 하는 인간 삶의 본질이 지역을 통해 내면화되고 내재화된 작품을 해양문학이라고 정의한다."(졸고, 「지역 문학 공간에서 바라본 해양문학의 포용, 그 전망과 과제」, 영호남작가교류 심포지엄 자료집 2016.).

도서 지역에도 관심이 미쳐야 한다고 생각한다. 섬들이 없는 바다는 너무 외롭고 허전하고 쓸쓸하다. 이성배 시인의 관심이 바다와 연안에서 갯벌, 도서 지역까지 확장될 때—물론 「소매물도」라는 시가 한 편 있지만—그의 시가 시인이 바라는 바다시로서 총체성을 확보할 수 있지 않을까 생각한다.

다음으로 그의 시에서 삶의 현장에 관한 고통과 슬픔의 강도가 엷게 느껴진다. 이는 현장 체험과 보고 들은 이야기 간의 괴리감에서 오는 것도 있겠지만, 대상을 묘사하는 규모scale의 차이에서 더욱 그렇게 느껴진다. 이를테면 유용주의 시 「성대 결절」(『어머이도 저렇게 울었을 것이다』 2019 걷는사람)에서 중국집 보이로 가는 아들과 이별해야만 하는 어머니의 슬픔이 어미 소가 겪는 아픔과 겹치는데, 이는 소 장수가 어미 소에게서 송아지를 데려갈 때 이장댁 외양간에서 일어나는 장면이다. 그 기억은 유년의 오랜 시간을 지나오는 동안에도 현재인 양 애잔한 슬픔으로 남아 있을 수 있다는 것을 보여준다. 그런데 이성배의 시의 배경은 난바다, 대양, 해구, 심연, 태풍, 산만한 파도 등 워낙 큰 공간이 등장하기 때문에 일상적 공간에서 일어날 수 있는 인간의 미묘하고도 섬세한 감정을 연출하기에 어려운 점이 있을 수밖에 없고, 육지나 연안보다 삶터로서 접근성이 쉽지 않은 먼바다라는 특성으로 대자연 앞에 인간의 감정은 위축될 수밖에 없기 때문인지 모른다.

마지막으로 진정성 있는 시를 쓰기 위해서 좋은 체험이 필요하다. 시집 해설에서 언급하고 있듯이 바다를 사랑하는 마음에서 비롯된 그의 시가 체험에서 비롯된 시 이상으로 훌륭한 진가를 발휘하고 있는 것은 사실이다. 하지만 그의 시를 찬찬히 살펴보면 몇 가지 오류, 옥에 티가 발견된다. 가령 「용오름」이라는 시에서 용오름 현상은 몹시 한랭 건조한 상층부 기류와 하층부 바다의 난기류가 만날 때 대기 불안정으로 나타나는 현상인데, "잔뜩 달구어진 대마난류가/ 꽁꽁 언 리만 한류 품어/ 하나 되는/ 동경 127도, 북위 27도"(「용오름」)의 좌표 해상에서는 잘 나타나지 않는다. 그곳은 '오키나와 나하' 근처 해상이다. 오히려 우리나라 울릉도 해상에서 관찰되기 쉽다. 한편 「유빙의 항해」라는 시의 "파타고니아 이빨고기 감미로운 입맛은/ 날카로운 이빨 뒤에 숨어 있다/ 황홀한 오로라에 취한 항해사/ 오크나무 조타륜을 놓칠 때"라는 구절을 보면, 파타고니아 이빨고기(일명 메로)를 잡기 위해 마젤란 해협에서 조업 중임을 짐작게 한다. 이곳은 대략 남위 52도 부근으로 오로라 관측이 어려운 지점이다. 오로라는 남반구의 위도 65~75도 사이에서 잘 관찰되는데, 마젤란 해협보다 훨씬 남극점에 가까운 남위 62도 부근의 우리나라 세종기지에서도 오로라 관측이 어렵다.

시가 반드시 사실적 근거에 의해서 써져야 하는가? 물론 시인의 상상력에 의해 얼마든지 재창조될 수 있고, '시적 허용'이라는 것이 있다. 하지만 위에서 지적한 내용은 시의 진정성을 살피는 데 있어 숙고해 봐야 할 문제라고 생각된다. 다시 말해 시의 진정성은 리얼리티를 기반으로 할 때 한층 더 진가를 발휘한다.

그런데도 시인이 시집 전체를 모두 바다시로 썼다는 것은 대단한 일이며, 아무나 할 수 있는 일은 아니라고 본다. 바다에 관한 시인의 염원과 회귀를 '아쿠아필aquaphile' 측면에서 새롭게 평가해 볼 필요성이 있다. 지금까지 대다수의 문학 작품이 주로 육지부 시각에서 문학적 소재를 찾았다면, 연안과 대양으로 새롭게 시선을 돌릴 필요가 있다. 이는 비단 문학적 소재의 폭을 넓히는 계기를 넘어서 우리 문학의 지평을 새롭게 확장하는 데 이바지하게 될 것이다. 바다는 시원의 세계이자 모든 생명체 출현의 모태였다. 수많은 종種이 바다와 더불어 살아왔으며, 인간도 바다에 의지하며 살아가고 있다. 그러한 바다이기에 대상을 바라볼 때 환경적·생태적 사유思惟에 이르는 새로운 영역까지 시상詩想이 확장되어야 한다. 이러한 사유가 바다시로서 진정한 총체성을 구현하는 데 필요 불가결하며, 나아가 육지부와 해양부를 평등한 관점으로 바라보는 시문학의 새로운 전기를 마련할 것이다.

땅 위에 돋을새김한 농군의 서사

- 하병연 시집 『길 위의 핏줄들』

오래된 하이마트heimat를 찾아서

농산물 직불제 시대를 지나 스마트농업을 바라보는 4차 산업혁명 시대에 이 땅과 우리 농사일의 현주소를 묻는 하병연 시집 『길 위의 핏줄들』(애지 2020)을 펼쳐본다. 찻물을 끓이며 하루를 열고, 차를 마시며 하루를 마감하는 삶 속에 땅의 소중함을 생각하는 시인의 마음이 오롯이 배어 있다. 하병연의 『길 위의 핏줄들』은 구도자 같은 농군의 삶을 사신 부모님께 드리는 헌시獻詩이자 땅에 대한 시편詩篇·Psalms이다. 그러기에 이 작품에는 가난에 늘 절어 살던 '고구마 국밥'과 '새마을 운동' 시절의 농촌 서사, 농경문화 그리고 FTA와 농산물 수입 개방 시대를 거쳐 간 부모 세대의 이야기가 고스란히 담겨 있다. 하지만 시인은 그 시절을 현재의 시간 속에 불러내어 서정의 진수를 펼쳐 보이는 데 만족하지 않고, 당대 농사꾼의 삶이 오늘날 자녀 세대에 어떤 영향을 미치며 면면히 이어져 내려왔는지 또한 과거와 현재의 시간이 어떻게 교차하며 우리 삶을 재구성했는지를 보여준다. 그동안 하병연 시인이 이전에 출간한 두 권의 시집에서도 농학 시인으로서 땅의 소중함과 자식 같은 작물에 대한 애착을 보여줄 수 있었던 것도 조상 대대로 내려온 농군의 서사와 부모의 가르침이 그의 몸에 배어 있었기 때문이다. 따라서 그의 시는 미학적 수사나 난해한 시어에 의지하여 완성되기보다는 인간의 진솔한 감정과 대지에 대한 원초적 사랑에 의존해 이루어지는 경향이 뚜렷해 보인다. 이러한 기본적 시작詩作 정신에 산과 들 대자연의 기氣와 교감을 받아 시를 성찰하고 깊이 묵상하는 구도적 시 쓰기가 깃들어 있다. 그리하여 아침에 도를 들으면 저녁에 죽어도 여한이 없다고 한 공자의 말씀처럼 의연한 시인의 경지에 도달하고자 한다.

새벽 홀로 차를 끓인다
이제 막 눈 뜬 시간이 나를 본다
두 손 포개어 단전에 올린다
백회 연다
하늘이 가만가만 내려와 단전에 앉는다
고요하다
하늘 된 듯 높고 넓고 가볍다
이런 날에는 온종일 눈 뜨고 싶지 않다

- 「서시」 전문

온종일 방해받지 않고 가만히 묵상하고픈 심정, 그 명징의 시간과 공간 속에 그의 시가 자화상처럼 떠오른다. 화자의 마음뿐만 아니라 농사를 짓는 일도, 글을 쓰는 일도, 사람과 자신을 대하는 일도 허투루 하지 않고 온 정신을 집중시켜 단전에 힘을 모으듯이 고요하고도 소리 없이 시작詩作에 정진하는 것이다.

이 시집에는 고향heimat인 경남 산청을 중심으로 한 농경사회의 언어와 문화가 풋풋하게 살아있는 것이 특징이다. "아부지는 부엌 아궁이 앞에서/ 소나무 깔비불을 앞으로 끌어다가/ 검은 꼬무신 데우고 있다"(「꼬무신과 핵초」)에서 보듯이 깔비불이나 꼬무신은 솔가리불과 고무신을 의미하는 말인데, 과거 산에 땔나무가 부족했을 때 갈고리로 긁어모아 망태에 넣어 가져가던 것이 깔비였다. 그것은 모으는 일은 오롯이 학동의 몫이었다. 고무신은 열전도율이 높아 겨울에는 섬뜩할 정도로 매우 차갑게 느껴진다. 이는 경험하지 않은 사람에게서는 찾아볼 수 없는 표현으로, 자식들의 발이 얼지 않도록 배려하는 부정父情이 새록새록 되살아나는 대목이다. "풋고치 넣고 그러하모 되 별거 아니라/ 배가 있으모 배를 서너 개 반틈씩 쪼개 넣으면 더 시원해/ 이 것이 끝이라/ 담기도 수울코 소화도 잘되/ 동치미 없으모 겨울내도록 못산다 아이가"(「동치미」)에서도 경상우도慶尚右道의 구수하고 풋풋한 정을 느낄 수 있는 지방어가 시의 감칠맛을 더하고 있다.

한편 농경문화와 관련하여, 대대로 농사짓고 살아온 농군의 가정답게 중조할머니가 등장한다. 요즘이야 핵가족 시대를 지나 '나 홀로 세대'라는 말이 유행하다 보니 중조할머니라는 말이 고색창연한 느낌마저 들지만, 옛날에는 4대가 함께 모여 사는 집안도 많았다. 그 할머니가 가족들을 지키기 위해 식솔들의 입을 지키기 위해 기상천외한(?) 아이디어로 논에 물을 대었다는 일화는 화자에게 살아있는 전설이자 신화로 다가온다. "가뭄이 하도나 심한 어느 해에/ 도랑물 한가운데 홀딱 벗고 앉아/ 밤새도록 논에 물을 댄 징조 할머니"(「징조 할머니」)라는 구절로 미뤄 보건대, 남녀가 유별했던 시절 우락부락한 남정네들도 감히 벌거벗은 할머니 앞에서는 어쩔 도리가 없었을 것이다. 증조 할머니는 당신의 부끄러움과 창피마저도 그 많던 식솔을 먹여 살리는 데는 한낱 사치스러운 일쯤으로 여기셨던 모양이다.

또한, 담배 농사를 할 때, 엽연초葉煙草를 딴 후 이를 말리기 위해 건조실 아궁이에 불을 지피게 되는데, 관건은 아궁이 온도를 일정하게 유지하는 일이다. 그러기에 왕겨가 필수적으로 필요했던 시절이다.

> 왕겨를 양철 굴뚝대통 주위로 쌓고 쌓아
> 경주 왕릉처럼 신비롭게 둥글게 쌓아 올리면
> 아버지는 속불을 켜 왕겨 무덤 태운다
>
> 담배 농사 시작은 우리집 앞마당
>
> 왕겨를 흰 재처럼 다 태워 버려도 안 되고
> 왕겨를 설익은 밥처럼 반쯤 태워도 안 되는 법
>
> 아궁이 불처럼 활활 타는 잉걸불도 아닌 것이
> 한 이틀 밤낮으로 서로 몸이 앵겨 붙어

몸이 몸에 붙은 불씨로 몸을 태우는

흰 연기를 밤낮으로 내뿜으며

꺼질 듯 꺼지지 않는

사랑 불

불이 클라이막스에 와 벌겋게 달아오를 즈음

착, 착, 착

아버지는 바께스 찬물로

그 불 *끄고*

잘 익은 왕겨숯 완성 시킨다

- 「왕겨숯을 만들다」 전문

　이렇듯 하병연의 시에는 사라져가는 우리 농경문화의 원형이 곳곳
에서 싱그럽게 되살아난다. 이밖에 시집 곳곳에서 이러한 농촌의 척
박한 삶과 가난을 내치고자 온 힘을 다하는 필부필부匹夫匹婦의 이야
기도 우리의 마음을 애잔하게 만든다. "남에게 돈 빌리지 않으려고 어
머니는 담배 시작하셨다고 하셨지/ 형제간에 돈 빌리지 않으려고 어
머니는 밤새도록 담배를 손에 놓지 않았다 하셨지/ 담뱃잎 한 잎, 한
잎 딸 때마다 대학 등록금 한 잎이 자라났다고 하셨지/ 그 덕분에 아
버지는 골초 되어 평생 담뱃잎 속에 살게 되었지/ 그러거나 말거나 어

머니는 담배 때문에 우리가 살았다고 자주 말씀하시지"(「담배」). 이른 바 수익 작물로 당시 농촌에서는 잎담배를 많이 재배했는데, 이는 쌀농사 못지않은 높은 소득을 가져다주었다.

변화하는 농촌 속으로

이토록 시인이 애절한 심정으로 노래했던 농촌의 모습은 산업화 시대를 기점으로 빠르게 변화했다. 도시화에 의한 이촌향도 현상으로 노동력 부족 문제는 말할 나위도 없고, 경제개발에 의한 농촌의 변화 바람은 '새마을 운동' 이름으로 요원의 불길처럼 번지며, 마을 길 넓히기, 지붕개량 사업, 미신 타파 등의 명목으로 우리네 전통 생활풍속과 삶의 환경을 크게 바꿔놓았다. 당시 농촌에 휘몰아친 새마을 운동 바람을 시인은 이렇게 묘사하고 있다.

1
아버지가 마을길 넓힌다고
동네 어른한테 뺨 맞고 돌아오던 날
엄마는 동네 구장질 내놓으라고 잔소리질하고
일본 사촌한테 돈 돌려주라고 소리치고
목이 쉰 아버지는 말없이

밥상 물리며

흠, 흠, 흠

밖으로 나가 버린다

2
동네 처음으로 전기불 밝히자
모두 박수치고 환호하고 놀라고
이제 새 세상 밝았다고
천지가 개벽했다고
얼싸안고 춤추고 신기해하고

희망이, 작은 희망이

동네 사람들 가슴속에서
환한 백열등불 켜지기 시작했다

3
미쳐야 미친다고 하였던가!

모두들 미쳐서
새마을 한다고 미쳐서

눈에 불 켜고
몸 아픈 줄 모르고
모두들 미치고 미쳐서
서로 작은 힘 보태고 보태
헌 마을을 새 마을로 바꾼
새마을 운동

- 「새마을 운동」 전문

가난에 허우적거리는 사람들에게 미치지 않고서는 무언가 얻을 수 없다는 불광불득不狂不得의 통치 논리 속에 당시 농촌 현장에서 벌어졌던 풍경이다. 마을 길을 넓히는 데 자기 땅이 들어가자, 사람들의 상호 이해관계가 충돌하며 갈등이 야기된다. 친척 돈까지 끌어다가 뭔가 해보려던 가득한 삶의 욕망은 그만 사그라지기도 하지만 조그만 성과 앞에 농민들은 언제 그랬다는 듯이 환한 미소를 띤다. 하지만 화자가 바라보는 새마을 운동에 대한 평가는 그리 긍정적이지만은 아닌 듯싶다. 사람들을 미치게 한 결과는 비단 육신의 골병뿐만 아니라 농촌의 인심과 문화를 시나브로 파괴하는 결과를 초래했기 때문이었다.

아무리 힘든 농사일이지만 이 땅의 농부로서, 한 인간으로서 지킬 것은 지키고자 했던 사람들의 진실하고 정직한 성품을 볼 수 있다. 또한, 먹을거리와 환경에 대한 그들의 관점을 엿볼 수 있는 대목이기도 하다. "사람이 바로 먹는 데 어떻게 농약 치냐고/ 아버지는 병든 딸기를 하염없이 쳐다보고 쳐다보기만 했다// 흰가루병이 들어 하우스에 흰가루 날아다녀/ 나는 흰가루 뜬 딸기를 따고 따서 버렸다"(「딸기 농사」). 사실 우리가 먹는 탐스러운 딸기도 알고 보면 성장호르몬제를 바른 딸기가 부지기수라 하는데, 이 시에서 느껴지듯이 남을 속이거나 해하지 아니하고 자연의 순리에 따라 농사짓는 순박하고 정직한 농부의 맘을 읽을 수 있다.

한편 "비료 주고/ 풀 매고/ 깎아 주고/ 농약 치고/ 물 주고/ 기른 우리 집 잔디// 지금쯤 어느 골프장에 뿌리내려/ 골프공에 머리 맞고 있을까?"(「잔디 농사」)라는 구절은 농촌 현실과 자본주의와의 묘한 관계를 우리에게 암시하고 있다. 풀을 재배하는 농사는 예전에 볼 수 없었던 진풍경이다. 이제 농촌도 변하여 굳이 소득에 별 도움이 되지 않는 곡물 농사만 지으려고 하지는 않는다. 조경에 필요한 나무나 잔디 농사는 결국 건축 현장에 필요한 자본주의의 요청에 따르는 듯하나 이를 애석하게 여기는 화자의 안타까움이 마음 한구석에 자리 잡고 있음을 볼 수 있다. 이러한 변화는 농촌구성원들의 모습도 바꿔놓고 있다. "타샤는 꽃을 키워 타샤 정원 만들었다/ 어머니는 곡식 키워 어머니 정원을 만들었다// 타샤는 튜울립을 길렀지만 어머니는 마늘 길렀다/ 타샤는 아이리스를 길렀지만 어머니는 들깨 길렀다// 타샤는 꽃으로 행복했지만 어머니는 밥상으로 행복했다/ 두 분 모두 땅을 행복하게 만드는 흙 손 가지고 있었다"(「타샤와 어머니는」)라는 구절에서 오늘날 농촌 다문화 가정의 일면을 살펴볼 수 있다. 화훼농업을 하는 외국인 며느리와 화자의 어머니는 어쩜 서로 잘 어울리지 않는 한 쌍처럼 보일 수 있겠지만, 흙의 소중함을 배우며 땅을 행복하게 만드는 미덕을 가졌다는 점에서 한 식구가 될 수 있는 필요충분한 조건을 이미 가지고 있었는지 모른다.

길 위의 구도자, 아버지

가난한 농촌에서 태어난 화자 부친의 삶은 이루 형용할 수 없는 삶이었다. 한국전쟁 이후 그 힘들고 어려웠던 시절, 시골에서는 한 사람의 입이라도 줄이고자 젊은이들이 대처로 많이 떠났었다. 그중 화자의 부친도 한때 그런 마음을 품었겠다고 생각되는데, 이에 관해 일화가 시집 속에 한편의 소품처럼 등장한다.

못 먹고 살아 큰딸은 촌에 남겨두고

갓난 얼라 들쳐 메고 올라온 부산살이

남자는 연탄 공장에서 두 눈만 빠끔히 뜨고

여자는 부둣가 얼라 들쳐 메고 김밥 행상으로

신혼이 신혼으로 불이 날 때

연탄은 19공 불로 제 몸 불태워 몸 뜨겁고

김밥은 가녀린 몸뚱아리 포개고 포개어 제 살 터진 줄 모르고

부산 선착장 밤마다 하늘 아래

허기진 젊은 부부가 웅크리고 살았을 1960년대

- 「허기진 젊은 부부가 웅크리고 살았을 1960년대」 전문

이 시의 특징은 한 행이 단연을 이루고 있다는 점이다. 가족의 서사가 전광석화처럼 잠시 잠깐 지나간 일 같지만, 그 행간에 담긴 가난하고 어려웠던 시절을 회상하라고 여백의 미를 살렸는지 모른다. 농사꾼이 농사를 짓지 않으면 누가 그 소임을 다할까마는 결국 사필귀정하게 부친은 고향으로 돌아온다. 하지만 돌아온 부친을 기다리는 것은 아비의 유산이었다. "아비 잃은 슬픔보다/ 남겨 놓은 아비 유산이"(「아비 유산」) 엄청난 무게로 화자의 아비를 짓눌렀다. "초상이 끝나자마자 시작된 빚 독촉"의 늪에서 헤어나려 모진 고생을 감내해야만 했던 당신은 때론 자식에게도 말 못 하는 비밀 하나 간직하고 있었던 때가 있었다.

젊은 아버지 병들어, 병이 들어와
자리에 누운 지 10년
하루는 작은 방 쪽문 뒤에

비닐로 싸고, 싸고 또 싼 농약병 하나
몰래, 몰래 숨겨 둔
목숨 하나

아들에게 들키고 만
뻘건 대낮에 들통이 난

"뭐 하세요"라는 짧은 말에
화들짝 놀란 아버지 손

그날 이후, 그 독한 농약보다 더 독한
아버지로, 다시 지아비로
일생을 산
나의 아버지

- 「비밀 하나를」 부분

　당시 화들짝 놀랐던 아버지는 끝내는 당신의 손가락을 잃고야 만
다. 이 시집 속에서 강한 부정父情과 아버지의 아픔을 노래하는 「거북
손」은 전체 시의 압권이자 구도의 길을 걸어온 아버지의 역경을 잘 대
변하고 있다. "어린 나는 그게 싫었어. 밥 먹을 때에도, 잠잘 때에도,
회초리로 나를 때릴 때에도, 아버지의 오른손에는 언제나 흰 장갑이
끼워져 있었어.// 아버지가 진주 병원에 서너 달 정도 누워 있었어. 엄

마는 동네 사람들과 싸우고 듣도 보지도 못한 욕을 하기 시작했어. 낮에도 울고 밤에도 울었어. 경운기에 잘린 손가락을 살리려고 자기 엉덩이 살을 도려 손가락에 붙이고 그 손을 배 속에 넣어 살이 차오르는 수술을 했어. 아버지는 고통에 악다구니 쳤고 엄마는 병원비에 미쳐가고 있었어. 학교에서 돌아온 어린 나는 아무 말 없이 청마루에 철퍼덕 앉아 있는 멍한 엄마를 두고 마구간 소를 데리고 들판에 나가곤 했어. 얼굴이 길고 눈이 큰 우리집 소처럼 나도 눈만 껌뻑거렸어. 흙마당에 요강단지처럼 엎어진 엄마를 보는 것이 정말 싫었어. 그 이후부터 아버지는 항상 흰 장갑을 끼고 흙에 악착처럼 몸 붙이고 농사일을 했어. 남은 손가락마저 뭉텅해질 만큼 농사를 했어. 그리고는 언제나 잘린 손가락이 시리다고 줄담배를 피워 댔어. 흰 장갑을 끼고 국민학교 수학여행에 따라오기로 했어. 그런 아버지가 정말 싫었어."(「거북손」)에서 어린 화자의 마음속엔 그런 아버지가 창피하고 싫었지만, 화자의 수학여행에 따라올 정도로 아버지의 자식 사랑은 너무나 감동적이었다. 화자도 나이를 먹어감에 따라 그런 아버지의 정이 새록새록 떠오르는 것 같아 눈물겨워 견딜 수 없는 것이다. 한편으로 회초리를 들 정도로 강하고 엄한 아버지였지만, 항상 자녀 교육 뒷바라지에는 만사 일을 제쳐놓고 함께 하셨고, '신라의 달밤'을 부르곤 했던, 정취 있는 분이었다.

한 집안의 서사에서 마을공동체로

　이러한 농촌의 삶을 견고히 하며 사람들을 결속하는 힘은 어디서 오는 것일까? 그 해답은 표제시 「길 위의 핏줄들」에서 해답을 찾을 수 있다고 생각한다.

　　해마다 일본 거류민단 달력 와서 동네 안방마다
　　한복 입은 이 땅의 고운 여자 들였다

　　고향에 학교 짓겠다는 종조할아버지 설득하여
　　숯공장에서 빠징고로, 당신 피멍 팔아 번 돈으로
　　동네 전기며 수도시설 놓았다

　　진주 호텔에서
　　할아버지 같은, 아버지 같은 핏줄로 앉아있었던
　　한국말이 자꾸 잊혀진다며 무안해 했던 당숙

　　당숙 돌아가셔서
　　고향 동네 주소 하나 들고 찾아왔던
　　재종형제와 재종질 그리고 회사 직원들
　　길가에서 단박에 아버지 알아보고
　　계속 눈물 흘렸던 나의 뿌리들

말은 통하지 않아도 따뜻이
서로 몸을 껴안았던 길 위에 핏줄들

- 「길 위의 핏줄들」 전문

　우리 현대사에서 산청 주민들—화자의 조부나 당숙들을 포함해서
—이 왜 일본으로 건너갔는지 자세히 알 수는 없으나, 당시 척박한 식
민지 삶에서 탈주하고 싶은 마음이었거나 분단국가 수립 과정에서 정
치적 핍박을 피해 일시적으로 떠났던 것일 수도 있으리라 추측해 본
다. 고향을 떠나서도 그곳을 잊지 못하고, 고향 발전을 위해 기부금을
내놓는 그들의 마음과 죽어서도 고향 산천에 묻히고자 하는 그들의
신념은 흙에서 빚어진 한 가계를 오붓이 떠받들고 있다. 그러한 정신
은 후손들에게 면면히 전해지면서 같은 핏줄로서 그 뿌리를 찾듯이
농사꾼은 또 흙에서 그 뿌리를 찾고자 하는 것이다. 그래서 화자는
그러한 고향 사람들의 마음을 헤아리고 고향을 위하는 일이 무엇일
까 무척 고심하고 또 고심했겠다고 여겨진다. 현대그룹을 일군 고故
정주영 회장은 고향 통천 집을 나와 자신이 성공할 때까지는 고향에
다시 돌아가지 않으리라 결심했다지만, 화자는 자신의 고향과 '고향의
핏줄들'을 위해 공헌하는 삶을 살고자 선택했다.

　내가 못 배워 평생 한이었는데 니가 참몰로 고맙다. 고마우이,
하박사. 내가 너거들 갈치려고 뼈가 가루 날 정도로 일했는데
일한 보람 있다. 울 집 안에 박사가 나왔으니 니한테 고맙디 고

맙다 공부하니라고 욕봤다. 낮에 직장 다닐라제 밤에 공부할라
제 얼매나 힘들었노. 내 이제 죽어도 조상 볼 면목은 섰다. 서부
치다리 하씨 집안에 박사가 나왔으니 조상들도 기뻐할끼다. 고
맙디 고맙다. 오후에는 잠간 할머니 할아버지 산소에 갔다 와야
겠다. 니 책이나 하나 조라. 책장 하나 하나 보여드려야것다. 앞
으로 헛된 일에 힘쓰지 말고 박사답게 살거라. 내 못 배워 평생
한이었는데 박사 따줘서 고맙다. 고마우이, 하박사

- 「고마우이, 하박사」 전문

자식이 학위를 받은 후, 기뻐하는 화자 부친의 모습이 눈에 선한 듯
하다. 하병연 시인은 농화학 박사로서 지금도 농업 현장에 필요한 비
료나 생명공학 연구에 몰두하고 있는 현역 연구자다. 배운 지식과 성
과를 다시 땅 위에 돌려주는 삶을 충실히 사는 중이다. "박사답게 살
거라"라는 말은 그 이름에 욕되지 않게, 학벌의 명예와 권위에 안주하
지 말고 실사구시의 삶을 살라는 주문의 말일 것이다. 이를 실천하는
있는 한 편의 시가 바로 「한톨의 비료」다. "한톨의 비료는/ 열톨의 사
람/ 백톨의 기계/ 천톨의 자연/ 그리고 만톨의 시간// 한톨의 비료는/
한 스푼의 쌀밥/ 한 조각의 김치/ 한 마리의 멸치/ 그리고 한 사람의
나"(「한톨의 비료」). 한 알의 씨앗이 땅에 떨어져 삼십 배, 육십 배, 백
배의 결실을 보듯이 세상을 향해 거름이 되고자 하는 화자의 마음이
잘 담겨 있는 단아한 시다.

하병연의 『길 위의 핏줄들』은 수미상관법처럼 마지막 시편도 차 이야기로 마무리된다. 「차를 마신다」, 음다飮茶란 찻잎을 우려낸 물을 마신다는 의미다. 그 맑고 고요한 찻잔에 아버지의 삶과 역사가 녹아 있고, 어머니의 구부정한 허리가 비치고 있다. 또한, 아내의 따뜻한 눈빛 그 모든 것 너머로 지리산 계곡과 능선, 하늘 땅 대자연이 녹아 스며있다. 차를 마시는 일은 내 안의 '또 다른 나'를 우려내는 일인 것이다. 그러기 위해서는 한 집안의 서사를 넘어서 마을공동체의 서사를 지향할 필요성이 있다. 최근 농촌의 변화, 다시 말해 농산물 직불제, FTA와 농산물 수입 개방 시대에 맞서 투쟁하는 농촌의 이야기도 들어보고 싶다. 한 피 나눈 형제는 아니지만, 이웃 간에 머리를 맞대고 고통받는 삶의 문제를 풀고자 애쓰는 다른 농촌 사람들과 연대의 정도 나눠보고 싶다.

하병연의 시집을 읽고서 이제 우리에게 아버지 세대가 지나간 후, 고향은 누가 지키며 농사는 누가 짓는가 하는 문제가 과제로 남는다. 하병연의 시는 잊힌 우리 농경사회의 문화와 전통을 사실주의 기법으로 묘사함으로써 우리에게 땅의 넉넉함과 농사일의 소중함을 일깨워주었다. 반면에 그러한 삶이 지속 가능한 삶이 될 수 있겠는가, 또한 지속 가능한 농촌의 삶을 위해서 우리는 무엇을 고민해야 하는가, 이러한 문제에 관한 시인의 시야를 넓히는 일들이 그의 후속 시의 소재가 되지 않을까 예측해 본다. 무너져 가는 농촌공동체 삶을 복원하고 인구감소와 노령화에 따른 노동력 부족 문제를 극복하는 일부터 다문화 사회에 대한 적응, 가부장적 전통문화에 맞선 새로운 젠더관계 설정, 생태환경 및 인간과 자연의 상호 교감에 이르기까지 21세기 문명 전환과 4차 산업혁명 시대에 가로놓인 산적한 문제를 온고지신의 정신으로 슬기롭게 추슬러야 할 시점이다. 이런 일은 비단 시를 쓰는 사람뿐만 아니라 일반 독자들의 뜨거운 호응이 함께할 때 그 지경을 넓힐 수 있다고 감히 단언한다.

고결한 풍류 사상의 발현과 선비 정신

- 송동균론

・
・
・
・
・
・
・

고상한 문학, 올곧은 삶의 정신

문학이 추구하는 정신은 무엇일까, 그 기원을 거슬러 가면 우리 고유 사상인 풍류風流에 맞닿아 있다. 풍류는 신라 시대 화랑도 정신으로 계승되면서 그 사상은 儒·佛·道敎를 아우르는 우리나라의 독특한 고유 정신이다. 이러한 정신은 고려 중기 묘청의 난 이후 몰락하였지만, 조선 시대 말 신채호에 의해 낭가사상郎家思想으로 재정립되기도 하였다. "예로부터 우리 선인들은 일상적인 삶 가운데 풍류를 지향하는 삶을 추구하고자 하였다. 풍류란 문자 그대로 시가 있고 멋스럽게 노는 일이나 운치가 있는 일이라고 볼 수 있지만, 다른 의미로는 아담한 정취나 취미를 말하는 것으로 속된 것을 버리고 고상한 유희를 하는 것으로 이해할 수 있다."[1] 시는 고상한 유희이다. '고상하다'[2]란 말은 '고상한 척하지 말라'는 표현에서 보듯이 우리는 이 말을 부정적 측면에서 주로 사용하였지만, 사실은 사람이나 그 성품이 품위가 있고 수준이 높다는 뜻이다. 이는 마땅히 시가 추구해야 할 본령이라고 생각한다. 또 '유희'라는 말에서 "遊의 개념은 긴장의 해소와 감각적 쾌감을 수반하는 오늘날의 일반화된 놀이 개념과 달리 '정신적(精神的)'인 영역이 강조되며 '심미성(審美性)'을 내포하는 점이 전제"[3]되고 있다. 그러므로 풍류에서는 개인적 심신 수양의 단계를 넘어 예술적 취향이 맞는 이들 간의 관계망network이 형성되는데, 이른바 중국 풍류의 한 갈래인 '문학적 범주의 풍류'로서 발달하게 된다. 이러한 풍류는 정신적 자유를 추구하게 하며, 또한 문학 작품이라는 문화적 결과물을 낳게 한다.

송동균 선생의 시집 전편을 흐르는 기본적 정서는 단아한 선비 정신이다. 문학평론가 유한근 선생이 말했듯이 그러한 선비 정신은 각 작품에 나타나는 관조와 달관 그리고 버리지 않은 꿈으로 요약될 수 있다. 거기에는 대상에 대한 애틋한 그리움과 서정이 깃들어 있다. 첫 시집 『琴床洞의 산자락』을 살펴보면 이러한 정서가 잘 드러나 있다. 이후 琴床洞 연작시는 이후의 시집에서도 자주 나타나는데, 琴床洞은 정읍에 있는 시인의 고향마을이다. 시인은 누구 못지않게 고향을 사

---

1 졸고, 「폐쇄와 격리 너머의 휴머니즘」, 『현대시문학』 2020년 겨울호 49면.

2 '고상高尙하다'라는 말은 『주역』의 산풍 고괘와 도연명의 「도화원기」에 나오는 劉子驥라는 인물에서 유래하는 말이다. 왕후 제후를 섬기지 않고 홀로 고결함을 숭상한다는 의미이다.

3 정성미, 「한중 풍류 사상의 비교를 통해 본 한국 풍류의 특징」, 『한국예술연구』 13권, 2016, 5~32면.

랑하고 또 고향을 떠나서도 그곳을 잊지 못하고 꿈에서라도 늘 그리워했다. 이는 시인과 고향 간의 신뢰성, 다시 말해 굳건한 믿음이 자리 잡고 있기 때문이었다. 사람들 간의 관계 역시 마찬가지다. 그래서 시인은 "나의 詩作 생활은 꾸준하게 신뢰와 진실성을 바탕에 놓아두고 한 점 부끄러움 없는 詩的 創意의 실꾸리를 풀어 나아가고자 부단한 노력을 아끼지 않고 있다"[4]라고 말한 바 있다. 琴床洞 연작시는 결코 고향의 그리움만을 노래한 시편이 아니다. 거기엔 고향마을 역사와 그곳을 지키고 살았던 사람들의 이야기, 역사와 시대의 변화 속에 겪었던 고향의 서사가 고스란히 담겨있다. 다시 말해 한 가족의 서사와 마을공동체의 서사가 씨줄과 날줄처럼 서로 정교하게 엮여 있다. 이는 사라져간 고향 마을의 전통과 문화·생활 풍속사를 오롯이 담아내고 있기에 개별 작품 한편 한편이 갖는 시로서의 의미뿐만 아니라 전승하고 보존해야 할 우리 삶의 원형으로서 가치도 매우 크다고 볼 수 있다.

또한 『변화의 바람』과 『午禱의 찻잔』 등 시인의 후기작품으로 오면서 국내외 여행지에서 보고 느꼈던 시인의 상념과 명예와 권익에 찌든 삶을 질타하고 경계하고자 하는 시인의 가치관이 두드러지게 나타난다. 하지만 이런 내용 때문에 송동균의 선생의 시 세계가 높게 평가되고 있는 것만은 아니다. 고향과 세계 각처를 오가며 느꼈던 상념과 지나간 삶에 대한 회한을 넘어서 대쪽 같은 선비 정신으로 시대와 역사 앞에서 비굴하지 않은 삶을 살아가고자 하는 올곧은 정신이 그의 시 전편을 관류하고 있으므로 더 귀중하게 여겨진다. 그러므로 시를 구성하는 요체는 풍골風骨로 요약될 수 있다. "풍風은 기운이고 골骨은

---

4 송동균, 「책머리에」, 『밤에만 울던 뻐꾸기 왜, 낮에도 우는가』, 미래문화사 1993.

뼈대이다. 즉 무형의 기운과 유형의 뼈대가 하나의 문장 형식을 이룬
다."**5** 송동균 시인의 시는 "말을 맺는 것이 단정하고 바르니 문장의 골
骨이 이뤄졌다고 볼 수 있다는 것이요, 뜻과 기질이 뛰어나고 호쾌하
다는 것은 문장의 풍風이 맑다는"**6** 의미로 볼 수 있다. 따라서 송동균
의 시는 화려한 문체나 미사여구로부터 자유로워 시가 지켜야 할 본
령을 거슬리지 아니하고, 시문詩文의 뜻이 성기거나 장황하지 않아 문
심文心을 올바로 전달하게 되는 것이다.

문학의 향기, 시의 품격

격조格調 있는 문학이란 무엇인가, 앞서 말했듯이 먼저 고상한 문학
이라고 볼 수 있다. 산문과 달리 운문에서는 격식과 운치에 어울리는
가락이 있어야 한다. 이 가락은 시인의 고향에서 태동하며 선인들의
경전經典인 작품에서 비롯된다. 시인 스스로 "나의 고향은 아직도 문
명의 빛을 반은 등진 사람들이 조상들의 입김을 잃지 않고 순수하게
땅을 지키며 아직은 오염되지 않은 그윽한 山香氣와 짙은 흙내음을
맡으며 살고 있다"**7**라고 말했듯이, 격조 있는 가락은 오염되지 않은

---

5   유협(황선열 옮김), 『문심조룡』, 신생 2018, 336면.

6   같은 책, 337면. "結言端直, 則文骨成焉 : 意氣駿爽, 則文風淸焉."

7   송동균, 앞의 글.

순수한 장소에서 우러난다고 볼 수 있다.

천왕산에 눈이 내린다
내 육신의 五慾을 갈아
재를 뿌리는 갈가마귀떼 지나고 나면
포근한 마음 익훈 비둘기떼 찾아들고
천왕산에 사랑을 심은
두터운 침묵이 내린다

彼岸을 서성인 바람결에
무심하게 뿌려진 씨알 하나
들꽃 생명으로
천왕산 기슭에서 새 움이 돋는데
모처럼 세상 고요를 갈아 놓고
가신 아버지 흰 눈썹 같은 눈이 내린다
천년이고 만년이고
궂은 목숨 묻어 살고픈 눈이 내린다

천왕산에 태고의 세상처럼
티없이 정결한 눈이 쌓인다
내 가슴팍엔 욕정의 찌꺼기가
아직도 남아 붉게 타내리고 있는데
천왕산 넓은 가슴엔 정적을 그으며

슬픈 무덤처럼 눈이 쌓인다
평온을 향한 눈이 쌓이고 있다.

-「天王山에 내리는 눈」 전문(『밤에만 울던 뻐꾸기 왜, 낮에도 우는가』)

이 시에서 '눈'은 오염되지 않은 순수한 상태이자 때 묻지 않은 순결한 장소를 형상화하는 주체로서 다가온다. 이런 장소는 태고의 이미지를 내포하고 있으며, 욕정의 찌꺼기가 제거된 곳이자 "두터운 침묵"의 장소다. 그런 연후에 생명의 씨앗이 움트며 사랑의 싹이 돋는다. 즉 정결한 세상 가락이 잉태된다. 또한, 이 시는 수묵화 같은 눈 내리는 겨울 산의 풍경을 보여주듯이 오염과 순수의 이미지가 서로 대조를 이루고 있다. 가령 갈가마귀떼/ 비둘기떼, 바람/ 고요, 정결/ 욕정, 무덤/ 생명 등의 시어들이 절묘한 배치와 조화를 통해 시상詩想을 견고하게 뒷받침하고 있다. 또한, 눈雪은 시인이 말한 "그윽한 山香氣와 짙은 흙내음을 맡"을 수 있는 장소를 형상화하는 매개체라고 말할 수 있다. 이런 장소야말로 "佛心 머금은 나무의 뿌리들이 내린/ 靈藥의 향기가 흥건하게 잠"(「天恩精寺의 약수」)길 수 있는 곳이며, 고향 마을의 "구수하게 풍겨 나오는 삼잎 골초 냄새"(「琴床洞·96」) 같은 향기가 가득한 곳일 것이다. 이러한 시 세계의 완성은 마지막 시행의 마침표에서도 확연히 느껴진다.

조용한 가슴 옥구슬 굴러 내리는 소리,
투명한 하늘이 열리고

새벽바람 자르며 우는
임의 발자국 소리,

몸부림으로
몸부림으로
나의 *心魂* 일깨우며 흘러내린다

겹겹 낙엽이 삭힌 나날들
그렇듯 피멍의 세월이더니
이제야 뼈아픈 흐느낌으로 오는가
사랑하는 나의 *詩魂*,

뼈마디 하얗게 드러낸 시누대의 오만과
미풍에도 사각거리는 갈대
그리고 오만 잡것 나무들의 뿌리와
멍텅구리처럼 제멋대로의 형상 바윗돌
바랜 세월 아픈 피멍 씻으며
이제야 가냘프게 흐느낌으로 내리는가

이렇듯 정결한 물의 *魂魄* 앞에서
부끄런 마음자락 삭이며
소록소록 살갗 검버섯 피워 내고
이제야 유리알처럼

내 말간 마음 감아 올리는가.

- 「계곡에서」 전문(『午禱의 찻잔』)

　시인의 고상한 품격을 느낄 수 있는 대표적인 시가 아마 이 작품이 아니겠냐고 생각한다. 이 시의 핵심을 이루는 시어는 심혼, 시혼, 혼백 같은 영적인 의미를 담는 어휘들로 구성되어 있다. 여느 평범한 사람들처럼 일신의 일을 도모하는 일이 아니라 영적인 정신세계를 지향하며, 구도자의 모습을 추구한다. 그래서 시인은 "나는 순한 바람이 되고 싶다. 세상 온갖 오물을 씻는 바람이 되고 싶다"[8]라고 말했는지 모른다. 흐르는 계곡물처럼 맑고 정결한 의식의 높은 경지를 보여주는 시라고 판단된다. 이렇듯 영혼의 세계는 한 점 부끄럼마저 허용하지 않는 심안心眼으로부터 정제되고 조탁되어 시의 고상함으로 이끄는 역할을 하고 있다고 볼 수 있다.

　하지만 시인이 그리는 고향의 이미지는 다른 한편으로 개인의 서사敍事를 넘어서 마을공동체의 서사로 이어지며, 개개인의 삶을 통해 우리 민족사의 아픔까지 헤아리는 모습을 보여준다. 예를 들면 琴床洞 시편에서 '떼보'라는 인물의 개인적 삶을 통해 일제강점기에서 6·25전쟁에 이르기까지 우리 민족이 겪어야만 했던 정치적 핍박과 이념의 소용돌이를 슬프고도 적나라하게 보여준다. "그러던 그는 육이오전란이 마치 구세주인 양 믿어졌고/ 난폭한 성품까지 길러 광란의 삶을 잇더니만/ 마침낸 수복 후엔 북쪽 빨치산 산사람이 됐고/ 어느 날은 밤

8　송동균, 「서문」, 『변화의 바람』, 한강 1988.

어둠을 타고/ 마을로 먹이를 찾아 내려왔다가/ 그만 방위군 총탄에 참혹한 죽음을 당하고야 말았다"(「琴床洞·93」『밤에만 울던 뻐꾸기 왜, 낮에도 우는가』)에서 알 수 있듯이 그 비통함과 참담함은 혈육의 아픔을 넘어 고향마을 공동체의 슬픔으로 이어지며 나아가 우리 민족의 비애로 확산하고 있음을 알 수 있다.

문학의 결, '파란 마음'

송동균 시인의 작품 중에서 인간 세정世情에 대해 노래한 작품을 보면 한 편의 수묵화처럼 삶에 관한 웅숭깊음이 느껴진다. 아래 시에서 살펴볼 수 있듯이 나목, 여생, 노승, 선인 등 한자로 구성된 시어들이 주는 느낌뿐만 아니라 독자에게 뜻글자로서 한자가 주는 웅숭깊은 여운까지 음미하게 한다. 여기에는 시인이 삶아온 삶의 결, 문학의 결이 돋을새김 되어 있음을 볼 수 있다. 시인이 궁극적으로 다다르고자 했던 길은 대자연 속의 지순한 마음이다. 이는 '파란 마음'으로 달리 표현할 수 있는데, 지고한 정신을 지향하고 있다.

파란 마음 하늘에 떠 보내고
빨갛게 속살을 물들이는
이팔을 주워 모아

산 향한 선마음 계곡에 휘날린다.

찬 빗방울에 몰리는 行樂이
단풍 낙엽에 마구 구르고
裸木 드리운 산자락은
갈꽃으로 餘生을 달랜다.

푸드득 산비둘기 칼바람을 이어 내고
절간 老僧의 長衫 끝이
맑은 물소리를 감아 올리는데
가을을 떠 가는 世情이
떡갈잎으로 도르르 휘말린다.

- 「늦가을에」 전문(『井邑 까치』)

仙人이 고르는 음반의 소리인가
계곡을 뻗은 물줄기에 목욕을 하고
숲속의 영롱한 이슬을
베잠쟁이에 적시며
산 등에 오르니 뱃속까지 시린 바람
나를 손인 양 맞아준다.

(…)

산 너머는 바다

노루야 사슴아 여기 멎어라

이 찬연한 풍경 속에

나와 같이 하며

머루랑 다래랑 따먹으며 살자구나

천년이고 만년이고 이 푸르름 속에

지순한 마음으로 살아 보자구나.

- 「山谷有情」 부분(같은 책)

　　하지만 송동균의 시가 마냥 세속과 동떨어진 선인仙人의 세계만을
지향하고 있는 것은 아니다. 가령 「思井邑」에서 "內藏山의 요염한 정
기/ 솔솔히 풀어내어/ 맑은 호수에 배를 띄우고/ 낚시꾼은 東學의 넋
을 건진다.// 들판 가르마길을/ 파랑새떼 머리 풀고/ 울며울며 바다쪽
으로 빠져 나가고/ 두승산 푸른 마루/ 녹두장군의 핏발진 목소리가/
온통 산허리마다 감돈다."(「思井邑」 『井邑 까치』)라고 시심을 표현하여 선
인先人의 뜻을 새겼듯이, 시적 대상에 대한 역사 인식이 뚜렷이 자리
잡고 있음을 알 수 있다. 주지하다시피 전북 정읍과 태인 일대는 조선
시대 말 탐관오리의 학정에 맞서 의연하게 봉기한 전봉준과 동학교도
의 활동 무대이자 그 정신이 깃든 곳이다. 그러한 곳에서 태어난 송
시인에게도 동학혁명은 정신적으로 많은 영향을 끼쳤으리라 추측해
본다. 이는 화자를 통해 "가난해도 편안한 日常을 굴리듯/ 詩를 읊고
즐겨 책자를 넘기는 선비"(「호롱불」 『벼랑섶에 핀 꽃』)라고 자신을 표현한

데서도 확인할 수 있다. 이러한 선비 정신은 4·19혁명 넋들에 대한 추념과 회상에서도 잘 드러난다.

밤 깊어 조용한 거리를 걷고 싶어
4·19 묘지 뒷골목을 접어드니
민주화 운동 열풍에 여윈 넋들이
서로 얼싸안아
통곡하는 소리 들린다.

가슴들을 닫고

입이 있어도 말 못했던 시절
빛이 그리워도
어둠 사르지 못한 갈갈이 찢기인
가슴들이

아직도 몸부림하는 해돋이가 그리워서
편한 잠 들지 못하고
통곡하는 소리 들린다.

- 「水踰里 야곡·3」 전문(『벼랑섶에 핀 꽃』)

화자는 위 시 마지막 연에서 "아직도 몸부림하는 해돋이가 그리워서/ 편한 잠 들지 못하고/ 통곡하는 소리 들린다."라고 표현했듯이 4·19 정신이 성취해야 할 미래가 아직도 미완의 길임을 암시하고 있다. 이 땅의 선비로서 불의에 대해 항의하고 지조를 지키려는 그의 마음은 우리에게 민주화의 길을 가기 위한 도정이 멀고도 힘든 여정임을 준엄하게 말하고 있다.

또한, 이러한 마음은 외국 기행 시편에서도 잘 드러나 있다. 외국의 도시에서 한 나라의 역사를, 고려인의 삶에서 이주민의 역사를 직시하며 한결같은 역사 인식을 유지하고 있음을 찾아볼 수 있다. 가령 프랑스 파리의 야경을 노래한 시에서 "파리의 세느강은/ 루이 16세가 흘린 핏물로/ 온통 붉게 물들여 있다.// 나폴레옹이 뿌려 놓은/ 야망의 불꽃이/ 파리 교외 아득한 지평선에서/ 활활 타오르고"(「파리의 밤」 『송동균 시선집』) 있다고 심경을 표현했듯이, 시적 대상이 화자에게 주는 피상적이고 낯선 의미를 넘어 역사적 진실까지 꿰뚫어 보고 있다. 사실 프랑스의 민주주의는 앙시앵 레짐Ancien Régime으로 상징되었던 루이 16세를 처형함으로써 그 기틀을 마련했다. 게다가 프랑스인들은 근대 시민혁명으로 나폴레옹의 제국주의적 야욕을 무너트렸다. 나아가 해외에서 우리 민족의 뿌리 찾기와 이국땅에서 살아온 조상의 굳건한 삶을 따스한 관심으로 조명하는 미덕을 발휘하고 있다. "동서로 뻗었던 실크로드 길섶엔/ 부활의 망치 소리 요란하다/ 폐가 같은 토담 움막집이/ 서방 현대인들 風物로 남아/ 아직도 동방 상인 길목을 지켜 있고/ 헤진 옷 떼지은 아이들이/ 조상의 행적 되새기듯/ 궁색하게 붉은 배지 몇 개 들고/ 물물교환의 손길 내민다.// 소련인, 동양인도 아닌/ 어룩배기 모습 아이들이/ 대장장이 샤마흐 동상 앞에서/ 한

가로이 따가운 햇살 부시며 있고/ 멀리 앞가슴이 열린 들녘은/ 고향 하늘이 그리워서/ 지금 막 목화움이 파랗게 돋아나 있다."(「타슈겐트」 『송동균 시선집』) 긴 여행 끝에 만난 고려인들의 모습, 이젠 이주 1·2세 대가 지나가고 3세대쯤 되어 보이는 혼혈인 후손들 얼굴에서 바로 우리가 지난날 겪었던 가난한 시절의 농촌 모습과 선조들의 삶에 대한 그리움과 애틋함이 필름처럼 인화되어 나타난다. 화자는 척박한 이국 땅에서도 어려운 삶을 개척해야 했던 고려인의 삶과 꿈이 '목화움'처럼 '파랗게' 피어나는 것을 바라보고 있다. 바로 '파란 꿈'은 화자의 '파란 마음'이요, 시인에게 문학의 결을 형성시키는 켜켜이 쌓아 온 삶의 역사이자 혼이다. 이러한 맘은 기행시 곳곳에서 생명수처럼 샘솟고 있다. "붉은 대지엔 파란 움이 트게 하고/ 푸른 땅엔 생기 돌는 생명수 되게 하라/ 사라예보에서 맞은 古風 몸이 알고/ 베오그라드로 가는 길, 뜨거운 길이/ 찬비에 젖는다.// (…) // 파랗게 새 움이 돋아나는 길/ 우리 나라와 이어질 하얀 길에/ 달걀 같은 굵은 물방울이 일고 있다."(「베오그라드로 가는 길」『송동균 시선집』)

문심文心과 예술혼

시가 사무사思無邪라고 했듯이 예술은 정직함과 순수함 그 자체라고 본다. 그래서 시인은 "무지개빛 고운 마음/ 세상 미움을 예쁨으로 되살리고/ 어떠한 사악의 음모도 이겨내는 인내를"(「쑥 찜」『벼랑섶에 핀 꽃』) 견뎌내고자 한다. 송동균 시인은 시적 대상물을 감상할 때도 화자에게 그 대상물의 위용과 아름다움에 압도당하지 않도록 경계하며 그 이면의 진실을 꿰뚫어 보는 혜안을 지닐 수 있도록 예비한다. 「똘레도의 대성당」에서 화자는 성당의 웅장함과 정교한 조각품, 화려한 금은 세공품, 전쟁 장면을 묘사한 세밀화에 매혹되지 않고 전쟁에서 빼앗은 노획물로 성당을 지은 것을 비판적 시각으로 예리하게 지적한다. "육 천의 금조각 조립으로 싸올린/ 세계 굴지의 황홀한 대성당이/ 해묵을수록 빛이 더 나고 있는 것은/ 옛날 이사벨 왕이 알라신보다는/ 야소의 존엄성을 높이 기린 때문이다/ 빛 고운 여심이 정녕/ 선, 선마다에 스며 있음이다// 하지만 남의 땅을 침공해 빼앗은 보물로/ 거룩한 성전을 이룩했다면 야소인들 기꺼워했을까/ 순금을 버물여 마리아상을 이룩했던들/ 그 정성 하늘에 미쳐 성모 마리아의/ 인자하신 숨결이 내려 줄 것인가"(「똘레도의 대성당」『밤에만 울던 뻐꾸기 왜, 낮에도 우는가』). 사실 똘레도의 대성당은 1225년 이슬람 세력을 물리치고 승리한 것을 기념하기 위해 에스파냐 페르난도 3세의 명으로 원래 이슬람 사원이 있던 자리에 고딕 양식을 기반으로 지은 건축물이다. 기독교인들의 처지에서 보자면 "그들이 싸울 때에 노략질하여 얻은 물건 중에서 구별하여 드려 여호와의 성전을 개수한 일과"(대상 26:27)라는 말씀에 의지하여서 한 일이라고 하겠지만, 화자는 그러한 역사적 사실에 대해 종교인으로서 양심의 거리낌이 없는지 묻고 있다.

나아가 김영랑[9] 시인이나 詩聖 괴테, 樂聖 베토벤에 대한 단상에서

9　김영랑 시인은 주지하다시피 시문학파 시인으로서 김소월과 함께 전통 시가의 맥을 잇

송동균 시인의 예술혼과 그 시 세계를 들여다볼 수 있다. "멀리 가까이서 나들이 온 사람들은/ 발걸음을 멈춘 채/ 영랑의 푸른 혼백 건지려고/ 긴 밤을 지"(「永郎 생가에서」, 『변화의 바람』)샌다고 했으니 옛 시인의 혼백을 건진다는 것은 바로 선인先人의 예술혼을 본받고자 함이다. 18세 소녀와 정신적 사랑을 했던 괴테의 시혼은 "짙은 숲 자연 속을 서성이며/ 푸른 마음 다듬어서/ 억겁도 썩지 않는 당신 시"(「괴테의 生家」, 『송동균 시선집』)에 깃들어 있었다. 또 베토벤의 예술혼은 "빛을 잃고, 내 안에 소리를 멎게 하고/ 靈感으로만 빚은 수많은 악보들이"(「베토벤의 집」, 『송동균 시선집』) 만들어 낸 것이다. 역설적으로 예술혼은 온전한 오감에서 오는 것이 아니라 무언가 결핍되거나 상실된 오감에서 오는 것인지 모른다. 그 부족함이야말로 '갈증'(李浦植)을 유발하게 하는 것은 아닌지 모른다. 또한 "옛날 십팔 세 소녀를 사랑하던/ 시성 괴테의 마음을 흉내내고 있"(「여울목·2」, 『송동균 시선집』)듯이 선인의 경전을 모방함으로써 예술혼의 지고한 경지에 이르고자 한다.

이상에서 살펴보았듯이 송동균 시인은 우리 시대의 고결한 선비 정신으로 시와 인간의 성정性情을 중시하며 시 창작에 전념해 오신 분이다. 그의 고결하고 정갈한 시의 기원은 바로 우리 풍류 사상에서 배태된 것이며, 그 정신적 뿌리는 선비 정신에 맞닿아 있다. 오늘날 많은

는 민요적 운율의 시를 쓴 시인으로 알려졌지만, 우리나라 현대사와 관련하여 1948년 여순항쟁 당시 박종화, 정비석 선생과 함께 '반란실정 문인조사반' 일원으로 참여했다. 그는 봉기군의 잔혹한 행위를 「절망」이라는 시로 묘사했으며, 「새벽의 처형장」에서 봉기군을 '마(魔)의 숨결'로 표현함으로써 이승만 반공 체제를 확산시키고 공고히 하는 데 이바지한 문인으로 평가되고 있다(김득중, 「여순사건과 이승만 반공 체제의 구축」, 성균관대학교 박사학위 논문, 2004, 245~250면 참조).

문학인이 왕성히 활동하고 있지만 큰 문장가가 드문 현실에서 사물과 인간의 본성을 사무사의 정신으로 인간의 성정과 한국적 정서에 따라 그것을 현대적 의미로 재해석하며 새로운 인식에 도달하고자 하는 마음이야말로 시인이 추구하고자 하는 궁극적 정신이요, 후대 작가들이 본받을 만한 글쓰기 자세가 아닐까, 생각한다.

난바다에 펼쳐지는 삶의 윤슬

- 이윤길 시집 『파도시편』

크나큰 소용돌이가 치는 북해가

세상 끝 벌거숭이 외진 조막섬들을 씻고

대서양의 파도는 폭풍 휘몰아치는

헤브리데스 섬 사이로 밀려든다.

- 비윅, 『영국 조류사鳥類史』 중에서

  샬럿 브론테Charlotte Brontë가 쓴 『제인 에어Jane Eyre』(1847)에 나오는
한 대목이다. 노르웨이 해안에 인접한 북해, 그곳은 바닷새의 서식지
이자 바닷새만이 사는 외진 바위산과 돌출부가 있는 생명의 거처다.
소설 속 주인공은 비윅Bewick의 『영국 조류사』를 읽으며 서문과 그 뒤
에 나오는 그림 간의 연관성에 대해서 생각하고 있다. 파도와 물보라

가 휘몰아치는 바다에 홀로 서 있는 바위와 쓸쓸한 바닷가에 좌초한 난파선 그리고 막 침몰해 가고 있는 난파선을 구름 사이로 엿보고 있는 차갑고 섬뜩한 달에 대해 어떤 함축성을 부여하며 골똘히 생각에 잠겨 있다. 우리가 망망대해를 바라보면 아무것도 없는 쓸쓸한 공간처럼 보이지만, 자세히 들여다보면 그곳엔 거친 파도를 온몸으로 견뎌내는 산호섬과 무인도서를 배경으로 저마다 해풍과 파도에 적응하며 살아가는 바닷새와 거북, 고래 등 무수한 생명체가 존재한다.

먼저 이윤길 시인의 『파도시편』 전체를 읽고서 그가 광활한 대양 한가운데서 파도와 사투를 벌인 선상 체험을 소재로 시집 한 권 분량이나 되는 해양시를 썼다는 데 대해 매우 놀라웠다. 대게 여느 시집 한 권 분량의 내용을 찬찬히 들여다보면, 화자의 삶에 대한 실물과 아주 비슷한 체험과 예리한 성찰이 일상적 삶을 숭고한 삶으로 바뀌게 하는 어느 한순간을 역동적으로 포착하고 있다. 여기에는 시간의 흐름 속에 삶의 여러 공간과 단상이 씨줄과 날줄로 교차하며 등장하는 것이 일반적이다. 이번 시집은 그러한 점에서 일반적 시집 구성의 상투성을 벗어나고 있다. 그는 '바다'라는 공간 속에서 파도처럼 변화무쌍한 대자연의 위력에 대해 온 힘을 다해 주술呪術하고 있다. 다윗의 시편처럼 그의 시는 바다에 관한 시편Psalms이요, 파도에 대한 시편이라 말할 수 있다.

언젠가 한 지역 문학 심포지엄 자리에서 해양문학의 정의와 범주에 대해서 열띤 토론을 펼친 적이 있었다. 해양문학을 과연 어떻게 규정할 수 있을까? 그것은 참으로 어려운 문제였다. 지금까지 해양문학이라면 먼바다를 중심으로 어로작업 중 발생하는 바다 사람들의 긴박한 이야기나 바다에 관한 통찰epiphany이 주된 내용이었다면 필자는 "해양문학을 정의하는 데 있어 해양(해안과 연안 및 도서 포함)과 인간 활동이 상호작용하며 해양을 주된 공간으로 하는 인간 삶의 본질이 지역을 통해 내면화되고 내재화된 작품을 해양문학"(「지역 문학 공간에서 바라본 해양문학의 포용, 그 전망과 과제」)이라고 주장했던 적이 있다. 이는 문학 작품에 있어서 대양과 연안의 구별을 넘어서 바다라는 공간이 인간 내면적 삶의 본질과 진정으로 맞닿아 있고 상호 영향을 주는 것이라면 그 전체를 해양문학의 범주에 넣어도 손색이 없으리라 판단했기 때문이다.

이윤길 시인은 동해 주문진에서 태어나 유년 시절을 가난하게 보냈지만, 그 가난에서 탈출하기 위해서 원양어선을 탔다고 한다. 그가 수산고등학교를 졸업하고 처음 남아메리카 북부 수리남 공화국의 새우 트롤선에 승선하여 원양어선원으로 첫발을 들인 후 지금까지 숱한 역경과 고난을 이겨내며 바다 사나이로 또한 선장으로서 그의 의지를 불태우며 지금까지 묵묵히 일해 왔다고 전한다. 이제 나이가 들면서, 바다에서 일하기보다는 좀 더 편하고 안전한 육지에서 일하는 것이 여느 뱃사람들의 평범한 바람일 텐데, 그는 여전히 바다 사나이다. 때로는 국제 옵서버 요원으로서 수산자원을 보호하고 조업 관리를 감독하는 역할도 병행하고 있지만, 누가 뭐래도 여전히 현역 선장으로 남아 있다. 그의 삶이 온통 바다와 결부되어 있고, 지금까지 난바다 위에 점철된 삶이며, 시인의 살아온 삶의 여정이 푸른 바다 심연에 감춰진 망간단괴manganese nodules처럼 단단하게 뭉쳐져 그 누구도 범접할 수 없는 영역으로 오롯이 자리 잡고 있기 때문이다.

육지에서 탈주, 새로운 영역 속으로

시집 전편을 읽고서 한 번쯤 이런 의문을 품게 된다. 그의 시에서 왠지 '쓸쓸함'과 '황량함'이 느껴지는 이유가 무엇일까? 이는 어디에서 연유되는 것일까? 일단 그의 시편에서 유·무인도서, 열도, 연안 풍경 같은 배경이 「파도 58」을 제외하고는 좀처럼 관찰되지 않는다. 폭풍 휘몰아치는 바다 한가운데일지라도 섬들이 있었다면, 비록 인간의 그림자가 없을지라도 바닷길을 비추는 등대처럼 그곳에서 몸을 피하는 바닷새들과 거친 파도를 견디는 이름 모를 풀들이 그래도 바다를 그렇게 쓸쓸하게 내버려 두지는 않았을 텐데….

『파도시편』을 펼치면 '오어선장 해양시집'이란 말이 눈에 먼저 띈다. '오어吾漁'란 자기 자신이 곧 물고기라는 뜻이다. 어족자원의 고갈 시기에 물고기와 같은 심정으로 물고기를 보호하겠다는 그의 의지라고 볼 수도 있겠지만, 무엇보다 시인은 물고기처럼 육지에서 유배된 운명이라는 점을 염두에 둔 말이 아닐까? 천생 바다에 떠돌며 살 수밖에 없는 운명, 그래서 시인은 스스로 "정주할 수 없는 유랑의 피"(「파도 26」)라고 했는지 모른다. 다시 말해 그는 "난향만이 외로운 등대"(「파도 18」) 같은 존재였는지 모른다.

> 깊고 푸른 밤 깊은 수심에는
> 내가 찾아야 할 사랑이 있으므로
> 그대를 여전히 그리워하는 것이다

다시 돌아가지 못할 새로운 시간
차갑게 식은 마음 원망하며 원하는
대항해시대의 유령선 해골 돛같이
강퍅한 삶으로 몸을 던지는 것이다

경배하라, 푸르러라 바다여
나는 정주할 수 없는 유랑의 피
철썩이는 바닷물에 발목 젖은 동안
뒤꿈치 갈라지게 흔들리는 것이다

- 「파도 26」 부분

위 시에서 보듯이 화자는 육지에서 탈주를 꿈꾸며 "다시 돌아가지
못할 새로운 시간" 속에 "강퍅한 삶으로 몸을 던"진다. 다시 말해 화
자는 "찾아야 할 사랑이 있으므로" 깊고 푸른 바다를 향해 투신을 결
행한다. 그래서 "차갑게 식은 마음 원망하며 원하는/ 대항해시대의
유령선 해골 돛같이" 떠나온 육지로부터 경배의 바다로 뛰어든다. 그
러한 화자의 다짐은 결국 자신에게 바다에 귀의하는 고결한 의식을
치르는 데까지 이르게 한다.

뱃머리를 싫어하는 무언가 그곳에 있었다.
우리는 불행의 끝자락에서 허우적거렸고
생은 파도 위 물보라와 닮은 신기루인 것

난파로부터 태어나는 침몰의 두려움이여
우리는 땅도 불도 공기도 아닌 물에서 왔으니
나의 죽음 바다로 돌아가야만 마땅하리

- 「파도 17」 전문

"우리는 땅도 불도 공기도 아닌 물에서 왔으니/ 나의 죽음 바다로 돌아가야만 마땅하리"라는 구절은 성경의 "모든 것이 주께로 왔으니 받은 것을 주께 드렸을 뿐이니"(대상 29:14)라는 말을 연상케 한다. 즉 뱃사람에게 바다는 만물의 근원이요, 조물주인 셈이다. 이윤길 시인은 『더 블루』(신생 2017) '시인의 말'에서 다음과 같이 말한 적이 있다. "그러니까 시편은 뱃사람들의 생을 받아 적은 것이다. 바다는 뱃사람 삶의 시작과 끝이다. 결국, 뱃사람이 바다다." 그가 말하는 바다는 희망이자 운명 그 자체다. 육지와 결별을 위해 그가 향했던 바다는 무엇보다도 난파로부터 스멀거리는 불행과 두려움의 장소요, "파도 위 물보라와 닮은 신기루"처럼 한 때 희망에 부푼 미지의 영역이었다. 바다와 폭풍의 위력 앞에 생의 날개가 무참히 찢겨버리는 혼돈과 죽음 그리고 무無의 세계였다. 즉 "바다가 사람을 만나고 바다가 사람과 헤어지는 방식"(「파도 44」)이었다.

이윤길 시인의 삶과 문학을 소재로 게재된 한 시사주간지의 칼럼에서 바다에 관한 다음과 같은 글을 읽은 적이 있다.

근대 예술의 주요한 상상력의 원천이 바다였음에도 우리는 바다를 잃어가고 있다. 부산 근대미술사에서 부산항과 바다를 그린 작품이 많은데 해방을 지나면서 '바다'를 그리는 게 아니라 '항만시설'과 '도시'를 그린 작품이 더 많아졌다. 그만큼 원양 경험이 도시 내부로 들어오는 게 쉽지 않았음을 의미한다. 사람들의 시선은 바다 너머로 나아간 게 아니라, 중심화한 도시로 함몰되어 갔다고 해도 좋다. 바다는 간첩이 잠입해 들어오거나, 밀항이 일어나는 불법적 영역이거나, 알 수 없는 위험이 도사린 공포의 공간으로 인지되고 이해되고 있었던 것이다. 원양어업이 쇠퇴하고 선원들 대다수가 외국인 노동자로 채워지면서 일부 입에서 입으로 전해지던 먼바다의 기록은 완전히 사라지기에 이른다.(『시사in』 2019. 8. 2.)

아마도 시인은 육지 중심의 이야기 속에서 벗어나기 위해, '잊힌 바다'를 이야기하기 위해, 선원들에 대한 온당한 자리매김을 위해 바다라는 새로운 영역을 인양하려고 했는지 모른다. 세계 각국의 200해리 배타적 경제수역 선포와 어족자원의 남획으로 원양어업은 쇠퇴일로를 겪게 되었지만, 시인은 바다에 대한 염원을 저버릴 수 없었다. 많은 사람이 바다에 관한 관심으로부터 멀어진다고 할지라도 그는 먼바다에 관한 기록만큼은 목숨처럼 지키고자 하는 소망으로 가득 차 있었다. 미래 인류의 마지막 보고寶庫는 '해양'이라고 말하지만, 우리의 어업방식은 '잡는 어업에서 기르는 어업'으로 가기에는 갈 길이 아직도 멀게 느껴진다. 바다 목장 같은 양식업이 발달하기 위해서 무엇보다도 청정한 바다 환경이 중요할 텐데, 해마다 연안에서 발생하는 적조는 피할 수 없는 현실이 되고 말았다. 가두리 양식장의 과밀화와 갯녹음 현상(백화현상)의 확산은 병들어가는 우리 바다의 현주소이며, 여기에 플라스틱류의 해양쓰레기 증가로 어패류에서 검출되는 미세 플라스틱은 심각한 환경문제를 더욱 증폭시키고 있다.

삶과 죽음의 웜홀wormhole

바다라는 공간은 삶과 죽음, 죽음과 삶이 '들숨과 날숨'처럼 교차하는 지점이다. 시집 전편을 통해서도 이러한 분위기가 감지되는데, 「파도 2」를 살펴보자.

염장된 관절이 부러지고
재촉하지 않아도 바다는
철썩이는 죽음의 춤사위로
뱃사람 검은 목에 만장을 건다

부서져 날리는 물결무늬
시퍼런 난바다 물비린내는
폭풍에서 흔들린 어느 조난처럼
저녁노을처럼 수평선을 장악했다

홀수표를 점령한 물보라

건현과 뱃머리를 넘어 선실로

밀려들어 가슴을 적신다 나는

그 시퍼런 물방울을 담아낸다

파도다

- 「파도 2」 전문

　파도가 넘실거리는 바다에는 항상 뱃사람들의 죽음에 대한 어두운 그림자가 서성거리고 있다. 마치 세상의 종말과 맞닥뜨린 것처럼 한 척의 어선은 거친 파도를 뚫고 투우鬪牛처럼 파도의 정면을 노려보고 있다. 격랑의 바다, 대자연 앞에서 뱃사람들은 그만 망연자실해지는 순간이다. 죽음을 압도하는 침묵 속에 자신의 몸을 바다의 신인 포세이돈, 파도에 맡기는 것이다. "뱃사람 검은 목에 만장을 건다"라는 구절은 마치 오목烏木처럼 강인한 인상을 풍기는 선원들의 목덜미에 다가오는 파고를 예고하듯이 죽음의 그림자를 암시하고 있다. 그것은 처음에 '염장'이었다가 시시각각 '만장', '저녁노을', '시퍼런 물방울'로 모습을 바꾸며 다가온다. 마치 사냥개에게 쫓기듯이 뱃사람들은 파도에 의해 점점 궁지로 내몰린다. 대자연의 위력에 그만 털썩 주저앉고 싶은 나약한 모습처럼 보일는지도 모른다. 그러한 위기의 순간 속에서 잠시나마 뱃사람들은 지나온 삶을 반추한다. 심연으로 가라앉는 무거운 침묵 속에서 일생에서 가장 행복했던 시기를 그들은 생각한다.

그러한 뱃사람들의 마음을 아는지 모르는지 무정한 파도는 순식간에 그들을 격침하고 만다. 그들이 보았던 노무라 깃 해파리, 수평선에서 몰려오는 검은 구름, 세이렌 소리, 수장당한 사람들, 물보라 일곱 빛깔 무지개 속에 섞여 파도는 '난파의 능소화'로 피어난다. 하늘로 솟구치는 바다, 뱃머리에서 부서지는 파도가 기울어진 현창舷窓으로 물보라 칠 때, 삶과 죽음은 단말마의 비명과 함께 서로 그 경계를 넘나들며 소통하고 있었다. 바다는 "인간이 인간을 만나기 어려운 곳"이며, "지상으로 돌아갈 수"(「파도 8」) 없는 곳이다. 그런 바다는 뱃사람들에게 백상아리 먹이가 될지라도, 참혹한 죽음이 기다리고 있다 할지라도 차가운 햇살 속에 반짝이는 유빙처럼 삶의 쳇바퀴를 벗어날 수 없게 만든다.

> 폭풍은 조율이 되지 않은 현악기의 리듬처럼
> 뱃전에서 소용돌이치며 악귀처럼 달려들었고
> 오로지 우리들 귀에만 들리는 외침이 있었다
> 살려달라는 비탄과 두려움이 폭풍에게 호소하자
> 천둥과 번갯불이 멈추는가 싶었는데 어느새
> 우리의 가슴은 비명도 없이 심연으로 침잠하는
> 붉은등껍질거북이처럼 가라앉고 있던 것이다

-「파도 1」 부분

대자연의 절대적인 위력을 감지하면서도 시나브로 죽음의 소용돌이 속으로 빠져들 수밖에 없는 뱃사람들의 운명을 정작 그들은 어떻게 받아들이고 있는가? 그런데도 "항해의 아름다운 희망"(「파도 18」)을 노래한 이유는 또 무엇일까? 그것은 분명 다음과 같은 화자의 마음속에서 그 단서를 찾을 수 있을 것이다. "빈 주머니를 위해서 떠나야 할 금요일/ 만선은 출항의 뱃고동으로 이루어지는 것/ 욕망은 발바닥에 시퍼런 십자가 새기며/ 한 가지 궁극적인 법으로 귀결되었다/ 바다의 힘을 존중하는 일이다"(「파도 19」). 여기에 인간의 이기심, 경제적 탐욕이 잉태되며 불행을 자초하게 한다. 바다는 인간에게 필요한 만큼 원하는 것을 내어주기도 하지만, 선원들에게 저마다의 동상이몽 속에 만선의 욕망으로 죽음을 향해 뛰어들게 만든다. 그 내막엔 '신자유주의'의 파고가 넘실거리고 있다. 이는 바닷사람들의 삶을 결국 죽음으로 귀착시키지만, 궁극적으로 "해원에 만발하는/ 꽃"(「파도 29」)으로 피어나는 선원들의 "새파란 뱃사람 삶의 본성"(「파도 48」)을 다음 세대로 면면히 전하기도 한다.

옷과 밥과 가족을 위해서
언제가 와보았던 바다 더듬어 멈춘 새벽
기억의 가장 오래된 부분과 맞닿은 곳
북쪽 섬 근처에 그물을 던졌다

만선이라는 건
지쳐 쓰러진 몸에서
고독과 욕망과 비린내가

막소주를 마시며 청승을 떠는 시간

- 「파도 32」 전문

　가난에 쫓긴 사람들은 부지중에 "옷과 밥과 가족을 위해서" 난바다
까지 흘러왔지만, 그들이 바다를 어족자원의 보고가 아닌 수탈과 착
취의 장소로 여기는 순간, 모든 상황이 달라진다. "나는 수렵에 나선
뱃사람/ 물고기 목에 칼을 겨눈다"(「파도 52」). 바다가 오염되고, 치어
들이 사라지면서 고기가 잡히지 않기 시작한다. 선주들은 감척 조치
에 들어가며 선원들도 구조조정에 휘말리지 않을 수 없다. 일자리를
잃은 사나이들의 삶 또한 죽은 목숨이나 매한가지다. 여기서 뱃사람
들은 떠도는 종족처럼 신사이비자본주의 화두를 온몸으로 받아내고
있다.

　　바다에서 돌아온 사내가 누워 있습니다
　　흰 긴수염이 말라버린 해초 같았습니다
　　엉치에서 철썩거리는 소리도 들렸습니다
　　출어가 되어도 바다로 가지 못했습니다
　　정산에서 번쩍 손들었다는 이유였습니다
　　직장의료보험이 제일 먼저 끊어졌습니다
　　실업수당의 작은 구멍마저 사라졌습니다
　　주머니에 남아있는 건 파도뿐이었습니다
　　사내는 그저 크억크억 울기만 했습니다

시퍼런 시간들이 지워지길 기다렸습니다
뱃사람 핍박하는 신사이비자본주의에게
목백일홍 붉은 꽃 선물하고 싶었습니다

- 「파도 15」 전문

이윤길 시인은 선장이자 국제 옵서버이다. 국제 옵서버는 '공해상의 수산자원을 보호하기 위해, 조업의 관리·감독 및 과학적 조사를 목적으로 국제기구 또는 국가의 권한을 받아 선박에 승선하는 사람'을 말하는데, 물고기를 잡던 그가 이제 세계의 어족자원을 보호·감독하는 사람으로 변한 이유를 알 것만 같다. 그런데 아쉽게도 이번 시집에는 그러한 소임에 걸맞은 시를 찾아보기 어려웠다. 그의 시 전편이 파도에 응축된 희로애락을 풀어헤친, 장엄한 '파도 詩篇Psalms'이라는 점을 고려하면, 바다를 보호하기 위해 다시 해양으로 뛰어든 시인의 애틋한 맘을 웅숭깊게 표현한 시편들이 아쉽게 느껴진다.

해양시, 해양생태시

앞서 말했듯이 전반적으로 이번 시집에서 '쓸쓸함'과 '황량함'이 느껴지는 이유는 시의 소재로서 바다와 육지로 이어지는 섬들과 연안의 풍광이 잘 나타나지 않을 뿐만 아니라, 그런 공간 속에서 해양 생명체와 인간 간의 교감도 실물과 아주 비슷하게 나타나지 않기 때문일는지 모른다. 비록 붉은등껍질거북이(「파도 1」), 노무라깃해파리(「파도 4」), 부레관해파리(「파도 43」), 산호(「파도 10」), 게(「파도 34」), 야광충(「파도 35」), 새우(「파도 58」) 등 바다생명체와 흰꼬리열대조(「파도 1」) 알바트로스(「파도 11」), 신천옹(「파도 20·43」), 윌슨 바다제비(「파도 21」), 제비갈매기(「파도 29」), 펭귄(「파도 30·58」), 마스크부비(「파도 50」), 괭이갈매기(「파도 60」) 같은 바닷새 그리고 백상아리(「파도 8·28」), 이빨고기(「파도 14·37」), 마코상어(「파도 21」), 뱀장어(「파도 27」), 해마(「파도 28」), 대구·홍메기·가오리·보리멸(「파도 37」), 불미역치(「파도 45」), 비악상어(「파도 46」), 홍연어(「파도 47」), 날치(「파도 53」) 등 어류들 또한 포유류인 말향고래(「파도 14」), 흰고래(「파도 19」), 밍크고래(「파도 24」), 혹등고래(「파도 30」), 수염고래(「파도 55」), 코끼리물범(「파도 58」) 등이 자주 등장하지만, 이러한 생명체와 관련된 해양생태계의 변화를 본격적으로 사유하고 있는 시를 찾아보기 힘들다. 지구라는 푸른 행성에는 인간만이 존재하는 것이 아니라 다른 생물종과 함께 더불어 살아가기에, 또한 그러한 주된 공간이 바로 바다이기 때문에 해양생태계의 변화를 투영하는 작품들을 기대한 것이 아닌지 모른다.

『파도시편』에서 시의 소재로 가장 빈번히 출현하는 생물 종은 바로 고래다. 남진숙은 시인들에게 있어 고래의 인식과 관련하여 다음과 같이 논한 적이 있다. "현대시 텍스트에 등장하는 고래는 매우 다양하고 함축적인 상징이 들어 있어 고래와 바다 생태계에 대한 시인의 인식을 읽어낼 수 있으며, 이를 통해 어느 정도 시인의 시 세계관을 엿볼 수 있다. 그것은 바다 생물을 단순히 보호해야 한다는 차원보다는 한 단계 나아가 시인들이 고래를 통해 인간의 삶과 정신, 나아가 자연생태계, 우주를 상징화하기도 한다. 일차적으로 고래를 제재로 한 시에는 인간의 이상과 꿈, 때론 문명과 반문명, 그리움, 생명력과 같은 키워드가 드러난다. 또 생물학적으로, 막연한 동경으로, 때론 열망의 환치로 표상화된 것을 발견할 수 있다.”(「한국 해양생태시에 나타난 고래의 표상과 그 상징성」) 앞서 발간한 그의 시집 『대왕고래를 만나다』(전망 2009)에서 시인은 고래의 이미지를 다음과 같이 시적으로 재현한 바 있다.

그날 밤 바람이 일어 시퍼런 불꽃 일고
돌아오지 않는 수부들
고독의 방독면 겹겹으로 두른 채, 썩어간다.
(…)
오늘 밤, 어쩌면 30년 전 밤이었을지도 모른다.
어느새 나도
그때의 아버지만큼 나이 먹었다.
옛것이라곤 찾아볼 수 없는 수평선에서
덜컹거리는 심장 가까이
반가운 그날의 대왕고래 보이는데
참담한 50살 주름진 손등에서
불현듯 아버지 따뜻한 온기 느끼는 것은
대왕고래 붉은 핏톨 속

오래전 그 바다 녹아 흐르는 걸까

- 「대왕고래를 만나다」 부분(『대왕고래를 만나다』)

위험에 처한 바다 한가운데 화자는 절망 속에서 대왕고래를 발견한다. '대왕고래-아버지'의 연결고리는 난파 직전 구원의 상징으로서 아버지의 존재, 부성애를 발현케 한다.

또한, 먼저 발간된 『더 블루』에서도 나폴레옹물고기, 남정바리, 갈매기, 말향고래, 귀신고래, 참가자미, 대왕오징어, 소라게, 신천옹 등 해양생물을 시제詩題로 한 많은 시를 찾아볼 수 있었다. 그러나 지구환경 변화에 관한 관심보다는 인간 삶을 반추하는 소재로 등장하는 경우가 많았다. "달빛은 물결 위 반짝이고/ 갈매기와 눈 빠지게 마주 앉아/ 먼 옛날 아들이 받았던 선물/ 달콤했던 추억을 생각합니다// (…)// 아버지 그리워지는 어느 날/ 살아생전 일러주던 대물 포인트/ 방파제 곁 남정바리 한 마리는/ 영원에 든 그리움의 회상이죠"(「남정바리를 낚다」『더 블루』). 이 시에서도 앞서 말한 바처럼 화자의 부친에 대한 사랑과 그리움을 간파할 수 있었다.

대양, 어쩌면 인간과 대자연이 교감하기엔 생태적으로 너무 틈이 큰 것인지 모른다. 따라서 낚시한다 해도 입질이 시원치 않다는 것은 예견된 일인지 모른다. 갯바위가 많고 물때를 잘 맞춘 연안이라면 모를까. 아버지에 대한 그리움을 통해 화자가 말하고자 하는 의미는 무엇이었을까? 해신의 비웃음 속에 스며있는 인간과 바다의 동상이몽이다. "우리는 나란히 누워 다른 꿈을 꾸었지만/ 관습에 따라 살고 규칙에 따라 죽었다/ 파도 뒤에 감추어진 위험과 비극들/ 스스로를 위하여 고개마저 끄덕여야 했던/ 무적소리는 좌초한 흰고래처럼 울었다"(「파도 19」)라고 읊조렸듯이.

> 물고기비늘 날리는 갑판마다
> 생몰경계 허우적거린 덫이니
> 야생은 두려움을 존중하는 것
> 한 두의 삶은 돼지머리 놓고
> 세 대의 향불을 피워 사르라
> 턱을 고이고 머리를 굴종하라
> 나는 파도, 시퍼런 악귀니라

- 「파도 42」 전문

또한, 위 시에서 보듯이 난바다의 환경은 연안 바다와 사뭇 다르다. 생몰의 경계에서 시퍼런 파도는 악귀로 보이는 법이다. 화자의 마음속에 생태적 사유가 자리 잡기에는 상황이 너무나 긴박하고 흉흉한 파도 앞에서 일신을 지키는 일이야말로 절체절명의 급선무가 아닐 수 없다. 폭풍이 지나며 거친 파도가 잠잠해지고 마음의 격랑이 잔잔해질 때, 우리는 언약의 무지개처럼 자연과 생물 다양성, 인간을 아우르는 해양시의 정수精髓를 볼 수 있을까?

바다의 장소성

이윤길 시인의 『파도시편』에서 시적 공간이 갖는 장소성은 매우 중요하다고 생각한다. 해양시집을 표방하기 때문에 더욱 그렇게 생각되며, 다른 시집과 구별되는 중요한 특징 중의 하나가 '바다'라는 공간을 통해 시상詩想이 전개되고 있기 때문이다. "장소는 인간 존재의 토대이자 인간 실존의 근원적 중심으로서, 우리 인생에서 가장 의미 있는 경험이 발생하는 곳을 뜻한다. 모든 사람은 태어나고, 자라고, 지금 사는 또는 감동적인 경험을 가졌던 장소와 깊은 관련을 맺고 있으며 그 장소를 의식하고 있다. 이러한 장소는 개인의 정체성과 문화적 정체성 그리고 안정감의 근원일 뿐만 아니라, 우리가 세계 속에서 우리 자신을 외부로 지향시키는 하나의 출발점을 구성하게 된다."(에드워드 렐프, 『장소와 장소 상실』) 따라서 『파도시편』에서 화자가 말하는 장소성은 육지와 단절된 공간으로서 바다가 아닌 육지부에서 새롭게 시작되는 장소로서 바다의 특성을 지향한다고 여겨진다. 또한, 화자가 인식하는 바다의 특성은 실재적 공간이자 체험적 공간으로서 뱃사람들의 고독과 비애, 절망 등을 치유하는 정서적 공간일 것이다. 시의 주된 배경이 되는 바다는 인간과 자연이 마주치는 장엄한 무대이자 연안과 이어져 육지부에 이르는 하나의 회랑 기능을 한다고 볼 수 있다.

　　좌초를 하던지 조난을 당하던지
　　노을은 짙다 그리고 진하게 붉다
　　시퍼런 물결에서 빛날 눈동자여

뱃사람 떠난 담장엔 능소화 피고
어머니의 어둔 밤이 뒤척일 때
폭풍은 긴 팔로 배를 흔들었다

오, 난파의 깃발이여

- 「파도 3」 전문

폭풍 지난 아침 고요는 미래의 일
세렝게티 누우 떼를 닮은 롤링이
실연에 절망한 마음처럼 아득했다
하늘로 솟구치는 파도, 파도, 파도
어쩌다가 이곳까지 떠내려 온 걸까

명옥헌 목백일홍 어른은 편안할까
흰 손 흔드시던 어머니도 그리워라
용골이 부러져서 심연에 닿기 전
적도 위의 푸른 꽃처럼 빛나리라
하늘로 솟구치는 파도, 파도, 파도

- 「파도 39」 부분

그런데 위 시에서 보듯이, 좌초나 조난의 위험성이 항상 도사리고 있는 '넓은 바다 공간'에서 "뱃사람 떠난 담장"이 있는 육지부의 '좁은 공간'으로 변화는 마치 카메라 렌즈처럼 줌아웃zoom-out 공간에서 줌인zoom-in 공간으로 옮겨지는 효과를 줌으로써 가시적 공간의 급작스러운 변화를 불러온다. 그다음 시에서도 격렬한 파도로 롤링이 심한 망망대해의 넓은 장면에서 일순간 육지부의 좁은 공간이 잠깐 겹친다.

이러한 급격한 공간 변화는 바다와 육지와의 장소적 유대감을 떨어뜨린다고 볼 수 있다. 각각 독립된 장소의 이미저리로 남게 되면서 바다와 육지가 어우러지는 느낌을 상쇄시킨다. 물론 화자가 이 모든 것을 차치하고서 망망대해 난바다의 적나라한 모습을 보여주려는 의도로 표현했다고 할지라도, 장소적 친밀감을 통해 난바다라는 공간을 육지부와 교감 되는 장소의 이미지로 적극적으로 끌어안았어야 한다.

이러한 공간의 특성과 작가의 시선에 대해 필자는 다음과 같이 말한 적이 있다. "문학적 토대가 되는 삶의 공간은 지역적regional-국가적national-세계적global 층위에서 바라볼 때 가장 작은 규모다. 이 층위는 서로 종속관계에 있는 것이 아니라 바로 상호보완 관계에 있다는 데 주목할 필요가 있다. 작가가 작품을 쓸 때 지역적 시선에서 세계적 시선으로 바라보며 쓸 수 있어야 하며, 반대로 세계적 시선에서 지역적 시선으로 바라보며 쓸 수 있어야 한다. 이는 문학의 내재적 발전을 위해 균형적 시선을 갖춘 작품을 쓰기 위함이다."(졸고, 앞의 글) 즉 바다라는 배경을 소재로 작품을 쓸 때, 심상에 그려지는 공간의 크기에 따라 거기에 담길 수 있는 화자의 전언message도 제각기 달라짐을 의미한다.

한편 이러한 바다가 갖는 넓은 장소감에 비해 조업 중인 배 안은 화자에게 있어서 좁은 공간이자 밀폐된 공간 즉 감옥의 이미지로 다가온다.

현창 밖을 보고 있어요 어창을 채워가는 어로 노동자들은 이
만 해리나 떨어진 곳에서 토요일 밤 삼겹살 파티만 생각해요

볼트와 너트가 삐걱거리고 한 떼의 여인들이 내쉬는 무거운
한숨이 몰려와요 갑판은 더 무거워지고 출항기는 찢어졌어요

만선이 아니더라도 인내의 부력으로 바다를 떠도는 거지요 그
렇게 벌써 서른다섯 번째지요 이번만 그래 이번 항해까지만

하여튼 지금은 감옥이지요, 시푸른

- 「파도 7」 전문

한 척 배도 보이지 않는다
부서진 파도는 뱃머리를 덮고
인간이 인간을 만나기 어려운 곳
사나이는 원양주낙선 갑판원

(…)

참혹한 예언들이 있었다
선실에 갇힌 필리핀 선원이 있다
그곳에 갇힌 인도네시아 선원이 있다
떠도는 감옥에서 모두 짐승

- 「파도 8」 부분

화자의 시선에 따르면, 바다를 떠도는 어선은 폐쇄된 공간이 아닌 자유로운 공간을 오가지만, 정작 선원들의 경우는 탁 트인 공간을 자유자재로 이동함과 동시에 막힌 공간에 사로잡혀 짐승처럼 떠돈다. 즉 넓은 공간과 좁은 공간이 뫼비우스 띠처럼 구분할 수 없게 될 지경이다. 파도와 사투를 벌이는 실제 공간에서, 시나브로 죽음의 그림자가 스멀거리는 바다 위를 지나는 원양 트롤선은 선원들의 무덤이자 돌이킬 수 없는 소멸의 공간이다. 또한, 하얗게 질려가는 숨 막히는 무저갱의 공간이다. 그들은 난파를 목전에 앞두고서 뭍에서의 삼겹살 파티를 생각하고, 그리운 여인과의 상봉을 고대하며, 자식을 그리는 어머니의 눈물에 마음 언짢아하면서 마음만은 늘 육지에 와닿아 있는 것이다. 자신들의 삶도 아버지 세대처럼 "바다에서 바다로 돌아가신 그날의 슬픔 같아서"(「파도 10」), "뼛속까지 출렁이는 푸른 해원"(「파도 48」) 같아서, 고통이 솟구치며 충천하는 "정박의 추억"(「파도 12」)인 셈이다. 그들은 맘속으로 늘 정박을 지향하면서도 정작 자신들의 삶은 정주할 수 없는 신기루 같은 것이다. 그리하여 그들도 파도가 되는 것이다(「파도 40」).

『파도시편』을 비롯한 이윤길 시인의 해양시집은 지금까지 육지부보다 상대적으로 소홀히 다뤄진 바다(해양)를 본격적인 시문학 세계로 끌어냈다는 점에서 그 의의를 찾아볼 수 있었다. 지구의 70%를 차지하면서도 그동안 문단의 스포트라이트를 제대로 받지 못한 바다에 대해서 시인의 영감과 통찰을 바탕으로 그의 독특한 언어로써 바다의 속성을 재현했다는 것은 당대의 문학적 쾌거라 말하지 않을 수 없다. 과거로부터 현재에 이르기까지 인류의 바다에 대한 염원과 탐험 그리고 도전과 좌절은 장구한 인간의 역사 속에 끊임없이 이뤄져 왔다. 이러한 내용을 문학적으로 승화시키는 데는 삶의 전체 과정을 다채롭게 풀어낼 수 있는 소설 양식이 시 장르보다 더 어울릴 수도 있다. 더구나 이러한 해양의 삶에 관해 시인 자신이 소설 부문에서도 이미 많은 작품을 써왔다는 사실을 우리는 너무나 잘 알고 있다. 하지만 시로써 표현한 데는 그만한 까닭이 있으리라고 여겨진다. 이번 『파도시편』이 더욱 빛나는 것은 시인으로서 주로 난바다를 무대로 파도에 관한 직관과 깊은 성찰을 보여주었다는 데 있다. 난바다에서 펼쳐지는 삶의 일면을 파고처럼 말의 가락과 장단으로 압축해 언어의 결정체로 재현하고자 했다는 점이다.

그의 시가 앞으로 인간과 자연의 교감을 통해 바다에 대한 생태적 사유를 확장하며, '자연의 바다'에서 '인간의 바다'에 이르는 육지-연안-대양의 문학적 교량을 새롭게 구축하는 마중물이 되기를 바라는 이유도 바로 여기에 있다.

못다 한 함성, 촛불로 다시 피어나고

- 김칠선 시집 『한 바퀴 돌아서』

일본에 의해 저질러진 끔찍하고 잔인한 1937년 중국 난징 대학살의 역사를 담은 아이리스 창Iris Chang의 『역사는 힘 있는 자가 쓰는가』(미디어북스 2010)라는 책에서 살펴볼 수 있듯이 역사적 진실을 손바닥으로 가릴 수는 없다. 지난 촛불혁명이 보여주었듯이, 일방적으로 권력에 강요당하고 희생당해 온 줄만 알았던 민중들이 이름 없는 샛강이 되고 그 수많은 샛강이 마침내 장강을 이루어 장강의 앞 물을 밀어냈던 현실을 우리는 본 바 있다.

우리나라 현대 사회에서 국가권력에 의한 제노사이드는 그 희생자들과 유가족들에게 씻을 수 없는 상처와 엄청난 고통을 안겨다 주었다. 그동안 70여 년의 세월이 지나면서 지역의 역사적 진실이 그 실체를 드러내기 시작하면서 잊힌 지역의 어둡고 암울한 현대사에 대해서 글 쓰는 작가라면 이 문제에 관해서 관심을 두는 것이 당연한 일이다. 또한, 그 역사적 실체를 독자들에게 전하는 수고를 마다하지 않고 작가적 사명으로 감당하려는 사람들이 있었다. 지금까지 이러한 역사적 문제에 대해서 지역 언론이나 학자들 또한 많은 작가가 그 실체와 진상에 한 발짝 더 나가기 위해서 노력해 왔지만, 그 과정이 절대 순탄치만은 않았다.

이번 김칠선의 첫 시집은 전교조 해직과 복직을 거치면서 경험했던 교직 생활과 교육 주체들의 자원봉사단 활동 경험이 스민 작품에서 여순항쟁이라는 대한민국 현대사의 굵직한 이정표를 펼친 작품에 이르기까지 다양한 시편들로 구성되어 있다. 지금까지 많은 작가가 여순항쟁에 관해서 나름대로 그 실체와 진실을 밝히고자 붓을 놓지 않고 아픈 손으로 옥고를 써 왔던 일에 대해 우리는 너무나 잘 알고 있다.[1]

김칠선 시인은 전남 여수에서 태어나 성장했으며, 지역에서 학생들을 가르쳤던 전교조 해직 교사 출신이다. 그러한 그가 여순항쟁에 관해서 관심을 두게 된 이유도 집안의 내력과 무관하지 않다. 여순항쟁 당시 불타버린 집안 이야기 때문이다. 시인은 어른들로부터 이 이야기를 듣고 자랐으며, 형님들로부터도 수많은 이야기를 들어왔으리라 여겨진다. 그가 이번 첫 시집을 통해서 우리에게 보여주고자 하는 지향점은 바로 고향의 현대사, 당시 정치권력으로부터 소외되고 상대적인 사회적 약자였던 민중들의 한과 아픔을 함께 아파하고, 그때 억울하게 돌아가신 영령들에게 이름과 명예를 회복하게 하여 죽은 이들을 위

---

[1] 이에 대해서 다음과 같은 글에 설명된 문학 작품을 참조할 수 있다.
졸고, 「현대문학에 투영된 여순항쟁의 의미」, 『여수작가』, 시와사람, 2017.
여수지역사회연구소, 『여순사건 공동수업자료집』, 2019.
전라남도교육청, 『여수·순천 10·19사건』, 2019.

로하고 그 넋을 추모하기 위함이다.

물론 이러한 역사적 문제에 대한 총체적 접근으로서 장르 면에서 볼 때, 시보다는 소설 분야가 서사적 힘을 발휘하는 데 더 적합하다는 생각이 들지만, 애가哀歌로서 시대적 아픔을 독자들에게 전하는 것도 나름대로 의미 있는 문학적 성취라고 여겨진다.

몇 해 전 '제주 4·3항쟁 추념 문학인대회'에 다녀오면서 책을 한 권 가져온 적이 있었는데, 바로 『그 역사, 우리를 다시 부른다면』(도서출판 각 2018)이란 책이다. 그 책 내용에는 제주의 슬프고도 고통스럽던 4·3의 이야기가 고스란히 담겨 있다. 제주의 아픔과 유족의 슬픔에 대해서 연대와 추모의 마음을 담아 함께 노력하며 이런 문제에 관해서 끊임없이 문학적 작품으로 형상화했던 사람이 바로 제주의 김성주 시인이다. 그래서 필자는 김 시인에게 여순항쟁과 관련하여 '여수의 김성주 시인'이 되라고 말했던 기억이 난다.

시심이 머무는 곳

시인에게 있어서 시 쓰기는 소외된 이웃들에 대한 따스한 시선에서 비롯된다.

시인 보들레르C. P. Baudelaire가 그의 산문시집 『파리의 우울』(1868)에서 파리라는 도시의 화려함과 안락함보다는 변두리의 버림받고 외로운 가난한 자, 늙은이 등 소외된 자들의 삶을 주로 노래했듯이, 김칠선 시인도 당대 삶의 현장으로서 주변을 줄곧 응시하며 그에 대한 무한 애정과 신뢰를 보낸다. '고목이 된 벚꽃', '변방', '독거노인', '풍물패 상쇠', '부평초' 등 시집 곳곳에 그러한 징후들이 포착된다.

이러한 '연민의 목소리'는 보들레르 연구가 뤼프M. A. Ruff가 얘기했듯이 "가슴에서 솟아나는 가장 애절한 목소리"임에 틀림없다.

조금 더 피고자 하는 꽃은
머무르고 싶기 때문이다.
기다리던 날이 오고
서로 부비며 가지마다 뚫고 나와
한겨울이 갔음을
시린 날의 고통이 가라앉았음을
꽃잎으로 뭉쳐 외친다.

고목의 심겨졌던 날을 탓하지 말라.
맞서 싸웠던 당당한 세월을 알기에
침묵으로 웃지 않는가.
한 잎 떨구는 미소가 눈물임을
벌들이 대신 통곡하지 않는가.
이제 떨어져 꽃 잔에 머물면
수많은 시신들이 바람에 쓸려가리

- 「벚꽃 엔딩」 부분

효도하게 하는 공부는 학교에서 못 시켜요.
좀 도와주세요.
선생의 사정 사정에 녹아드는 할머니
다녀간 자리도 탁탁 털기 십상인데
대문을 열어둔다.
보름에 한 번 날아들어 기웃거리는 참새 떼마냥
마당에서 부엌으로 청소거리를 찾지만
손길은 이미 와 닿아있다.

머리카락 뽑기는 애초에 틀렸기에
누운 할머니 손발 하나씩 맡아 주무른다.
거슴츠레 뜬 눈으로 온종일 뛴다고 푸념하는
할머니 TV에는 마라톤 중계
아무래도 옛이야기 하고 싶으신 모양이다.
손 아플 거라고 그만하라지만
싫지 않은 표정에 신이 난다.

처마 밑 비료 포대
아이들이 찾아온 날부터 이야기가 새어나가
닫혔던 이웃들이 들여다보더니
이장님이 갖다 놨다.
대포집의 아버지들도
손가락 하나 까딱 않던 자식들이 남의 집 청소한다고
놀리는 듯 자랑하며 안주거리로 삼는다.

담장 가에 감나무는 평생 간식

할머니 눈에서 떠나지 않더니

점점 무르익어 노을빛이 서릴 때

까치와의 전쟁이 시작되었다.

전리품으로 따 놓은

아랫목 바가지에 담겨있는 홍시 감

아이들의 간식이 되었고

할머니는 마음을 되찾았다.

- 「홍시 감」 전문

　타자에 관한 관심은 교직 생활 중 함께 했던 시인의 자원봉사단 활동에서도 여실히 드러난다. "효도하게 하는 공부는 학교에서 못 시켜요./ 좀 도와주세요." 특히 독거노인을 찾아다니며, 어르신들이 외롭지 않도록 말벗이라도 되어드리려는 마음으로 학생들과 함께 대문을 두드리는 모습이 선하게 들어온다. "손 아플 거라고 그만하라지만/ 싫지 않은 표정에 신"나는 할머니의 모습 속에서 참교육을 실천하는 화자의 모습이 중복된다. 온종일 TV만 바라보는 할머니에게 이날따라 온 집안이 부산하게 보인다. 동안 찾는 발길 뜸하던 감나무 집에 모처럼 활기가 넘쳐난다. 더불어 사는 우리 이웃들의 모습을 재현한 시에서 이웃과 교감을 통한 사랑이 정말 소중하다는 것을 깨우쳐 주는 대목이며, 봉사하러 온 학생들에게 뭐라도 대접하고자 미리 따놓은 홍시를 내놓는 할머니의 손길이 화자의 마음에도 환한 등불로 따스하게 비쳐 드는 대목이다.

한편 시학적 측면에서 '시와 자비심poesié et charité'은 어쩌면 시인에게 이중적 태도를 잘 설명해 주는 핵심어다. '자비심'이 타자의 고통에 민감한 감정을 의미한다면, '시'는 그러한 자비심 속에 나타나는 개인적이며 세련되게 감춰진 쾌락을 의미한다. 다시 말해 시가 도덕과 독립되어야 한다고 주장한 보들레르나 에드거 앨런 포의 말을 다시 음미해 볼 필요가 있다. 시에 있어 자비심이란 박애주의적 도덕을 강조하는 것만은 아니라고 생각한다.

먼저 시인이 이러한 소외 계층에 관해 관심을 두게 된 최초의 순간, 그 희열의 과정에서 '타자와 동일화'에 의해 라포르rapport를 쌓아가는 과정, 그리고 마지막 단계로서 가슴에서 솟아나는 사랑의 실천 과정에 이르기까지 시적 형상화에 있어서 매 과정이 중요할진대, 시인이라면 타자나 세계와 첫 직면하게 된 호기심의 과정 또한 놓칠 수 없는 대목이며, 이를 시로 쓰게 된 기쁨 속에 찾을 수 있는 시인만의 세련되고 비밀스러운 즐거움을 간직할 수 있어야 한다는 의미다.

시인의 따스한 시선이 우리의 현실에 머무를 때, 시인은 냉엄한 현실을 질타하며 준엄하게 말한다. 다음 작품에서 시의 화자는 중심부가 아닌 변방에서 황금만능주의와 출세주의에 맞서서 붓으로써 횃불을 들라고 요구하고 있다. 오늘날 글 쓰는 사람의 마음가짐이나 태도를 다시금 추스르게 하는 대목이다. 소외된 자나 사회적 약자에 대해 시인은 시적 화자의 마음에 녹아들어, 글을 쓰는 데도 이러한 맘으로 우리 이웃에게 봉사하고, 사회 적폐 세력에 대해 과감히 저항의 횃불

들기를 바라고 있다.

　　　그대 글을 쓰려거든 변방으로 가라.

　　　고독한 광야에서 어둠과 맞서

　　　첫 칼을 휘두르다 피 흘리는

　　　아스라한 곳의 전설이 돼라

　　　꽃향기도 알지 못하는 담장을 넘어

　　　단지 인류의 한 사람으로

　　　너의 글 하나로 쓰러져

　　　바람에 실려 오는 인향(人香)이 되어라

　　　물밀듯 밀려오는 황금만능에 맞서

　　　야망과 욕망으로 점철된 출세주의에 맞서

　　　생존 경쟁의 폐허 속에서

　　　냉혹한 이들과 한판 승부를 펼쳐라.

　　　그대 순수함의 방패와 열정의 창으로

　　　감정과 언어와 운율이 만든 의미를 더하여

　　　농밀하게 응축된 시를 써라.

　　　혹간 가난과 외로움, 고통과 서글픔의 반란이 일더라도

　　　막막하고 분한 감정 통찰로 이겨내고

　　　시로써 불타는 횃불을 들어라

　　　변방에 홀로 서서 횃불을 들어라.

　　　　　　　　　　　　　　- 「변방으로 가라!」 전문

하지만 위 인용 시에서 '-가라' 혹은 '-되어라'라는 어미는 시의 화자의 바람이나 갈망의 간절한 표현이라고 볼 수 있으나 한편으로 독자를 일깨우려는 경향이 강하다는 느낌을 지울 수 없다. 가령 시국과 관련된 작품 중에서 그러한 성향이 두드러지는데, "길 잃은 나라에는 촛불이 켜지고/ 짙었던 어둠만큼 밝아지면/ 봄이 오고 나비가 난다./ 나라다운 나라를 향해// 맑은 하늘 아래 사람이 살고/ 빈터에서 걱정 없이 노는 아이들/ 무엇하나 밟을 수 없기에/ 피해 먼 길을 떠나자./ 괜히 어려운 소리 말고/ 잃어버린 고향을 찾아/ 슬픔과 고통을 나누자."(「나라다운 나라로」) 이러한 대목에서 대중을 선도하고 계몽하려는 느낌을 강하게 받는다.

과거 참여시나 노동시에서 시의 화자가 흔히 미리 준비된 메시지를 염두에 두고 시상을 펼쳐나갔던 적을 어렵지 않게 기억할 수 있다. 하지만 포스트모더니즘 계열의 시처럼 특정 주제를 강조하지 않는 '열린 시'를 지향하는 예도 쉽게 찾아볼 수 있다. 그러한 '열린 시'란 독자들이 특정 결론에 도달하도록 수렴시키려 한다든지 특정 사안에 대해 시의 화자의 판단을 쉽게 내비치려 하지 않는다는 특징을 지니고 있다. 이는 시의 화자를 통해 시인의 생각을 직접 전달하거나 독자를 일깨우려 하지 않는다는 점을 의미한다. 한 편의 시를 읽고 작품을 이해하는 것은 오롯이 독자의 몫이며, 독자는 개인의 경험이나 그가 속한 역사적·사회적 환경을 통해 시를 다채롭게 이해할 수 있다. 시인은 시의 화자를 통해 시를 주체적으로 끌어가기보다는 독자의 그런 즐거움을 배려하고 안내할 마음의 여유가 있어야 한다.

또한, 언어적 상상력을 어느 정도 배려하는 노력이 필요하다. 시는 언어적 상상력에 의해 다른 장르에서 표현할 수 있는 그 어떤 내용보다 더 새롭게 사건의 실체나 세계를 구체적이고 감각적으로 느낄 수 있게끔 이미지로서 재현함으로써 시 장르만이 담을 수 있는 독특한 문학적 특성을 보인다는 점을 생각해야 한다.

시심詩心, 촛불로 다시 피어나며

김칠선의 시에서 화자에 의한 사회참여는 지극히 자연스럽게 시인의 삶과 연관되어 있다. 앞서 얘기했듯이 시인 자신이 해직 교사 출신으로 복직에 이르기까지 경제적 어려움뿐만 아니라 많은 마음고생을 겪은 바 있다. 지금도 시인은 시민사회단체의 각종 행사나 연대모임에 빠지지 않고 참여하려고 노력한다. 아이들을 사랑하고 이웃에 봉사하고자 했던 초심의 상태로 항상 돌아가 그는 사회 현상을 바라보고 사회정의를 몸소 실천하는 중이다.

둥지에 바람이 불어서도 아니다.
뛰어내려야 할 때이기에
새끼들이 첫 나래를 편다.
날아야 하기에 떨어진다.

바람 부는 날 저녁
둥지 같은 컵 속에서 붙여진 불도
들어야 할 때이기에
제 몸 태우며 일어선다.

진눈깨비 내리는 병신년(丙申年) 11월 26일
마음에 이미 지펴진 불씨 살려
타올라 태워버려야 하기에
광장에 선다.

흐르는 눈물에 반짝이는 빛
왜, 두렵지 않으랴!
생사의 갈림길
떨어지고 들려지며 타오르는 생명이

멀지 않은 세월 속에 사라져 갈
운명으로 가는 길
함성으로 모아지는 기도 따라
촛불 하나를 더한다.

- 「촛불 하나를 더하며」 전문

그런데, 위 시에서 "바람 부는 날 저녁/ 둥지 같은 컵 속에서 붙여진 불도/ 들어야 할 때이기에/ 제 몸 태우며 일어선다." 대목에서 아쉬운 점은 광장에 모여 함께하는 촛불 시민의 모습이 실제처럼 그려지지 않는다는 점이다. "촛불 하나를 더하"는 연대의 힘으로 그 자리에 모인 광장의 뜨거운 열기나 함성이 우리 맘 깊숙이 전달되는 데 뭔가 부족하다는 느낌이 든다.

시 쓰기에 있어 시인의 '경험과 세계의식'에 대해, 어느 담화에서 백무산 시인은 다음과 같이 말한 적이 있다. "경험은 자신의 현재 상태, 삶의 상태, 존재에 대한 세계의 이해를 드러내는 것입니다. (…) 과거에 참여시나 노동시는 엄혹한 독재 시절에 격문 같은 것을 마구 토해냈던 적도 있죠. 그것은 경험적이기보다 앎에 의한 분노의 표현이 적지 않았지만, 역사적 진실을 정면으로 응시하려는 개인의 의지는 순수성의 표현이라고 할 수 있습니다. (…) 당대의 경험을 통과하지 못한 세계의식이 그대로 시가 될 수도 없습니다."(『창작과비평』 2020년 여름호, 449면)

김칠선의 시에도 그런 역사적 진실을 바라보는 순수성이 깃들어 있다. 다만 "앎에 의한 분노의 표현"으로 치우치는 것을 시인 스스로 경계해야 할 것이다. 이처럼 경험으로서 통과하지 못한 세계의식이 시로써 형상화되기 위해서 '타자와의 동일화 l'identification avec les autres'가 필요하다. 즉 자신을 타자와 관계를 맺음으로써 그들의 삶에 적극적으로 참여하는 방식이다. 이는 연대의 힘으로 각 주체를 결속시키는 데도 매우 중요한 기능을 한다. 과거를 회상하는 일도 때론 개인의 성찰에 도움을 주겠지만, 사회 적폐를 물리치고자 하는 연대의 투쟁, 공동체 의식 역시 매우 중요하다.

하얗게 온 세월에 물을 들인다.

새치가 생겨나던 5.18
지랄탄의 하얀 가루가 미친 듯 쫓으면
노동청 높은 담은 왜 그리도 낮던지
정신없이 넘고 뛸 때
아가씨가 물수건을 내민다.
친구는 하얀 저고리에 수인번호 달고
그 맑은 모습에 눈물만 뚝뚝

귀밑머리조차 희어질 무렵엔
참교육의 깃발
못다 한 함성, 못 쏟았던 눈물
서울로 향하다 잡히면
언제나 살아났던 '임을 위한 행진곡'
신풍파출소 앞 그 뜨거운 아스팔트에서 구워지던
굴비 같은 동지들

한 바퀴 돌아 찾아온 세월
길을 찾아 나선다.
노동청 길, 신풍파출소 길, 친구가 다녔던 길
어느덧 역사 속에 묻힌 눈물의 길
그래도 하얗게 온 세월이기에

비켜가지 않았던 마음 고이 접어
염색을 한다.

내일로 가기 위해

- 「염색」 전문

이 시의 압권은 시의 화자가 다시 "내일로 가기 위해" 귀밑머리를 염색하는 대목이다. 화자 나름대로 학생·교육 운동으로 산전수전 겪으며 살아온 삶의 열매가 한 알의 밀알로 결실 보는 것으로 안착할 수 있겠지만, 들메끈을 고쳐 매고 다시 역사의 현장으로 나가겠다는 결연한 의지에서 시의 진가가 한층 더 빛난다. 그러한 역사는 "그렇게 세월이 흘러도/ (…)/ 눈과 귀와 입이 싹을 틔운다./ 피가 흐르든 물이 흐르든/ 안개로도 덮쳐 자란다./ 가시에 찔리던 숲이 되고/ 마침내 무죄를 부르는 메아리 된다."(「재생」) 그리하여 화자는 마침내 외친다. "돌아오지 않는 길은 없다./ 누군가 다시 시작하기에/ 거름 된 낙엽 속에서/ 글로 타오르는 투쟁의 불씨/ 숨어 있었던 마음 밭의 미풍조차/ 불길을 돋운다./ 여순항쟁이 다시 살아난다."(「재생」)

시의 화자가 말하고자 했던 바는 오늘의 촛불정신이 우리 맘속에 오롯이 계승되어, 시간을 거슬러 우리의 치부였던 현대사의 비극과 감춰진 진실을 불러내는 일이었다. 화자는 우리에게 묻고 있다. 촛불정신의 적자라고 자임하는 우리에게, "그 역사, 우리를 다시 부른다면" 우리는 지금 어떻게 할 것이냐고.

그래서 다음과 같은 행복감은 우리의 가슴을 뭉클하게 한다.

얼음 밑의 물은 따뜻하다.
그만큼 추웠기에 따뜻하다.
계절이 풀릴 때 돌아보면
새싹의 눈물이 섞여 있다는 것을 안다.

순천법원 316호 법정의 불빛도 따뜻하다.
늘 차가웠던 법이기에 따뜻하다.
역사가 풀릴 때 돌아보면
판사의 눈물도 흐른다는 걸 안다.

총 맞은 것처럼 아픈 오늘
"뭔 소린지 좀 들어봅시다."라고 했던
70여 년 전의 죽음이 다가와
무죄라는 선고에 흐느낌으로 찌른다.

반성은 가해자가 먼저 해야 하기에
수없이 다듬어진 판사가 울 때
우리가 울고
역사도 울었다.

참 행복한 날이다.

무죄라니…….

살만한 세상이다.

하지만 아직도 멀었다.

- 「행복한 날」 전문

여순항쟁과 관련된 장환봉 씨 사건의 무죄판결[2]을 소재로 쓴 시에
서, 얼음장 밑의 물이 봄을 재촉하듯이 살벌한 분위기의 법정도 그날
만큼은 따듯하다고 말한다. 또한 "역사가 풀릴 때 돌아보면/판사의
눈물도 흐른다는 걸 안다."라고 하였다. 억울한 마음으로 묻어온 오랜
시간 끝에 해원의 역사가 기다리고 있었다. "참 행복"하고 "살만한 세
상"이라고 시의 화자는 말한다. 하지만 아직 가야 할 길은 멀고, 정작
지금부터다. 지금까지 달려온 길의 정점에서 숨 고르기를 할 때가 아
니라, 다시 아스라이 펼쳐지는 역사의 현장에 서 있음을 시의 화자는
깨닫는다.

그 시점에서 우리 현대사의 질곡을 회고하는 화자를 또다시 만날

---

2 광주지법 순천지원 형사1부(재판장 김정아)는 2020. 1. 20. 순천지원 316호 형사 중법정
에서 열린 여순사건 민간인 희생자 장환봉(당시 29세·순천역 철도원) 씨의 재심에서 무죄를
선고했다. 장 씨 등은 1948년 11월 10일 전남 순천에서 반란군을 도왔다는 혐의로 군경
에 체포된 뒤 20여 일 만인 같은 달 30일 순천역 부근 이수중 터에서 총살됐다. 당시 군
법회의는 이들에게 내란과 국권 문란죄를 적용해 사형을 선고하고 집행했다. 피고인이 생
존수형자였던 제주 4·3의 재심과 달리 사망한 피해자에게 공소기각이 아닌 무죄판결을
했다는 점에서 억울한 피해를 바로잡고자 한 첫 사례로 그 의미가 크다. 김 재판장은 판
결을 맺으며 "장 씨는 좌익도 우익도 아닌 명예로운 철도공무원으로 국가 혼란기에 묵묵
하게 근무했다. 국가권력에 의한 피해를 더 일찍 회복해 드리지 못한 점 머리 숙여 사과드
린다."라고 말한 뒤 한동안 눈시울을 붉히기도 했다(『한겨레』 2020. 1. 20.).

수 있다.

저마다의 땅은 발이 있어서다.
딛는다는 것은
아무도 서러워하지 않았던 시작

1945년의 날들도 그러했다.
잔인한 해가 지고 벌 떼 같은 별들이 몰려와도
눈은 푸른 하늘을 보았고
깃대 위에 국기들이 서로 조롱해도
푯대는 창공을 향했다.
결코, 딛고 있는 땅도 원망치 않았고
몰아치는 바람도 탓하지 않았다.

1948년의 여순도 그러했다.
죽어 빨갱이 되는 세상에서도
발 디딜 곳 없어 쫓길지라도
산이 있기에 싸웠고
하늘이 있기에 타올랐다.
이 땅 주인 되어 스스로 서기 위해
그렇게 흘렀던 세월

지금 서 있다는 것은

70여 년을 걸어왔다는 것이기에
이유 없이 죽었을 지라도 한 걸음이 되었고
그렇게 간다는 희망이 된다.

- 「여순항쟁의 추억」 전문

　화자는 빨갱이였기 때문에 죽은 것이 아니라 "죽어 빨갱이 되는 세상" 속에서 살아왔음을 깨닫는다. 그 통한의 70여 년 동안 바람 잘 날 없이 인고의 세월을 견뎌왔지만, 역사를 향해 한 걸음 한 걸음으로 "그렇게 간다는 희망" 하나로 버텨왔다. 바로 그 희망은 불의에 굴하지 않는 '저항'이 있었기에 가능한 것이었다. 이런 화자의 마음은 사회 부조리와 타협하지 않고 어떠한 역경과 시련이 있을지라도 정의와 진실을 추구하려 했던 시인의 삶과 바로 맞닿아 있다.

　다만, 앞서 언급했듯이 시민사회와 함께 연대하는 '저항의 힘'이 더욱 웅숭깊게 묘사되었으면 하는, 바람이다. 그 연대는 함께 싸우는 데 서로 격려가 되고 힘이 되는 것이기에, 지치고 힘들 때 서로 붙잡아주고 일으켜 주는 원동력이 되기에 더욱 소중하고 값진 것이다.

사연 없는 무덤이 어디 있으랴
나무토막도 타면서 내는 소리가 있는데
입 달린 사람의 신음도
저항의 한 모습이다.
손가락 하나로 삶의 눈을 감아도

포기한 걸음에 장작이 실려도
죽어가는 눈빛이 저항이다.

우뚝 서서 총을 든 미군의 발아래서
널브러진 시체 사이로
지아비를 찾는 어미의 온몸은 저항이다.
그 등에 업혀 배고파 우는 아이의 울음
운동장에 서 있는 고목이 붉어짐도
살기 위해 내지르는 함성
산자의 저항은 눈물이다.

피로 굳은 땅에 떨어지는 눈물
다시 꿈틀거리는 역사
흔적 없이 타버린 뼈조차 일어선다.
시인에게서는 혼이
화가에게서는 살이
살아난 여인이 꽃을 뿌린다.
저항은 꽃으로 피어난다.

- 「저항」 전문

　　화자는 그 저항에 대해 이렇게 말한다, "나무토막도 타면서 내는 소리가 있"다고. 그냥 타는 것이 아니라 '타닥타닥' 소리 내며 탄다고.

그리하여 역사의 진실이 밝혀지는 날 "흔적 없이 타버린 뼈조차 일어선다."라고 외친다. 성경 에스겔서에 나오는 골짜기의 마른 뼈들이 다시 생기를 얻어 육신의 몸으로 부활하듯이 그날의 희생자들이 다시 역사 앞에 진실을 밝히며 당당히 걸어 나온다. 화자의 '못다 한 함성'이 마침내 그들을 불러낸 것이다.

전교조 시절부터 사회 부조리나 적폐에 대해 과감히 맞서고자 했던 시인의 순수성이 금강석처럼 반짝이며 견고했었기에, 시인은 지금도 이러한 역사 왜곡이나 적폐를 일소시키는 데 대해 사회단체들과 연대의 끈을 놓지 않고 있다. 시의 화자를 통해 드러나는 '역사 바로 알리기' 운동으로서 결의나 희생자에 관한 명예 회복의 염원이 깃든 마음들이 시집 전체에 고루 배어 있다.

오늘날 전 세계적으로 빈부격차 문제에서 무역 전쟁, 인종차별, 성차별, 기후변화, 환경문제 등에 이르기까지 세대·계층 간 갈등이 심화하고 있다. 작가가 글을 쓰는 이유 중의 하나도 이러한 사회문제에 대해 외면하지 않고 불합리하고 모순적인 정치권력에 대해 소외되고 연약한 자들의 목소리를 대변하기 위함이 아닐까, 생각한다.

미 대선 당시 빌 클린턴 대통령의 선거 캠프 고문이었던 제임스 카빌이 흑인 인권 문제를 다룬 하퍼 리Harper Lee의『앵무새 죽이기』(1960)를 읽고서 "이 작품을 읽는 순간 나는 그녀(작가)가 옳았고 내가 틀렸다는 사실을 깨닫게 되었다"라고 고백했듯이, 우리나라 현대사에 대한 올바른 인식과 자리매김에 대해 다소 소원疏遠했던 독자들이 이 시집을 읽고 자기 생각을 되돌아볼 수 있는 계기가 되었으면 하는 소망을 해본다.

일상에서 짜 올린 언어의 태피스트리

- 김영애 시집 『바람, 바다와 만날 때』

　　동서고금을 막론하고 우리는 '바람'과 '바다'를 소재로 한 시집을 어렵지 않게 찾아볼 수 있다. 바람의 이미지가 주는 변화성이나 역동성, 바다의 심상이 그려내는 광활함과 변화무쌍함의 절묘한 조화는 때론 대자연의 위대함과 웅장함을 느끼기에, 충분한 시적 영감의 대상이 되기도 한다. 이러한 일반적 생각에서 벗어나 김영애 시인만이 느끼는 바람과 바다는 어떤 이미지일까? 이번 시집 전편에 걸쳐 이와 관련된 시편을 자세히 살펴보면 「바람의 화원」과 「바람의 딸」, 「sea」를 비롯하여 몇 편밖에 보이지 않지만, 각각의 작품 안에는 이와 무관하지 않은 시상들이 씨줄과 날줄로 촘촘히 짜여 있다. 바람은 떠돌이의 이미지(「바람의 화원」)로 사나운 심술쟁이 이미지(「오동도, 경매에 부치다」, 「바람의 딸」)로, 바다의 이미지는 위안과 치유의 이미지(「부표」, 「sea」)로 또는 모든 것을 품고 춤추는 이미지(「그녀의 빙하기」)로 다가온다.

하지만 시인이 전하고자 했던 행간의 의미는 바람이 때론 사람이기도 하고 꿈이기도 하여, 사납거나 따스하기도 하여, 일순간에 일어났다 소멸하는 과정을 만다라曼陀羅·maṇḍala처럼 펼쳐 보이고자 함은 아니었을까? 바람은 생성과 소멸을 반복하는 상징으로 작용한다. 태풍처럼 갑자기 일다가 사라지는 모든 것들의 일상사도 바람 같고, 그 할퀸 자리 상처가 되기도 하고 개펄을 살리는 꿈을 꾸다가도 커다란 장벽에 부딪혀 좌절되거나 혹은 고비를 넘어 순항하지만 결국은 왔던 곳으로 되돌아오는 회귀의 이미지로서 바람은 존재한다. 바람이 바다와 비로소 만날 때, 도착한 그 흔적을 일렁이는 물결로 우리에게 보여주는 것은 아닐까? "바다라는 공간은 삶과 죽음, 죽음과 삶이 '들숨과 날숨'처럼 교차하는 지점이다."[1]고 말할 수 있다.

혼히 시를 함축적인 언어라 말하기도 하지만, 심중에 있는 말을 너무나도 아껴 말하지 못한다면 그 얼마나 답답한 노릇인가? 그래서 호세 마르티Jose Marti(1853~1895)는 그의 시 『소박한 시』에서 "죽기 전에/내 영혼에 남아 있는 시를 바치고 싶다"[2]고 노래했는지 모른다. 정말 말하고 싶은 사람은 오랫동안 끝까지 마음속에 그 말을 간직하고 있는 사람이 아닐는지 모른다. 시인은 말하려는 것과 말하지 못하는 것 사이에서 늘 고민하고 그 감정을 어떻게 표현할지 애쓰는 사람이다. 말하려는 그 대상은 늘 자기 삶과 세계를 향해 열려 있다. 개인 삶의 유형은 저마다 독특한 것이어서 그 자체로써 좋은 시적인 영감의 대상이 될 수 있다. 때론 불의와 맞서 불같은 삶을 살다 간 이들도 있

---

1 졸고, 「난바다에 펼쳐지는 삶의 윤슬」(『파도 시편』 해설), 2021, 103면.
2 호세 마르티(김수우 옮김), 『호세 마르티 시선집』, 2020, 글누림, 127면.

고, 인생의 밑바닥에서 온갖 세월의 풍파를 헤쳐나온 이의 삶과, 가지지 못한 자나 억압 받는 자를 위해서 싸워온 이들의 삶도 있다. 한편 평범하면서도 '점잖은 삶'으로 일관한 이들도 있는데 우리가 흔히 주목하지 못한 삶이었다. 가령 성경의 '탕아의 이야기'에서 착한 맏이의 삶보다는 탕아의 삶이 더 주목받거나 사람들의 뇌리에 오래 기억되었다. 그렇다고 성실한 맏이의 삶이 결코 무미건조하다거나 비난받을 만한 삶은 아니었을진대 우리는 왜 평탄한 삶보다는 굴곡진 삶에 더 관심을 두게 되고 또 거기서 어떤 교훈을 찾으려는 것일까?

김영애 시인도 '언어의 사원' 한 채를 얻기 위해 무던히도 긴 세월을 에돌아 온 사람이다. 주어진 자기 삶을 탓하거나 원망하지 않고 긴 시간을 한땀 한땀 자수를 놓는 심정으로 자기 삶을 오롯이 성실하게 엮어온 내력을 지니고 있다. 이러했기에 겉으로 드러나는 시인의 언어는 오랫동안 심안에서 곰삭아지고 다독거려졌는지 모른다.

소리 내 전하지 못했던
마음
애리게 한 죄
살아서나 죽어서나
여자로 천 년을 묶어버렸던
생은, 뜨거워
삼킬 수도
뱉을 수도 없어
입 안은 헐어 쓰라려도

천불천탑千佛千塔 쌓아

세상이 다시 열린다면

오늘 밤

나, 기어이 와불을 깨워 볼라요

- 「미라」 전문

『바람, 바다와 만날 때』의 첫 장을 여는 시인데, "소리 내 전하지 못했던/ 마음/ 애리게 한 죄"을 토로하는 시적 화자의 심정에서 봉인된 긴 세월의 무게만큼 시적 발화를 꿈꾸는 화자의 마음이 간절히 느껴진다. 여기에 "애리게"나 "깨워 볼라요" 같은 지역어를 맛깔나게 구사하며 시의 생동감을 불어 넣고 있다. "여자로" "묶어버렸던/ 생"은 한 가정의 아내로서, 어머니로서 또한 일하는 여성으로서 선뜻 나서지 못하고 늘 마음속에서 주저해야 했던 긴 세월을 상징한다. 여기서 "세상이 다시 열린다면"은 '다시 한번 시의 화자에게 기회가 주어진다면'이라는 의미가 될 것이다. 이렇듯 간절한 마음 너머에는 무엇이 있을까? 시인의 작품집에서는 거창한 삶을 꿈꾸거나 지고한 삶의 절정을 노래하고자 하는 것은 아니다. 구운 생선을 닮은 목어를 노래하고 있다. "퇴근 시간에 맞춰 그이가 좋아하는 생선을 굽는다/ 도착 시간이 훨씬 지났는데도 기미가 보이지 않아/ 구운 생선하고 사랑은 닮았다, 식어버리면 쓸모가 없죠/ 카톡을 보내고/ 산책 삼아 산에 올라 절집 종루에 섰더니/ 매양 염불인 양 노래인 양/ 산전수전 다 겪은 물고기 한 마리 가락에 젖어/ 화엄에 들어있어 여쭈었다/ 구운 생선하고 당신

은 닮았나요"(「목어」) 평범해 보이지만 시의 후반이 촌철살인 같은 속
도로 반전을 이룬다. '화엄에 든 목어는 구운 생선일까?' 구운 생선은
식으면 쓸모가 없으니 존재 의미를 찾으려면 항상 따뜻함을 유지해야
한다. 세상과 삶을 관조하는 시인의 언어가 그렇다. 화엄은 한순간의
방심이나 나태함도 허용하지 않는 세계다. "다림질을 하다/ 헛생각이
스치는/ 순간/ 기다렸다는 듯이 새겨진/ 붉은 자리를 들여다본다."(「기
억」) 방심한 흔적은 시의 화자가 살아온 인생의 일부를 각인한다. 가
령 「전등사에서 보다」라는 시를 감상하면 신성한 절집에도 인간의 이
야기가 한 모퉁이에 배어 있음을 확인할 수 있다. 주막집에서 만난 여
인을 못 잊어서 하는 도편수, 그가 만든 나부裸婦 형상은 목어처럼 절
집 처마 공중에 떠서 지금까지 그 사랑의 흔적을 지우지 않고 있다고
노래한다. 성聖과 속俗이 함께 하는 공간에서 필부필부의 생애가 옛이
야기처럼 슬프고도 정겹게 느껴지는 대목이다. 줄에 매달려 유리창
닦던 인부가 갑자기 사라지고, 해외 고산 등정에 오른 산악인이 캠프
에서 사라지고, 낙찰계가 부도나는 바람에 한바탕 소동을 치른 후 계
주가 사라지는 요지경 세상 속에서 화자는 하느님을 들먹거리면서 그
가 체스를 두다 수가 막혀 응원군을 부르듯 데려갔다고 너스레를 떤
다(「휴거」).

하지만 시의 화자는 "작은 소원함에서 상처받기 일쑤인 일상사"(「부
재」)에서 주방 칼에 빗대어 그의 내면을 엿보이게 한다. 이러한 맘은
「뜨거운 사탕」에서 보듯이 지방에서 일하다 귀가한 남편이 웃으면서
내미는 꽃송이에도 크게 기뻐하지 않는 소심함으로 번지기도 한다.
그 착하고 여린 소심함은 학교에서 시위하다 잠시 집으로 피신했던

삼촌을 신고한 화자의 고해성사에 잘 나타나 있다. "다음날 할머니랑 엄마는 시장에 가시고/ 내가 마당에서 공기놀이하고 있는데 어떤 아저씨들이 대문을 두드리며/ 삼촌 친구라고 하면서 문 좀 열어달라고 했다./ 그리고 삼촌은 어디 있느냐고 물었다/ "저 방에서 자고 있어요"./ 손가락 끝이 방을 가리키기도 전에 구두를 신은 채 방으로 들어가/ 삼촌을 끌어내 짚차에 태우고 어디론가 가버렸다./ 할머니가 물어보면 뭐라고 말하지/ 엄마가 물어보면 또 뭐라고 하지/ 물론 어떤 아저씨들이 삼촌을 잡아갔다고 말해야지/ 그런데 삼촌이 가르쳐준 대로 참말을 하고도 가슴이 아픈 것은 또 무엇인지"(「고해」). 본의 아니게 뭔가 큰 잘못을 저질렀다고 느끼면서 가슴 아파하는 화자의 모습이 생생한 현장인 양 느껴지는 대목이다.

때론 일상적인 언어를 비틀어서 자기만의 독특한 시상으로 비끄러맬 줄 아는 능력도 돋보인다. 이는 단순한 언어유희가 아니다. "지적인 사람들 속에서도 상대적으로 더 강한 사람이 있다. 은유할 줄 아는 사람이다. (…) 인간에게 의미의 확장은 통제 영역의 확장이다. 은유를 통해 세계를 넓혀나가는 자가 '위대한 개인'이다. 시인 네루다 Pablo Neruda(1904~1973)는 이를 '메타포'라고 말한다. 그 메타포, 은유는 '비틀기'이다. 은유는 뒤틀린 틈새를 허용하고, 또 끼어들어 둘은 상대방을 의지하며 새로 태어난다."[3]라고 했듯이 시어를 비트는 것은 시인의 작품에서 새로운 의미망을 확장하는 화자만의 시작법詩作法이다.

---

3 http://pakhanpyo.tistory.com/5404 (우리마을대학 매거진: Ars Vitae 2023.03.31.)

낯선 마을의 풍경에 차츰 익숙해질 무렵
이사를 온 옛집에서 연락이 왔다
'첫 남성'을 두고 왔단다

'첫 남성'이라니요?
때아닌 남편의 발령으로
서둘러 내려오느라, 챙겨 오지 못한 그녀의
'첫 남성',

마당 가의 철쭉 옆에
'첫 남성'은
아직 꼿꼿하게 버티고 있다고 한다

데리러 올 동안 잘 돌봐 주겠다는 말로
옛집의 안부는 길지 않게 끝났다

그러나 그녀는
자신의 '첫 남성'을 챙기려
옛길을 찾아 나서지 않을지도 모른다

- 「천남성」 전문

천남성과의 다년생 풀이름을 '첫 남성'으로 바꿔 시상을 전개한 화자의 착상이 돋보이는 작품이다. 애지중지 여긴 것이 사람일 뿐이랴?
여러해살이풀에도 애정이 어린 눈길을 주는 화자의 시선이 일상 가운
데 정겹고 따습게 느껴진다. 비슷한 예가 몇 군데 더 보이는데, 가령
「새를 꿈꾸며」라는 작품에서는 "양반 사는 곳은 첩이 많아 첩첩산중
얼쑤 장단에" 이어 "한 줄기 바람에 실려 오는 모란꽃 향기에 취해 곤
두박질"하는 어름사니에 관한 이야기를 "먹이를 찾다가 빌딩 유리에
부딪혀 날개 꺾인 새/ 숨을 몰아 파닥이는 절망의 새"로 비유하는 솜
씨가 급강하하다 수직으로 상승하는 블랙이글 호의 조종술을 방불
케 한다. 또한 「단풍에 지다」에서는 "운수납자처럼 살아가다가도/ 운
수 사나우면"이라는 대목이 언어의 비틀기에 해당하는 부분이다.

  한편 천혜의 자연경관을 배경으로 관광 개발 열풍에 홍역을 치르는
어느 도시의 풍광을 노래한 시를 살펴보자.

        높은 빌딩이 하나둘 전망을 사들이면서
        바다는 점점 좁아졌다
        대양에서 불어오던 바람은 빌딩에 부딪혀 휘청거리다
        술주정 부리는 아버지처럼
        화분이나 집기를 뒤집어 놓고 사라지곤 하였다
        비바람이 걷히자
        상한 가지와 팬 땅을 어루만지는 햇살에
        용기를 얻은 민들레
        보도블록 사이 쪽방에서 얼굴을 내밀어 인사를 한다

너도 비좁은 자리에서 애쓴다
없는 사람도 살만한 계절이 여름이라지만
장마철 공치는 날이 다반사에
머리카락만큼 가는 틈으로 빗물은
인정사정없이 스며 우울을 포개고
선풍기를 빙빙 돌려도
빌딩 숲의 복사열에 잠들지 못한 밤
겨울을 생각하지만
한겨울 문틈으로 가난을 염탐하는 냉기에
우리는 몸을 떨었네
너는 틈을 사랑하는구나
민들레가 바람에 흔들린다
쪼그리고 앉은 다리가 저려 일어섰다

- 「틈」 전문

　바다를 가린 건물을 보고서 시의 화자는 건물이 웅장하다는 말 대신 바다가 좁아졌다고 말한다. '좁다'라는 공간의 이미지는 왜소하거나 위축된 자리가 아니라, 민들레꽃을 피우듯이 생명을 잉태하는 장소로서 독자에게 다가온다. 일찍이 권정생 선생이 「강아지똥」이라는 동화에서 냄새나고 아무짝에도 쓸모없는 강아지똥이 아름답고 예쁜 민들레꽃을 피워 낸다고 얘기했듯이, 신축공사 현장에서 밀려나 주목받지 못하는 보도블록 한 모퉁이가 이처럼 아름다운 광경을 연출해

낸 것이다. 화자의 따스한 시선은 비단 여기에 머물지 않고 일상을 살아가는 인부들의 삶에 투영되어 고스란히 우리 마음에 비친다.

이번 시집에는 부부 사이의 일상 속 애정에서 채화된 작품들도 적지 않게 나타난다. 「홍어」, 「꽃돌」, 「콩깍지」, 「핑크 펄 23호」, 「찰나의 꿈」, 「뜨거운 사탕」, 「스크랩」, 「사랑을 삶다」, 「공평한 분배」 들이 그러한 작품이다.

동기의 승진 축하 모임에 참석하고
만취 상태로 집이라고 찾아든 만년 과장
남편의 양복저고리를 벗기자
와이셔츠에 때아닌 진달래꽃이 피었다
핑크 펄 23호, 이번엔 완벽한 증거물 확보다!
화르륵 곧추선 손가락 총으로 타당 탕!
그는 그대로 침대에 꼬꾸라지고
화염에 싸인 방안은 술 냄새만 가득하다.

은행나무숲에서 나눴던 입맞춤의 언약들
사진 속 청춘남녀는 정지된 시간으로 서 있고
보고도 못 본 척 들어도 못 들은 척
꾹꾹 참고 다물어 온 그 입과 입술들
화석의 나무에서 쏟아진
샛노란 약속과 추억들로 바닥이 소란스럽다

화장대 앞에 앉아있는 아내 입술은 시퍼렇고

거울 속 남자가 푸석푸석 눈을 뜬다

부러 펼쳐둔 증거물을 발견한 저, 사내

일순간 거울 속에서 튕겨져 나간다

욕실 안에서 뭐라 뭐라고 했지만

개숫물 소리와 함께 흘러가 버렸다

찌개는 저 혼자 부글부글 끓고 있다

- 「핑크 필 23호」 전문

　결혼 후 일상이 무료해지기 시작할 때, 어쩌다 한 번 경험할 수 있는 일화를 소재로 써 시적으로 다룬 이 작품은 티격태격 말싸움으로 번지지만 비극적 파장에 이르지는 않을 것 같은 옛사랑의 견고한 힘을 느끼게 한다. 참으로 이런 일화도 시가 될까 생각할 수 있지만, 부글부글 끓는 찌개처럼 화가 난 화자의 모습을 삽화처럼 잘 처리한 작품이라 생각한다. 부부 사이의 사랑도 순탄한 길에서 무럭무럭 싹틀 수 있지만 옥신각신 싸우면서 생기는 정이야말로 소중한 것이다.

지방 근무를 하는 그이가 집에 올 때면

얼굴에 화색이 가득한 것 같다

공중목욕탕 휴게실에서 진한 농담을 들을 때마다

그이의 윤기 도는 얼굴에 온 신경이 쓰이기도 한다

은근한 미소 위로 올라탄 리라꽃 몇 송이에도

그렇게 유쾌하지만 않았던 것은
내 안의 소심함이 컸기 때문이다

그이가 대청봉 봄바람을 전송해 왔을 때에도
미스킴 라일락 향과 산딸기의 홍조 같은 것으로
명치끝이 잠시 아려 오기도 하였고

어느 밤 모퉁이에서 안개와 바람으로
황사 긴 외로움을 전해 왔을 때에도
나의 밤은 저 혼자 끙끙 앓았다

이번엔 선물 준비를 했느냐고 묻자
그까짓 선물이 무에 그리 대수냐
뜨거운 자기를 택배로 보내주겠다며
택배로 부쳐 온 빨래 뭉치 대신
힘센 뱀이나 한 마리 고아
펄펄 끓는 탕 속으로, 오늘은
내가 먼저 뛰어들고 싶은 밤이다.

- 「뜨거운 사탕」 전문

　지방 근무로 한동안 헤어진 부부의 상봉을 애타게 기다리는 아내
의 마음이 전해지는 한 편의 시다. 화자는 그토록 사무치게 남편이

돌아오기만을 기다리지만, 왠지 남편에게서 나는 향기나 웃음에도 쉽게 마음을 열어주지 못하고 의심의 경계를 하는 어투다. 그러면서 뜨거운 사탕蛇湯 속으로 먼저 뛰어들고 싶은 밤에서 원초적 생명력과 삶의 혈기가 후끈하게 달아오름을 확인할 수 있다.

마지막으로 일터에서 경험한 내용으로 꽉 채워진 시편들이 시집 마지막 부분을 장식한다. 「마트 아줌마의 변주곡」, 「동전의 고전」, 「캐셔 생각」, 「월담초」, 「어떤 손」 들이 바로 그런 작품이다.

한때는 둘만 낳아 잘 기르자는 표어가 동네 전봇대마다 다닥다닥 붙어 있었는데, 요새는 셋 이상 낳는 가정엔 나라에서 천만 원을 준다나 어쩐다나, 세상이 변해도 많이 변했네. 허긴 애 키우는 데 돈이 어지간히 들어야지. 이런저런 이야기로 이웃과 나눈 수다가 너무 길었네.

그러든지 저러든지 나는 마트 아줌마. 물건을 팔아야 아이들 키우고 나도 먹고살지.

하필이면 이날따라 한 젊은이가 콘돔 상자를 눈앞에 내미네. 거스름돈을 내주려고 서랍을 열었는데, 이게 뭐야, 망측하게. 구릿빛 쉽 원 동전 둘이서 착 달라붙어 버렸네. 손톱으로 한참이나 잡아떼어도 딱 붙어서 버티네. 참견마라. 죽어도 붙어 있겠다 하네. 실실 웃음이 나오네. 그래, 좋다 해주었네. 열 달이 지나면 일 원짜리라도 하나 더 늘려나?

- 「마트 아줌마의 변주곡」 전문

저출산 문제로 동네 지인들과 말을 나누던 화자가 하필이면 출산과 거리가 먼 피임 기구를 사러 온 청년과 마주치며 겪는 일화를 소재로 하고 있다. 때마침 공교롭게 딱 붙어 떨어지지 않는 금전등록기의 동전을 바라보며 단순한 일상에서 잠시나마 웃음 짓는 삶의 여유가 묻어나는 소품이다. 이렇듯 『바람, 바다와 만날 때』에는 거창한 철학이나 주장보다는 일상의 소중함을 성찰하며 그 속에 감춰진 조그만 행복을 캐낸 수작秀作이 많다. 이는 화자의 시상이 작은 것에도 소중히 여길 줄 알고 감사하는 '점잖은 일상'에서 우러나기 때문이다. 시인은 시의 발화에서 크게 욕심부리지 않고, 현란한 기교를 좇지 아니하며 묵묵히 주어진 삶에 최선을 다하는 선남선녀의 모습을 보여줌으로써 잔잔한 감동을 태피스트리tapestry처럼 짜 올린다.

마트의 계산대에서 아르바이트하는 그녀는

더듬이 같은 촉감으로 사람들의 직업을 점쳐 보곤 한다

긴 손톱을 정성 들여 가꾼 손님은 아마도 기타리스트,

엄지와 검지 끝에 굳은살이 박인 이는 거문고나 가야금을 뜯
는 악공,

중지 가장자리에 펜 혹이 얹힌 영감님은 은퇴한 공무원,

계산대에 막걸릿병을 올린 중 늙은이는 벽돌공,

몇 방울의 알리바이를 옷 위에 흘린 이는 틀림없는 페인트공,

손가락에 옹이가 박힌 미용사나 재단사,

카드 패를 돌리는 한량의 엄지는 유난히 매끈하다

생의 현주소를 말해주는 문패 같은 손,

그녀,

가끔은 자신의 짐작에서 헤맬 때가 있다

늘 한 손을 주머니 속에 넣고 있는 손님의 꿈은 알 수가 없다

혹시 손가락 하나쯤 생의 바큇살 속으로 빼앗겨 버린 이는 아
닌지

한참을 헤아려 보아도 답이 나오지 않는 어떤 손이 있다

- 「어떤 손」 전문

우리가 흔히 직업병이라고 말하는 화자의 태도에 주목하면 그 말도 일리가 있다. 관상쟁이는 사람만 마주쳐도 먼저 얼굴을 살피듯이 캐 셔cashier는 손님의 손을 쳐다볼 수밖에 없다. 어쩜 지루하고 반복되는 행동에서 쉽게 짜증을 내고 불평할 수도 있으나, 화자는 돈을 건네는 그들의 손을 일일이 맞이하는 가운데 그들의 직업을 염탐하는 재미에 빠진다. 삶이 그렇다. "생의 현주소를 말해주는 문패 같은 손"에서 한 사람의 생을 점쳐 본다. 『회색 인간』의 저자 김동식 작가도 지퍼를 만들려고 매일 납을 끓여 주물 틀에 붓는 단순하고 반복되는 작업을 하면서도 버틸 수 있었던 힘은 그 과정에서도 나름대로 공상과 생각의 타래를 짤 수 있었기 때문에 그 엄청난 고독감을 이겨낼 수 있었다고 말한 적이 있다.[4]

하지만 그 가운데서 손님 한 사람이라도 절대로 놓치지 않는 화자의 시선이 예사롭지 않다. "혹시 손가락 하나쯤 생의 바큇살 속으로 빼앗

---

4 한 지역 학교의 문학 강연회에서 대담(2022. 9. 22.) 내용.

겨 버린 이는 아닌지," 사연 많은 삶의 질곡을 지문처럼 새기고 다니는 사람은 아닌지 묻고 있다. 이 시는 일상의 고담함을 이겨내며 묵묵히 살아가는 우리 이웃에 관한 관심이자 배려요, 오마주hommage다.

이번 시집에 실린 시인의 작품은 개인의 삶창 너머로 보이는 일상의 변화무쌍함과 희로애락의 측면을 진솔하게 그려냈다. 화려하거나 현학적이진 않지만, 현실에서 일어나는 여러 가지 사건을 바람이 일으키는 변화처럼 인식하고 바다라는 삶의 결을 따라 바람이 펼쳐놓는 삶의 교향곡을 때론 빠른 속도로 때론 잔잔하게 언어의 선율로 아름다운 태피스트리를 짜냈다. 그 올에 새겨진 촘촘한 시상이 한땀 한땀 자수가 되어 시인이 구사하는 독특한 언어가 되고 희망의 메시지가 되어 우리에게 메아리친다. 이러한 착한 심성의 시가 개인의 일상에서 우리들의 일상으로, 나아가 우리 사회 내면의 모습으로까지 확대되며 삶의 진실과 인간성을 회복하고 공동체적 삶을 지향하는 시의 인터스텔라interstellar로 나가길 염원한다.

제3부

삶의 애환과 극복

노동의 시간 속에 재현되는 인간의 조건

- 이인휘의 작품 세계

생각하는 일은 (…) 정치적 자유가 있는 곳이라면 누구나 할 수 있는 일이며, 그렇게들 한다. 그러나 저명한 학자들이 보통 말하는 것과는 다르게, 참으로 불행히도 생각하도록 하는 힘은 인간의 다른 능력에 비해 가장 약하다. 폭정 아래에서는, 생각하는 일보다 (생각하지 않고) 행동하는 일이 훨씬 쉽다.

- 한나 아렌트, 『인간의 조건』(한길사 2017)에서

지난 몇 해 동안 세월호 사건부터 국정 역사 교과서 문제, 전대미문의 국정농단 사태에 이르기까지 일반 국민이 받은 충격과 놀라움은 분노를 넘어 정신적 트라우마로 남아 있었다. 이는 우리 사회가 어느 정도 민주화를 이뤄냈지만, 장기적인 세계 경제 침체 속에 국가 경제

마저 흔들리는 상황에서 발생한 사건이기에 국민이 받은 충격은 이루 말할 수 없었다. 그 충격과 분노는 촛불집회로 온 국민을 다시 결집했고, 촛불집회에서 보여준 민심은 이를 극복하고 마침내 새로운 정권을 창출하는 원동력이 되었다. 또한, 국가란 무엇인가라는 회의감과 통치행위에 대한 근본적 사유와 성찰을 가져오게 하였다.

우리 사회와 인간의 삶에 대한 치열한 인식은 자연스럽게 문학 영역에서도 집중 조명되기 시작하였고, 많은 작가는 훨씬 이전부터 이러한 문제에 대해 고집스러울 만큼 천착해 왔다. 80년대의 삶이 인간의 생존권과 기본권마저 박탈된 사회였다면, 90년대 이후는 민주주의가 점진적으로 뿌리내리긴 했지만, 사회·경제적 불평등과 양극화는 해소되지 않고 이전보다 더욱 심화하여 가는 양상을 보인다. 문학이 이러한 사회적 변화를 반영하는 것은 그 사회에서 살아가는 인간의 삶이 변화하기 때문이다. 90년대 이후는 문학의 변화 특히 시에 대한 사회적 역할의 변화가 뚜렷하게 나타났다. 이른바 해체시의 등장, 탈 구조주의와 같은 운동이 일어나면서 민중시, 노동시는 그 관심의 영역에서 밀려나고 말았다. 나아가 '87년 체제'를 경험하지 못한 젊은 세대들에게 노동 문학은 더 매력적인 대상이 될 수가 없었다. 하지만 문제는 사회구성원의 삶에 대한 인식변화가 결코 노동자나 민중들의 삶의 질이 향상되거나 정치적 상황이 개선된 데 기인하는 것이 아니라는 사실이다. 다시 말해 시대적 상황에 대한 인간의 인식이 변화하였을 뿐 정치적·경제적 현실은 크게 개선되지 못했다. 다만 자본주의의 초고속 성장과 물신사상이 팽배해 갔을 뿐이었다. 오히려 작금의 상황을 살펴보면 90년대 이후의 정치적·경제적 상황이 얼마나 퇴행하여 갔는지 잘 알 수 있다. 이러한 의미에서 이인휘 소설을 살펴보고자 함은 오늘날 노동 문학이나 리얼리즘 문학의 종언을 말하는 시대에 그의 작품이 갖는 의미와 현재 노동 문학의 위상을 다시금 되새겨보는 의미가 되겠고, 이를 통해 향후 한국문학에 공헌할 수 있는 바를 모색하는 계기가 될 것이다.

노동 문학의 쇠락에도 인간의 존재 의미와 사회적 평등 문제에 대해 여전히 고민하고 삶의 미래를 모색해 온 이인휘 작가는 등단 이후 척박한 삶터에서 소외되고 인간적 삶을 누리지 못한 민중들에 관한 관심과 연대로 문단의 주목을 받아온 작가다. 그는 『활화산』(世界 1990), 『내 생의 적들』(실천문학사 2004), 『날개 달린 물고기』(삶창 2005) 등을 발표했던 90년대 노동소설을 대표하는 작가였지만, 이 모든 것을 뒤로하고 지난 10년간 "변방의 삶으로 '사회적 출가'를 감행한"(백무산) 끝에 근작 『폐허를 보다』(실천문학사 2016)를 발표하였다. 그의 작품은 한때 치열했던 노동 현장의 경험과 투쟁에서 노동의 시간을 거쳐 인간 존재에 대한 근원적 성찰로 변화하는 작가의 모습을 보여주고 있다.

노동 문학과 '87년 체제'에 대한 상황 인식

일반적으로 노동 문학이란 "노동문제 전반을 다루는 가운데 특히 노동자들의 삶과 노동이 내포하고 있는 바람직한 가치들을 문학적으로 형상화한 문학을 총체적으로 일컫는 개념이다."(문학비평용어사전) 노동 문학은 형성 과정에서 그 전신이라 할 수 있는 민중문학과 밀접하게 연결되어 있다. 우리나라의 경우 본격적 산업화 시대인 1970년대 이후 소수의 권력층과 자본가들이 경제적인 부(富)를 독점하였고, 노동자들은 부를 축적하는 대상으로 전락했다. 노동자들은 열악한 노동 현장에서 고된 노동과 저임금으로 고통받았고, 기본적인 인권마저 외면당해 왔다. 그 결과 사회 전반에 걸쳐 자본가와 노동자 간의 계층 갈등은 심화하였다. 이러한 시기에 '인간답게 살고 싶다'라는 노동자들의 요구와 사회 지배층의 부정부패, 군부독재 타도 등을 주된 내용으로 다루면서 등장한 것이 민중문학이다. 민중문학의 한 갈래로서 노동 문학은 노동자 대중의 현실변혁 의지를 문학적 성취로 이뤄낸 데서 한국 문학사 내 그 의의를 찾을 수 있다.

자본과 권력에 맞서 싸웠던 80년대를 통과하면서 지난 시간과의 단절은 작가에게 깊은 병으로 자리 잡게 된다. 키르케고르가 말한 '죽음에 이르는 병'에서 절망의 유형 중 마지막 형태의 절망과 유사하다. 이 병은 '자신에 대한 절망'에 대한 성찰이다. 자신이 왜 절망하는지 철저히 인식하며, '삶이 과연 무슨 가치가 있는지' 끝까지 고민하는 절망이다. 절망에서 벗어나는 길에 대해 키르케고르는 신에 대한 믿음을 통해서만 가능하다고 말했지만, 이와 달리 작가의 절망은 노동의 가치가 진정한 삶을 이루게 하기 위한 절망이다. 이처럼 가장 높은 단계인 '절망하여 자기 자신이 되려는 절망'은 신이라는 절대적인 가치와 믿음에 등가하는 존재론적 절망이다.

지금까지 80~90년대 노동 문학은 민족 문학의 한 갈래로서 그 나름의 의미와 존재를 부각하는 데 어느 정도 성공하였다. 특히 방현석의 「새벽 출정」(『창작과비평』 1989년 봄호)을 비롯하여 박노해의 『노동의 새벽』(풀빛 1984)과 백무산의 『만국의 노동자여』(청사 1988) 등은 노동자계급의 당파성을 문학적으로 형상화하는 데 이바지한 작품들이다. 노동 문학이란 파업 투쟁이나 자본가의 노동 착취 등을 제대로 묘사하는 것만으로 진정한 노동 문학이 될 수 없다. 진정한 노동 문학이란 이런 단계를 넘어 "전진하는 역사를 총체적으로 보여줄 수 있는 새로운 문학적 전형의 창조에 한 걸음 더 다가가"야 하며 "모진 탄압을 뚫고 나아가는 전체 운동의 발전 속에서 자기 운명의 개척자로 깨어나는 노동자와 민중의 모습을 반영"[1]하는 문학이어야 한다. 이인휘의 『활화산』은 이러한 정신을 실물과 아주 비슷하게 묘사하고 있다. 노동자의 의식 개혁을 강조하는 노동소설로서 노동을 착취하는 기업가와 노동조건을 개선하고자 하는 노동자 간의 이분법적인 대결 구조에서 노동자계급이 승리한다는 내용으로 전형적이지만 다소 도덕적이며 이분법적인 구조를 보이는 작품이다. 하지만 이러한 단점에도 이 작품은 인간답게 살아 보려고 몸부림치며 자각하는 주인공들의 삶의 과정을 진실하게 보여주고 있다. 아렌트H. Arendt가 "폭정 아래에서는, 생각하는 일보다 (생각하지 않고) 행동하는 일이 훨씬 쉽다"라고 말했듯이, 그동안 열악한 노동 현실에 대해 불만은 많았지만 '팔자소관'이라 생각하고 고용주가 시키는 일만 묵묵히 열심히 했던 노동자들에게 각성의 일침을 놓는 작품이라는 데서 그 의의가 있다.

---

1   정남영, 「민족 문학과 노동자계급 문학」, 『창작과비평』 1989년 가을호, 89면.

"김씨네가 저 지경이 된 건 그 자식때문이라구. 개자식이 김씨를 물통이 있는 줄 뻔히 알면서 밀어 넌 게 틀림없어. 김 씨만큼 일 잘하고 조심스러운 사람이 얼마나 돼? 무슨 일이든지 마다않고 대꾸 한번 없던 그가 지난 파업 때 앞장섰다고 엿먹인 게 틀림없다구."

"그만해, 도식이. 설사 그렇다고 달라질 게 있나? 확실치도 않은데 엄한 사람 마구 잡아서야 되겠어? 다 팔자소관이려니 하고 사는 걸세" (⋯) "팔자소관은 아니죠, 팔자소관이라면 우린 너무나 비참해지니까요." (⋯) "죽어서 이런 꼴 안 보고 사는 게 무슨 소용이 있겠어요. 살아서 이런 꼴 안 보고 좀 더 사람답게 살 수 있어야지."

그날 재욱은 엉망으로 취해버렸다. 취해서 자신도 모르게 (어용)노조를 엎어야 한다고 소리쳤고, 더 이상 이렇게 살 수 없다고 악을 써댔다. 그리고 세상을 바꾸어야 한다고 말했고, 노동자도 인간이라고 울부짖었다.[2]

막장 사고로 불구가 된 김 씨를 두고 현장 인근 술집에서 도식과 정영일 그리고 재욱이 벌이는 말다툼 광경이다. 그들은 김 씨의 아픔과 고통을 개인의 문제로 삼지 않고 연대하여 "좀 더 사람답게 살 수 있"는 세상으로 만들고자 하는 깨어있는 노동자의 모습을 보여준다. 나아가 그러한 노동자 개개인의 생각하는 힘은 현실을 직시하게 하고 이를 극복할 수 있는 삶의 원동력이 되고 있다. 이러한 그들의 의지는

---

2   이인휘, 『활화산』 상, 145~146면.

회사와 보안대의 갖은 탄압과 테러에도 마침내 어용노조를 몰아내고 노동자의 자유를 쟁취하고 진정한 노조를 건설하려는 광산노동자의 분노로 응집된다.

작가의 탁월한 점은 이러한 묘사에서 화자의 삶과 작가의 삶이 일치되는 진정성을 확보하면서 보편적이고 구체적인 리얼리티를 통해 노동소설의 전형을 보여주고 있다는 데 있다.

2000년대 이후 노동 문학의 성격

"2000년대 소설의 현장에서 공동체나 사회의 조직 바깥에 놓인 무력한 개인의 고립과 관련된 이야기를 발견하는 것은 이제 너무나 흔한 일이 되었다."[3] 밀레니엄 시대의 소설 쓰기에서 작가들은 환멸과 냉소, 권태 등 문학의 사적 영역에 더 천착하는 경향을 보였다. 이 시기에 '후일담 소설'이라 칭하는 대부분 작품도 시대의 아픔을 당대의 현실에 비춰 사회개혁의 변증법적 발전을 위한 튼실한 씨앗으로 발아하지 못했다. "'나'가 아프게 깨달은 것처럼 세상의 고통에 무지하거나 그저 눈을 감는 것만으로도 '무심한 폭력'에 가담한 셈이 된다면, 세상의 고통에 대해 문학이 견지해야 할 공감과 연민의 윤리는 '진심'을

---

3 정홍수, 「세상의 고통과 대면하는 자리」, 『창작과비평』 2012년 겨울호, 34면.

넘어선 더 가혹한 시험대를 필요로"[4] 한다는 점을 간과하고 있다. 이 시기의 소설에 대해 "어떤 고착된 심상을 현실에 투사하려는 손쉬운 유혹을 거절하는 가운데 인간 현실의 구체를 좀 더 복잡하고 폭넓은 연관과 맥락 속에서 비판적으로 검토하고 발견하는 일은 이즈음 한국 소설에 더 절실히 요구되는 리얼리즘의 요청"[5]임을 충분히 감지하지 못했다.

이 시기에 발표된 『내 생의 적들』은 주인공이 지금은 '디지털 단지'로 변해버린 가리봉동 일대 '벌통집'을 추억하며 20년 시차인 가리봉동의 어제와 오늘의 현실을 통해 변화되지 않은 노동 현실과 인간적 고뇌를 보여주는 작품이다. 주인공은 자신이 살아온 시대의 폭력과 인권유린에 저항하며 그가 겪은 삶의 우여곡절을 신랄하면서도 진솔하게 그려내고 있다. 주인공이 이 작품에서 말하고자 했던 점은 그 세월의 틈만큼이나 우리 사회의 사회적 약자에 대한 배려나 관심은 좀처럼 나아지지 않았다는 것이다. "겉으로는 많이 변했다고들 하지만 민중들은 오히려 살기 힘들어졌다"[6]는 사실을 폭로하고 있다.

작가는 『내 생의 적들』의 주인공을 통해 여느 '후일담 소설'과 달리 힘들게 살아가는 민중들의 절망과 자포자기 대신에 따스한 연대를 모색하며 작은 힘이 모여 큰 힘이 될 수 있다는 희망을 보여주고자 노력하였으며, 이러한 힘이야말로 사회개혁의 기폭제가 될 것임을 확신하였다.

---

4 같은 글, 43면.
5 같은 글, 46면.
6 이인휘, 『내 생의 적들』, 305면.

"김광훈 씨가 힘든 거 충분하지는 않지만 이해할 수 있어요. 하지만 지금 이 일은 개인적인 감정으로 처리해서는 안 되잖아요. 사람이 죽었고, 그 죽음의 원인이 어디에 있었는지 알게 되었는데 이러고 있을 수는 없는 거잖아요. 전 강 형사라는 사람이 어디에 있는지 어디에 사는지까지 다 알아놨어요."

"어쩌란 말입니까"

"김광훈 씨가 나서야죠. 나서서 본인의 억울함도 풀고, 오빠의 죽음도 규명하고, 살인범들을 찾아내서 다시는 이런 일이 일어나지 않게 해야죠."[7]

이상현의 의문사를 밝히기 위해 그의 여동생 정혜가 김광훈을 찾아와 진실규명을 위한 협조를 끌어내는 대목에서 이러한 일에 다시 휘말려 들기 시작하는 주인공의 내적 갈등이 일어나며, 그 갈등은 양심선언 문제를 놓고 또다시 증폭되고 고조된다.

"힘들긴 하겠지만 우린 저들을 광장으로 끌어내야 해요. 그 역할을 광훈 씨가 해야 하고요."

"내가? 어떻게요?"

"수많은 사람들이 알 수 있게 양심선언을 하는 거죠."

"양심선언이라니, 무슨 말이죠?"

(…)

"그건 못 합니다."

---

7 같은 책, 248면.

"할 수 있어요."

"미안해요. 난 자신이 없어요."

"이게 자신이 있고 없고의 문젠가요? 고문당할 땐 자신이 없어

서 인정했나요?"

예기치 않은 그녀의 말이 내 가슴을 싸늘하게 식혔습니다.[8]

하지만 주인공은 "이제까지 내가 살아온 모든 것들이 남이 산 것이
아니라, 내가 살았다는 것을 똑바로 보고 싶다"라는 인식에서 정혜의
요청을 수락한다. 그리고 그가 양심선언을 하는 순간 "여기저기서 터
져 나오는 신음 소리와 흐느끼는 소리들이" 자기 몸에서 흘러나오는
소리가 되면서 저들과 깊은 연대와 사랑을 체험하게 된다.

이러한 노동 문학이 90년대 이후 위기를 맞게 된 이유는 무엇인가?
여기서 잠깐 가라타니 고진의 '근대문학의 종언'에 관한 비판적 검토를
해볼 필요가 있다. 가라타니 고진은 언어적 공감 속에 형성된 "근대소
설은 리얼리즘 소설의 원칙인 '3인칭 객관 시점=기하학적인 원근법'이
의심받기 시작하고, 새로운 미디어의 출현에 따른 매체 경쟁에서 소설
이 더는 우위를 점할 수 없게 됨에 따라, 종말의 길로 접어들었다"라고
말한다. 그의 주장으로는 "대중소비사회는 강력한 체제 순응주의를
동반"하게 되는데 "비판의 임팩트나 그 외부성이 사라져 공동체 내부
에 갇혀가고 있는 것을 말하는 것이"라고 주장했다. 이처럼 "근대문학
은 근본적인 조건인 내면성이 상실된 사회심리와 같이 사라진 것"[9]이

---

8 같은 책, 271~272면.

9 김정남, 「근대문학의 종언과 한국문학」, 『인문학연구』 17, 2012, 117~118면.

라고 본다. 그러나 "고진은 노동자의 투쟁이 언제나 생산단계에만 국한되어 있다고 비판한다. 실제 노동자의 잉여 이익이란 소비 단계에서 발생한다. 따라서 노동자가 자본에 대해 여유를 가지고 싸울 수 있는 장소가 있는데 이것이 유통과정 또는 소비의 과정에서이다. 그러한 의미에서 오히려 노동자가 보편적이 되는 것은 생산 지점을 벗어났을 때이다."[10] 이는 일반 대중이 시민 운동의 형태로 함께 투쟁할 수 있는 부문이다.

이인휘 소설의 의미는 바로 민중문학의 한 갈래인 노동 문학으로서 80년대 시대정신을 계승하여 지금 현재 민중들의 삶을 조명하면서 문학의 변증법적 발전을 꾀하고 있다는 점에서 문학적 의미가 있다. 즉 그의 작품은 소설이 아니라 '공장 일기'다.

자기 시대 민중성의 심연으로부터 흘러나오는 삶을 건져 올리고, 소외된 자의 해방과 이해를 위해 봉사하고자 하는 노동 문학의 현주소를 진단하는 것은 노동 문학의 자구적 혁신을 위해 의미 있는 작업이 될 수 있다."[11] 김해자는 "노동조건의 전반적 개량과 무관하게 악조건에 처해 있는 비정규직이나 영세한 사업장에서 일하는 노동자들은 아직도 전근대적 생활 조건에 묶여있다"라고 말한다. 또한, "자기실현을 한다거나 전문적 교양을 쌓을 기회도 박탈당"해 노동자들이 그들의 문학적 욕구를 "문학적 생산으로 끌어올릴 조건도 기량도 그것을 담아낼 그릇도 취약하다는 게" 오늘날 노동 문학의 현실이라고 말한다.

오늘날 노동자의 투쟁은 생산 부문뿐만 아니라 다양한 분야로 확산

---

10 같은 글, 123면.

11 김해자, 「노동 문학의 현주소와 나아갈 길」, 『진보평론』 2002, 121면.

하고 있다. 그의 작품 『날개 달린 물고기』에서 오늘날 노동계의 뜨거운 감자인 정규직과 비정규직 문제를 정면으로 다루고 있다. 같은 노동자계급 내에서도 정규직과 비정규직이라는 이름으로 차별화되는 현실에서 비정규직 노동자의 단결된 힘을 끌어내 자신들의 인간적 삶을 구현하기 위해 분신자살한 이용석이라는 주인공에 대한 일종의 평전 소설이다. 이러한 투쟁을 통해서 만족할 만한 성과는 아니었지만, 비정규직 노동자 문제를 사회문제로 부상시켜 공론의 장으로 끌어내는 데 성공하였으며, 그들의 삶 속에서 투쟁은 계속된다는 미완의 결말을 보이는 작품이다. 다소 경직된 틀 속에 노조의 승리(혹은 미완의 승리)를 확신하는 과거 노동소설 전범의 흔적이 나타나는 점이 흠이다.

다시, 광야의 길로

이인휘 소설집 『폐허를 보다』에는 5편의 중·단편이 실려 있는데 「공장의 불빛」은 공장에서 식품을 만드는 중년 여성들의 비참한 노동 현실과 열악한 노동조건에서 일하는 합판공장 노동자들의 이야기를 담고 있으며, 표제작 「폐허를 보다」는 자본이라는 괴물이 만들어 놓은 세상에서 살다 간 노동자들의 삶과 일생을 묘사한 작품이다. 그는 "내가 살아온 시간이 인간의 삶을 황폐하게 만드는 자본 권력에 대한 저항의 시간이었음을 봤다. 숨 가쁘게 달려오면서 습관처럼 행동했던 것들이 가슴으로 스며들며 짙은 아픔으로 온몸을 휘감았다."라고 술회한 바 있다.

'법당은 무사다'

글을 쓴 순간 눈이 번쩍 떠졌습니다. 꿈이었습니다. 유리창 밖이 시퍼렇게 살아나는 것을 보고 일어나 앉았습니다. 너무나 생생하게 남아 있는 꿈이 심상치 않았습니다. 벌떡 일어나 펜을 찾아 꿈이 달아나지 못하게 글로 적었습니다. '법당은 무사다'에 마침표를 딱 찍으면서 고개를 든 순간 느닷없이 창밖에서 까마귀가 '까악!' 비명을 질러댔습니다.[12]

차를 타고 만해마을을 빠져나오는데 삶과 죽음에 관한 생각들이 꼬리를 물었습니다. 1986년 3월, 신흥정밀 공장에서 파업 중에 분신한 동료 박영진이 죽음을 결단하고 일주일 전에 찾아왔습니다.

"형은 감상주의자야. 좋기도 하고 나쁘기도 하지."

그가 막걸리를 마시며 노래를 불렀습니다. 〈새〉라는 노래.[13]

그런데도 작가는 자신의 열악한 처지를 비관하는 데 머물지 않고 다시 노동 현장으로 '사회적 출가'를 감행한 것이다. 하지만 그가 느낀 노동 현장은 예나 지금이나 변한 것이 없이 "거대하게 펼쳐진 벌판에

---

12 이인휘, 『폐허를 보다』, 38면.

13 같은 책, 42면.

갇힌 교도소처럼 을씨년스러웠다." 그는 노동 현실을 기나긴 삶의 여정에서 열정과 냉정 사이를 빠져나와 깊은 내면의 성찰을 통해 노동 문학의 위상을 더한층 고조시킨다. 과거 노동 문학의 이분법적이고 감상주의적 성격에서 벗어나 노동에 대한 인간적 고뇌와 삶의 본질을 다시 캐묻고 있다. 「시인, 강이산」에서 박영진은 서노련 투쟁노선이 노동자의 갈등과 상황을 제대로 인식하지 않고 선도 투쟁을 주도한다는 이유로 서노련에서 탈퇴하게 되는데, 이러한 변화도 같은 맥락에서 이해될 수 있다. 정남영은 이 문제에 대해 "당시의 정치적 견해 중에는 파업 혹은 경제적 이익을 위한 투쟁에 시야를 국한하는 것을 경제주의 혹은 조합주의라는 이름으로 비판하는 경향이 있었다. (중략) 그러나 당을 매개로 한 정치투쟁 혹은 국가권력을 놓고 싸우는 투쟁이 경제투쟁 협소함의 대안으로서 무조건 제시되는 것은 문제다"[14]라고 지적한 바 있다. "경제주의 비판의 골자는 눈앞의 물질적 이익에만 급급하여 결국 자본주의의 틀을 인정하는 데 머문다는 것인데, 여기서 엥겔스가 지적하는 것은 오히려 파업 투쟁이 자본주의적 사회질서의 '중추신경을 겨냥'한다는 점이다. 감동적인 인간 형상의 구현과 투쟁에서 중추성의 빈틈없는 결합, 바로 이것이 파업 투쟁이라는 소재의 강점을 이룬다."[15] '시인, 강이산'에서 노동 열사 박영진은 상상적 인물이지만 박영근 시에 관한 작가의 해석과 노동 체험이 정교하게 교차하며 소설적 감동을 자아내는 데 부족함이 없는 인물로 형상화된다. "이미 내 안에서 혁명이니 노동 해방이니 정권 타도라는 말이 희미해

---

14 정남영, 「노동자 문학의 현재적 의미와 문학의 창조성」, 『실천문학』 1997년 여름호, 225면.
15 같은 글, 226면.

진 지 오래"[16]되었다고 고백하는 대목은 이러한 자기성찰을 내포하고 있다. 작가는 노동의 시간에 투영되어 변화된 세월 속에서 반성의 사유를 통해 인간과 노동이라는 주제에 대해 새롭게 고군분투하고 있다. 노동 문학으로서 이인휘 소설의 강점은 조정환이 말했듯이 대부분의 노동 문학 작품들이 작품 내의 인물들이 이상화된 나머지 작가 자신의 당파성을 제대로 반영하지 못한 데 비해, 작품 내의 전형적 인물들의 당파성이 작가 자신의 당파성과 일치하고 있다는 점이다. 다시 말해 노동 문학은 "사회주의가 역사의 객관적 진리라는 견해와 현실 역사에의 투영 이상이 아니었다"[17]는 점을 의미한다.

평론가들에 의해 리얼리즘 문학으로서 높은 문학적 성취를 이루었다고 평가되는 신경숙의 『외딴방』(문학동네 1999)이나 백무산의 『인간의 시간』(창비 1996)을 살펴보면 이러한 사회주의 정치적 이념의 표출이 아닌 지금까지 문학을 견지한 자신들의 이념이나 주장에 대한 반성의 성찰을 보인다는 점에 주목할 필요성이 있다. 그래서 일부는 광야의 길로, 혹은 경계의 길로 향하게 되었다. 일부 평자는 이들이 노동 문학의 정체성과 그 정신을 배반했다고 말할는지 모른다. 하지만 "노동자 중 일부가 신경숙과 백무산을 친구로서 받아들이기를 주저한다면 그것은 그들이 눈에 보이는 적들과 싸우지 않고 있다는 이유"[18]가 될 것이라는 말을 새겨들을 필요가 있다.

오늘날 노동 문학의 지향점이 사회주의로 환원을 시도하거나 인간

---

16 이인휘, 앞의 책, 153면.
17 조정환, 『실천문학』 2000년 봄호, 261면.
18 같은 책, 270면.

의 삶에 대한 자본의 지배에 맞서 '공장-노조-파업'이라는 소설적 구조를 유지하려 한다면 노동으로부터 해방을 꿈꾸는 노동 문학의 입지는 크게 약화하리라 판단된다. 자본주의 사회에서 노동은 생산수단에서 소외되며, 모든 영역에서 자본에 포섭되어 가는 현상이 현재의 노동에 대한 보편적 운명이 되고 있다. 최근 노동자들의 투쟁이 비단 작업 현장뿐만 아니라 다양한 행태로 전개되어 가는 양상에서 우리는 노동 문학의 소멸이 아닌 문학과 노동의 관계가 심화하여 가는 점을 볼 수 있다.

지금까지 우리는 노동 문학의 단절 혹은 애도에 대해 말해왔지만,[19] 노동 문학은 여전히 현재진행형이다. 오늘날 노동 문학의 새로운 모색은 사이버 문학과 동인 활동으로 그 맥이 이어져 오고 있다. 예를 들어 사이버 공간에서 활동하는 '해방글터'나 시민문학모임인 부천의 '민들레' 등은 열린 문학 공간을 지향하며 꾸준히 노동 문학을 굳건히 서게 하고 있다. 또한 '삶이 보이는 창', '일과시' 동인 활동을 보면 "각자가 선 자리에서 자기 고유의 진정성을 담은 노동 문학은 노동하는 사람에게 고통과 억압이 존재하는 한 유의미한 것이다."(김해자) 오늘날 노동 문학에서 노동자의 생활 체험이 그 자체로 소중하지만, 미학적 상상력을 높이려는 노력 또한 필요하다. 다시 말해 "인간의 다양하고 중층적인 삶에 얽힌 사회관계의 총체성을 드러내는 게 문학"(김해자)이기 때문이다.

---

19 유희석, 「87년체제를 애도하다」, 『창작과비평』 2016 겨울호, 67~75면.

노동 문학의 전망과 과제

그동안 노동 문학은 "90년대 이후의 기성 '문단'과 '지식인 문학' 측에 외면당하고 주변화"[20]됐지만 그 맥은 현재까지 이어지고 있다. 이인휘 소설은 그런 점에서 중요한 역할을 하고 있다. 이는 단순히 노동 문학의 전통적 맥을 계승하는 차원에 머물지 않고 흐르는 노동의 시간 속에서 80~90년대 노동 문학의 반성과 성찰을 통해 한층 고양된 문학적 성취를 보여준 데서 그 의의가 있다. 일반 노동 문학과 달리 작중 화자의 삶과 작가 자신의 삶이 일치되면서 작품이 이룩한 진정성을 통해 새로운 노동 문학의 장을 마련하였다. 특히 작품 속 주인공들의 삶이 과거의 당파성이나 사회주의 계급 이론에 매몰되지 않고, 인간적 고뇌와 내면적 갈등을 통해 인간 존재에 대한 반성의 성찰을 모색하는 점이 강점으로 주목받는다. 하지만 근작 『폐허를 보다』 역시 과거 노동운동과 인간관계에서 감상주의적 매너리즘이 노출되고 있는 점이나 이분법적 사고가 일부 드러나기도 한다.

노동 문학은 과거 80년대 '문학의 무기화'가 주류였다면 90년대는 작가로서 존재적·이념적 정체성이 환멸과 냉소, 권태 등 문학의 사적 영역의 확대로 그 의미가 훼손되었으며, "소재주의에 머무른 한계와 노동 문학이 노동운동의 위성이 되었다"(박영근)는 비판을 받게 되었다. 향후 노동 문학은 작품의 진정성뿐만 아니라 미학적 측면에 대한 고투와 함께 노동 문학의 자구적 혁신 노력을 게을리해서는 안 된다. 다시 말해 80년대에 관한 철저한 반성을 수반하지 못한 후일담 소설

---

20 천정환, 「그 많던 외치는 돌멩이들은 어디로 갔을까」, 『역사비평』 2014. 2., 202면.

류를 벗어나 90년대 내면 탐구와 80년대 유산의 변증법적 발전을 토대로 노동과 인간의 존엄함을 지향해야 한다. 다음 시는 그런 점에서 우리에게 많은 내용을 암시하고 있다.

숲속에서는 누구도/ 무엇이 되고자 하지 않는다/ 무엇이 되고자 하지 않는 것들이 모여/ 누구나 제 이름의 나무로 산다// 숲속에서는 아무도/무엇을 닮고자 하지 않는다/ 무엇을 닮고자 하지 않는 것들이 섞여/ 어떤 것은 곧고 또는 비틀린 채/ 제각각 잎과 꽃과 열매를 맺는다// 숲속에서 나는 한 그루 나무가 되어/ 상수리나무가 그러는 것처럼/ 마가목이 그러는 것처럼/ 나답게 살고자 할 뿐이다// 숲속에서는 나무마다/ 저를 닮은 나무가 되어 살아간 뒤에/ 상수리나무가 쪽동백이 되고/ 마가목이 산딸나무가 되기도 한다[21]

21 조기조, 「숲속에서」(『기름美人』 실천문학사 2005), 전문.

누가 우리를 먹여 살리는가

- 한상준 소설 『푸른농약사는 푸르다』

한꺼번에 죽인 소와 돼지 수십만 마리

닭과 오리 수백만 마리

구제역 침출수가 계곡으로 강으로 흘러들고 있다

식수원으로 흘러들고 있다

사람 마실 물에 짐승의 피눈물이 섞일 것이다

너희는 모두 이것을 받아 마셔라

이는 새롭고 영원한 계약을 맺는 내 피의 잔이니

- 이승하, 「최후의 만찬」 부분(『예수·폭력』, 문학들 2020)

지난 90년대 중반 '신토불이身土不二'라는 말이 회자하였을 때만 해도 그 말이 우루과이라운드 협상 타결에 따른 수입농산물 개방의 불가피성에 대항하여 우리 농산물을 보호나 사수하자는 운동쯤으로 이해했다. 오늘날 세계화 시대에 대한 부정적 견해들이 하나둘 속출하면서 반세계화 운동도 거세게 일고 있다. '로컬 푸드local food' 운동이 전개될 때도 그러한 캠페인이 단지 탄소 배출량 저감을 통한 대기오염 개선이나 지역주민의 경제적 편익을 고려하는 운동인 줄만 알았다.

작년 말 우리나라 접경지역의 축산 농가는 아프리카돼지열병(ASF)을 막느라 연일 구슬땀을 흘렸던 적이 있다. 일단 아프리카돼지열병으로 확진을 받게 되면 예방 차원에서 위험반경 지역 내의 모든 가축은 매몰 처분을 받게 된다. 농민들에게 자식 같은 짐승들을 하루아침에 매몰 처분한다는 것은 꿈속에서조차 생각할 수 없는 일이다. 이러한 농축산 농가의 현실 문제를 엄중하게 바라보며, 그 실태를 추궁한 작품이 있다.

한상준의 『푸른농약사는 푸르다』(작은숲 2019)는 오늘날 우리 농촌의 실태를 적나라하게 보여주는 소설이자 세계 농산물 시장을 지배하려는 글로벌 다국적 기업의 속내를 파헤친 역작이다. 그는 1994년 『삶, 사회 그리고 문학』에 「해리댁의 망제」를 발표하면서 작품활동을 시작하였고, 주요 작품집으로 『오래된 잉태』(온누리 2002), 『강진만』(온누리 2006) 등을 출간한 바 있다. 『오래된 잉태』는 징용으로 끌려 나간 아버지와 빨치산 아버지를 둔 씨 다른 자녀들의 실타래처럼 얽힌 인간관계에서 비롯된 업보 이야기이자 가족사 소설이며, 『강진만』은 1995년부터 2005년 동안 우루과이라운드 협상 타결과 WTO 출범으로 피폐화되어 간 우리 농촌 현실을 그린 연작 소설이다. 이러한 그의 현실 인식은 분단과 가족사를 넘어 이제는 아무도 주목하려 하지 않는 농업·농민의 삶에 밀착되어 있다. 지금까지 작가는 한눈팔지 않고 우직하리만큼 성실하게 농업·농민 문제를 자기만의 작품세계로 온전하게 일궈왔다.

농촌·농민문학과 관련하여 우리 문학계의 변화를 회고해 보면 "일찍이 농촌, 농민의 풍물과 애환을 잡풀 가시덤불처럼 치렁치렁한 만연체 문장과 해학적 방언으로 한량없이 풀어놓던 이문구는 운명 후 농민의 땅으로 돌아갔고, 순창농민회를 모델로 한 각성한 농민의 삶과 투쟁을 『들』이란 역작에서 치열하게 보여주던 윤정모도 이미 인류의 시원에 대한 탐구로 눈길을 돌려 버렸으며, 『모내기 블루스』 등으로 최근까지도 이문구를 이으리라 평가받던 젊은 김종광마저 침묵하고 있다. 물론 시 쪽에서도 『농무』라는 전무후무할 시집으로 한국시를 획기적으로 전복해 버린 신경림은 이제 당연히 보편적 사람의 노래를 하는 지경에 있고, 현실과 서정을 아주 부드럽게 아우르며 절창의 가락을 펼치던 김용택의 시에서는 현실이 서정에 묻힌 지 오래며, 주체적 농민의 의식으로부터 생태적 농업의 삶까지를 꿈꾸던 고재종도 인간의 근원적 부조리 문제로 돌아서 버린 지 오래인 것이다."(고재종 「강진만」, 발문) 게다가 영천에서 농사를 짓던 이중기 시인마저 농촌·농민을 소재로 한 작품을 더 쓰지 않고 있는 점이 현실이다.

이번에 출간한 3번째 소설집도 마찬가지다. 표제작인 「푸른농약사는 푸르다」는 GMO(유전자변형체) 농산물 씨앗 보급을 통한 전 세계 농산물 시장 지배를 노리는 다국적 기업 '파이어니어 하이브레드', '몬산토' 등을 연상케 한다. 이들 기업은 토착 재래농산물품종을 멸절시키고 자기네 회사에서 개발한 신품종 즉 병충해에 강하고 다수확 품종인 씨앗을 개량하여 전 세계 농민들에게 보급하려 한다. 문제는 거기서 그치고 있지 않고 이들 품종 때문에 다음 해에는 수확량이 대폭 감소하거나 발아가 되지 않아 한 해 농사를 망치게 한다는 데 있다.

터미네이터 처리된 씨앗이란 그해에 소출된 농산물로 그칠 뿐, 그 씨앗으로는 다음 해에 파종한들 잎이 나오지 않거나 이파리를 틔웠다 하더라도 열매를 맺지 않는 유전자 조작을 한 한해살이 씨앗을 이른다. 특히, 국내 굴지의 종묘사들이 IMF를 겪으며 다국적 기업으로 대부분 넘어간 이후 일반화되어 있는 상황이었다.(58면)

그란디 이참에, 싹이 나오지 않는다고 여그저그서 전화를 받고 밭에 직접 가 보고서야 느낀 건 정말 참혹스러웠지라, 여그 계시는 두 분 사장님 밭에도 두 분 몰르게 가 봤는디 거그서 지가 비참하게 느낀 게 머시냐먼 아무리, 자연농법으로 극복혈 수 있다고 허드라도 언필칭, 다국적 기업의 손에 좋은 종자가 사라지고 말 것이라는 살 떨리는 전망이었지라.(62면)

그리하여 자연농법으로 친환경 유기농을 고집하려는 이들도 있으나 대부분 관官에서 권장한 다수확 품종으로 심는 게 우리네 농민들의 일반적 특징이다. 어쩜 그들은 일방적인 관의 속임수에 꼼짝없이 당하고서 어디에 그 피해를 하소연하기도 어려운 사람이다. 이 소설의 백미는 무너져 가는 농촌 현실에 대해 단순한 고발 차원에 머물지 않고 농민들의 자각과 단결을 통해 이에 맞서 대항하며, 대안적 농법을 찾으려는 과정을 뚝심 있게 묘사하는 데 있다.

> 그리서 지는 인자, 토종농법을 지키는 '흙살림'허고 연계히서 토종 씨앗을 보존허는 운동을 여그 농약상을 거점으로다 펴봐야겄다고 맘을 도졌고만이라. 박 사장님 허고도 전래농법에 대히서 연결점을 찾을 수 있을 거시라 여기고만요.
> 긍게, 자네 같은 젊은 사람들이 여그 흙에서, 여그 농촌에서 살어야만 하는 명백한 이유를 참말로 중허게 각인허것네, 그 랴.(63면)

그런데 더욱 심각한 문제는 유전자변형농산물 종자를 개발하는 다국적 기업들이 저개발국가나 우리나라처럼 농업생산 기반이 약한 농촌에 파고들어 농민의 삶을 송두리째 밑바탕부터 앗아가려는 데 있다. 다시 말해 토종 씨앗이 사라지고 나면 대부분 농민은 다국적 기업의 유전자변형 종자에 의존해야 하는 경제적 예속을 뒷감당조차 할 수 없는 형편이다. 그리하여 농촌의 삶은 더욱 피폐화되고 급기야 농촌을 떠나는 농민들의 땅을 사들인 기업적 농업회사가 우리 농촌을 장악하고 말게 될 것이다. 가령 「석포리 서촌마을」을 살펴보면 농민들을 대상으로 마을에서 농업에 관한 선전영화를 보여주는데, 주인공 나의 대화를 살펴보자.

금방 본, 〈식량의 미래〉는 캐나다라고 허는 그러니께, 미국 바로 우에 있는 나라이서 진짜로 있었던 경우를 기록헌 영환디요. 줄거리를 요약헐 짝시먼 이장님과 마을 개발으원이신 곽 자 어르신께서 말씸하신 대로다, 이겁니다. 물론, 몬센토라고 허는 머시냐, 유전자 변형 농산물 종자를 생산허는 회사이서 우리 농촌까장 처들어와서 재판을 걸고 그러코롬은 안즉까지는 안 허고 있기는 허지라.(69면)

사실 이 문제와 관련된 유명한 일례로서 유전자변형 기술로 조작한 꽃가루가 공기 중에 떠돌다 다른 지역에 들어가 야기된 소유권 분쟁이 있다. "서양 평지(rape)를 재배하는 캐나다의 농장주 퍼시 슈미저 Percy Schmeiser를 상대로 몬산토가 제기한 소송이다. 1998년 몬산토의 탐정들은 슈미저의 종자들에서 자사의 변형 유전자가 지닌 특성들이 발견되었다고 주장했다. 그들은 슈미저가 그 씨앗을 불법적으로 조달했으며, 어쩌면 몬산토 소유의 창고에서 훔친 것일지도 모른다면서 그를 고소해 법정에 세웠다."[1] 그 결과 법원은 몬산토의 손을 들어 준 바 있다. 하지만 2004년 최종심에서 슈미저에 대해 패소로 판결했지만 몬산토에 대한 배상은 인정되지 않았다.

이와 연관된 작품으로 「그의 블로그」가 있는데, 이 작품은 시골 토종 씨앗을 수집하러 현장에 나온 한 종묘사 중견간부인 권 부장과 계약직인 나가 주인공으로 등장하는 단편소설이다. 권 부장은 멸종 상태에 이른 토종 씨앗을 채집하여 납품함으로써 인사고과와 보너스를

---

1 에르빈 바겐호퍼·막스 아나스(정재경 옮김), 『식탁 위의 불량식품』, 현실문화, 52면.

받을 요량으로 고향인 시골에 내려오게 되었는데, 임시직인 나를 소외시키고 오롯이 모든 씨앗을 자신이 모두 납품한 것으로 만들어 나와 갈등을 빚게 된다. 씨앗을 채집하는 명분은 우리 씨앗을 보존, 전시하기 위한 씨앗 은행의 채집이라 말한다. 그러나 실상은 그 종묘사가 자본주의 체제를 더욱 강화하는 초국적 농산물복합체의 한국 내 자회사라는 데 문제가 있다. 나중에 주인공 나는 권 부장의 블로그에 올라온 글을 보며, 권 부장의 심경 변화를 보게 된다.

> 나는 그가 최근에 써놓은 글과 댓글을 읽고 멍해지는 기분을 느꼈다. 그의 글 말미에 이렇게 씌어 있었다.
>
> '…노인들의 사라짐… 농촌의 사라짐… 씨앗의 사라짐이 동질의 문제다.'
>
> 컴퓨터에서 눈을 떼고 내가 그를 쳐다보자, 그가 목을 쓰윽 자르는 시늉을 했다. 그리고는, 엄지손가락을 쥐어 아래로 여러 차례 내리꽂았다. 짤렸거나, 승진을 포기했다는 의미였다. 여기서 살겠다는 내심을 드러낸 것 같기도 했다.
>
> "고향에 내려와 사는 동안 내 땅, 내 산천 같은 노인네들 보믄서 얼마나 아프던지... 안 올라가기로 했다, 흠흠."(127면)

앞서 말했듯이 이 작품에서 작가는 농작물뿐만이 아니라 축산물의 생산·유통에 대해 예리한 비판을 가하고 있다. 오늘날 가금류와 관련된 구제역이나 AI avian influenza 발병은 축산 농가의 기반을 뿌리째 흔들며 영세 축산 농가를 도탄에 빠지게 하고 있다. 이는 가축 전염병의 확산을 막고자 일정한 반경 내의 멀쩡한 가금류까지 도살하는 농업 당국의 행정 편의적 발상과 동물보호에 대한 인식 부족에서 비롯된다. 「차미례의 AI 보고서」를 살펴보면 작품 내 소단락으로서 '1820 → 2258 → 2610 등'과 같은 이색적인 숫자들이 등장한다. 이는 조류인플루엔자로 살처분되는 가금류의 숫자를 암시하고 있다.

> 동물복지농장은 아니지만, 배터리 케이지를 사용하지 않는 아빠 농장을 떠올리며 현장 상황을 들먹였다. 사실, 늑장 대응이었다. 일시 이동중지 명령이 떨어진 건 AI 발병 2주가 지난 뒤였다. 가금류 판매업 등록을 한 차량은 반드시 GPS를 장착하고 실행하며 이동하게 되어 있다. 그런데, 지켜지지 않은 편이었다. GPS마저 끄고 이동한 판매업자를 방역 당국은 고발 조치할 거라고 했다. 하지만 단속은 역시 느슨했다. 양성 판정이 나지 않았는데도 AI 발생 3㎞ 이내에 양계장이 소재해 있다고 무조건 예방처분한다니까, 보란 듯이 스탠드스틸을 안 지키는 농민이 없지 않았다.
> "위기 단위를 높이지 않고 예찰만으로 10㎞ 내에서는 처분할 수 있다잖아."
> "예상된다는 예측만으로 예방처분한다는 건, 말이 안 돼. 규정 이전의 문제야, 이건."(189면)

여기서 살아있는 생명체에 대한 생명주의 사상이나 동물보호 인식이라곤 털끝만치도 없다. 대를 위해서 소를 희생시키는 그야말로 약육강식의 자본주의 논리가 숨어 있다. 가금류를 산 채로 부대에 담아 생매장하는 장면은 과거 인간의 역사에서 제노사이드를 연상하기에 부족함이 없다. 그래서 작중 화자는 이렇게 말한다. "비인간 동물 아우슈비츠야, 여긴."

여기엔 인간이 가금류를 공장 방식으로 기르는 데 문제가 있다는 걸 비판한다. 몹시 비좁은 케이지에서 사육되는 가금류는 동물로서 보호되어야 하는 최소한의 규정마저 적용받지 못하고 있다. 한 저서에 의하면 가금류 중 병아리의 경우 인공부화된 지 양계장에서 머무는 기간은 고작 6주라고 한다. 6주가 지나면 새로운 병아리들이 들어오고 6주가 지난 병아리는 중닭이 되어 시장에 내다 팔리게 된다. 양계업자들에게 병아리란 노란 상품에 불과할 뿐이라고 한다.

이 작품의 핵심은 단순히 AI 발병에 직면한 가금류 농장주의 실상을 알리는 데 머물지 않고, 피해 농가 가족들이 조직적으로 단결하여 살처분 반대 투쟁을 벌여 여론을 환기하려는 데 있다. 농장주 딸인 차미례는 수의사인 오빠네 부부의 도움을 받아 수의獸醫 윤리 문제를 일반 대중에게 중점적으로 부각하려 한다. 그녀는 그 목적으로 동물권 행동 '카라' 활동에 참여하고 있다. 작가는 대중과 연대하여 우리 사회의 여러 문제를 스스로 해결하려고 노력하거나 대안을 찾는 데서 삶의 의미나 가치를 찾고자 한다. 교육 현장의 오랜 활동가로서 사회적 현실에 대한 비판과 대안을 균형적으로 찾는 작가의 시선이 미쁘다.

한편 오늘날 농촌 현실은 심각한 성비 불균형과 청년 인구감소로 혼인 적령기에 달한 농촌 남자들의 결혼문제가 심각한 사회문제로 대두되고 있다. 그 결과 국제결혼에 의한 외국인 여성의 농촌 유입이 중

가하는 추세이며 '다문화 가정'이란 말이 더는 어색하지 않은 채 우리 사회에 자리 잡고 있다. 이러한 세태 속에서 잉태된 작품이 「응엔 티 투이」다. 이 작품은 이주여성들의 문제를 다룬 여느 소설과 달리 소설 속 주인공들이 겪는 갈등 원인을 문화적 차이나 상대방과 심한 나이 차, 고부간 갈등에서 찾지 않고 토종 씨앗과 부부관계의 연관성에서 속에서 찾고자 한다.

남편이 잠자리를 피하는 이유를 그의 인터넷 글에서 주인공 응엔 티 투이는 찾아내고 있다.

> 국제결혼에 의한 이주여성과의 사이에서 태어난 아이는 토종 씨앗의 관점에선 결국 외래종으로 혹은 더 나아가 GMO로 인식하고 있는 게 현재 한국의 민낯이 아닙니까?(152면)

과거 70년대 이촌향도 현상에 나타난 농촌 인구이동의 원인이 경제적 요인이었듯이, 오늘날 외국인 여성의 국제결혼도 친정 집안을 돕거나 코리안 드림의 환상을 꿈꾸는 경제적 요인이 주된 이주 원인이다. 하지만 이 작품에서 다문화 가정의 부부 간 갈등을 씨앗 문제와 부부관계에서 살피는 내용은 참신하다 못해 작위적인 느낌이 든다. 이는 작가가 말했듯이 두 번째 소설집 이후 농업·농민 소설로만 소설집을 내려다보니 소재상의 어려움도 없지 않으리라 판단되지만, 우리나라 이주여성의 전형성을 확보하며 삶의 실체를 잘 형상화했는가, 하는 문제에서 벗어나지 못한 느낌을 준다.

한상준의 작품에서 농촌의 희망적인 면을 볼 수 있다면, 단연 「내

아내 황주경」을 꼽을 수 있다. 오늘날 언론 보도를 통해 회자하고 있는 '농민 수당 도입 문제'나 '농민 기본소득제' 등 사회복지 문제를 이 작품에서 본격적으로 다루고 있는 점을 발견할 수 있다. 그뿐만 아니라 지인들 간의 농민회 연수 활동이나 귀농인 이야기도 나오는데, 여기서 회원들 간의 공동체 의식이 발아되는 과정을 엿볼 수 있다.

> "자기네덜 살고 있넌 마을 노인 분덜 모습을 그레 가지고, 그 걸 전시혀서 마을 분들과 항꾸네 잔치를 벌리는 화가도 있고 '우리 마을의 사계'라고 해서 자연부락 단위 마을마다 철따라 따른 풍경을 찍어서 전시허는 사진작가도 있잖네. 국립극단 출신 귀농자는 극단 '마을'을 맹글어 갔고 문화예술회관이서 매년 정기 공연도 허고. 글고 농민회원이기도 헌 최귀식 씨는 '섬진강은어학교'를 열어서 인문학 강좌럴 개설허고 각종 취미교실을 여는 등등 다양한 활동을 허기도 허고. 이런 활동들은 그들 아니면 혀낼 수가 없는 거여. 농사를 짓고 안 짓고넌 중요한 거시 아니라고 보제."(158~159면)

엄밀히 말하자면 귀농인이 아닌 귀촌인 이야기다. 그래서 처음에는 농촌문제에 탐탁하지 않게 봤던 주인공 주경도 서서히 심경 변화를 일으키면서 마침내 서울에서 1인 시위까지 나서게 된다. 이러한 모습에서 쇠퇴해 가는 우리 농촌에 희망을 불어넣을 '오래된 미래'를 발견하게 된다.

이 작품집을 대하며 몇 가지 아쉬운 점은 먼저, 이러한 농촌문제를 환경 윤리적 관점에서 한 차원 새롭게 조명하지 못한 점이다. 농업이야말로 역설적으로 가장 반환경적인 산업이다. 농지 개간 과정에서 삼림이 파괴당하고, 과다한 비료·농약 사용으로 하천수가 오염되고 산성화되어 가는 토양 문제와 관개농업에 의한 지하수 고갈과 농업용수 부족 문제 그리고 폐비닐 플라스틱 농약병 같은 농촌 쓰레기 문제 등 여러 가지 환경문제들이 우리 농촌에 산재하여 있다. 농민수당 도입 문제나 농업 위기 등 대외적 문제도 중요하지만, 실제 농촌에서 농사를 지으면서 환경문제에 대해 농민들이 어떻게 인식하며, 자연생태계에 어떤 영향을 끼치고 있는지 진지한 성찰이 필요하다. 특히 농촌에서 발생하는 쓰레기 문제를 농민들이 어떻게 해결하며, 폐비닐이나 농약병 등을 어떻게 처리하는지 일상생활 속 농민들의 모습이 이 작품집에서 뚜렷하게 드러나지 않는다. 따라서 이러한 문제에 대해 진지하게 눈길 한번 주지 않고 농촌문제를 얘기한다는 것은 탁상공론 같은 공허한 메아리가 될 수도 있다.

다음으로, 소재의 공간적 외연을 더 확대할 필요가 있다. 귀촌·귀농·귀어와 관련된 농어촌의 최근 변화된 경제 모습과 글로벌 다국적 기업에 맞서며 농어업 분야에서 새 삶을 개척하고자 노력하는 젊은 농어촌후계자의 사례도 새로운 시각에서 발굴할 필요가 있다. 오늘날 농촌문제는 곧 어촌문제이기도 하다. 삼면이 바다로 둘러싸인 우리나라 자연환경을 고려한다면 농촌문제뿐만 아니라 어촌문제도 마땅히 다뤄야 할 소재라는 데 대해선 이론의 여지가 없을 것이다. 도시화와 산업화에 맞서 싸우는 최후의 보루로서 우리나라 농어촌현실에 대한 균형감 있는 작가의 관심이 요구된다.

마지막으로, 무너져 가는 농촌공동체와 농촌의 역사·문화를 회복하려는 주체 의식과 그 과정에 대한 면밀한 검토가 부족하다는 점이다. 농촌까지 침투한 노래방 문화나 단란주점에 관한 비판적 시각이 가끔 눈에 띄긴 하지만, 오늘날 지자체에서 실시되고 있는 협동조합으로서 '마을기업'이나 지역의 역사·문화적 자산을 활용한 '지속 가능한 관광' 이야기는 찾아보기 힘들다. 지역민의 경제적 편익과 소득증대에 관한 관심도 작품 속에 다채롭게 반영되었으면, 하는 바람이다.

그런데도 작품집 전편에 이르는 내용은 우리나라 어느 농촌 지역을 막론하고 인구감소와 고령화 문제로 어려움을 겪고 있는 농촌 현실에 대해 날 선 비판을 하는 점이다. 일회성 시각에서 바라보지 않고 농촌 실상에 대한 적나라한 고발과 집요한 추궁, 바람직한 대안 모색을 통해 농민들과 함께 연대하며 농업 당국과 기업 회사에 맞서 싸우는 이야기이다. 그러므로 농촌·농업·농민의 위상과 실체를 제대로 자리매김하고자 한 작가의 노력은 높이 평가할 만하다. 오늘날 사방을 둘러봐도 농업·농민을 소재로 작품을 쓰는 작가들이 보기 드문 현실에서 작가의 고군분투에 박수와 격려를 보내고 싶다.

의로운 삶에 드리운 문학의 결

- 윤영근론

역사적 인물의 소설화와 그 의미

윤영근 선생의 작품을 자세히 들여다보면 의로운 인간들의 삶이 배어 있다. 그런데 그 인물들은 세간에 잘 알려진 명사名士로부터 우리가 잘 알지 못하는 민서民庶에 이르기까지 다양한 주인공들을 내포하고 있다. 하기야 어디 소설이 인간의 삶에 관한 이야기가 아닌 것이 있겠는가, 마는 선생은 세상 속에서 이러한 인물들의 단순한 일화가 아닌 인간이 속한 집단이나 국가와 관련된 군상들의 이야기를 펼쳐나간다. 즉 인물들을 다루되 사회적 관점에서 인간과 지역 공간 간의 공진화를 지향하며, 인간의 근원적인 삶의 의미와 본질에 대해 질문을 던진다. 따라서 선생의 작품 중에서 유자광, 윤봉길, 임철호, 용선 스님 등 많은 역사적 인물이 등장하고 있는 것이 어쩌면 당연한 일인지 모른다. 나아가 선생은 소설가 최원식 선생과 함께 『남원 항일운동사』 (2019 증보판)를 발간할 정도로 남원 지역에서 활동한 의병이나 독립지사들에 관한 관심이 지대하였다.

지역에서 문학 활동을 한다는 것은 오늘날 문학인들에게 어떤 의미가 있는가? 단순히 향리에 은거하며 이름 없이 기약 없이 작품을 쓰는 것은 아니라고 본다. 지역을 바라보는 글쓴이 자신의 관점이 화두다.[1] 문학인 자신과 관계 맺고 있는 가족에서 시작하여 단체, 사회 그리고 지역에 대해 밝히 알고자 함이 글지(작가)로서 당연지사일 것이다.[2] 그러한 자들의 글 쓰는 태도는 "하루라도 일을 하지 않으면 먹지도 말라"(『아름다운 삶』232면)는 지행합일의 실천적 노력에 맞닿아 있어야 한다. 따라서 문인이라면 먼저 지역의 역사와 인물에 대해 깊이 궁구하며, 의로운 삶을 살다 가신 분들에게 존경과 흠모의 정을 표현하는 것이 글 쓰는 자로서 도리가 아닐까, 생각한다.

무지에서 깨달음, 대각大覺은 비단 종교인들에게만 해당하는 말이 아니라 문학인들에게도 꼭 필요한 말이다. 깨달음은 가르침에서 나온다. 그래서 선각자들은 학문이나 배움을 자신의 알음알이로서 만족

---

1   동서양을 막론하고 자신이 나고 성장한 지역을 중심으로 작품활동을 한 문인들이 있겠지만, 대표적인 소설가로 프랑스의 알퐁스 도데를 들 수 있다. 그는 파리를 중심으로 한 중앙문단에 기웃거리지 않고, 남불 프로방스 지방의 자연환경과 그곳에 사는 지역민들을 대상으로 전원생활에 관한 지역색 있는 많은 작품을 써왔다(졸고 「알퐁스 도데의 작품에 나타난 프랑스의 지역적 특색」, 『텃밭』(22), 2019, 200~209면 참조).

2   지역 문학에 관해 허정은 지역 문학을 '지역 현실 속에서 획득된 지역적 시선'으로 형상화된 문학으로 범주화하며, 지역 문학은 한국 일반의 문제로는 환원할 수 없는 지역의 문제에서 출발해야 한다고 주장한 바 있다(허정, 「지역 문학비평과 지역의 가능성」, 『오늘의 문예비평』, 2008.5. 119면). 그러한 점에서 볼 때, 윤영근 선생의 작품은 지역적 특색과 정서, 지역민의 정체성을 잘 드러내고 있다고 여겨진다.

하지 않고, 야학과 독서회를 통해 배움의 기회를 얻지 못한 자들과 나누고자 했다. 윤봉길 의사나 임철호 선생이 그러하였고, 훗날 1980년대에는 윤상원, 박관현, 박용준 열사들이 그 뒤를 이었다. 이들은 민중을 계몽하고 자각하게 하여 그들 스스로 나라와 민족을 위해 가야 할 길을 깨닫게 하였다. "우리가 공부를 하는 것은 먼저 자신과 자신의 가족을 위하는 일이구만유. 그러나 그보다 중요한 것은 내가 한 공부가 나보다는 오히려 남을 위해 쓰일 수 있다는 희망입니다유."(『의열 윤봉길 上』181~182면) 민중들이 글을 배우는 것은 단지 문맹을 퇴치하자는 수준이 아니라 그 기저에는 민족의 자각적 깨달음을 얻기 위함이라는 것을 알 수 있다. 일제강점기의 지사들은 조국 독립을 염원하며 투옥과 고문도 감수하고, 꿈에서도 대한 독립을 위해 싸웠다. 후대들은 그 정신을 이어받아 이 땅의 민주화와 차별 없는 평등사회를 위해 한목숨 바치는 것을 주저하지 않았다.

용성 스님의 일대기를 소설화한 『아름다운 삶』에서 스님이 태어날 때 집 안팎에 상서로운 기운이 충만함을 보고 한 승려가 찾아오는 대목이 나오는데, 우리나라 위인들의 출생 시에 이러한 사례들을 흔히 찾아볼 수 있다. 가령 순조 24년(1824) 경주 현곡면 가정리에서 출생한 수운 선생도 태어나실 때 하늘의 기운이 맑고 깨끗했고, 해와 달이 유난히 빛났으며, 상서로운 구름이 산실을 휘감았다고 표현한다(김용옥, 『동경대전 1』, 통나무 2021, 90면 참조). 이는 작중인물을 성화聖化하기 위한 글지의 의도적 설정으로 편협하게 해석해서는 안 된다. 예수 탄생 시 하늘의 별을 보고서 찾아온 동방박사 경우처럼 우주의 역사에서 한 획을 그을 만한 매우 훌륭한 인물들이 태어날 때, 자연현상에서 감지되는 일종의 징표라고 풀이할 수 있다.

> 그때 문득 자신의 몸을 빌려 태어나겠다던 환성 지안조사가
> 손씨 부인의 머리 속을 스쳐갔다.
> "스님, 한 가지 여쭐 말씀이 있는데, 잠시 안으로 드시겠습니
> 까? 아직 점심 공양도 안 드셨지요?"
> "나무아미타불 관세음보살. 고맙습니다. 보살님, 안 그래도 집
> 안팎에 상서로운 기운이 넘치고 있어 소승이 여쭈어보려던 참입
> 니다."
> 노스님이 망설임도 없이 손씨 부인을 따라 안으로 들어왔다.
> 노스님을 사랑방에 모신 백남현 공과 손씨 부인이 태몽 이야
> 기를 들려주었다.(『아름다운 삶』18면)**3**

다소 새롭지 못해 보이는 내용이지만, 용성 진종조사는 한국불교의 법통을 수호하고 이 땅에서 왜색불교를 몰아내고자 했던 유명한 승려이다. 기미년 3·1 독립운동 당시 만해 한용운 선생과 함께 불교계를 대표해서 민족 대표 33인으로 참가하여 독립 만세운동을 주도했으며, 국호를 대한민국으로 국기를 태극기로 주창하신 분이 바로 용성 스님이다. 용성 진종조사의 독립자금 모금 활동은 남원 운봉의 임 씨 문중과 인연이 깊다. 선생의 소설 『철생 임철호』에 나오는 인물이 바로 운봉 임씨 가문의 독립운동가이다. 부언하자면 『아름다운 삶』은 한

---

3   작품 내에서 맞춤법 표기나 띄어쓰기 등 일부 오류를 발견할 수 있으나, 여기서는 원문 그대로 인용하였음을 밝혀 둔다(이하 다른 인용 작품도 마찬가지임).

승려의 거룩한 종교적 삶에 헌정한 소설이지만, 그 기저에는 독립운동에 헌신한 애국지사로 일생을 바친 숭고한 삶에 대한 존경과 흠모의 정이 배인 작품이다.

"임공의 말씀이 모두 옳습니다. 지금 조선에는 중 다운 중이 없습니다. 어쩌면 왜놈들의 침략은 종교로부터 비롯되었다고 볼 수 있겠지요."

"종교 침략이라니요?"

"그것도 불교계를 타락시키는 것이 가장 큰 목적이었는지도 모르지요. 임 공은 아시겠지만, 이 땅의 대다수 중생을 지배한 것은 부처님의 불법이었습니다. 나라가 외침을 당했다든지, 위기에 처하면 누구보다 먼저 승병을 조직하여 외적을 물리치는 데 앞장을 섰습니다. 그러니 왜놈들 처지에서는 이 땅의 불교계가 눈에 가시처럼 보이지 않았겠습니까?"

"그렇다면 왜놈들이 처자식을 거느리고 술과 고기를 마음대로 먹는 왜색불교를 들여온 것이 우리 스님들을 타락시키기 위해서라는 말씀입니까?"

"어찌 왜놈들을 탓할 수 있겠습니까? 거기에 부화뇌동한 어리석은 승려들이 문제지요."(『아름다운 삶』 153면)

하지만 선생이 작품에서 다루는 역사적 인물들은 때론 상서롭고 신비로운 분위기로 묘사되기도 하지만, 그들의 뛰어난 인품이나 비범함만을 강조하지는 않는다. 일반적인 평전과 달리 소설이라는 형식을 취함으로써 작중 인물들의 따뜻한 인간미와 내면적 갈등까지 그려내고자 한다. 이는 심오한 주제 전달에 오롯이 천착함으로써 자칫 경직되기 쉬운 소설의 내용에 활기를 불어넣는 소임을 다한다.

윤영근 선생은 파평 윤씨로서 윤봉길 의사와 같은 종인宗人이며, 집안이 대대로 한의사이자 유학자로 이름 있는 가문이다. 우리나라 소설가 중에서 유명한 독립지사 후손으로 잘 알려지지 않은 분 중의 한 사람을 꼽으라면 소설가 김성동을 들 수 있다. 그의 증조부 김창규 지사는 국권피탈 때 나라 잃은 설움으로 자결한 분이고, 김성동의 부친 김봉한은 사회주의 독립운동가로서 해방을 맞이하고 6·25전쟁 직후에 좌익활동을 하였다는 이유로 처형당하면서 온 집안을 풍비박산이 나게 한다. 그리하여 김성동은 유년 시절 조부의 가르침과 영향을 받고 자랐다. 같은 충청도 출신 소설가 이문구 선생 역시 부친의 사회주의 활동으로 큰 고통을 겪었으며, 어려서부터 조부의 가르침을 받으며 성장했다. 이렇듯 글지 중에는 선대들의 행적으로 비록 자신들은 고통과 사회적 불이익을 받았지만, 선대 가문 사람들의 숭고한 나라 사랑과 애민 정신으로 후대에 그들이 모든 이에게 본보기가 되고 존경받는 사람들이었다는 점에서 대단한 자긍심을 갖게 되었다.

시간을 거슬러 좀 더 윗대로 올라가면 조선시대 열전列傳의 이야기가 등장한다. 『유자광전』(2014)은 세종 21년(1439)에 남원 고죽동(누른대)에서 얼자孽子로 태어나 파란만장한 생을 살았던 무령군 유자광의 삶을 재조명하는 역사소설이다. 그동안 유자광을 간신으로 묘사했던 조선 시대 남곤의 『유자광전』을 바로잡고자 당차게 쓴 역사소설이다.

유자광은 연산군 시대 무오사화와 갑자사화에서 중심적 인물이긴 하지만, 저자는 이 두 사화가 유자광의 모함으로 야기된 사건이 아니라고 본다. 따라서 글지는 유자광의 오명을 벗기고 그 삶의 의미를 현대적 시각에서 새롭게 재해석하고자 한다.

> 간간한 사람들의 눈에는 하는 일도 없이 녹을 받고 작은 공을 세웠다고 하여 내려 준 은전으로 흥청망청 살아가는 훈구대신들이 눈에가시였다. 그런 줄을 알고 가만히나 있으면 좋겠는데, 연륜을 내세워 젊은 사람들이 하는 일에는 또 사사건건 시비를 붙고 나오는 것이었다.
> "워낙 똑똑한 사람들이 아니요? 상감께서도 사람들을 아끼고 있지 않소? 요즘에는 조정의 경연에서도 사람들의 의견을 윤허하는 경우가 대부분이 아니요."
> 자광의 말에 이극돈이 벌레씹은 상이 되었다.
> "상감은 훈구대신들을 두려워하고 있는 것이 분명합니다. 이러다가는 사람들의 등쌀과 상감의 편애로 인하여 훈구대신들은 조정에서 모조리 물러나야 할 일이 생길지도 모르는 일이요."
> "그렇다고 어떻게 하겠소이까? 자중하고 자애하여 상감의 눈밖에 나지 않아야지요."
> 자광은 이극돈의 말에 동조하고 싶지 않았다.(『유자광전』 225면)

훈구파와 사림파가 대립하는 과정에서 유자광은 때에 따라 저들의 합종연횡 대상이었다가 저들의 힘이 다시 강해지면 토사구팽당하는 인물이기도 했다. 하지만 저자는 작은 의리일지라도 신의를 지키고자 하는 유자광의 인물됨을 강조하고 있다. 오늘날 정치인들이 사소한 이해관계나 당리당략에 따라 철새처럼 행동하는 것에 비하면, 유자광은 자신이 모함받아 관직을 박탈당하거나 유배될 수밖에 없는 상황이라는 점을 잘 알면서도 사람들 관계의 의리를 지키고자 하는 인간적인 면을 작품 곳곳에서 보여준다. 또한, 글지가 수많은 역사적 인물 중에서 유자광을 선택한 것도 그의 사상에 나타난 인간 평등관에서 기인한다고 볼 수 있다. 조선 시대 때 적서의 구별과 반상의 차별이 심했는데, 당시 상황으로 유자광의 관직 진출은 이런 신분 제약을 뛰어넘는 파격적이요, 자신의 불우한 처지에 굴하지 않고 스스로 앞길을 개척해 나가려는 진취적인 도전이었기에 저자는 그러한 인물의 기백을 좀 더 부각하려고 하지 않았나 생각된다. 소설『유자광전』에서 유자광의 부친이나 형이 그들만이 있을 때 호부·호형呼父·呼兄을 허락하는 것으로 묘사되고 있는 것도 눈여겨볼 대목이다. 이러한 인간 평등관과 관련된 사유체계는 훗날 동학 정신에 잘 구현된다.[4]

---

4 해월이 대중에게 한 설법에서 이러한 사상을 발견할 수 있다.
　我國之內, 有兩大弊風。一則, 嫡庶之別; 次卽, 班常之別。嫡庶之別, 亡家之本; 班常之別, 亡國之本。此是國內痼疾也。
　우리나라 안에 두 가지 큰 폐풍이 있다. 그 하나는 적서의 구별이요, 또 하나는 반상의 차별이다. 적서의 구별은 집안을 망치는 근본이요, 양반 쌍놈의 차별은 나라를 망치는 근본이다. 이것이야말로 우리나라의 고질이니라.(김용옥,『동경대전 1』, 통나무 2021, 74면)

남원 지역 고전소설과 판소리의 현대소설화

윤영근 선생의 작품 중 고전소설을 현대적 감각으로 평설한 소설로는 『춘향전』(1997), 『흥부전』(2001), 『만복사저포기』(2013), 『최척전』(2013), 『홍도전』(2021) 등을 들 수 있다. 대개가 전라도 남원지방을 중심으로 전승된 작품으로 지역 고전소설의 고장으로서 자부심을 표방한 수작이라고 볼 수 있다. 또한 『동편제』(1993)나 『각설이의 노래』(2018) 등은 우리 판소리나 타령, 민요 등을 소재로 지역 특색을 살려 소리꾼 예인들의 삶을 조명한 작품으로서 주제나 작품성이 매우 빼어난 작품들이다.

이 중에서 『홍도전』은 『춘향전』과 함께 남원 5대 고전소설의 하나로서 모두 남원 사람 이야기며 남원 정신이 잘 드러나 있다. 이러한 지역 특색에서 서울 중심의 중앙문학과 대척점에 서며, 지역을 통해 세계를 향하고자 하는 문학 정신의 참모습을 엿볼 수 있다. 그 내용은 온갖 고난을 이겨낸 하늘도 감동할 만한 숭고한 사랑을 담고 있다. 평소 통소를 잘 부는 정생이 홍도에서 이를 가르쳐주며 그녀 역시 통소를 매우 잘 불게 된다. 훗날 남만 해적에게 그녀가 납치되었을 때도 이들 내외는 통소 소리로써 먼바다에서도 각자의 생사를 구별할 수 있게 된다. 이러한 사랑이야말로 남원 정신의 정수이자 핵심이다.

　　"서방님께서 정성으로 만들어 주신 통소입니다. 세상에서 가
　장 아름다운 소리를 내는 통소이지요. 이걸 불면 하늘을 날아가
　던 새도 잠시 멈추어 노래를 부르고, 사나운 호랑이도 이빨을 감

추지요. 젖 달라고 울던 아이도 울음을 그치고 방실방실 웃지요.
사람을 웃게 할 수도 있고 울게 할 수도 있지요."(『홍도전』 145면)

"이걸로 확인하면 됩니다."

"퉁소로?"

"예, 대인 어른. 제가 퉁소로 남원별곡을 불겠습니다. 밤이라
퉁소 소리가 멀리 가니, 제 아내가 저 배 안에 있다면 틀림없이
호응을 해올 것입니다."

"네 말이 그럴듯하구나. 어서 불어 보거라."

양 대인이 재촉을 했다.

정생이 퉁소를 입술에 물고 첫 소절을 불렀다. 입으로는 퉁소
를 불면서 귀는 건너편 남만 해적선을 향해 활짝 열었다.

정생이 두 번째 소절을 절반쯤 불었을 때였다. 건너편 배에서
호응이 왔다.(『홍도전』 150~151면)

고전소설뿐만 아니라 선생의 작품 역시 민서들의 슬픔을 달래주고
위로하는 애민 정신이 작품 밑바탕에 깔려 있다. 그의 소설은 글로
쓰는 소리꾼의 소리요, 서민들과 동고동락하는 시대정신의 표현이다.

특히 각설이의 장타령으로 시작하여 그 노래로 끝을 맺는 『각설이
의 노래』는 일제강점기를 시대 배경으로 남원 땅을 중심으로 펼쳐지
는 애국청년들의 독립활동사와 시대를 풍자한 소설이다. 이 작품에는
가슴속에 맺힌 울화를 토로하는 각설이의 타령을 통해 당대의 시대
상과 지역민들과의 공감대를 표현했기에 우리네 전통 민요나 속요의

명맥이 잘 녹아 있다.

> "조용히 해. 이 칼이 네년의 목줄부터 끊는 수가 있으니까."
> 박달근이 칼끝을 계집의 목줄기로 향하며 나지막이 겁을 주었다.
> "아, 알았어요."
> 계집이 찔끔 오그라들었고, 칼끝이 다시 유 영감의 목을 겨누었다.
> '아무리 독립 자금을 구하기 위해서라지만 사람이 상해서는 안 되는 것인데.'
> 정구암이 그런 생각을 하면서 강우현을 돌아보았다. 걱정하지 말라는 뜻으로 그가 정구암의 손을 잡아 왔다.
> "우리는 지금 영감님과 실갱이를 벌일 시간이 없습니다. 많이도 바라지 않습니다. 지난번에 성전성금이라는 명목으로 왜놈에게 바친 만큼만 내놓으십시오."(『각설이의 노래』 99면)

지리산 만복대에 은신하고 있던 의열단 청년들이 각설이패 왕초인 정구암과 연합하여 남원 읍내 유 부자네 집을 습격하여 독립자금을 가져가는 대목이다. 여기서 우리가 놓쳐서는 안 될 부분은 독립을 염원하며 애썼던 무리 중에는 이름 없이 헌신한 다수의 민중이 있었다는 사실이다. 이들은 그 공로를 인정받지 못한 채 뭇사람들의 기억에서 역사의 뒤안길로 사라졌지만, 이들의 노력이 있었기에 우리 민족은 독립의 희망을 쟁취할 수 있었던 것이며, 그 자긍심을 잃지 않을 수 있었다. 소설에서 정구암의 부친이 위생점검을 나왔던 일본 주재 소장을 돼지우리에 꼬꾸라트리고 각설이패로 떠돌이 유랑생활을 하는 대목이나, 남원 기생 초선이가 일본 다나까 주재소장과 함께 술자리에서 춘향가 중 사랑가 한 대목을 부르다가 '우리 전하는 연을 타고'라는 부분을 일본 천황폐하로 바꾸라고 소장이 꼬투리를 잡자, 우리 고유의 소리니까 못 바꾸겠다고 자리를 박차고 나오는 대목은 당시 식자 계층부터 천대받고 무시당하던 서민 계층에 이르기까지 민족의 자존심을 굽히지 않고 우리나라 독립운동에 물심양면으로 관여했다는 사실을 적나라하게 밝혀주고 있다.

특히 주인공인 각설이 정구암을 통해 재현되는 장타령이나 춘향가의 이별가, 사랑가, 십장가, 쑥대머리 등의 주요 대목들은 살아있는 민중들의 정서와 청중의 심금을 울리는 한스러운 그들의 삶의 처지와 자연스럽게 어우러지게 함으로써 나라 잃은 백성들의 아픔을 달래주고 있다. 하지만 이는 저자가 단순히 판소리나 속요를 작품의 소재로 삼는다고 해서 쉽게 쓸 수 있는 작품은 아니라고 본다. 글지 자신이 이러한 우리 전통 소리에 관심이 많았을 뿐만 아니라 그 소리의 채록을 통해 선대 예인들과의 충분한 교감을 갖고자 했으며 그 소리를 배우고자 노력한 결과물이라고 여겨진다.

"기산영수 별건곤, 소부 허유 놀고. 채석강 명월야에 이적선도 놀고, 적벽강 추야월에 소동파도 놀아있고, 시상리에 오류촌 도 연명도 놀고, 상산의 바돌 뒤던 사호 선생도 놀았으니, 내 또한

오합사라, 동원동리 편시춘. 아니 놀고 무엇헐꺼나. 잔말 말고 일 러라."(『각설이의 노래』 263면)

춘향전의 첫머리에서 이어지는 부분으로, 타령조로 글자 뜻도 모르고 읽는 정구암의 행동이 다소 엉뚱하고 어리숙한 듯 보이나 실제 공연을 보는 듯 소리의 장단과 가락이 느껴지는 대목이다.

고전·구비문학의 지역 문학으로서 전승과 발전

우리나라 각 지역에서 전승되고 있는 구비문학 자료들에 대한 수집 활동은 그동안 다양하게 이루어졌다. 대학의 관련학과 학생들이 조사한 보고서를 비롯하여 한국정신문화연구원에서 발간한 『구비문학대계』, 각 지역의 향토사학자나 시민사회단체들이 발간한 군지郡誌나 읍지邑誌 등이 있다. 오늘날에 이르기까지 구비문학은 주로 문학적 측면에서 연구되어 왔다. 그러나 구비문학은 언어학·역사학·민속학·인류학·사회학·종교학 등 타 분야와 학제적으로 호상 협력하여 발전시켜 나가야 한다(다음백과).

지금까지 분석한 윤영근 선생의 작품을 통해 그의 문학 세계를 정리하면 다음과 같다.

첫째, 글지 정신으로서 그의 작품은 고향으로서 지역의 뿌리 찾기에 근거하고 있다. 남원은 춘향의 고장이며 소리(동편제)의 고장이다.[5] 선생은 남원에서 태어난 것을 자랑스러워하며 작가로서 누릴 수 있는 행운이라고 하였다. 따라서 그의 관심 대상은 자연스럽게 지역의 인물에게 초점이 맞춰진다. 고전소설에 등장하는 인물로는 흥부, 춘향, 홍도, 최척 등이 있고, 판소리 명창으로서 임방울, 송흥록, 송만갑 그리고 위인으로서 유자광, 윤봉길, 임철호, 용성 스님 등이 있는데 이들을 소재로 많은 소설을 써왔다. 이는 지역민으로서 자긍심의 발현이요, 고장에 대한 자부심의 표현이었다.

둘째, 이러한 작품을 통해 윤영근 선생은 지역 정신을 일궈냈다. 남원 정신은 바로 사랑과 충의 그리고 지역의 역사와 색채가 담긴 소리 문화 속에 담겨있다. 『춘향전』을 통해 지순한 인간의 사랑과 정절을, 『흥부전』에는 형제간의 우애와 인과응보의 정신을, 『홍도전』과 『최척전』에서 온갖 고난을 이겨낸 숭고한 사랑을, 『의열 윤봉길』에 관해 대한 청년의 의협심과 애국심을, 『유자광전』을 바탕으로 장부의 의리와 기백을 강조하였으며, 『동편제』와 『각설이의 노래』에 근거해 우리 전통문화·예술로서 소리꾼의 삶과 그 예술혼을 조명하였다. 이러한 지역 정신은 애향·애민을 넘어 나라 사랑으로 이어지며, 훌륭한 지역

---

5 이와 관련하여 선생은 "중학교 시절 어렴풋이 장차 글을 쓰는 작가가 되어야겠다는 꿈을 간직한 이후 70년 세월을 늘 글감을 가슴에 품고 살아왔다. 고조부 때부터 4대를 이어온 가업인 한의원을 운영하며 환자들을 진료한 세월 또한 60여 년 세월이니, 평생 글쓰기와 한의사로 살아온 셈이다. 어린 시절 우리 집 사랑은 말 그대로 소리꾼의 사랑방이었다. 하루가 멀다 하고 임방울이며 송만갑이며 이화중선 같은 소리꾼들이 찾아와 며칠씩 머물다 갔다. 소리꾼이 오면 우리 집 마당에서는 자연스레 소리판이 벌어졌다."라고 회상한 바 있다(윤영근, 「권두언」, 『월간문학』 2021년 11월호).

출신 독립운동 지사를 낳게 한 배경이기도 하였다.

셋째, 선생의 작품에 투영된 지역 정신은 『남원항일운동사』의 기록으로 점철된다. 지역을 상징하는 지역 마크landmark로는 명승이나 문화유산, 토산물 등 여러 가지가 있겠지만, 가장 으뜸인 것은 지역민의 정신이자 얼이다. 특히 소설가로서는 그 얼에 스민 문학의 결을 강조하지 않을 수 없었을 것이다. 역사를 이루는 밑바탕에는 학자나 애국지사만 있는 것이 아니라 결코 조명받은 바 없었던 이 땅의 수많은 민서들이 있었다. 그러기에 『남원항일운동사』는 항일운동과 조국 독립을 위한 온 지역민의 이야기이자 지역 정신의 총화인 셈이다.

다음으로 이들 작품 간의 연계성 또는 호상 작용을 살펴보자면, 윤영근 선생의 문학적 세계는 지역이라는 장소를 매개로 지역의 역사와 함께 어우러지고 있으며, 그 시공을 가로지르며 등장하는 사람(인물)들이 매개체가 되어 지역의 정서와 문화를 더욱 풍성하고 견고하게 만들어 주고 있다. 다시 말해 '장소-역사-인물'의 상호 작용 속에 장소가 인물을 배태하고 인물이 역사를 창출한다. 나아가 그 역사는 다시 장소(지역)의 특성을 강화하며 지역의 총체적 이미지를 창조한다고 말할 수 있다. 이러한 삼각관계의 선순환 구조 속에 선생의 작품은 더욱 빛을 발하며, 그 지역성을 승화하는 데 이바지해 왔다.

이제 문학의 정수이자 결인 지역의 역사와 정서, 문화 그리고 예술(소리)이 어떻게 한국문학을 넘어 세계문학과 접목될 수 있으며, 이를 계승·발전시켜 나갈 수 있는지의 문제는 이제 오롯이 우리 후대의 몫이다. 우리나라 여러 지역에서 잉태된 소중하고 귀한 문학 작품들이 각 지역의 문학과 서로 소통되며, 정체성 있고 지역색 있는 작품들로서 한국문학 속에서 조화를 이루며 지역의 아우라를 발휘하게 될 때, 우리 문학은 지속 가능한 문학이 될 것이며, '변방에서 우짖는' 세계문학으로 성장하리라 확신한다.

바다, 시원의 삶터로 회귀하는 여정

- 김부상 소설 『아버지의 바다』와 『바다의 끝』

해양소설을 다시 생각하며

소설을 읽으며, 불현듯 '거문도 뱃노래'가 생각났다.

그 옛날 거문도 주민들이 해류를 따라 동해 울릉도·독도로 항해할 때 불렀던 노래다.[1] 세월이 흘러 이제는 더 그 노래를 바다에서 들을 수 없다. 다만 지역축제 때나 '거문도 뱃노래 전수관'에서 들을 수 있을 뿐, 안타깝게도 그 어로요漁撈謠는 사이렌Siren의 노래처럼 기억에서 멀어져 레테의 강으로 흐르고 있는지 모른다. 오늘날 생각해 봐도 거문도에서 울릉도·독도까지가 어디라고 옛날 사람들은 왜 목숨을

---

1   송기태, 「거문도 바다사람의 자긍심과 민속전승의 원동력-거문도 뱃노래와 풍어제 전승을 중심으로」, 『남도민속연구』 28, 2012, 177~211면.

걸고 그렇게 길고도 위험한 항해를 하였을까?[2] 궁핍한 민서들의 삶이 막다른 길처럼 그들을 바다로 몰아넣었기 때문이다. 바이킹족처럼 그들에겐 선택의 여지가 없었다. 육지에서 척박한 삶을 모면하기 위해 바다로 뛰어들 수밖에 없었다.

김부상의 소설은 고집스럽게(?) 바다에서 삶을 투망하고 있다. 글지(작가)에게 바다란 "어머니의 자궁 같은 곳이자 마음의 고향이다." 그래서 그는 "바다에 미쳐 있다"라고 말할 수 있다. 오늘날, 대부분 글지가 소설 배경으로서 바다의 삶보다는 육지의 삶을 선택하는 추세에서, 자꾸 바다를 뒤돌아보는 것은 단지 바다에 대한 추억만은 아닐 듯싶다. 어쩜 바다가 평생 살아온 삶의 터전이자 전부가 되어버렸기 때문이다.

작년에 발표한 『아버지의 바다』(해피북미디어 2021)는 1960년대 원양 조업에 나섰던 지남2호 조난사고를 소재로 한 장편소설이다. 소설의 내용은 지남호가 부산에서 출항하는 대목에서 시작하여 남양군도에서 난파될 때까지 과정을 시간 순서대로 말하고 있다. 원양어업에 관한 정보나 지식 나아가 전문 어로선마저 부족했던 시기에 외화벌이 희망 하나로 세찬 바다로 뛰어든 선원들의 삶이 파노라마처럼 대양 위로 펼쳐진다. 그런데 이 소설은 단순히 바다의 삶만을 조명하고 있지는 않다. 소설가 정형남 선생이 지적했듯이 선원들의 갈등 구조나 만선의 기대와 좌절, 역사 인식에 대한 부재를 드러낸 기존의 해양소설 틀을 벗어나 해양의 역사와 그 인문학을 통해 진취적인 해양소설

---

2 정태만, 「거문도인의 독도 조업-김윤삼·박운학의 증언을 중심으로」, 『독도연구』 27, 2019, 165~202면.

의 미래를 제시했다는 점에 있다. 글쓴이도 일정 부분 동의하는 내용이지만, 깊이 있는 논의가 필요한 대목이다. 그 인문학 내용으론 제2차 세계대전 당시 전투함 제원이나 해전사 이야기, 남양군도 위안부·강제 징용자의 역사, 일본 제국주의, 미국사, 동아시아 근대사, 한일 관계사, 독도 영유권 문제들에 관한 정치 분야와 세계표준시 제정 과정이나 산호섬인 거초, 보초, 환초의 형성 과정, 화산섬과 세계지도 이야기들에 관한 지리적인 분야, 별자리와 관련된 천측 들에 관한 천문항해 분야, 해류나 바다 색깔, 어장, 한국 원양어업 역사, 하멜과 최부의 해상 표류기, 대항해시대 모험 이야기, 정화鄭和의 원정, 폴리네시아인들의 항해술과 이동에 관한 수산·해양 분야, 새들의 종류와 이동, 참치 어종의 특징에 관한 생태 분야, 남양군도 원주민의 의식주와 관련한 전통문화 분야 다양한 부문에 걸쳐 언급하고 있다.

해양소설을 읽을 때마다 생각나는 문제는 해양문학에 관한 정의와 그 범주다. 해양문학이란 용어가 "현대문학에서 처음 논의된 것은 최강현(1981)에 의해서이며, 언론에서 언급된 것은 동아일보(1983) 기사에서 '해양소설'이라는 용어를 썼던 바 있다.[3] 지금까지 해양문학의 개념과 범위에 대해 많은 논의[4]가 있었"[5]는데, 구모룡은 해양문학에 대

---

3 최강현, "한국 해양문학 연구", 성곡학술재단, 1981.; 동아일보 1983. 7. 28. 「더위 가시는 시원한 해양소설」; 글쓴이가 확인한 바에 의하면, 백낙청의 「콘래드 문학과 식민지주의: <어둠의 속>을 중심으로」에서 해양문학이란 말이 등장하는데 이것이 최초이지 아닐까, 생각한다. "막연히 콘래드의 생애에 끌린다거나 그의 작품을 단순한 해양소설 내지 모험소설로 읽는다는 것에 비한다면 콘래드 작품에서 내면세계의 탐구를 중시하는 것은 확실히 핵심을 찌른 것이라 하겠다."(「월간문학」 1969년 4월호)

4 최영호, 「한국 해양문학의 현단계」 『오늘의 문예비평』, 2004, 56~73면.; 구모룡, 『해양문학이란 무엇인가』, 전망, 2004.

5 졸고, 「지역 문학 공간에서 바라본 해양문학의 포용, 그 전망과 과제」, 영호남작가교류 심

해 정의하기를 해양을 주된 공간 배경으로 하되 인간과 바다에서 펼쳐지는 개인적 삶의 내재적 개념까지 포함하는 문학으로 말한 바 있다.[6] 하지만 이는 인간 사회가 갖는 문화적 요소를 소설 구성에 적용하는 데 지극히 제한적이며, 바다(해양)라는 한정된 공간에 인간 활동을 투기投企·projet함으로써 인간과 자연이 교감하는 육지부의 역사와 문명·문화를 자신이 모르는 가운데 빠뜨릴 수 있다는 점을 충분히 고려해야 한다.

시원의 삶터로서 바다

『아버지의 바다』에서 주인공 일수가 시그리(고기비늘 따위에서 생긴 인燐불)의 섬광을 목격했던 기억을 떠올리며 "바다는 어머니의 자궁이었고 그의 뼈와 살을 키운 것은 남해바다의 멸치였다"라고 고백하듯이, 유년의 풍경은 늘 불행하고 뼈아픈 가족사의 기억이 자리 잡고 있다. 그가 수산대학 어로학과를 졸업하고 남양군도로 조업하러 나가는 어선에 처음 승선하여 출항할 때만 해도 바다는 여전히 그에게 꿈과 희망의 바다요, 지긋지긋한 가난을 이겨낼 수 있는 구원의 바다였다.

출어 전 지남호 선장과 선원들이 처음 했던 일은 출어제를 갑판에

포지엄 자료집 2016, 26면에서 다시 인용함.

6 　구모룡, 「한국 '해양문학' 연구의 현실과 전망」, 『황해문화』 4, 1994, 353~360면.

서 조촐하게 올리는 일이었다. "용왕님, 부디 무사고와 풍어를 베풀어주소서." 또한 "해신이시여, 이 배를, 이 선원들을 당신의 노여움으로부터 지켜주소서." 하며 대양으로 나가기 전 대자연 앞에 겸손할 수밖에 없는 나약한 인간의 모습을 뚜렷하게 드러내고 있다. 여기에 뱃전에 몰려나온 가족과의 이별이 더해지며 떠나는 선원들의 마음에 만감이 교차하며, 육지에서 일은 다 잊어버리고 오직 바다만 바라보리라고 다짐한다. 풍어제와 연관하여 육지의 포구나 섬마을에서 음력 정월 대보름 무렵에 행하는 당제를 연상해 볼 수 있다. 한 해 바다 농사 잘되게 해주시고 전복이나 해산물 등 씨가 잘 들게 해주시며, 고기가 많이 잡히게 해달라고 용왕신께 기원하는 어촌 사람들의 순박한 마음이 바다에 헌식獻食하는 과정을 통해 잘 드러난다. 사람들이 이러한 전통 풍속을 포구나 섬 지역뿐만 아니라 바다에서도 행하였다는 사실을 생각하면 인간의 삶과 그 숨결이 육지와 바다 그 어느 곳에도 미치지 않은 터전이 없다는 사실을 알 수 있다.

이러한 바다 풍속 가운데 넓은 바다가 아니면 좀처럼 볼 수 없는 바다 기원제가 적도제이다. 선원들이 적도를 지나면서 바다신께 항해에 적절하게 도움이 되는 무역풍trade winds을 불게 해달라고 빌던 데서 유래한 의례다.

적도제는 안전한 항해를 위해 바람을 불게 해달라고 기원하는 데서 비롯되었다. 바람에 전적으로 의지했던 범선 항해 시절 무풍지대에 갇혀 여러 날 또는 수 주일 동안 선원들은 허기와 병에 시달려야만 했다. 그 지옥의 고통을 면하려고 생각해 낸 의식이 바로 적도제(Neptune's revel)였다. 음식과 제물을 바친 후 술과 음식으로 잔치를 벌이던 것이 점차 축제 형식으로 발전한 것이다. 남북 항로가 아닌 동서 항로인 경우에는 날짜변경선을 택한다. 기관 동력이 생긴 후로는 항해의 고달픔을 잊기 위한 통과 의례일 뿐이었다. (『아버지의 바다』 129면)

이러한 어로 풍속은 인간의 삶이 훨씬 오래전부터 바다에 의지해 왔음을 방증한다. 바다에서 선상 이동에서 필수적인 것은 방위와 거리다. 요즘엔 최신 자동항법장치를 완비하여 손쉽게 운항할 수 있지만, 예전엔 육안에 의한 별자리 관측으로 지도에서 선박의 위치나 목적지까지의 거리를 가늠해야만 했다. 일수는 일등항해사 대신 천측실습을 해본다. 진북을 가늠하기 위해 큰곰자리 북두칠성을 찾고 북극성을 중심으로 대칭을 이루는 지점에 'W자' 모형의 카시오페이아자리를 발견할 수 있다. 바다를 손쉽게 항해하려면 천측이 노련해야 함은 두말할 나위도 없다. 이러한 천측을 하려면 일출과 일몰 무렵의 박명을 이용해야 했고, 특히 낮에는 태양을 보고 자오선 고도를 재어 선박의 정오 위치를 재는 일이 중요했다.

또한, 바다에서는 선박의 기관 고장이나 악천후로 배가 표류할 수 있는 상황이 발생할 수 있는데, 작품에서 외부의 『표해록』이 소개되고 있다. 주인공 일수가 동경수대 교수를 통해 알게 된 책이다. 그는 지남호 강 선장의 인품과 판단력에서 외부의 모습을 연상한다. 강 선장은 간몬해협을 지나며 일수에게 한마디 던진다.

"실습 항해사, 자네는 왜 마구로 배를 탈 생각을 했나?"

나루토해협을 찾아 해도를 살피던 일수에게 선장이 뜻밖의 질문을 던졌다. 돈을 벌어 끔찍스러운 가난에서 벗어나고 싶었다는 말은 좀 유치하다는 생각이 들었다.

"넓은 바다가 보고 싶었습니다. 마젤란이 이름 지은 태평양을요."

"흔-음, 태평양을 보겠다고… 그것도 의미가 있겠군. 현대 우리가 사모아까지 가 다랑어를 잡게 된 경우를 자네는 얼마나 알고 있는가?"(『아버지의 바다』 29~30면)

강 선장은 우리나라 원양어업의 역사를 들춰내고자 한다. 그 이유는 바다에서 삶은 주먹구구식으로 살 수 없을 뿐만 아니라 또 그렇게 하면 얻을 것이 없기 때문이다. 그 옛날 원양어업 심 사장의 무용담을 일수에게 들려줌으로써 바다에서 삶이 그렇게 녹록하지 않았음을 말하려는 동시에 선원들에게 국제적 안목의 필요성을 되새기고자 한다. 바다에 관심을 가지는 사람이 많지 않던 시절, 선구자처럼 남보다 먼저 바다의 중요성과 그 가치를 깨닫고서, 다른 사람보다 한발 앞서 인류의 보고인 바다를 개척하는 일이 무엇보다 중요했기 때문이다. 하지만 소설에 등장하는 인물들의 승선 이유를 들여다보면 여러 가지다. 전과자들이거나 빚쟁이에 쫓겨 승선한 사람부터 섬이나 갯가 출신이 아닌 농사를 짓다가 온 사람들로 여러 부류인데, 바다 일에는 서투르나 힘깨나 쓰는 사람들이다. 앞서 얘기했듯이 거문도 주민들이 목숨을 걸고 울릉도·독도까지 조업하러 나섰던 일도 섬 주민들에게

불어닥친 가난 때문이다. 그들이 인근 연안에서 잡는 어획물로는 가난한 삶을 벗어나는 데 한계가 있어서 머나먼 항해의 길을 나서지 않을 수 없었다. 울릉도·독도 해역에서는 고향 바다에서 볼 수 없던 진귀한 강치를 비롯하여 다양한 어종과 해산물이 풍부했다. 게다가 지역에서 구하기 힘들었던 울릉도 목재까지 얻을 수 있었다. 마찬가지로 당시 지남호가 원양어업에 눈길을 돌리게 된 경우도 우리나라 해역에서 잡을 수 없는 어종으로 남양군도까지 나가야만 낚을 수 있는 참치 종류를 얻기 위함이었으며, 해방 이후 우리나라 어려운 경제 살림살이에도 도움을 주는 외화벌이의 주요 수단이었기 때문이다.

그리하여 작품을 꼼꼼히 읽다 보면 선원들이 생계를 위해 바다에서 일하면서 관찰한 해양생태계나 해류에 관한 자세한 기록들이 더러 나타난다. 특히 바다색과 관련한 이름들에 관해 주목한다. 비록 투명한 바닷물이지만 서해, 흑해, 홍해처럼 여러 가지 색으로 바다를 달리 부르는 것은 이른바 투과하는 빛의 파장에 따른 산란 때문이다. 이러한 현상에 관해 주인공 일수는 최부의 『표해록』에 나오는 백해白海의 사실 여부까지 알아보고자 하는 열정을 보인다.

쿠로시오 난류가 북상하는 일수의 고향 거제도의 바다는 봄이 되면 유난히 초록빛을 띠었다. 이는 물속에 플랑크톤이 풍부하기 때문이다. 식물성 플랑크톤은 바다를 갈색, 적갈색, 초록색으로 만드는 중요한 요인이다. 그 밖에 연안의 침전물도 바다색을 변화시키는 요인이다. 특히 홍해는 물속에 붉은색 해조류가 많아 붉게 보이며, 흑해는 육지로 막혀 있어 산소가 부족해 플랑

크톤의 서식이 어렵고 해저에 쌓인 부패한 퇴적물이 물 위로 떠
오르면서 바다 전체가 검은빛을 띤다.(『아버지의 바다』 108면)

　이러한 바다 물색에 관한 내용은 앞선 작품인 「날라리의 바다」(『바다
의 끝』)에서도 언급하고 있다. 뱃사람들은 수온과 수색水色을 읽고 어
군을 탐지한다. 이른바 적수適水다. "수온이 낮은 층과 플랑크톤의 분
포도를 탐색하여 대양을 거슬러 올라오는 참치 떼가 몰려있는 어장
을 찾는 일이다."(「수바의 동쪽」 『바다의 끝』) 이 내용에 대해 '삼각파도'(『아
버지의 바다』)에서 다시 설명하고 있다. 야광충의 출현이나 조류潮流의
움직임을 보고서 어류의 먹이활동과 관련한 변화를 살피며 어장을
찾아 떠돈다.
　마침내 어장을 발견했을 때 비로소 투승과 양승 작업을 하는데, 소
설에서는 이 과정이 긴박하면서도 생동감 있게 표현되고 있다.

　　현수는 엔진의 피치를 낮추며 그물 렛-고 지시를 내렸다. 뛰쳐
　나온 선원들로 갑판이 부산하다. 뜬 고기라 그물을 최대한 가볍
　게 하라고 지시한다. 와프(Warp)도 짧게 주어야 한다. 카고윈치
　가 움직이고 곧이어 코또부터 시작해서 그물 몸통과 날개의 방
　패연처럼 생긴 전개판이 차례로 선미 슬립웨이(Slip way)를 타고
　바다 밑으로 떨어진다. 와프를 푸는 윈치소리가 요란하게 뒤따
　랐다. (…) 와이어를 감는 윈치가 바다의 땀에 흠씬 젖는다. 해수
　를 머금은 그물이 차례로 올라온다. 드디어 슬립웨이로 주둥이
　까지 고기를 물고 있는 코또가 올라왔다. 와이어로 두른 밴드

사이로 불룩하게 솟은 그물자루가 터질 듯하다. 갑판에 섰던 선원들이 일제히 만세를 부르며 환호작약했다. (「바다의 끝」『바다의 끝』49~50면)

정오가 되자 스탠바이 벨이 울렸고 곧 브리지 앞 메인 데크에서 양승이 시작되었다. 현문舷門 위로 설치된 사이드롤러를 타고 올라온 원줄이 1분에 150미터를 끌어올리는 10마력짜리 라인홀러(양승기)에 감기는 순간 바짝 긴장한 선원들이 물을 튀기며 올라오는 원줄과 낚시줄을 맹수처럼 노려보았다. 손이 빈 기관원들까지 올라와 호기심 어린 눈길로 첫 수확의 장면을 기다리고 있었다. 그들도 여차하면 상품이 되는 고기를 어창에 넣거나 분주한 갑판원들의 일을 거들 참이었다. 당직이 아닌 항해사들도 갑판 위에서 저들의 일을 찾아 쫓아다닐 것이다. (『아버지의 바다』179면)

이러한 조업 과정의 상세한 묘사는 대개 창작자의 승선 경험이나 체험에서 우러나기 마련인데, 어로 도구의 자세한 설명과 그 쓰임새까지 정확히 표현해야만 그 실제 느낌을 살릴 수 있다. 사활을 건 긴 항해 끝에 이뤄지는 투승과 양승 과정은 바다가 삶터인 뱃사람들한테 가장 긴장되고 기대되는 순간이며, 바다 사나이들의 활력과 뚝심이 한데 뭉치는 절정의 순간이다.

인간과 바다의 역사

『아버지의 바다』에서는 『바다의 끝』(도서출판 전망 2018)과는 달리 바다에 얽힌 과거 역사를 가끔 들려준다. 이는 강 선장과 일수가 선상에서 근무하는 중 나누는 대화 속에 시차를 두고 표현되고 있다. 그중 일본을 바라보는 관점으로, 흑백논리로 대처하기보다는 일본의 장점을 높이 평가하는 대목이 자주 나온다. 무엇보다도 선박 건조 기술과 기계류에 앞선 일본의 장인정신과 정교함을 일본 정신으로 표현하는데, 이는 서구 문명을 일찍 받아들인 일본 막부幕府의 근대화 과정에서 싹트기 시작한다. 일본을 뛰어넘으려면 일본을 따라 하는 행위로는 일절 안 되며, 국민의 의식변화와 그에 걸맞은 사회제도의 변화가 뒤따라야 한다.

> "선장님, 왜놈이라고 괄시했던 일본에게 조선이 그토록 속절없이 무너진 이유가 단지 근대화의 차이였다면 너무 단순한 논리가 아닙니까?"
> "개화 열풍에 따른 국가라는 집단의 총체적인 의식변화라고 봐야겠지. 메이지유신의 유신(惟新)이 바로 그 뜻이 아닌가. 그 근본 원인은 우선 일본과 조선의 정치체제와 사회구조에서 찾아봐야 할 거야."(『아버지의 바다』 74~75면)

선장의 설명 속에 나오는 실학이나 동학혁명, 갑신정변 따위가 모든 국민의 각성을 끌어내지 못해 실패한 것을 두고서 조선의 신분제 사회 모순이나 사대주의 사상에서 그 원인을 찾으려 하는데, 이는 충분히 동의할 수 있는 말이지만 조선 후기의 '실학'이라는 말은 좀 더 자세히 검토할 필요가 있다. 양명학에 기반을 둔 조선 후기 학자들의 실용주의 학풍을 가리키는 말이지 당시 학문적 체제로서 실학이라는 실체가 따로 있었다는 의미가 아니다.[7] 강 선장의 역사 진술은 해양 문화권과 대륙문화권 이야기에서 인간과 근대 국가의 역사에 이르기까지 '분고수도' 내용 대부분을 차지하고 있는 점이 특징이다. 이어지는 '남양군도'에서는 일본과 미국의 태평양 전쟁사를 집중적으로 설명하고 있으며, 나아가 강제노역으로 끌려간 조선인 피해 사실까지 낱낱이 파헤치고 있다. 강 선장과 일수에 의해 이뤄지는 대화체의 설명은 해양에 관한 인문학적 요소를 더하여 전체 이야기의 내용을 더욱 풍요롭게 하며 바다에 관한 충분한 이해를 돕는 순기능의 소임을 다하기도 하지만, 출어 과정과 관련한 핵심적인 줄거리의 맥락을 끊으며 다소 지루한 느낌을 주어서 소설의 긴장감을 떨어뜨리는 단점으로 작용한다.

앞선 작품인 『바다의 끝』에서도 이러한 인간의 역사 이야기를 주인공의 입을 통해 간간이 묘사하고 있는데, 여기서는 축약된 사실史實로써 작품 내에 다뤄지고 있다.

돌아오는 길에 현수는 사장이 얘기한 미국의 역사를 생각해보았다. 그는 미국의 역사를 상고하고자 했다. 영국과의 독립전

---

7   실학은 사실이 아니다. 그것은 개념일 뿐이다. 여기서 사실이란 "역사적 실체"를 이름이며, 개념이란 "후대에 조작된 픽션"을 이름이다(김용옥, 『讀氣學說』 통나무, 2004, 32면).

쟁과 노예 문제로 대립한 남북전쟁이나 원주민인 인디언들 간의 영토분쟁은 죄다 목숨을 담보로 한 투쟁이었다. 특히 인디언들을 그들의 터전에서 쫓아낸 싸움은 잔학무도한 약탈이었다. 이러한 역사를 사장은 한마디로 숭고한 개척정신이라고 요약했다.(「바다의 끝」『바다의 끝』41면)

게다가 「날라리의 바다」에서는 독도 영유권 분쟁의 유래와 러일전쟁에 대해 언급하는 대목이 나온다. 예로부터 바다는 육지부와 함께 개인의 생존 무대였을 뿐만 아니라 국가 사이에도 배타적 경제수역 관할권과 도서 영유권을 둘러싼 끊임없는 분쟁의 발생지였다.

이처럼 『아버지의 바다』가 해양소설로서 바다에 관한 이야기이지만, 그 고갱이 중간마다 인류 역사와 문명의 이야기를 드러낸다는 사실은 인간의 삶이 순수하게 바다에서만 펼쳐지는 것이 아니라는 점을 독자들에게 내비쳐 보인다. 글머리에서 해양문학에 관해 말했듯이, 해양문학의 공간을 먼바다로만 한정하자는 주장은 더욱 그 설득력을 잃고 있다고 볼 수 있다. 따라서 "해양문학을 정의하는 데 있어 해양(해안과 연안 및 도서 포함)과 인간 활동이 호상 작용하며"[8] 해양을 주요 배경으로 펼쳐지는 경제 활동이 지역과 한데 어우러져 한층 새로운 내용으로 진술하게 그려진 작품을 해양문학이라고 규정하는 것이 타당할 듯싶다.

이러한 해상에서 인간의 어로 활동은 필연적으로 기관 고장이나 해난사고를 가져올 수밖에 없다. 1967년 ㈜삼양수산 북양 출어 선단의

---

8 졸고, 앞의 글, 27면.

실화를 바탕으로 한 「바다의 끝」이나 조업 중 열대 저기압을 만나 표류하는 씨구알호 이야기인 「수바의 동쪽」, 대성호의 조업 중에 일어난 선원 실종 사고를 다룬 「날라리의 바다」, 1963년 남태평양에서 발생한 참치조업선 '지남2호'의 조난사고를 다룬 장편『아버지의 바다』들에서 글지는 많은 사고 사례를 전하고 있다.

> 그때였다. 그러나 그것은 눈 깜짝할 사이였다. 갑자기 배가 위로 높게 들리는가 싶더니 우현으로부터 큰 파도가 솟아올라 널브러진 어구와 사람들 머리 위로 쏟아졌다. 쏟아진 바닷물이 곧바로 해치 속으로 침입하자 배가 중심을 잃고 오른쪽으로 기울었다. 깜짝 놀란 선원들이 황급히 고인 물을 퍼내는 한편 선내 기름통을 급히 왼쪽으로 옮겨 겨우 배를 복원시키는 데 성공했나 싶었다. 그러나 또다시 큰 파도가 좌현을 강타하면서 배가 왼쪽으로 기울더니 이어서 배를 덮친 바닷물이 양쪽 통로를 넘어 기관실로 급격히 빠져들었다.(『아버지의 바다』 191~192면)

이런 조난사고에 대해 주인공들이 한결같이 역경에 굴하지 않고 이를 힘써 수습하고 극복하려는 성격의 소유자임을 알 수 있다. 이른바 '자기 효율성Self-Efficacy'이 높은 주인공으로서 어떤 고난과 역경에도 잘 적응할 수 있는 인물들이다. 결국, 이들은 어로작업에서 실패하고 바다라는 극한상황에서 절체절명의 위기를 맞게 되지만, 바다가 그리워 태생적으로 바다로 돌아갈 수밖에 없는 인물들로서 그려진다. 그리하여 그들은 인간의 역사에서 바다라는 대자연 속의 일부분으로

남겨진 채 마침내 자신들의 최후를 맞이한다.[9]

그래서 소설가 문성수는 발문에서 이렇게 말했다. "김부상의 소설은 바다를 추상화하거나 미화하지 않는다. 수평선 너머의 막연한 가능성에 기댄 낭만적 감상도 요구하지 않는다. 오로지 바다를 살아가는 인간의 비루한 욕망과 바다를 향한 숙명적인 그리움을 씨줄 날줄로 엮어 묵묵히 그려낼 뿐이다." 바다에서 고기 잡는 선원들은 수시로 생사를 넘나드는 경계 지점에 둥지를 트는 이들이다. 대양에서 어로 작업은 늘 곁에 죽음의 위협이 도사리고 있지만, 뱃사람들은 이를 마냥 두려워할 수도 없는 일이다. 결국, 바다는 삶과 죽음을 분리하지 못한 채 하나로 아우러지는 공간이자, 바다 사람들이 궁극적으로 회귀하는 여정의 종착 지점이다.

해양소설의 미래를 위하여: 작품의 의미와 평가

『아버지의 바다』는 우리 문학사에서 나름 중요한 의미를 지닌다. 소설 소재의 영역을 바다로 확장했을 뿐만 아니라 소설가 정형남 선생

---

9 이와 관련하여 강미숙이 백낙청의 저서에 관해 쓴 글을 참고할 수 있다. "우주 일부이기에 인간은 신비하기도 한 현생의 삶을 더욱 긍정하고 사후 삶과의 연속성을 체감할 근거를 가질 것이며, '본질'과 '공(空)' 모두를 극복한 살아 있는 '주체'로 살아가리라 믿는"다(강미숙, 「'다음에는 무엇이?':「서양의 개벽사상가 D. H. 로런스」의 창조적 작업에 대하여」, 『창작과비평』 2022년 여름호 312면).

의 지적대로 원양 조업 중심의 기존 해양소설과 한 차원 다른 인간과 바다에 관한 철저한 역사 인식을 바탕으로 바다의 인문학을 접목하여 소설의 질적 성장을 꾀했으며, 해양소설의 미래를 제시했다는 점에서 큰 의미를 지닌다. 이는 저자의 해양 체험과 선원으로서 경험이 소설 창작의 큰 원동력이 되었다고 말할 수 있지만, 무엇보다도 글지 자신의 바다에 관한 진지한 태도와 성실한 삶의 자세에서 비롯된 일이라 믿어 의심치 않는다. 저자는 출어 경험에서 출발하여 인간과 바다에 관한 역사적 자료를 두루 탐독하고, 인간과 바다 사이의 교감과 공진화를 통해 해양소설이 나아가야 할 방향을 뚜렷이 제시했다.

하지만 오늘날 바다 환경은 급변하고 있으며, 바다에서 인간의 경제적 활동도 크게 제약을 받는 시대가 오고 말았다. 기후변화나 해수면 상승 따위의 환경변화를 굳이 말하지 않더라도 세계 각국의 200해리 경제수역 선포와 어족의 남획은 이제 원양어업의 설 자리를 위태롭게 하고 말았다. 『아버지의 바다』에서 조금 안타까운 사항은 남획으로 발생하는 어족자원의 고갈 문제와 해양오염에 관하여 저자의 관심이 세심하게 미치지 못하고 있다는 점이다.

작품의 구성과 시대적인 면에서 살펴보자면 『바다의 끝』은 첫 작품과 마지막 작품 사이의 시간적 틈새가 너무 커서 한 작품집에 대등한 관계로 엮어 얘기하기에는 부족한 점이 많아 보이고, 『아버지의 바다』는 사건의 전개가 선박의 출항부터 침몰 때까지 시간순으로 진행되어 구성이 밋밋할 뿐만 아니라 너무 오래된 이야기여서 후일담 소설을 읽는 느낌이 든다. 물론 소설이 꼭 당대의 이야기를 담아야만 하는 것은 아니지만, 과거의 이야기일지라도 그것이 오늘날 독자들에게 어떤 의미를 줄 수 있는지 또 현실에 대해 암시하는 내용으로서 부족함이 없는지 진지하게 고민할 필요가 있다. 또한, 오늘날 원양어업 쇠퇴와 연안 어선의 감척 문제, 해양쓰레기와 환경오염 문제, 어족자원의 고갈과 해수 온도 상승에 따른 해양생태계의 문제를 포함한 바다 환경 변화와 그에 대한 대처방안이 때에 맞춰 작품 속에서 다뤄졌더라면 하는 아쉬움이 남는다. 가령 최병수 화백의 '우리는 당신들을 떠난다 We are leaving you'(2000)라는 그림을 보면서 우리는 인간의 물질적 욕망에 의한 고래의 불법 남획이 자연에 대한 인간의 무자비한 간섭일 뿐만 아니라 지구 생물종 다양성을 감소하게 하는 야만적 행동임을 깨닫게 된다. 이 작품은 단순히 한 마리의 고래가 죽어 사라짐을 의미하는 내용이 아니라 이와 관련된 새끼 고래, 수많은 육상의 야생동물까지 위협받을 수 있는 자연 생태계의 위험에 대해 우리에게 경종을 울린 그림이다. 이를 통해 지구상에 존재하는 생명체를 보호하고 인간과 자연의 공진화를 꾸릴 수 있는, 지속 가능한 인류의 미래는 바로 인간 자신들의 마음가짐과 태도에 달려있음을 일깨워 준다. 특히『아버지의 바다』는 저자의 역사 인식을 바탕으로 해양소설에 바다의 인문학적 요소를 덧붙인 점이 돋보이지만, 항해 과정에서 선장과 실습 항해사가 나누는 대화를 통해 소설 중간마다 끼어드는 인문적 이야기는 구성면에서 자연스럽지 못하고 글쓴이의 임의로움이 너무 강하게 드러나 소설의 긴장감과 가독성을 떨어뜨린다.

육지를 소재로 한 소설과 달리, 『아버지의 바다』에서는 선박 용어나 항해술, 바다와 관련한 지명, 어류, 바다 생태계의 내용을 다양하고 다루고 있는데, 그가 독자의 이해를 돕기 위해 무엇보다도 해양 관련

궁구를 열심히 하였고, 바다에 대한 무한한 애정과 관심을 가지고 독자들에게 우리나라 바다를 비롯하여 난바다에 이르기까지 해양에서 무슨 일이 일어나는지, 바다 사나이들의 삶은 어떠한 것인지에 관해 설명하고자 애써 왔다는 점을 우리는 잘 알고 있다. 앞으로 소설가의 이러한 열정과 노력이 비단 바다에만 한정하지 않기를 바라며, 육지부의 삶과 잘 조화를 이루며 21세기 해양 시대를 인도하는 웅숭깊은 문학으로 거듭나기를 기대한다.

제4부

문학의 지평

인류세 시대의 해체적 시학 읽기
- 박철영 평론집 『해체와 순응의 시학』을 중심으로

⋮

문학과 현실의 경계에서

지금 우리가 사는 이 시기는 과학자들이 지질학적 시간으로 인류세 Anthropocene라고 구별 지어 말하듯이 사회·경제적으로 급격한 변혁을 겪고 있다. 특히 지구온난화와 환경·빈부격차 문제에서 전 세계적으로 만연하고 있는 감염병 확산 문제에 이르기까지 인류가 당면한 여러 난제가 변혁의 과정에서 파생된 부산물로 우리에게 새로운 부담을 안겨다 주고 있다. 우리 문학계도 이러한 시대 변화에 대해서 발빠르게 대처하면서 현대를 살아가는 독자들과 이런 문제에 대해서 서로 소통하며 삶의 관계를 관통하며 시대를 관류하고 있다.[1] 특히 4차

---

[1] 대표적인 글로 다음을 들 수 있다. 나희덕, 「'자본세'에 시인들의 몸은 어떻게 저항하는가」, 『창작과비평』 2020년 봄호 65~88면 참조.

산업혁명으로 사회 전반적으로 대변동이 일어나는 시점에서 이러한 문제는 정보 격차로 계층과 민족들 간의 갈등과 상대적 고립을 유발하고 있다.

지난 세기 전후戰後 상황에서 『문학이란 무엇인가』를 통해 사르트르 J. P. Sartre가 말했듯이 '작가란 시대적 변혁과 현실에 마땅히 참여해야만 하는가'라는 문제에 직면하게 된다. 사르트르는 작가란 모름지기 사회 변혁의 주체로서 글쓰기를 통해서 현실 문제에 참여하고 이를 적극적으로 작품에 반영해야 한다고 생각했다. 그런데 여기서 사르트르는 시와 산문을 구별하여 "기호의 왕국은 산문이며, 시는 회화, 조각, 음악과 같은 편이기 때문"[2]에 참여 형태의 문학 장르로서 산문을 더 선호하였다. 사르트르의 경우 시는 산문과 똑같은 방식으로 말하는 것이 아니며, 시는 '말을 사용하는 것'이 전혀 아니라고 말했다. 그는 시는 말을 섬긴다고 생각했다. 즉 언어의 비도구성을 염두에 두고 한 말이다. 참여문학은 언어를 도구로서 인식할 때야 가능하다고 보았다. "시인은 단번에 도구로서의 언어와 인연을 끊은 사람이다. 시인은 말을 기호로서가 아니라 사물로서 본다는 시적 태도를 단호하게 선택한 사람이다."[3] 그럼 우리는 시인 중에 참여 시인이나 저항 시인도 있지 않으냐 반문할 수 있다. 물론 시와 산문의 영역이 서로 다르다는 것을 인정하지만, 이들의 지나친 구분은 당시 민중주의populism 경향의 시인[4]들에 대한 반감 때문이었을지 모른다. 오늘날까지도 이

---

2 장 폴 사르트르(정명환 옮김), 『문학이란 무엇인가』, 민음사 1998, 17면.

3 같은 책, 18면.

4 1929년에 시작되었던 문학운동. 자연주의적 수법으로 생활의 추악한 모습을 그리거나

러한 사르트르의 참여문학 논쟁은 논의의 결말이 난 것은 아니지만, 기존의 낡은 제도와 사고를 해체하고 새로운 질서 속에서 이를 재구성하여 사회 변혁을 이룩해 나가는 데 이바지한 것만은 분명해 보인다.

　작가라면 오늘날 우리가 직면하고 있는 현실 문제에 대해서 모르쇠로 외면할 수 없다고 본다. 그것이 시를 쓰는 시인이라면 참여 문제를 어떻게 바라보고 행동해야 할 것인가.[5] 따라서 지난 시대의 문학을 뒤돌아보며 지금의 상황에서 작가는 무엇을 생각하며 또 작가와 독자 그들 사이에서 글쓰기를 시도하는 평론가들은 시대의 변화상을 나름대로 통찰하며 지금까지 인류가 경험하지 못한 문명의 대전환 시대에 우리가 나가야 할 길에 해법을 모색하고 있는지 모른다.

　박철영이 지난해 펴낸 평론서 『해체와 순응의 시학』(인간과문학사 2020)은 우리에게 그동안 과거로부터 미래로 나가는 데 있어서 문학인들의 예술적 도정道程이 어떠했는지에 대해 성찰하고 있다. 시에 대한 "해체와 순응은 기존의 모든 것을 폐기하고 새로운 형태를 구조하는 것이 아니라 재구성을 통해 시대와 사회 현실에 맞게 변하여 존재하는 것으로 규정한다"(박철영)라고 말했듯이 스마트 혁명이라고 불리는 4차 산업 시대에 문학도 모든 것을 해체하고 그 토대 위에서 모든 것을 새롭게 쓰기보다는 온고지신의 정신으로 과거의 전통과 과거의 유산은 오늘날 새롭게 재해석하여 미래 사회의 도래에 이바지할 수 있

프롤레타리아 혁명의 이념에 입각하지 않고, 서민들의 삶의 애환을 진솔하게 그리는 것을 목표로 삼았다. 다비Eurène Dabit의 『북 호텔Hôtel du nord』은 그 유파의 대표작의 하나이다(같은 책 10면에서 재인용).

5　최근 미얀마 민주화 시위 사태를 둘러싼 시인·작가들의 연대 움직임을 보더라도 이 점을 쉽게 알 수 있다.

는 새로운 문학적 토대를 마련해야 한다고 필자 역시 생각한다. 지난해 발간된 박철영의 평론집을 중심으로 저자가 말한 당대의 많은 작가에 관해 쓴 시평들을 대상으로 해체와 순응의 시각에서 공정하게 살펴보는 것이 이 글의 주된 목적이 될 것이다.

변증의 시학의 공간

박철영의 평론서를 일별하자면 크게 시인들의 성향이나 시가 갖는 위의威儀를 통해 구분하고 있다. 첫째 남도南道라는 지역 정서를 기반으로 한 시인들의 시적 경향을 살펴보고 있으며, 그들이 갖는 의식의 범주와 정체성까지 고려하고 있다. 또한, 현대사의 아픔을 간직하고 있는 광주민주화운동과 관련된 시들을 살펴보고 있다. 국가권력에 의해서 자행된 인권 침탈과 희생자들의 명예 회복을 위해 문학적 인식을 통해 작가들이 어떻게 정치·사회의식의 변화를 추구해 왔는지 그 참여 정신이 미치는 영향을 살펴보는 내용이 그 중심을 이루고 있다. 그리고 문학의 본질이자 인간의 삶을 고양해 주는 서정적 시편들을 다루고 있다. 현대인들의 물신주의적 삶의 태도에서 인간적 삶의 본질을 위해 발굴하고 있다. 일찍이 마이크 데이비드가 인류세 이후 마르크스주의의 재평가를 바탕으로 우리의 삶의 모습을 성찰하고 있듯이, 현대 사회는 양극화와 부의 편중, 삶에 관한 다원주의에 의해서 우리 사회에 신자유주의와 자본주의 등과 관련한 여러 가지 사회의 모순을 드러내고 있다.[6] 따라서 문학 역시 이런 물질만능주의 사상이 현대인들의 의식에 미친 영향과 사회적 환경의 변화에서 그동안 시인들이 어떤 활동을 해왔는지 뒤돌아보지 않을 수 없다. 박철영은 여러 시인의 작품을 분석하면서 그 작품 속에 함유된 인간에 대한 정신적 의미를 살펴보고 시인들의 기호나 그 취향에 연연하지 않고 작가 나름대로 작품에 대한 올바른 평가를 위해서 글을 재단하고 있다. 시에 대한 그의 비평은 꼼꼼한 시 읽기와 엄정한 척도를 바탕으로 그동안 여러 시인이 이룩한 성과에 대해 검토하고 있다.

이 평론집에서 박철영이 논의하고 있는 여러 방향의 다양한 시인들에 관한 시평들이 박철영의 평론 본질과 핵심을 파악하는 데 난삽한 느낌을 주지만, 우리가 지향하고자 하는 목표를 살펴보는 데 도움이 되는지는 좀 더 지켜볼 필요가 있다. 그 이유는 많은 시인의 개별 작품에서 거론된 시평들이 다양한 부류의 시 해석을 보여주고 있으므로 저자가 주력하고자 하는 평론에 큰 줄기를 그리는 데 역부족인 점을 인정하지 않을 수 없다. 하지만 한편으로 남도의 시인들을 비롯한 여러 시인의 작품을 대상으로 그동안 저자가 지닌 장점이라 볼 수 있는 특유의 성실함과 부지런함으로 엄청난 분량의 시평들을 써 왔다는 점은 높게 평가하지 않을 수 없다. 이번 평론집을 통해서 박철영 평론가가 이룩한 성과와 그 의미는 무엇인지 짚어보고자 한다.

먼저 1부에 실린 '기표와 기의의 경계 지점'이라는 주제로 평한 남도 시인들의 시평을 살펴보면, 우선 평자가 작품을 성실히 읽고 시인의

---

6   마이크 데이비스, 『인류세 시대의 맑스』, 안민석 옮김, 창비 2020.

작품 세계와 현실 인식에 천착하고 있음을 알 수 있다. 가령 고재종의 「백련사 동백숲길에서」를 살펴보면 사물의 미약한 진동마저도 인간의 삶으로 승화시켜 교감하기를 주저하지 않는다. "누이야, 네 초롱한 말처럼/ 네 딛는 발자국마다에/ 시방 동백꽃 송이송이 벙그는가./ 시린 바람에 네 볼은/ 이미 붉어 있구나./ (중략) / 이윽고 저렇게 저렇게/ 절에선 저녁종을 울려대면/ 너와 나는 쇠든 영혼 일깨워선/ 서로의 무명無明을 들여다보고/ 동백꽃은 피고 지는가./ 동백꽃은 여전히 피고 지고// 누이야, 그러면 너와 나는/ 수천수만 동백꽃 등을 밝히고/ 이 저녁, 이 뜨건 상처의 길을/ 한 번쯤 걸어보긴 걸어볼 참인가." 이 시를 분석하며 박철영은 자연과 사람 간의 소통은 고요한 응시에서 시작된다고 말한다. 또한, 사람의 사는 모습이 낭만으로 치부되지 않고 오히려 매번 시에서 사실적인 삶으로 가감 없이 자리하고 있다고 말한다. 이는 저자 자신이 평론가이자 시인으로서 다른 시인과 교감하며 그들의 작품 세계에 나타난 내면을 꿰뚫어 보고자 하는 혜안을 지니고 있으므로 가능한 표현일 것이다. 그러한 관점에서 이웃들의 삶을 냉철하게 주시하되 엄격하게 시적 언어로 발화한다. 가령 "그토록 흐르고도 흐를 것이 있어서 강은/ 우리에게 늘 면면한 희망으로 흐르던가./ 삶은 그렇게 만만하지 않다는 듯/ 굽이굽이 굽이치다 끊기다/ 다시 온몸을 세차게 뒤틀던 강은 거기// (…) // 오늘도 강변에 고추 멍석이 널리고/ 작은 패랭이꽃이 흔들릴 때/ 그나마 실낱같은 흰 줄기를 뚫으며 흐르는/ 강물도 저렇게 그리움으로 야위었다는 것인가."(「앞 강도 야위는 이 그리움」)라는 대목에서 현대 산업 시대에 들어와 소외되고 몰락한 농촌을 배경으로 쓴 전원시의 한 원형을 찾아볼 수 있다. 이는 단순히 도시화의 블랙홀에 점점 몰입되는 지금의 현실을 거슬러 농촌공동체 사회를 지향하고 있다는 점에서 공감을 사고 있는 것만은 아니다. 바로 그런 시적 발화를 낳게 한 공간적 배경으로 시인의 고향에 주목하고 있다. 전남 담양은 조선조 선비들의 정자 문화의 발원지이자 호남 유교 사상의 본거지라고 말할 수 있다. 당시 비록 주류 정치권에서 밀려났더라도 이곳 선비들은 낙향하여 후학을 가르치며 선비로서 자존심과 절개를 학문의 숭상을 통해 펼쳐 보였다. 그래서 고재종의 시도 남다르게 읽힐 수 있으며, 그의 시적 발화도 당대 풍토와 인심의 영향을 주고받으며 공진화coevolution하지 않을 수 없다는 점을 피력하고 있다. 박철영은 이를 가리켜 시적 화자의 "온정이 농경의 오랜 정서에서 자연에 순응하듯 형상화된 것"이라고 말한다. 가령 "창호지에 어리는/ 달빛에 몸 뒤척이다가/ 못내 설레는 가슴 마루 끝에 나가서/ 활짝 열린 사립을 넘어보다가// 사무치는 그리움/ 더욱 못 이겨/ 환한 마당 질러 동구에 나섰다가/ 동구 옆 새하얀 메밀밭가를/ 옷고름에 눈물 적시며 온통 서성이다가// 이윽고 타는 가슴 불나서 불나서/ 머언 신작로까지 나갔다가/ 막차도 끊긴 신작로를/ 열 발 높은 수숫대로 종내 목 늘이다가// 끝내는 오열 솟구쳐/ 길섶 찌르레기 울음으로 스러지는 마음/ 차운 길바닥에 퍼질러 앉아/그만 푸른 눈빛으로 우러르는 거지/ 부처님 같은 어머님의 만월."(「추석」 전문)에서 대부분 사람이 인식하는 고향은 그들에게 과거 속에서 실재한 현실이었다. 추억 속의 고향에 대한 공간인식은 오늘날 도시적 삶을 사는 현대인의 공간과 서로 어긋난 사뭇 원초적 삶의 공간이다.

한편 정윤천 시집 『발해로 가는 저녁』이라는 작품을 평가한 「기표와

기의의 확장 지점」이라는 시평을 검토하면, 언어는 소통의 도구로 사용된 말들이 문자화되고 그 과정에서 분화되어 사물화된 것이 시이다. 따라서 역사적 흐름과 변화의 시로 이해하고자 할 때, 우리는 현실과 시의 불화不和를 경험하게 된다. 주지하다시피 언어는 기표와 기호로 구성되어 있다. 박철영은 일상 언어 속에서 "지속되어 온 확장된 의미작용이 기호라고 보았을 때 인간과의 관계론적 사유에서 유발되는 서정성은 어떠한 시적 태도보다 견고한 위치에 서 있게 된다."라고 말한다. 또한, 정윤천의 시집에 수록된 많은 시는 일반적 서사성을 응축한 시어와 공간으로 문학성을 드러낸다고 말하며, 그의 시 구조는 형식보다는 사유에 기대고 있어 은근한 심리묘사와 장치들 역시 시인의 장점이라고 평가한다. 현실의 토대 위에 과거까지 호명하고 있는 「초년」이라는 시를 살펴보자. "망초밭이 따라왔다 부추밭이 더 열심히 따라왔다 만물상회 차부 앞의 한 봉지를 갔었다 심부름을 밀가루 봉지에는 어른이 되어서도 찾아 나서야 할 국수틀을 돌리던 하염없는 일과 상여 꽃을 접어 파는 무섭고도 아름다운 일을 치르던 친구네 사이에 끼어 있는 먼지 푸석한 점집의 문턱 한 줌이 담겨 있었다 무섭고도 아름답기로는 점집 안도 환했던 것 같았다 궁금한 데가 많았던 하얀 분(紛) 같은 하루는 어디에서 날아왔을까 밀가루 봉지를 싸맨 신문지에 와 걸렸던 갈래 어디로 바람아 너도 차부 앞의 큰길에서 돌아오던 그때 군데군데에서 더듬거렸던 것 같았다."(「초년」 전문) 박철영은 "잊힌 풍경이 고스란히 아름다운 풍경으로 되돌려진다면 욕망이 배제된 과거는 상처가 되지 않는다. 잘 인하되지 않는 추억 속에서 시인은 어디서나 볼 수 있을 법한 풍경 속 사진첩을 들추어내었다"라고 평한다. 과도한 욕망으로 급격한 변화의 체제

속에서 누구나 한 번쯤 경험해 봤을 추억의 일상을 드러내고 있다. 「초년」은 망초밭, 부추밭, 상엿집, 점집이라는 소재를 통해 현대를 살아가는 우리에게 기억 속에서 사라진 시어들을 다시금 재현하고 있다.

　다음으로 김지란의 시집 『가막만 여자』를 평한 「파문波紋처럼 밀려갔다 밀려오는 바다의 삶」이란 글을 살펴보자. 이 글에서 박철영은 "시인이 바라본 시간 속 사물은 인간의 필요 때문에 만들어 놓은 대상이 아니라 인간을 위해 존재한 사유의 결과물"이라고 말한다. 시적 근원으로 구체화한 성장기 '바다' 이미지는 사회적 리얼리즘을 담보한다. 예를 들어 "선원 월급 주는 날/ 지폐를 헤아려 가다/ 생선 비늘이 말라붙은 만 원짜리 한 장/ 돈을 세는 내 손가락을 붙잡고 만다// 돈에다 빨간 볼펜으로 꾹꾹 눌러쓴 '멸치 두 상자/ 긴박한 생이 화석처럼 멈춰 있다"(「품삯」 부분)라는 시에서 생선 비늘이 덕지덕지 달라붙은 지폐 한 장을 발견한다. 즉 자본주의 경제의 상징인 화폐에서 과거의 소중한 시간을 불러내는 순간이다. 물신주의적 자본주의에서 배태된 지폐는 인간성을 황폐화하는 도구이자 수단이다. 하지만 시적 화자는 여기서 화폐의 교환가치보다 화폐를 거쳐 간 사람들의 땀에 전 노동의 시간을 환기하고 있다. 이는 웅숭깊은 시적 대상인 동시에 교감으로 문장 내에 작용한다. 또한, 시인의 가슴속에 아득히 떠 있는 '섬'처럼 시인에겐 끈질긴 생명력 같은 가족이 있다. "다 하지 못한 숙제가 모래성처럼 쌓일 때마다 가슴속에 앉혔던 섬들이 하루에도 몇 번씩 만조滿潮[7]에 잠기곤 했다. 물속에서, 영원에 영원을 더해서 파도가 밀

7　시집 원문에는 '만조滿朝'라고 되어 있는데, 의미상 '만조滿潮'의 오기라 여겨져 바로잡을 필요가 있다.

려왔다가 밀려갔다"(「섬」 부분)에서 박철영이 지적한 대로 이 섬은 실재하는 섬일 수도 있지만, 맥락상 아버지와 어머니로 변주될 수 있다.

박철영의 평론집은 현학적인 시적 담론이나 유명세를 치르는 중견 시인들의 작품을 소개하고 평가하기보다는 역사의 무대에서 소외되고 핍박받았던 시인에서 꿋꿋한 선비 정신으로 기개를 굽히지 않고 자신만의 문학적 세계를 천착하고자 했던 시인들에 이르기까지 그들의 활약상을 남도의 공간을 중심으로 펼쳐 보이며 그 작품들을 애정 어린 시선과 냉정한 잣대로 평가해 왔다고 평할 수 있다.

시인의 존재와 역사 인식

박철영 평론가는 제2부에서 우리 현대사의 비극인 광주민주화운동에 대해 주목하고서 이를 문학적 작품으로 형상화하고 시대의 아픔과 유족의 슬픔, 그리고 희생자들의 명예 회복을 염원한 시인들의 작품에 따스한 관심과 애정을 보인다. 5·18에 관한 문학적 인식을 바탕으로 5·18이 우리 시대 정치·사회적 의식의 변화에 미친 영향까지 살펴보고자 했다. 여기에는 이승철의 시를 분석한 「시대 인식과 시적 행동들」과 조성국·조진태의 시를 평가한 「시대의 양심과 자유 의지」, 나종영 등의 시를 검토한 「80년 광주 5월, 문학적 범주와 위의」 그리고 김준태의 시를 톺아본 「흙에서 찾으려는 시대적 사유 의지」 등이 포함된다.

이 중에 이승철의 시를 분석한 글을 살펴보면 "말 못 하는 벙어리 산천에 태어나/ 끝끝내 나는 피 토하며 한반도 산야에/ 이름 없이 쓰러질망정 술 백 잔의/ 고행으로 꽉 찬 허구한 날들/ 끈적끈적한 어두운 밤하늘 내 손으로/ 기어이 일으켜 세우지 못한다면/ 이 젊은 목숨 어디서나 피투성이 가슴팍일 거외다./ 술 백 잔의 가을 문턱에는/ 젊은 고행 젊은 넋들 두 그림자 있어/ 들판도 동구 밖도 잠 못 이루고/ 밤새도록, 밤새도록 뜬눈입니다."(「자화상」 『오월』 부분)에서 "개인의 의지와 관계없이 발생한 상처가 국가라는 폭력으로 자행된 것이었다면 개인이 감당할 문제는 아니라고 본다. 과거의 치유되지 않은 상처마저 누구도 상상할 수 없는 고통이어서 개인이 결국 감당해야 할 몫이 되었다"라고 박철영은 말한다. 나아가 시인을 술과 고독 속에 더욱 혹독한 자괴감 속으로 몰아넣었다고 해석한다. "문학의 근원인 '광주'와 아직도 결별하지 못한 채 밤새워 쓴 자화상만 통어의 중심처럼 구조화되지 못한 채 텍스트로 남았다"라고 평한다.

하지만 이는 또 다른 시 「오월」을 보면 "그날 쓰러져 영산강이 된 꽃넋들은/ 아무런 말씀도 없이 천지를 꽉 채우고/ 살아 욕된 눈빛만 남은 자들이 모여/ 팔뚝 없는 주먹으로 저 먼 길을 가리킬 때/ 누가 지금 오뉴월 보리밭에서 흔들리는가/ 어서 오라, 그대 5월의 젊은 벗들아/ 우리가 무릎 꿇고 맞이해야 할/ 오월 생목숨의 날이 바로 오늘이구나" 이 시를 분석하며 시인의 내재화된 슬픔 같은 근원이 어디서 왔는지 말하고 있다. 그는 묵은 유물로 덮어버리는 시도 앞에 "그날 쓰러져 영산강이 된 꽃넋들"을 잊어서는 안 된다던 시인의 강한 의지를 판독하고 있다. "끊임없이 아픈 기억으로 연상되는 80년 광주 5월을 지켜낸 생목숨들의 절망이 반복되더라도 그대 5월에 젊은 날을 소망하며 역사의 그날을 잊지 말아야 한다."라는 전언을 우리에게 전한다.

하지만 이후에 출간된 『그 남자는 무엇으로 사는가』(도서출판b 2016)를 살펴보면 "시인은 세상을 부정적으로 인식하면서도, 거기에서 어떤 가능성을 찾아 삶의 의지를 재확인한다. 세상을 염세적으로 바라보지만, 결국엔 "그대가 끝내 피워내지 못한 꽃들/ 그것이 그대를 더욱 위대하게 하리라./ 뉘라서 그 오묘함을 알 수 있겠냐./ 그것이 뼛골 시린 그리움이 아니라면/ 부르고 또 불러 끝내 되돌아오지 않는다면/ 우리가 그것을 사랑이라고 말하지 않는다면/ 당신과 나는 오늘도 거기 서 있어야 하리."(「마량리 동백나무숲에서」)라고 결론 내리면서, 우리의 삶에 "피워내지 못한 꽃들"이 있음을 자각하는 일 자체가 치열하고 거룩한 "사랑"임을 깨닫는다."[8] 다시 말해 공권력에 의한 폭력이 개인의 아픔과 고뇌로 내재화된 광주 5월이 시인의 삶에 있어서 어떻게 다시 삶의 의지를 재확인시켜 주는지 그 궤적을 추적해 볼 필요가 있지 않을까? 이러한 작업이야말로 박철영이 말한 한 시인의 작품에 대한 진정한 해체와 순응의 시학에 다가서는 일이 아닐까, 생각한다.

다음으로 제3부에 실린 시평 중 「전복한 사유로 욕망된 시선들」이란 글에서 마경덕의 「물의 잎」을 부분 인용하며 다음과 같이 평한 글을 검토해 보기로 하자. 그런데 이 시도 중간 부분이 생략되어 일반 독자들이 감상할 때, 그 의미를 제대로 이해할 수 있을지 의문스럽다. 먼저 시 전문을 들여다보기로 하자.

---

8 광주in(http://www.gwangjuin.com).

돌멩이를 던지는 순간/ 둥근 입 하나 떠올랐다/ 파문으로 드러난 물의 입,/ 잔잔한 호수에 무엇이든 통째로 삼키는 거대한 식도食道가 있다// 물밑에 숨은 캄캄한 물의 위장/ 찰나에 수면이 닫히고/ 가라앉은 것들은 쉽게 떠오르지 않았다/ 물가에서 몸부림치던 울음을 지우고 태연한 호수// 계곡이며 개울을 핥으며 달리다가/ 폭포에서 찢어진 입술을 흔적 없이 봉합하고/ 물은 이곳에서 표정을 완성했다/ 물속에 감춰진 투명한 찰과상들,/ 알고 보면 물은 근육질이다// 무조건 주변을 끌어안는/ 물의 체질/ 그 이중성으로 부들과 갈대가 번식하고 몇 사람은 사라졌다// 물의 얼굴이 햇살에 반짝인다/ 가끔 허우적거림으로 깊이를 일러주지만/ 사람들은 여전히 잔잔한 물의 표정을 믿고 있다

- 「물의 잎」 전문(『사물의 입』)

평론가 고봉준이 시집 해설에서 "시인은 말하는 존재 이전에 듣는 존재인지도 모른다. 자신을 듣는 존재로 간주함으로써 사물에게 '말하는 입'을 주는 존재, 귀를 기울이지 않으면 들리지 않는 사물의 그 미약한 소리에 귀를 기울일 줄 아는 존재, 그 소리를 들을 수 있는 섬세한 청각의 소유자. '사물'에 대한 마경덕의 시는 이러한 시인의 존재론을 보여준다."라고 말했듯이 마경덕의 「물의 잎」은 '물'이라는 이미지에서 '입'이라는 동물의 이미지 환원함으로써 사물이라는 존재의 시작 재현으로 삶을 성찰하는 시이다.

박철영은 이 시에 대해 "사물의 이미지를 꿰뚫어 찾아낸 내면의 사

유는 전복적 관점에서 이뤄진다."라고 말한다. 바로 이 전복적 관점이
야말로 시에 대한 기존 관념의 틀을 부수는 '해체적' 의미의 시각이라
고 볼 수 있다. 또한, 그는 이 시가 전통적 서정에서 벗어난 듯한 느낌
을 주지만, 오히려 서정의 범주 안에 있다고 평한다. "소소한 사물도
시적 세계에서는 발설 이전 변증을 거쳐 강력한 시 의미로 환기되고
있어 그 실감의 느낌은 크다"라고 논하고 있는데, 필자는 사물에 대한
변증보다는 그 이미지를 꿰뚫어 보는 시인의 혜안이나 직관에 더 의
존하고 있다고 본다. 왜냐하면, 사물의 소리를 들을 줄 아는 섬세하
고도 천부적인 소질이 이 시에서 더 절실히 요구되고 있기 때문이다.
이는 앞서 사르트르가 얘기했듯이 "시인은 말을 기호로서가 아니라
사물로서 본다는 시적 태도"를 새삼 인식하게 해준다.

　이와 달리 「현대인에게 유용한 가치들」이라는 문태준의 시평에서 박
철영은 현시대 환경변화에 대한 문학적 성찰로서 시의 위상에 대해
검토하고 있다. 그는 「어떤 모사」를 분석하며 "인간의 이기심보다 자연
법칙에 충실한 본래 그대로 대상을 바라"보며 "인간이 덧칠한 이기심
에서 한 걸음 물러나 자신보다 타자를 의식하는 행위야말로 냉소적인
사회에서 현대인이 살아가는 대안이 될 수 있음을 보여준다."라고 평
가한다.

　마른 풀잎의/ 엷은 그림자를/보았다// 간소한 선線// 유리컵에/
조르르/ 물 따르는 소리// 일상적인 조용한/ 숨소리와/석양빛//
가늘어져 살짝 뾰족한/ 그 끝/ 그 입가// 그만해도 좋을/ 옛 생
각들// 단조롭게 세운 미래의 계획/ 저염식 식단// 이 모든 것을/

모사할 수 있다면// 붓을 집어/ 빛이 그린 그대로/ 마른 풀잎의/ 엷은 그림자를/ 따라 그려보았다

- 「어떤 모사」 전문(『내가 사모하는 일에 무슨 끝이 있나요』)

또한, 평자는 「외할머니의 시 외는 소리」라는 시로써 "현대 사회의 냉소적인 환경에서 더불어 살아가는 타자에 대한 소중함을 일깨우는 시적 세계관"을 발견한다. 또한 「가을비 낙숫물」에서 '비움의 시 미학'을 강조한다. 여기에 자연법칙에 순응하는 문태준의 시 세계가 어려 있다.

해체된 시의 현실 인식

마지막 제4부에서 신용목의 시집 『그 바람을 다 걸어야 한다』를 평한 「변용變容과 관용寬容 사이」를 살펴보기로 하자. 평자는 젊은 시의 시를 개괄하며 그 성향을 "어둠에서 막 빠져나온 듯 또 다른 시의 유형으로 낯섦"을 얘기한다. 산수유꽃을 분석하며 "꽃 피기 전 긴장이 도사린 산수유꽃 몽우리의 아픔을 감자해낸 것도 시인만의 선험에서 비롯"된 것이라고 평한다. 아버지의 일상을 시적 화자의 관찰자 시선으로 묘사한 「낫자루를 들고 저무는 하늘」을 살펴보면 "저 산 산새나

내려앉을 골에 들어 아버지 낮을 놀리시네 달램도 없이 저무는 해 툭툭 나무들 꺾여지는 상처마다 어둠이 신음처럼 피어나는 것을// 나는 넓적바위 위에 앉아 바라보네 나무 속의 어둠과 나무 밖의 어둠 나른한 경계에 서는 검은 낮의 비림 갈라지는 바람의 능선에서 어미 없는 나방이 고치에서 풀려날 때 얼굴 없는 기다림아 나는 흔들리는 개망초 시름을 거두러 잃어버린 길로 내보낸 마음 무릎을 모으면 산그늘이 걸어와 볼을 비비고 가슴을 쓸어 저 먼저 엎드린 마을로 뚜벅뚜벅// 한 짐 굽이진 산길 어둠을 받쳐 내려오신 아버지 다시 구들을 지고 앉는 밤 나무들 돌아가듯 연기는 자꾸만 산으로 구부러지고"(「낮자루를 들고 저무는 하늘」 전문) 라고 하였는데, 이 평론집에는 마지막 행이 빠진 채 부분 인용되고 있다. 그런데 이 빠진 마지막 행을 근거로 "시인에게 사물로 다가온 서경을 통한 서정으로의 변용은 극히 상투적일 수 있지만, 안과 밖이라는 대립 항이 아닌 순정한 마음으로의 회귀여서 주저하지 않는다"라고 평하고 있다. 따라서 그의 분석은 탁월하지만, 독자들의 가독성을 위해 평하고자 하는 시의 전문을 인용할지 부분적으로 선택할지 좀 더 신중하게 생각할 필요가 있다. 여기서 평자가 신용목 시인의 작품을 택한 것도 그의 시를 오래된 시간에 관한 반추를 바탕으로 기존의 시 경향을 해체하여 재구조화하는 새로운 형태의 시로 생각했기 때문이지 않았을까, 추측해 본다.

끝으로 오형경의 시집 『라데츠키의 팔짱을 끼고』를 평한 「해체된 시의 경계와 현실 인식」을 얘기해 보도록 하자. 「화성에 가기 전에」라는 시를 분석하며 평자는 "시인은 '와디럼'에서 살아가는 방법을 터득하며 서서히 적응해 간다. '세 시간'을 견뎌야 하는 한낮의 뜨거운 태양을 피하는 방법과 그런 환경에서 '버섯바위'가 적응에 성공하는 생존 방법까지 알아간다."라고 말한다. 와디럼Wadi Rum은 럼주처럼 붉은 모래사막 내 협곡, 한때 물이 흐르던 자리를 말한다. 지상의 자연환경이 흡사 화성을 닮았다고 해서 유명해진 곳이다. '버섯바위'는 사막의 모래바람에 의해 바위의 아랫부분이 마식된 암석 지형을 일컫는다. 흡사 버섯처럼 생겼다고 해서 붙여진 이름인데, 모양은 상부가 아주 크고 하부가 아주 가늘어 여차하면 떨어질 듯이 보인다. 따라서 "숯불로 달궈놓은 사막의 구덩이에 세 시간을 견디면/ 곧 떨어질 것 같은 버섯바위도 제집을 짓는다"(「화성에 가기 전에」)라는 구절은 한낮의 태양 빛이 조금 비켜나면 버섯바위의 그림자가 제집을 짓듯이 모래사막 위에 드리워진다는 의미이다. 또 박철영이 이 시에서 "탐험으로 이곳저곳을 찾아다니던 하루가 바위산에 그어진 '와디'라는 흔적으로 남았다"라고 해설한 부분은 시적 화자가 말한 "화성으로 가기 위해 와디 하나 긋는다"라는 구절에서 차용한 것 같은데, 사실 이는 재고해 보아야 할 부분이다. 바위산은 고생대 암석으로 이뤄진 퇴적암과 이후 형성된 화산암으로 대부분 이뤄져 있다. 따라서 평자가 말했던 대목은 바위산에 그어진 '와디'라기 보다는 퇴적암 층리에 해당한다. 아니면 그 부분을 "'모래사막'에 그어진 '와디'라는 흔적으로 남았다"고 표현해야 옳았을 듯싶다.

이 「화성에 가기 전에」라는 시에서 평자는 시인이 인식하는 세계가 현실보다 먼 피안까지 보고 있다고 말하면서, 우주적 사고의 이동은 지구라는 태고의 시간을 거슬러 가야만 가능하다고 평한다. 다시 말해 인간의 생멸까지 예감할 수 있는 미지의 세계이자 피안의 세계를 설정해 보인다. 문학적 자장을 넓히려는 과정에 나타나는 다양한 스펙트럼을 기존의 시 쓰기 유형을 초월하려는 노력으로 보고서 그 변신이야말로 '해체된 시의 경계이자 현실 인식'으로 바라보았다.

문학 비평은 작품에 대한 이해를 바탕으로 작품의 의미를 도출하며 개별 작품이 갖는 다른 작품 간의 관계망을 독자들에게 알기 쉽게 전달하는 일이다. 따라서 비평가는 개인의 안목으로 대상 작품을 분석하고 해체하는 단계를 넘어서 전체의 시선으로 개별 작품의 의미를 밝혀내야 한다. 우리는 『해체와 순응의 시학』을 통해 시가 사회 변혁에 대처하는 새로운 경향에 대해 파악하려고 시도하였으나 만족스러운 결과를 얻어내지 못했다. 하지만 이 작품을 바탕으로 비평의 소중한 소임에 대해 새삼 깨닫게 되었으며, 비평에 대한 저자의 성실하고 부지런한 태도를 들여다볼 수 있었다. 좌고우면하지 않고 오직 작품으로써 그 의미망을 포착해 내려는 그의 엄정한 비평적 잣대와 객관성을 파악할 수 있었다. 또한, 저자 자신이 시인이자 비평가이기에 그의 평론 문체는 유려하고 풍부한 우리말의 구사로 가독성의 즐거움을 더하고 있다.

다만 평론집의 완성도를 높이기 위해서 몇 가지 제언하자면 첫째, 개별 시인의 작품 변화를 감지할 수 있도록 한 작품보다는 다른 시기에 쓴 여러 작품을 대상으로 시계열적 분석을 시도해 볼 필요가 있다. 특히 '해체와 순응의 시학'이라는 제목을 염두에 둔다면 이러한 점이 절실히 요구된다. 둘째, 해당 시인의 작품을 인용할 때 시 전체를 인용할 것인지 아니면 부분 인용할 것인지 심사숙고해야 한다. 왜냐하면, 선택한 시를 전체가 아닌 부분으로 인용한다면 독자 처지에서 볼 때, 작품 전체의 흐름을 잘 파악하기 어렵기 때문이다. 가령 고재종의 「흑명黑鳴」이란 시는 2004년 『쪽빛 문자』에 상재된 시인데, 2012년 시선집 『방죽가에서 느릿느릿』에 재수록된 시이다.

> 보길도 예송리 해안의 몽돌들은요
> 무엇이 그리 반짝일 게 많아서
> 별빛 푸른 알알에 씻고 씻는가 했더니
> 소금기, 소금기, 소금기의
> 파도에 휩쓸리면 까맣게 반짝이면서
> 차르륵 차르륵 울어서 흑명,
> 흑명석이라고 불린다네요
>
> 이 세상에서 내게 남은 유일한 진실은
> 내가 이따금 울었다는 것뿐이라던
> 뮈세여, 알프레드 뒤 뮈세[9]여

- 「흑명黑鳴」 전문

이 시는 전남 완도군 정도리 구계등에 있는 몽돌밭을 소재로 한 작품이다. 갯돌이 파도에 굴려져 침식되는 과정을 화자의 시 창작 과정과 연관 지어 형상화한 시이다.

---

9 시 원문에는 이렇게 적혀있지만, 정확한 표기는 '알프레드 드 뮈세'Alfred de Musset이다.

이 시에서 화자가 왜 알프레드 드 뮈세Alfred de Musset(1801~1857)의 말을 인용했는지 잘 알 수 없지만, 뮈세라는 시인의 전체적 삶을 염두에 두고 말한 것 같지는 않다. 알프레드 드 뮈세의 부분적인 삶의 한 대목이 시적 화자의 삶과 어느 면에서 일치했는지도 모른다. 하지만 뮈세는 프랑스의 시인이자 소설가, 극작가로서 낭만주의 시대에 활발한 활동을 한 인물이다. 조르즈 상드G. Sand와 정열적인 연애로 행복한 희열과 상심을 경험하기도 했으며, 문란한 생활로써 시적 고갈을 가져오기도 했던 인물이다.[10] 그런데 박철영은 이 시의 마지막 절만 부분 인용하여 뮈세의 모습이 "시인(고재종)의 모습일지 모른다."라고 하였다. "상처는 오랠수록 잘 낫지 않는다. 그런 상처와 고독으로 절명한 알프레드 뮈세보다 시인에게는 앞으로도 할 일이 너무 많이 남아 있다"라고 평한 것은 너무 느슨한 해석이 아닌가 싶다.

또한, 시의 행갈이가 다소 모호한 인용 시(신용목, 「낫자루를 들고 저무는 하늘」)도 보이는데, 이는 철저한 서지書誌적 확인을 거쳐 바로잡아야 할 것이다.

그러나 이러한 지적들이 박철영 평론가가 얻은 평론적 성취를 상쇄하지는 않는다고 생각한다. 다른 이와 비교할 수 없을 만큼 많은 문학 작품을 부지런히 읽고, 바쁜 일상에서도 비평의 펜을 놓지 않는 그의 성실함이야말로 우리 비평계의 큰 미덕이라고 보기 때문이다. 그러므로 우리는 그의 다음 평론집을 벌써 기대하고 있는지도 모른다.

---

10 낭송, 『랑송 불문학사 下』, 정기수 옮김, 을유문화사 1983, 80~85면 참조.

민중항쟁에 관한 작가의 역사 인식과 문학적 재현 방식

- 이사벨 아옌데의 『영혼의 집』과 백시종의 『여수의 눈물』을 중심으로

한 국가가 열강의 식민지 지배에서 벗어나 독립국으로서 해방을 겪는 과정에서 각 집단이나 인종(민족) 간의 정치적 주도권 싸움은 역사적 관점에서 보자면 끔찍할 만큼 엄청난 인권유린과 동족 살육의 만행을 초래하였다. 인간의 이성은 오간 데 없고 오직 약육강식의 야수적 욕망이 인간의 존엄성과 인권에 대한 성찰을 한사코 외면하게 하였다. 정치권력의 정당성이 국민에게서 나온다는 말을 새삼 강조하지 않더라도 국민에 대한 폭력과 억압으로써 획득된 정권은 반드시 무너지고 자멸하여 언젠가 역사 앞에 준엄한 심판을 받는다는 것이 또한 역사의 진리일 것이다. 민간인 학살은 지배자와 피지배자 간의 절대적 힘의 불균형에서 비롯되었으며, 주권자의 무지와 열등의식에 의해 본의 아니게 그 도를 훨씬 넘어서게 되었다.

남미의 칠레와 동아시아의 대한민국은 각각 에스파냐와 일본이라는 제국주의 국가의 약탈과 핍박을 무자비하게 받았다는 데서 공통점이 있다. 독립 후 이들 국가는 정권 야욕에 눈먼 자들에 의해 자기 국민이 무참히 짓밟히고 처절하게 고통받았던 역사의 아픔을 간직하고 있다. 그로부터 오랜 시간이 지난 후 이러한 민간인 학살에 대하여 우리는 '화해와 상생 그리고 평화'라는 이름으로 용서하고, 그들의 모든 잘못을 감싸 안아야만 하는가? 역사의 끔찍한 만행을 이젠 강물처럼 지난 세월 속으로 흘려보내고, 모든 것을 없었던 일 인양 오래도록 침묵해도 좋은지 되묻고 싶다.

작가들은 이러한 민중항쟁을 문학 작품으로써 재현하는 데 있어서 어떠한 역사 인식이 있는 것이며, 작가의 역사 인식은 그들이 창작한 작품 속에 어떤 영향을 미치고 있는 것일까? 또 오늘날 그 문학적 재현의 의미는 무엇이며, 우리에게 암시하고 있는 바는 무엇일까? 이러한 문제에 관해 우리는 두 작가, 칠레 이사벨 아옌데와 우리나라 백시종의 작품들을 대상으로 검토해 보며, 문학이란 무엇인가, 그 근원적이면서도 고색창연한 문학적 난제에 대해서도 다시금 생각해 보고자 한다.

증언으로서 글쓰기

먼저 이사벨 아옌데Isabel Allende의 『영혼의 집La Casa de los Espiritus』

(1982)[1]은 남미 칠레 현대사의 생생한 증언이요, 독재정권에 대한 고발장이다. 당시 힘없고 가난했던 칠레 민중들이 차마 하지 못했던 이야기들을 실타래처럼 풀어놓은 주술적 색채가 강한 작품이다. 이 글에서 아옌데의 작품을 분석 대상으로 다루게 된 배경은 1818년 산마르틴San Martin에 의해 에스파냐로부터 독립한 라틴아메리카의 칠레가 우리나라만큼 현대사 속에 민중의 아픔과 한을 간직하고 있는 데서 연유한다.

작가는 이른바 '마술적 사실주의Magical Realism' 기법을 통해 칠레의 정치·사회 전반에 걸쳐 증언자적인 관점에서 사실을 기록하며, 여성해방의 도정을 묘사하고 있다. 여기에 나오는 주인공들로서 미래의 일을 예측할 수 있는 끌라라를 비롯하여 소작농의 아들을 사랑한 블랑까, 부모의 축복받지 못한 사랑에서 태어난 알바 등이 있는데, 이들 여성은 피와 고통으로 얼룩진 남미 칠레 역사 속에서 희생자로서 비치기보다는 그러한 현실을 극복하려는 주체로서 주목받는 인물들이다. 그런 점에서 대부분 남성적 시각으로 쓴 민중항쟁이나 민간인 학살 사건을 소재로 한 국내 소설에 암시하는 바가 크다고 볼 수 있다. 역사적 비극의 소용돌이 속에서 정치적 모순을 극복하려고 노력하는데 남성과 여성이 따로 있을 수 없으며, 상대를 돕고 감쌀 수 있는 상호협력 또는 배려와 존중이 있어야 한다.[2]

---

1 이 작품과 관련하여 인용할 텍스트는 아래와 같으며, 이후 책 권 수와 면수만 표기한다.
이사벨 아옌데(권미선 옮김), 『영혼의 집 1·2』, 민음사 2008.

2 그렇다고 아옌데의 『영혼의 집』에 나타난 여성성이 전적으로 남성성과 대립 내지는 대척적 관계로만 설명되지는 않는다.
"남자들은 가족에 대한 인식 부족과, 자신의 일에 매진하고 목적을 달성하기 위해 수단과 방법을 가리지 않는 성향, 독특한 성격 등의 광기, 체면과 자존심의 중요성, 보수적 기

『영혼의 집』은 칠레 인민 정부가 들어서기 전인 1930년대부터 삐노체트 군사 쿠데타가 발발한 1973년까지 정치사적으로 힘들었던 칠레의 현대사를 니베아-끌라라-블랑까-알바 4대에 걸친 한 집안의 가족사 안에서 다루고 있다. "1973년 이후 지금까지 출간된 칠레의 증언 문학은 거의 예외 없이 같은 시기, 즉 1970년대를 다루고 있으며 군사 평의회의 범죄적 행위, 인권유린, 불의, 민중들의 고통 등에 대한 고발은 반파시스트 문학의 전형적인 주제로 등장한다."[3]라는 점을 고려할 때, 아옌데의 글쓰기는 증언 문학으로서 군부독재에 저항하고자 하는 역사 인식에서 비롯되었다고 볼 수 있다.

> 그(하이메)가 간신히 몸을 일으켰을 때는 두 눈에 눈물이 가득 고였고, 바지가 변으로 더럽혀져 있었다. 군인들은 그들을 거리로 끌고 가는 내내 계속 두들겨 패더니 다 도착해서는 땅바닥에 얼굴을 박고 엎드리라고 명했다. 그리고는 스페인어로 된 욕이 더는 나올 수 없을 때까지 계속 욕설을 퍼부어 대며 마구 짓밟았다. 누군가 신호를 보내자 탱크가 마치 무적의 후피 동물처럼 쿵쿵거리며 포로들 가까이 다가왔다.(2: 219면)

질, 주관성, 과도한 성욕, 독점력, 폭력, 강압적 성향 등의 부정적 측면을 보이고 있다. 그러나 이러한 성향은 차츰 서로를 이해하려는 방향으로 가고 있고 젊은 층에서는 이미 여자들을 존중하고 있으며 신분이 낮은 층의 남자는 신분이 높은 여자들에게도 이미 존중하고 있음을 보이고 있다."(강태진, 「『영혼의 집』에 나타난 남성성」, 『한국스페인어문학회 스페인어문학』, (46), 2008, 173~191면)

3   홍혜란, 「영혼들의 집에 나타난 이사벨 아옌데의 역사의식」, 『중남미연구』, 15(1), 1996, 223~242면.

대통령궁을 점령한 반군이 대통령 주치의인 하이메를 구타하고 짓밟고 탱크로 진군하는 대목에서 살펴볼 수 있듯이, 작가는 민중에 대한 군부독재의 광기를 적나라하게 드러내고 있다. 따라서 칠레의 비평가들은 『영혼의 집』을 두고 망명문학으로서 증언 문학의 진수를 보여준 빼어난 작품이라고 극찬을 아끼지 않았다. 알바가 반정부투쟁을 전개하고 있는 남자 친구 미겔의 소재를 밝히라고 추궁당하는 과정에서도 '개집'이라는 밀폐된 공간 속에서 죽음을 응시할 때, 끌라라는 알바에게 죽음의 공포를 극복하는 방식으로서 '글쓰기'를 가르쳐 준다. 현재의 고통과 불안에서 벗어나는 방법으로서 글쓰기는 고통당하는 자들이 자신들의 불행해진 이유를 밝히고 치유하는 존재론적 행위로 묘사되고 있다.[4]

> 끌라라 외할머니는 정신을 집중시켜 개집에서 살아 나갈 수 있도록, 종이나 연필 없이도 생각만으로 글을 써보라며 알바에게 권했다. 그리고는 한술 더 떠서 알바가 지금 아무도 모르게 겪고 있는 그 끔찍한 고통을 언젠가 세상에 알릴 수 있도록, 확실한 증거가 될 수 있는 글을 써보라며 권했다. (2: 294면)

> 때로 나는 이전에 모든 것을 경험했고, 이미 이 글을 썼던 것 같은 느낌이 들 때가 있다. 그렇지만 그 글을 쓴 사람은 내가 아

---

4 사르트르 J. P. Sartre의 『구토 La Nausée』에서 주인공 Roquentin이 잉여적 존재로서 자신의 처지를 극복하고자 글쓰기를 선택하는 것처럼, 작가에게 글쓰기는 자신이 존재하는 필연적 이유이자 삶의 궁극적 목표가 된다.

니고 다른 사람이었으며, 그 사람은 내가 사용할 수 있도록 자신의 노트를 고이 간직해 두었다. 기억은 부질없고, 인생은 너무 짧고 순식간에 스쳐 지나가 버려서 우리는 사건 간의 관계를 제대로 관망하지 못한다고 내가 썼고, 그녀도 그렇게 썼다. 우리는 자신이 저지른 행동의 결과를 예측하지 못하며, 과거와 현재와 미래라는 시간의 환상을 믿고 있다.(2: 327면)

아옌데는 군부독재 치하에서 고통 속에 억압받는 칠레 동포들의 삶을 기록하는 것이었지만, 주인공 알바가 개인적으로 당한 고문은 가족 간의 원한 관계로 얽혀 있어서 핍박받고 희생당한 수많은 사람의 형편을 대변하는 데 충실치 못했다. 이는 작가의 의도와 창작된 작품 간의 틈으로 알바의 말처럼 '역사의 진실'을 알게 된 후 그녀에게 아무런 증오의 감정도 남지 않았다는 다음 대목에서 더욱 뚜렷해진다. "나는 이제 증오심을 찾으려 해도 찾을 수가 없다. 내가 가르시아 대령과 그와 같은 사람들의 존재를 인정하게 되면서도 증오심도 차츰 수그러드는 것이 느껴졌다."(2: 327면)

작가는 적어도 칠레 인민의 삶을 역사적 차원에서 제대로 해석해 내지 못하고 있거나, 사회주의와 파시즘이 지금까지 서로 대항하며 투쟁해 왔지만, 궁극적으로 화해할 수 있으리라는 '낭만적 낙관론'에 사로잡혀 있다고 볼 수 있다. 칠레 좌파 세력의 형성 과정에 관한 역사 서술에서 드러나는 문제점은 소설 텍스트의 흐름과는 괴리감이 있으며, 당대의 상황이나 사건을 언론 보도 식으로 서술·전달하는 차원에 머물고 있다는 점이다.

이 소설의 배경은 다른 두 사회 계층의 삶이 드러나는 공간으로 설정되어 있다. 라스 뜨레스 마리아스와 모퉁이 대저택은 에스떼반 뜨루에바와 끌라라 사이의 이항적인 삶의 형태가 실현되는 공간이다. 전자는 소작인에 대한 억압과 노동 착취, 뜨루에바의 성폭력이 가해졌던 공간을 상징하며, 후자는 정치적 불안정이 없었던 시기로서 휴식과 환상, 평화가 공존했던 공간을 의미한다.

> 외할아버지가 강가의 갈대밭에서 그의 할머니인 판차 가르시아를 넘어뜨렸을 때 또 다른 업의 고리가 연결된 것이었다. 그 후 강간당한 여자의 손자는 강간한 남자의 손녀에게 똑같은 짓을 되풀이했고, 아마도 사십 년쯤 후에는 내 손자가 가르시아의 손녀딸을 갈대밭 사이로 넘어뜨리고, 또 다른 고통과 피와 사랑의 역사가 앞으로도 몇 세기 동안 계속될지도 모르는 일이었다.(2: 326면)

결국 '에필로그'에서 보여주는 화해와 용서는 정치·역사적인 차원이 아니라 개인·가족적 차원에서 설명되고 있음을 알 수 있다. 따라서 이 소설의 핵심적 요소가 휴머니티라고 평가할 수 있으나, 진정한 역사 인식을 바탕으로 한 휴머니티가 아닌 '영혼의 집'인 모퉁이의 대저택—외부와 단절된 공간—이자 평화가 존재했던 공간을 동경하는 데서 오는 휴머니티이다. 따라서 작가가 비판했던 부르주아 계급의 안락함을 그리워하는 자가당착으로 말미암아 진정한 증언 문학이라고 여기는 데는 그 한계성을 보인다.[5] 오히려 이러한 취약성이 역설적으로 독자의 대중성을 확보하는 요인으로 작용했는지 모른다.

민중항쟁으로서 문학적 재현 방식

『영혼의 집』에서 작가는 칠레 독재정권의 고발을 통해 당대 인민들의 고통과 아픔을 함께 나누고자 한다. 하지만 작가는 쿠데타로 피노체트 정권이 들어서자, 베네수엘라로 망명을 떠나게 된다. 역사의 현장에서 민중들과 함께 생사고락을 함께하며 투쟁했던 기록이 아니라 '저만치' 떨어져 외국에서 고통받는 자국민을 바라본 것이다. 따라서 몇몇 평자들은 『영혼의 집』을 '증언 문학'의 진수라고 상찬했지만, 작가가 재현하는 소설의 내용은 당대 민중항쟁의 진정성을 실물과 아주 비슷하게 묘사하는 데는 부족한 부분이 많았다. 더구나 그녀가 빌리는 라틴아메리카 문학에서 흔히 볼 수 있는 '마술적 사실주의' 기법은 현실적 내용에 적용하기에는 논리적으로 인과관계가 잘 맞지 않는

5　이 점에 대해서 사르트르가 했던 말을 재음미해 볼 필요가 있다. "분열된 사회의 산물인 지식인은 그가 이처럼 사회의 분열을 자신 속에 내면화하고 있다는 점에서 그 분열된 사회를 보여주고 있습니다. 따라서 지식인은 역사적 산물입니다. 그리고 이런 의미에서 그 어떤 사회도 자기 자신을 비난하지 않고서는 결코 그 사회의 지식인에 대해 불평할 수 없습니다. 왜냐하면, 사회는 오로지 그 사회가 만들어 낸 지식인만을 갖기 때문입니다."(사르트르, 『지식인을 위한 변명』, 이학사 2007, 54면) 작가도 부르주아 계급의 교육과 제도의 영향으로부터 결코 자유롭지 못하다. 따라서 사회적 모순을 극복하고 개선하기 위해선 작가의 결단과 끊임없는 선택만이 있을 뿐이다.

특징을 지니고 있다.

> 끌라라는 집 안에 갇힌 채 보낸 어린 시절을 끝내고 사춘기로
> 접어들었다. 끌라라의 집은 놀랄 만한 이야기들과 차분한 침묵
> 의 세계였다. 그곳에서 시간은 시계나 달력으로 표시되지 않았
> 고, 물체들은 스스로 생명력을 갖고 있었으며, 혼령들은 식탁에
> 앉아 인간들과 함께 대화를 나누었다. 과거와 미래는 서로 다
> 를 것 하나 없는 단일체를 이루었으며, 현재라는 현실은 무슨 일
> 이든지 일어날 수 있는 뒤죽박죽된 갖가지 거울들의 만화경이었
> 다. 내게는 그 시절에 쓰인 노트들을 읽는 게 아주 큰 즐거움이
> 었다. 노트들에는 이제는 존재하지 않는 마법의 세계가 묘사되
> 어 있었다. 끌라라는 자기가 만들어 낸 세계 속에서 혹독한 삶
> 의 풍상을 겪지 않도록 보호받으며 살았다. (1: 149~150면)

그렇지만 작가는 주인공 끌라라가 노트를 읽는 즐거움을 만끽하듯
이 칠레 국민의 민중항쟁을 글로써 남김으로써 이 이야기가 당대뿐만
아니라 후대에 이르기까지 계속 읽히길 기대하며 창작에 임했다고 볼
수 있다.

무엇보다도 작가는 국가권력이 민간인에게 가해지는 폭력은 어떠한
명분으로라도 정당화될 수 없는 것임을 보여주고자 했다. 그리하여
이를 문학적으로 재현하는 데 있어 죽음의 공포로써, 고문과 학대의
공포로써 나타내고자 하였다. 나아가 작가는 국민을 단순히 일방적
으로 당했던 피해자로서 바라보는 시각에서 벗어나, 처음에는 개인적

이고 산발적인 투쟁을 벌여나갔으나 나중엔 서로 연대하여 독재정권에 대한 무장투쟁으로써 맞섰던 민주주의의 주체로서 보게 되었다. 또한, 여기에 나오는 여성 주인공들도 모두 자기희생적으로 고통스러운 현실을 인내하기보다는 그러한 현실을 극복하려는 적극적이고 주체적인 모습으로 등장한다. 특히 시골 지역에서 창녀로 만족하지 않고 사업가로 변신한 뜨란시또 소또와 알바를 구해준 빈민촌 여인의 모습이 인상적으로 다가온다. 게다가 민중 봉기를 항쟁으로 승화하여 부르주아의 폭력에 대항하고자 게릴라의 선봉장이 된 알바의 애인, 미겔의 행동은 칠레 민중항쟁의 표상이라고 말하지 않을 수 없다. 여기에 빠블로 네루다Pablo Neruda의 죽음이 그러한 민중들의 항거에 결정적인 기폭제 역할을 하였다고 볼 수 있다.

알바와 에스떼반 뜨루에바의 곁에서, 스웨덴의 텔레비전 카메라맨들이 노벨상을 수여하는 추운 나라로 화면을 보내기 위해 취재하고 있었다. 거리 양쪽에 살벌하게 늘어서 있는 기관총들, 사람들의 얼굴, 꽃으로 뒤덮인 시인의 관, 공동묘지에서 두 블록 떨어져 있는 시체 공시소 문 앞에 몰려들어 사망자 명단을 말없이 읽어 내려가는 여인들을 담은 무시무시한 장면을 촬영했다. 그곳에 있던 사람들 모두 한목소리로 노래를 불렀으며, 대기는 금지된 슬로건으로 가득 차 후끈했다. 사람들은 총검을 들고 있는 군인들 앞에서 단합된 민중은 결코 패배하지 않는다고 외쳐댔다.(2: 250면)

마지막으로 아옌데의 문학적 재현 양상은 "모성의 상징적 재생산"으로 나타난다. 주인공 알바는 할머니 끌라라와 어머니 블랑까가 가지고 있던 노트와 편지로 칠레 민중의 이야기를 전개해 가는데, 이는 "몸이 아니라 언어로 반복되는 모성의 상징적 재생산이라는 측면으로 이해"[6]할 수 있다. 그녀의 글쓰기는 단지 선대 여성들의 노트만을 재구성하는 것이 아니라 4대에 걸친 모계 조상들의 모든 대화를 융합시킴으로써 이 작품이 계보 상의 그들 여성에 의한 협동 과업임을 인식시키고자 한다. 그 이야기 속에는 전통적인 남녀의 역할이 뒤바뀌어 제시되는데, 이는 앞서 말했듯이 남성들의 개입 없이 여성 스스로 운명을 결정하고 자신들을 위하여 행동해야 함을 천명하는 것으로 여성의 새로운 소임을 강조하고 있다고 볼 수 있다.

여순항쟁, 그 역사적 금기를 넘어

다음으로 우리 현대문학에서 여순항쟁을 재현한 작품들을 살펴보면[7] 여러 장르가 있지만 단연 소설 문학이 압권이다. 이는 시 장르보다 역사적 비극을 밀도 있게 다루기 위해선 서사 담론인 소설 형식이

---

6 한은경, 「이사벨 아옌데의 『영혼의 집』과 『에바 루나』에 나타난 모녀관계와 여성의 글쓰기」, 『한국스페인어문학회 스페인어문학』, (28), 2003, 602면.

7 이에 관해선 졸고 「현대문학에 투영된 여순항쟁의 의미」, 『여수작가』, 시와사람 2017, 154~172면 참조.

더 잘 어울릴 수밖에 없기 때문이다. 그 가운데 『여수의 눈물』(2020)[8]을 분석 대상으로 삼은 것은 이 작품이 여순항쟁을 다룬 작품 중 가장 최근에 발행된 장편소설이라는 점과 지역 출신 작가가 아니라는 사실을 고려했기 때문이다.[9] 출판사의 서평에서 "백시종 소설가는 신간 『여수의 눈물』 집필을 끝내고 72년이나 미루던 숙제를 드디어 해냈다고 소회를 밝혔다. 오랫동안 가슴 먹먹하게 간직하고만 있던, 그러면서도 자꾸 뒤로 미루기만 했던, 너무 커서 만지기조차 두려웠던 '여수·순천 사건'의 그 폭력과 공포, 그 잔혹함을 생생하게 되살려내야 한다는 오래 묵은 숙제를 마침내 끝낸 것이다."라고 말했듯이, 작가는 역사적 책무이자 작가의 양심으로서 만시지탄의 느낌이 들었지만, 이 작품을 마침내 완성하고야 만 것이다.

여순항쟁과 관련된 작품은 작가 자신에 의해 직접 체험된 글보다는 남에게 전해 듣거나 문헌에 나타난 역사적 기록을 바탕으로 한 간접 경험에서 우러나온 글들이 대부분이다. 따라서 "기억한다는 것은 만들어지는 것이다. 경험하지 않은 과거의 역사적 사건을 기억하는 것은 간접적인 경험을 통해 이루어질 수밖에 없으므로 무엇을 보고 들었는지에 따라 개인마다 다르게 만들어진다."[10] 즉 르뽀 형식의 작품

---

8 이 작품과 관련하여 인용할 텍스트는 아래와 같으며, 이후 책 면수만 표기한다.
백시종, 『여수의 눈물』, 문예바다 2020.

9 가장 최근작을 분석 대상으로 한 이유는 '작가가 집필하는 데 있어 현재까지 밝혀진 여순항쟁에 관한 자료나 다른 작가의 작품을 누구보다도 폭넓게 수용하고 검토했으니'라고 추측할 수 있었기 때문이며, 작가가 한때 여수에 기거한 적이 있다지만 오랫동안 타지에서 생활했기에 여순항쟁을 외부자의 객관적인 시선으로 바라볼 수 있지 않았을까, 하는 생각이 들었기 때문이다.

10 전영의, 「해양도시 여수의 문학적 표상과 공간의 로컬리티」, 『현대소설연구』, (82), 2021, 501면.

에 비해 글쓴이의 주관적 판단이 개입될 여지가 많으며, 이는 작가의 역사관이나 역사 인식 수준에 따라 실상이 다르게 표현될 수 있다는 것을 암시하기도 한다. 따라서 소설의 내용은 작가가 인식하는 역사적 사실에 대한 재구조화의 산물인 셈이다.[11]

내가 『여수의 눈물』을 집필하게 된 동기는 두 가지다. 그 하나는 내 스스로 숙명처럼 정해 놓았던 '숙제하기'였고, 나머지 하나가 어느 날 모 박물관에서 목격하게 된 사진 한 장이었다.

누렇게 퇴색한 70여 년 전 흑백사진이었다. 어느 경찰서 뒤뜰이었고, 앵글 안에 들어 있는 스물여덟 명 모두가 누더기를 걸친 채 와들와들 떨고 있었다. 한겨울인데도 여름옷을 켜켜이 껴입은 탓이었지만, 그보다 생포되어 막 끌려온 터라 자신들의 생존 문제에 대한 불확실성 때문에 더 긴장된 모습이었다.

(…)

우리 나이로 다섯 살이고, 만으로 네 살짜리 철부지였지만 나는 그날 새벽 콩 볶는 총소리를 들었고, 포승줄에 묶인 채 총살당하는 제복 입은 남자들의 죽음도 보았으며, 태극기인지 인공기인지 구분되지 않았지만, 어쨌든 깃발을 흔들며 환호하는 군

---

11 이에 대해 주철희는 다음과 같이 말하고 있다. "여순항쟁의 기억은 부정적이다. 이 시기를 겪은 사람일수록 기억은 더욱 잔인하다. '기억한다'는 것은 자연스러워 보이지만 실제로는 '만들어지는 것'일 수 있다. 특히 경험하지 않은 과거의 역사 사건을 기억하는 것은 경험하지 않았기 때문에 간접적으로 보고 듣는 것을 통해서 이루어질 수밖에 없다. 때문에 무엇을 보고, 들었는지에 따라 기억하는 것이 달라질 수 있다. 여순항쟁의 기억도 자신의 경험일 수 있지만, 세뇌 교육의 사회적 산물일 가능성이 크다."(주철희, 『동포의 학살을 거부한다』, 흐름 2017, 201면)

중들 속에 나도 끼여 강물 흘러가듯 그렇게 휩쓸려가기도 했다.(

「작가의 말」: 4~5면)

인용 글에서 보듯이 여순항쟁의 문학적 재현의 계기는 작가가 박물
관에서 보았던 한 사진에 대한 감상에서 비롯된다. 이러한 경험은 프
루스트Marcel Proust의 『잃어버린 시간을 찾아서A la recherche du temps
perdu』에서 주인공이 어느 날 마들렌 과자를 홍차에 찍어 먹다가 불현
듯 그 맛 때문에 연상된 과거의 추억들을 하나둘 되살리듯이, 개인의
시야에 포착된 한 장의 사진을 통해 "무의지적 기억의 환기"에 의해 잠
복해 있던 역사적 사건을 떠올리게 하며, 작가에게 글쓰기를 통해 진
실의 본말을 전개해 나가는 원동력이 되게 한다. 하지만 작가가 어렸
을 때 경험한 일이다 보니 여순항쟁 발발 당시 외부적 상황을 현장의
목도를 통해 어느 정도 인지할 수 있다고 생각되나, 그 내부적 상황을
논리적으로 인식할 만큼 이성적 판단이 갖춰진 나이는 아니었다고 판
단된다. 따라서 소설 속에서 여순항쟁을 바라보는 주인공의 생각도
다른 사람에게 들은 이야기를 통해 작품 속에 간접적으로 형상화하
고 있는 것인지도 모른다.

　　자전거를 타고 두부와 비지를 팔러 다니는 김 씨가 시내에서
　　막 동네 어귀로 들어오고 있었다. 사람들이 김 씨를 붙들었고,
　　김 씨 역시 입이 근질근질했다는 듯이 따끈따끈한 난리 뉴스를
　　전하기 시작했다.
　　"난리가 나 부렸다는디, 진짜로 그런 거여?"

"난리라도 보통 난리가 아니그만!"

"시내가 뒤집어진 겨?"

"총소리 들었제잉?"

(…)

"신월리 14연대가 반란을 일으켜 부렀당만."

"신월리 14연대면…… 우리 사촌동상 부대 같은디……."

"제주도 출병 명령이 떨어졌는디, 그것을 거부해 분 것이제잉."

"거부를 왜 했냐고?"

"제주도에 가면 생사람들을 죽어야 헌께."

"그건 또 먼 소리여?"

"제주도에 난리가 났당만. 긍께 그 난리 진압하라고 명령을 내렸는디, 갔다허면 같은 동족들을 무차별 토벌해야 헌께 우리는 차마 그 짓은 못하겠소 돌아서 분 거시제잉."

"긍께로 총부리를 여수갱찰서로 돌리 뿐 것이그만!"(142~144면)

작품 속에서 여순항쟁의 발발 원인을 다루는 중대한 대목 일부이다. 먼저 사건에 대한 명칭으로서 '반란'이라는 용어 사용 문제를 살펴보면 사건 발발 당시 주민들이 그렇게 재빨리 인식하고서 사용한 말인지 아니면 훗날 반공교육의 영향을 받은 작가의 생각이 작품에 투영되어 무의식적으로 쓴 말인지 그 인식 관계가 명확히 드러나 보이지 않는다. 또한, 여순항쟁의 발발 원인을 당시 군인들의 선언문을 통해 '제주 출병 거부'라고 말하고 있을 뿐, 14연대 군인들의 봉기가 왜 제주 출병과 떼려야 뗄 수 없는 밀접한 관계가 있는지 소상하게 설명하지 못하고 있다. 게다가 당시 군인과 경찰 간의 관계가 어떤 형편인지 전후 사정에 관한 언급이 전혀 없다.[12] 그리하여 사건 초기 긴박했던 당시의 상황을 독자들에게 핍진하게 전달하지 못한 채 역사적 사건을 등장인물 간의 긴장감 없는 대화 속에 담아내고 있는 느낌이다.

주인공 서병수가 "그렇다. 여순사건은 절대로 숨겨야 할 부끄러운 역사가 아니다. 그 와중에다 좌파냐 우파냐, 어느 쪽에 섰느냐가 중요하지 않다. 어느 한 편으로 기울인 흔적이 보인다는 이유 하나로 처참하게 그리 많은 민중을 학살한 그 무렵 정권의 반공 파시즘에 천인공노할 따름이다."(181면)라고 회상하는 대목에서 여순항쟁을 바라보는 시각이 군인이나 좌익활동가, 청년들이 배제된 민간인 희생자에 초점이 맞춰져 있음을 볼 수 있다. 여기서 우리는 여순항쟁에 대한 작가의 역사 인식이 어떠한지 짐작할 수 있다. 여순항쟁의 역사적 진실을 소설 속에서 정확히 재현하려면 그 주체세력이나 주도층이 누구이며, 왜 민간인들이 군인들의 봉기에 동참하게 되었는지 그 이유를 작가는 자세히 검토할 필요가 있다.

---

12 당시 군경 갈등은 1947년 6월 발생한 영암 군경 충돌 사건과 1948년 9월 구례경찰서 제 14연대 군인 구타 사건 등으로 매우 격화되어 있었던 상태였다. 여순항쟁의 발발 원인에 대한 자세한 내용은 주철희의 책(같은 책, 60~97면)을 참조하기 바란다.

기억과 부채 의식으로써 글쓰기

또 하나의 문학적 재현 양상은 주인공이 갖는 역사와 인민들에 대한 부채 의식이다. 앞서 말했듯이 작가가 '72년이나 미루던 숙제를 드디어 해냈다'라고 술회하는 말도 이러한 맥락에서 검토해 볼 수 있다. 김성칠 선생이 『역사 앞에서』라는 책에서 한국전쟁 당시의 목격담을 가감 없이 기록하여 역사에 남기려고 노력했듯이, 작가도 한때 여수지역에 살며 어린 시절 겪었던 역사의 불편한 진실을 대중들에게 있는 그대로 전함으로써 작가의 소임을 일부나마 다하고자 했다. 주인공 서병수는 황말암이 여순 봉기 관련 혐의자로 끌려온 시민들을 일본도로 참수했던 점에 대해 깊이 속죄하는 데서 흔들리는 모습을 보이는데, 이를 통해서도 작가의 그러한 의중을 확인할 수 있다. 게다가 서병수는 자신의 부친 서창만에 의해 저질러졌던—독립군자금을 착복하고 의혈단을 배신했던 떳떳지 못한—행동으로 말미암아 엄청난 충격을 받고 양심의 가책을 느끼게 되는데, 이러한 점이 주인공의 부채 의식을 싹트게 하였다고 볼 수 있다.

> "그렇소. 악마의 화신 백두산 호랑이는 계속 장작개비로 반죽음을 만들고, 억지 자백을 받아 내고, 결국 빨갱이로 점찍어 즉결 처형했는데, 그런 과정도 성에 차지 않는 듯이 평소 허리에 차고 다니던 일본도를 꺼내 들고 '저 빨갱이 자석 잘 짤라지나 시험 한번 해 봐야겠다.'라고 으흐흐 웃으며 칼을 빼들었고, '야압!' 보란 듯이 청년의 머리를 내리쳤소. (…)"

황말암 씨는 무시무시한 그 광경이 눈앞에 펼쳐지기라도 하듯
눈을 감았는데, 나 역시 마찬가지였다. 내가 말했다.

"그러니까 어르신이 그 아수라장의 도륙을 직접 목격한 산증
인인 셈인가요?"

"산증인이 아니라 나 또한 무관하지 않은 미친 가해자의 한 사
람이었소. 악마의 화신이 내린 명령에 단 한 번도 제동을 건 적
이 없었으니까. (…)"(276면)

"아, 서창만!"

김찬구의 목소리가 갑자기 높아졌다. 그가 말했다.

"내가 왜 박상돈 형님을 존경하는 줄 알아? 바로 서창만 같은
민족의 배신자, 민족의 사이비를 시원하게 심판해 주었기 때문이
야!"

솔직히 나는 말을 잃었다. 이게 무슨 해괴한 망발인가 싶었다.
뭔가 잘못되어도 크게 잘못된 상황이라고 생각했다. 다리가 후
들후들 떨리고 있었다. 순간적으로 호흡이 딱 소리 나게 막힌 느
낌이었다.

아버지가 배신자라니, 그것도 사이비라니? 도저히 믿어지지가
않았다.(396면)

그리하여 소설 끝에서 주인공 서병수는 자신의 아버지가 군자금을
횡령하고 독립운동단체와 조국을 배신한 인물이라는 점을 깨닫고서
부친의 독립유공자 동상을 철거하고 선대先代로부터 물려받아 축적된

자산을 사회에 환원하고자 한다.

한편 개인의 기억은 사회가 갖는 집단의 기억과 밀접한 관계를 맺는다. 지역사회 역시 지역의 명예와 이미지가 실추되는 것을 막기 위해 진실규명에 역점을 두기보다는 정부 측의 반공 이념의 예봉을 피하는 데 급급해 왔다. 그래서 더욱 열렬한 반공 전도사가 되었고, 모든 것을 과거지사로 돌리며 세월 속에 마냥 잊히길 기대하며 지내왔다. 자연히 '나서지 마라'라는 집단의 역사 인식은 개인의 뇌리에 굴종과 침묵을 강요하게 하였다. 따라서 여순항쟁의 실체를 파악하는 데 있어 대다수 사람은 대중의 주체성과 불의에 항거하는 모습보다는, 군경에 의해 일방적으로 피해를 봤던 무고한 민간인의 모습을 더 원했는지 모른다. 그들은 청천벽력 같은 정부 측 토벌 작전에 아무것도 모른 채 일방적으로 희생되었음을 강조하면 강조할수록 정부 측의 잘못과 책임이 더욱더 커질 줄로 알고 대처해 왔다. 하지만 여순항쟁의 진실을 밝히기 위해선 해방정국 이후 대내·외적인 정치·사회·경제의 흐름을 명확히 짚을 줄 알아야 한다. 반란과 항쟁의 구분은 단순히 용어상의 식별 문제가 아니라 봉기의 주체를 구별할 줄 아는 통찰력을 요구하며, 국민을 단순히 수동적이며 일방적 피해자로만 규정하는 것이 아니라 그중에 능동적이며 주체적으로 역사의 새로운 장을 열어가려는 선각자적인 자세를 지닌 사람들도 있었음을 확인하는 과정이기도 하다.

민중항쟁을 문학적으로 재현하는 데 있어서 작가의 기억이나 부채 의식만으로는 충분할 수 없다. 먼저 기억은 1차 자료에 해당하지 않기 때문에 손수 발품을 팔아 밝혀지지 않은 사료적 가치물을 직접 발굴

함으로써 증언이나 2차 자료와 대조하여 다시 확인하는 작업을 수없이 거쳐야 한다. 다음으로 '부채 의식'은 살아남은 자의 슬픔과 죄의식으로 끊임없이 작가를 괴롭히는 정신적 외상trauma이다. 그러므로 '작가의 참여의식'이라는 문제가 제기되며, 또한 문학이란 무엇인가라는 문제에 직면하게 된다. 일찍이 구조주의 비평가들이 소설사회학과 관련하여 말했듯이[13] 작가도 자신이 속한 사회와 떼려야 뗄 수 없는 관계이기 때문에 어떤 형태로든 당대의 사회상이 문학 작품 속에 재현될 수밖에 없다. 여기서 개인과 사회를 별개로 볼 것이 아니라 두 주체 간의 상호 영향에 의한 상승작용이나 네트워크 관계에 주목할 필요성이 있다. 그러므로 작가의 역사 인식은 바로 사회집단의 역사적 인식과 일맥상통한 것이다. 앞서 말했듯이 우리는 『여수의 눈물』이 가장 최근에 발표된 여순항쟁 소설이기에 작가의 역사 인식 또한 과거와 다른 진일보한 면을 보여줄 수 있지 않을까 내심 기대되었지만, 역시 그 역부족을 인정하지 않을 수 없다. 이는 작가의 개인적 역량이 부족해서라기보다는 국민이 보편적으로 받아들일 수 있는 우리 사회의 역사 인식 수준이 아직도 미흡하기 때문이라고 생각한다.[14]

---

13 대표적인 학자로서 루시앙 골드만Lucien Goldmann을 들 수 있다. 그는 자기 저서 『소설사회학을 위해서Pour une sociologie du roman』에서 소설의 구조를 그것을 발생하게 한 사회구조에 포함해 '시장'과 '교환가치'라는 개념으로 설명한다. 그는 자본주의 사회에서는 '직접적으로' 사용 가치를 지향하는 모든 노력은 타락한 개인(문제의 주인공héro problé-matique)들을 만들어 낼 수밖에 없는데, '소설이란 타락된 사회에서 타락된 형태로 진정한 가치를 추구하는 이야기'라고 선언함으로써 소설과 사회의 상동성相同性을 강조하였다(한국문학평론가협회, 『문학비평용어사전』, 국학자료원 2006).

14 우리 사회 일각에서는 아직도 봉기의 원인이나 주체들의 행위에 대해 새로운 시각으로 보지 못하고 기존 정부 측이 주장한 대로 부정적 시각을 관성적으로 유지하려는 경향이 있다. 그리하여 '항쟁'이란 말보다는 군인들이 항명했다고 '반란'으로 보거나 혹은 중립적 시각에서 '사건'으로 규정하려는 경향이 뚜렷했으며, 억울한 영령들을 기리는 행사도 위

한편 소설의 공간인 장소에 대한 작가의 정확한 인식 여부가 작품의 진정성을 담보하는 데 큰 역할을 한다고 본다. 『여수의 눈물』에 묘사된 지역에 관한 장소성은 몇 군데에서 다소 부정확하거나 애매하게 표현되어 있다. 이는 작가가 작품을 창작하는 과정에서 정확한 답사를 하지 않았거나 과거 기억에 지나치게 의존했기 때문이 아닐까, 생각된다. "중앙시장과 여객선 뱃머리와 그리고 여수역으로 가는 삼거리 중심에 여수 경찰서가 있었다."(7면) "종고산 입구 미평에서 농사지으며"(251면), "황말암 농가는 종고산 입구 비탈에 자리하고 있었다. 아름드리 낙엽송으로 이뤄진 울창한 숲이었다."(259면) 이와 같은 배경 묘사가 대표적 예인데,[15] 가볍게 지나칠 수 있는 문제는 아니라고 판단된다. 사족을 덧붙이자면 작품 내에 등장하는 삽화도 소설의 본문 내용과 동떨어지게 배치되어 있어 가독성에 어려움을 준다. 이러한 점은 작가의 역사 인식의 수준을 넘어 창작에 온 힘을 쏟는 작가정신의 문제이기도 하다.

지금까지 아옌데와 백시종의 작품을 검토하면서 독재정권이나 우익 정부와 맞섰던 당대 민중들의 봉기와 그 과정에서 군부에 의해 자행된 수많은 민간인 학살에 대해 소설로서 재현하고자 할 때, 증언자나 작자의 기억에 의한 구술과정에서 그 내용이 굴절되고 작가의 역사 인식에 따라 다르게 해석될 수 있다는 점을 확인할 수 있었다. 또한,

---

령이냐 추모냐를 놓고 소모적인 논쟁을 벌여왔다.

15 이는 각각 '동정시장', '덕충동이나 연등동 혹은 군자동에서', '아름드리 소나무와 참나무로 이뤄진' 등으로 바로잡아야 할 것이다.

사회집단이 가지고 있는 역사 인식이 어떠하냐에 따라 작가 개인에 미치는 영향이 지대하므로, 사회집단 내에서도 끊임없는 토론과 공청회를 통해 올바른 집단지성을 형성해야 할 필요성이 있다. 아옌데의 『영혼의 집』은 단순히 당대 현실의 고통을 묘사하기보다는 여성들을 전면에 내세워 현실 문제를 극복하려는 과정을 통해 진정한 휴머니티를 묘사했다는 점에서 큰 의의가 있다. 하지만 칠레 역사의 진화 과정에 초점이 맞춰지기보다는 작가의 잠재적 의식 속에 남아 있는 부르주아 세계에 대한 향수는 주인공들의 가족사적인 관계 때문에 얽혀 있는 개인 간의 문제나 업業으로 역사를 바라보는 한계점을 드러내기도 하였다. 백시종 작가 역시 어렸을 적 그가 보고 들었던 여순항쟁의 실체를 문학 작품으로 형상화하고자 노력하였으나, 여순 현지에서 오랫동안 떨어져 있다 보니 이 문제에 대해 지속해서 연구하고 사료를 모으는 데는 한계가 있을 수밖에 없었다. 그리하여 여순항쟁의 실체를 명확히 밝히는 데까지 이르지는 못했지만, 이는 개인의 능력 부족이라기보다는 우리 사회가 여순항쟁에 대해 갖는 정신적 외상에서 기인한 것이며, 알게 모르게 반공 이념에 길들고 그에 공조했던 탓이라고 볼 수 있다.

민중항쟁과 그 과정에서 비롯된 민간인 학살 문제는 그 피해 사실과 정권의 반인권적 폭력성을 밝히는 측면도 중요하지만, 항쟁의 발발 배경과 원인 그리고 주체를 명확히 밝혀 그들이 추구하고자 했던 항쟁 정신이 올바로 계승될 수 있도록 역사적 자리매김을 정확히 하는 것이 무엇보다도 중요하다. 5·18 광주민중항쟁 당시 도청 사수를 앞두고 윤상원 열사가 했던 "(…) 오늘 여러분이 목격한 이 장면을 그대로 다른 사람에게 이야기해 줘야 합니다. 우리가 어떻게 싸우다 죽었는지 역사의 증인이 돼주시기 바랍니다."[16]라는 말을 떠올려 보면 살아남은 자의 역할이 무엇인지 깨달을 수 있다. 또 작가라면 어떤 책임과 소임을 다해야 하는지 그 답이 명확해진다. 문학이란 무엇인가라는 문제를 다시 떠올리는 것도 유구한 역사 속에 민중의 삶을 담대히 기록으로 남기는 것이 작가뿐만 아니라 이 땅을 살다 간 민중들에게 얼마나 소중한 것인지 새삼 일깨워 주기 때문이다.

---

16 황석영·이재의·전용호, 『죽음을 넘어 시대의 어둠을 넘어』, 창비 2017(개정판), 407면.

　　우리나라 초·중등학교 교과서에도 실렸던 「별」[1]과 「마지막 수업」
은 알퐁스 도데Alphonse Daudet(1840~1897)의 작품집 『풍차 방앗간 편지
들Lettres de mon moulin』(1869)과 『월요 이야기Les Contes du lundi』(1873)에
각각 수록된 단편들이다. 도데는 남부 프랑스 님므Nîmes에서 태어나
이곳을 배경으로 한 목가적인 작품들을 많이 발표하였다. 도데가 활
동했던 무렵은 프랑스 문학사에서 낭만주의에 대한 반동으로서 자연
주의가 꽃피던 시기다. 이 시기는 소설이 서정시를 제치고 주류문학

1　제목에 대한 이견異見으로서 새움출판사에서 발간한 『별들』(2018)의 역자에 의하면 "다
　　양한 별들과 별자리들에 대한 설명과 묘사를 생각할 때, 단수형 '별'은 용납해서는 안 되
　　는 오역이란"(『아주경제』 2018. 3. 12.) 의미에서 '별들'이라는 제목을 사용하고 있지만, 이 글
　　에서는 독자들에게 '별'이라는 제목으로 오랫동안 알려졌기에 그대로 '별'이라 칭하고자
　　한다.

으로서 자리 잡게 되었는데, 이는 소설이 비아非我를 표현하기에 알맞았기 때문이었다. 도데는 "이야기의 몰개성적인 요소와 작자가 그 이야기를 하면서 느끼는 은근한 감동을 완전히 융합시킬 줄 아는 작가였다." 그는 "자신의 자아를 과시함이 없이, 자기의 내부 경험을 가지고 작품에 활기를 부여할 줄"[2] 아는 작가였다. 그의 작품은 프로방스 지방의 자연과 삶, 리옹과 빠리 생활의 경험을 토대로 그곳의 빈민가, 소란스러운 거리, 살아가기 위한 고된 싸움, 궁핍에 맞서 싸웠던 내용을 반영하고 있다. 그런데 도데의 작품은 지역region을 바탕으로 한 공간적 관점에서 감상할 때, 작품에 대한 이해가 한층 더 깊어질 수 있다. 왜냐하면, 작품의 배경이 되는 지역은 인간의 삶과 자연의 역사가 온전히 배어 있는 지표 공간으로서 시대별 인간의 사회상을 잘 반영하고 있기 때문이며, 당대 사회상과 문학 작품은 사회적 상황과의 구조적 관계에서 작가는 이를 작품에 반영하려는 경향이 강하기 때문이다.

님므를 포함한 프로방스 지역은 프랑스 남부에 위치하며 지역적으로 동쪽은 신기조산대新期造山帶인 알프스 산지에 인접해 있으며, 서쪽은 론Rhône강과 인접해 있다. 또한, 북쪽은 중앙 고지Central Massive에, 남쪽은 지중해와 접해 있다. 작품에 나오는 뤼브롱Lubéron 산지는 알프스산맥의 지맥으로 석회질 산지[3]이다. 이곳은 대부분의 신기조산대

---

2 랑송·튀브로(정기수 옮김), 『랑송 불문학사』, 을유문화사 1983, 196~197면.

3 알퐁스 도데의 『단편선Contes Choisis』 작품 중 「Cornille 영감의 비밀」에서 Cornille 영감이 자신의 풍차 방앗간이 증기기계 제분소에 밀려 문을 닫게 되자, 동네 주민들에게 계속해서 밀을 빻는 것처럼 보이기 위해 석회를 빻는데, 여기서도 프로방스 지방의 지질 특성을 확인할 수 있다.

와 마찬가지로 융기 운동의 결과 해양생물의 유해遺骸와 관련된 석회
질층이 널리 분포하는 곳이다.

이곳은 '유럽의 물탱크'인 알프스에 접해 있어 연중 강수량이 고르
게 유지된다. 즉 편서풍偏西風에 실려 온 습기가 비나 눈으로 내리기
때문에 이 지역에서는 고도대高度帶에 따라 지형과 생태환경이 다르게
나타난다. 눈으로 덮인 곳은 설식雪蝕·nivation에 의해 선반 모양의 평
활한 사면이 나타나고 초지가 발달하여 목축에 유리하다. 따라서 이
러한 점 때문에 뤼브롱 산지 또한 바로 양을 치기에 적합한 장소였던
곳이다.

별(프로방스 지방의 어느 목동 이야기)
LeEs Étoiles(Récit d'un berger provençal)

작품의 배경은 부제에서 암시하듯이 남부 프랑스 산간지대로 목축
하며 살아가는 사람들 이야기다. 당시 이 지역 사람들은 자기 가축을
돌보며 밀과 사료작물을 재배하기도 했지만, 형편이 어려운 사람들은
남의 집 가축을 돌봐 주는 일을 맡곤 하였다.

오, 귀여운 아가씨! 나는 아무리 아가씨를 바라봐도 싫증이 나
지 않았습니다. 사실 이렇게 가까이서 아가씨를 보기는 처음이

었습니다. **겨울이 되어 양들이 마을로 내려갈 때** 저녁을 먹으러 농장에 갔다가 이따금 아가씨를 본 적이 있었습니다. 아가씨는 언제나 옷을 예쁘게 차려입고 약간 거만한 태도로 급히 큰 방을 가로질러 가면서 한 번도 하인들에게 말을 건네지 않았지요. 그런데 지금 내 눈앞에 아가씨가 있습니다. 오직 나만을 위해서 말입니다. 그러니 내가 어떻게 넋을 잃지 않을 수 있겠습니까?(11~12면)[4]

Ô la mignonne créature! Mes yeux ne pouvaient se lasser de la regarder. Il est vrai que je ne l'avais jamais vue de si près. **Quelquefois l'hiver, quand les troupeaux étaient descendus dans la plaine** et que je rentrais le soir à la ferme pour souper, elle traversait la salle vivement, sans guère parler aux serviteurs, toujours parée et un peu fière··· Et maintenant je l'avais là devant moi, rien que pour moi ; n'était-ce pas à en perdre la tête?

- Un extrait de 《Les Lettres de mon moulin》

또한, 뤼브롱 산지는 알프스 산지처럼 높지는 않지만, 해발 1,000m를 넘는 산지로서 여름철에는 산 중턱에서 방목하다가 겨울철에는 산

---

4 원문 텍스트는 Alphonse Daudet 『Contes Choisis』(Hachette 1946)이며, 우리말 번역본은 알퐁스 도데(최내경 옮김), 『별』(대교베텔스만 2003)이다. 이 책에서 인용할 때는 면수만 밝힘. 인용문의 강조는 글쓴이에 의한 것이다.

아랫마을(평지)로 내려가 겨울을 지내는 이른바 이목transhumance이 목축 방식으로 자리 잡은 곳이다. 따라서 이러한 산지에서 가축을 돌보는 일은 주민들이 거주하는 마을에서 멀리 떨어진 지역이기 때문에, 적막하고 고립될 수밖에 없다. 따라서 고립된 환경으로서 산지에서 가끔 마주치는 사람도 약초를 캐는 수도사들이나 숯 굽는 사람들뿐이었다.

그러던 어느 일요일, 기다리던 두 주일 치의 식량이 아주 늦게까지 도착하지 않았습니다. 아침나절에는 대미사 때문일 거라 생각했고, **정오쯤에는 소나기가 퍼붓기 시작했으므로** 길이 막혀 노새를 몰고 오지 못하는 거라 여겼습니다.

그러다 *세 시쯤 하늘이 맑게 개고 산이 물기와 햇빛으로 환하게 반짝일 무렵*,(10면)

Le matin je me disais : ≪C'est la faute de la grand'messe ;≫ **puis, vers midi, il vint un gros orage**, *et je pensai que la mule n'avait pas pu se mettre en route à cause du mauvais état des chemins.* **Enfin, sur les trois heures, le ciel étant lavé, la montagne luisante d'eau et de soleil,**

- Un extrait de ⟨⟨Les Lettres de mon moulin⟩⟩

그러더니 스테파네트 아가씨가 나타났지요. 아가씨는 조금 전의 명랑하던 모습은 찾아볼 수 없을 정도로 물에 흠뻑 젖은 채

추위와 두려움에 떨고 있었습니다. **아마도 산기슭 아래에서, 폭우로 불어난 소르그 강을 무리해서 건너려다가 그만 물살에 휩쓸릴 뻔한 모양이었습니다.** (15면)

et je vis paraître notre demoiselle, non plus rieuse ainsi que tout à l'heure, mais tremblante de froid, de peur, de mouillure. **Il paraît qu'au bas de la côte elle avait trouvé la Sorgue grossie par la pluie d'orage, et qu'en voulant passer à toute force elle avait risqué de se noyer.**

- Un extrait de 《Les Lettres de mon moulin》

프로방스 지역의 기후는 일반적으로 지중해성 기후여서 여름철 고온 건조하기 때문에 비가 오지 않는 시기로 착각하기 쉽지만, 앞서 언급했듯이 편서풍에 실려 온 습기가 높은 산지와 부딪쳐서 국지적으로 '지형성 강우'를 형성하는 때도 있다. 강우 지속시간도 그다지 길지 않아 비가 내렸다가 금방 그쳐 해가 비치기도 한다. 이런 경우 초지가 발달한 설식 사면대雪蝕 斜面帶는 빗물을 토양 속에 충분히 저장하지 못하여 계곡으로 빗물이 바로 유입되게 하는 통로 역할을 한다. 따라서 인용문에서 보듯이 소설의 극적인 반전을 염두에 둔 복선이라고 하지만, 론강의 지류인 소르그Sorgue 강이 넘쳐 통행에 지장을 초래할 정도로 범람하는 경우가 더러 발생한다.

결론적으로 알퐁스 도데의 「별」을 제대로 이해하려면 이러한 프로방스 지방의 고도대에 따라 지형과 생태환경이 다르게 나타나는 '성대적 양상zonal pattern'을 제대로 파악해야만 가능하다. 설식대에 발달한 초지와 이목 등 기후·지형·생태적 측면과 산지 이목민의 친환경적이고 순박한 마음을 읽을 수 있을 때, 작품의 의미가 한층 더 살아난다. 인간은 선악의 속성을 둘 다 가진 야누스적 측면이 있다고 하지만, 이러한 자연환경에서 나고 자란 사람들이야말로 하늘의 별처럼 순수한 영혼을 지닐 수 있었던 것이 아닐까?

현대적 관점에서 보자면, 사실주의 기법의 이 작품이 너무 인간의 지고한 사랑과 정신세계를 그린 나머지 인간 세계의 복잡하고 다양한 면을 놓치고 있다고 평가할 수 있다. 또한, 페미니즘 관점에서 보자면 주인집 아가씨를 향한 목동의 이뤄질 수 없는 사랑이라는 낭만적 관계 설정이 낡고 상투적이라고 폄하할 수 있다. 하지만 자연은 인간이 마땅히 본받아야 할 대상이며, 언젠가 인간이 돌아가야 할 마음의 고향이다.

이중환李重煥(1690~1752)의 『택리지擇里志』에서도 인간이 거주할 만한 가거지可居地 조건 중 하나로서 산수山水를 꼽았다. 그만큼 인간이 거주하는 데 있어 명승이 가까이 있으면 사람의 본성도 교화되며 자연을 닮아가는 것이다. 굳이 인자요산仁者樂山이나 인자요수仁者樂水라는 말을 거론하지 않더라도 우리 조상들은 명승을 찾아 자연 진경의 미적 관조와 심취를 통해 심신을 수양하고자 하였으며, 부득이 가까이할 수 없을 때는 진경산수를 그린 그림을 처소에 두며 늘 가까이하지 않았던가?

마지막 수업(어느 알자스 소년의 이야기)
La dernière classe (Récit d'un petit Alsacien)

소설의 배경 무대와 시점은 프랑스가 보불전쟁(1870~1871)에 패해서 알자스Alsace 지방이 독일에 점령당하고 프랑스 교사들이 추방될 무렵이다. 알자스 지방은 동쪽으로 라인강을 통해 독일 루르 지방과 연결되는 교통의 요충지다. 라인강은 라인지구대Rein地溝帶를 따라 흐르는 하천인데, 이 라인지구대는 횡압력의 영향으로 넓은 범위에 걸친 조륙운동과 완만한 조산운동이 진전되면서 형성된 일종의 열곡대裂谷帶다. 이러한 단열대斷裂帶는 직선상으로 펼쳐지는 곡저谷底로 나타나는 경우가 많으며, 라인지구대 주변은 보즈Vosges산지와 슈바르츠발트 Schwarzwald 등이 경동지괴傾動地塊를 이룬다. 따라서 이곳의 산지들은 물탱크 역할을 하며, 곡저평야谷底平野·valley bottom plain는 농경에 적합한 지형이기 때문에 인간 생활에 유리하여 일찍이 마을이 발달하였다. 그러므로 프랑스와 독일(프로이센)은 결코 그곳을 서로 놓치고 싶지 않았던 것이었다.

날씨는 무척이나 맑고 따뜻했습니다.
숲 언저리에서는 티티새가 지저귀는 소리가 들렸습니다. 제재소 뒤 리페르 목장에서는 프러시아 군인들이 훈련을 받고 있었지요.(25면)

Le temps était si chaud, si clair!
On entendait les merles siffler à la lisière du bois, et

dans le pré Rippert, derrière la scierie, les Prussiens qui
faisaient l'exercice.

- Un extrait de 《*Les Contes du lundi*》

**나는 그동안 새 둥지나 찾아다니고, 자르강에서 얼음을 지치
며 노느라 수업을 빼먹은 일들이** 얼마나 후회되었는지 모릅니
다. 조금 전까지만 해도 그렇게 따분하고 들고 오는 데 무겁게만
느껴지던 문법책들,*(28~30면)*

Comme je m'en voulais maintenant du temps perdu, **des
classes manquées à courir les nids ou à faire des glissades
sur la Saar!** *Mes livres que tout à l'heure encore je trouvais si
ennuyeux, si lourds à porter,*

- Un extrait de 《*Les Contes du lundi*》

위 인용문에서 우리는 알자스 지방의 자연환경과 관련된 인간 생활
을 조금이나마 이해할 수 있는 단서를 발견하게 된다. 이 지역은 바로
라인강을 끼고 있으며 주변에 산지가 발달하여 일찍이 목재공업이 발
달할 수 있었다. 인근 숲은 목재를 공급하는 곳이었으며, 아이들에게
는 놀이터요, 자연과 하나 되는 체험 학습장이나 다름없었다. 봄과
여름에는 새 둥우리를 찾으러 다니고, 가을에는 송어낚시, 겨울에는
라인강의 지류인 자아르Saar 강에서 미끄럼을 타며 아이들은 대자연

속에서 일반 정규교육 못지않은 생태체험 학습을 할 수 있었다.

"(…) 나 역시 비난받을 일이 전혀 없을까? 너희들에게 종종 공부하는 대신 우리집 정원에 물을 주라고 시키지 않았던가? **송어 낚시를 가고 싶을 때면** 망설이지 않고 수업을 쉬지 않았던가?" (31~32면)

*Moi-même, n'ai-je rien à me reprocher? Est-ce que je ne vous ai pas souvent fait arroser mon jardin au lieu de travailler? **Et quand je voulais aller pêcher des truites**, est-ce que je me gênais pour vous donner congé?*

- *Un extrait de 《Les Contes du lundi》*

걸상과 책상은 오랜 세월 동안 닳아 반들반들해졌고, 운동장의 호두나무는 높이 자랐습니다. **선생님께서 손수 심으신 홉 덩굴은** 이제 창가를 지나 지붕까지 뻗어 올라와 있습니다.(34면)

*Seulement les bancs, les pupitres s'étaient polis, frottés par l'usage ; les noyers de la cour avaient grandi, et **le houblon qu' il avait planté lui-même** enguirlandait maintenant les fenêtres jusqu'au toit.*

- *Un extrait de 《Les Contes du lundi》*

또한, 독일과 마찬가지로 알자스 지방은 홉houblon을 재배할 수 있기에 일찍이 맥주 공업이 발달했음을 암시하는 대목도 나오는데, 이처럼 알자스 지방은 라인지구대에 펼쳐진 곡저로서 농경에 유리한 인간 생활의 최적지인 곳이었다. 따라서 훗날 프랑스가 다시 이 지역을 차지하게 되지만, 프랑스와 독일 역사 속에서 알자스 지방은 소중한 인간 생활의 삶터이자 라인강의 주운舟運을 통해서 북해North Sea로 연결되는 곳이어서 주인이 늘 바뀌는 지역이었다.

결론적으로 알자스 지방은 발전된 내해(북해) 연안의 문명이 내륙으로 전파되는 통로couloir de communication였으며, 문명교류의 요충지였다. 게다가 산업혁명 시기에는 목재와 석탄을 비롯한 원료와 물자 수송에 큰 역할을 담당했던 곳이다. 즉 영국의 산업혁명이 라인강을 따라서 독일 루르, 프랑스 동부(알자스, 로렌)로 확산하였던 통로였던 곳이다.

하지만 알퐁스 도데의 작품에 대한 일부 비판이 제기되기도 한다. 이 작품은 프랑스의 관점에서 모국어를 빼앗기는 슬픔과 고통을 생생하게 그려내 프랑스 국민의 애국심을 불러일으켰다고 말하지만, "이 소설의 중요한 문제점은 실제 알자스-로렌 지역주민들의 언어 및 민족의식과 다르게 일방적으로 빠리 중심의 프랑스 민족주의적 입장에서 사실을 왜곡하여"(나무위키) 이야기했다는 점이다.

알자스-로렌 지방, 특히 알자스 지방은 게르만족의 대이동 전부터 이미 독일계 민족이 살던 땅이었다. 알자스와 로렌 지역은 프랑크 왕국, 동프랑크 왕국, 독일 왕국을 거쳐 신성로마제국의 영토가 되었다.

그런데 17세기 말 오스만튀르크 제국이 유럽을 침공하여 신성로마제국과 싸우고 있을 때, 그 틈을 이용하여 프랑스가 알자스 땅을 침공하였다. 알자스 지역을 점령한 프랑스는 주민들의 독일어 사용을 강제로 금지하고, 지속해서 프랑스어 강화 정책을 펼쳐나갔다. 알자스 지방보다 먼저 프랑스에 합병된 로렌 지역은 결국 프랑스어화 되었지만, 알자스 지역은 프랑스에 강제로 합병된 지 100여 년이 훨씬 지난 오늘날까지 주민의 대다수는 여전히 독일어를 사용하고 있다.[5] 이러한 점을 고려하면 소설의 내용이 역사적 사실과 다르다는 점을 발견할 수 있다.

그렇지만 도데의 작품은 단편으로서 내재적 허구성을 지니고 있으므로 작품의 완성도를 따지는 데 있어 역사적·객관적 사실만을 기준으로 판단하기 어렵다. 그는 동시대의 플로베르Gustave Flaubert(1821~1880)나 졸라Emile Zola(1840~1902)와 달리, 빠리Paris를 중심으로 한 문학이 아닌 자기 고향에 대한 문학으로 얘기할 줄 아는 작가였다. 다시 말해 중심부 관점이 아닌 지역적 관점에서 프랑스 자연주의 문학의 정수를 보여주었던 작가로서, 인간의 순수한 감성과 영혼을 서정적인 사실주의 기법으로 표현한 작가였다.

이러한 사실은 우리 문단에도 전하는 의미가 적지 않다. 세계화 시대에 진정한 지역 문학[6] 발전 없이는 한국문학의 성장을 기대할 수 없

---

5 「마지막 수업」의 주인공, 프란츠(Franz)의 이름도 사실 독일식 이름이라는 데서 이를 확인할 수 있다.

6 지역 문학의 개념에 대하여, 허정은 지역 문학을 '지역 현실 속에서 획득된 지역적 시선'으로 형상화된 문학으로 범주화하며, 지역 문학은 한국 일반의 문제로는 환원할 수 없는 지역의 문제에서 출발해야 한다고 주장한다(허정, 「지역 문학 비평과 지역의 가능성」, 『오늘의 문예비평』, 2008, 119면). 이에 대해 필자는 지역적 시선에 의한 작품도 한국 사회의 구조적

다. 오늘날 우리나라의 문화·예술이 수도권을 중심으로 활성화되고 있으며, 대부분 예술·창작가들이 그곳에서 작품 활동을 하는 현실 속에서, 도데처럼 자신의 지역을 기반으로 지역적 특색을 세계문학으로 재현할 수 있는 지역 작가들의 노력이 절실히 요구되는 때이기도 하다.

맥락에서 바라볼 수 있으므로 또한 지역적인 것이 세계화되는 현실 속에서, 지역 문학과 한국문학은 상호보완적 관계로 발전해야 한다고 본다.

:
:
:
:
:
:
:

제1부

문명과 문학

제2부

인간의 삶에 녹아든 서정

- 노동 현실과 인간 존재의 경계에서:『문예연구』2018년 여름호
- 시원始原의 바다, 삶의 중심:『현대시문학』2019년 겨울호
- 땅 위에 돋을새김한 농군의 서사:『미래시학』2021년 봄호
- 고결한 풍류 사상의 발현과 선비 정신:『문예연구』2021년 봄호
- 난바다에 펼쳐지는 삶의 윤슬:『파도시편』(전망 2021) 해설
- 못다 한 함성, 촛불로 다시 피어나고:『한 바퀴 돌아서』(문학의봄 2020) 해설
- 일상에서 짜 올린 언어의 태피스트리:『바람, 바다와 만날 때』(詩 와 에세이 2023) 해설

제3부

삶의 애환과 극복

- 노동의 시간 속에 재현되는 인간의 조건:『여수작가』2017년
- 누가 우리를 먹여 살리는가:『여수작가』2020년
- 의로운 삶에 드리운 문학의 결:『문예연구』2022년 여름호
- 바다, 시원의 삶터로 회귀하는 여정:『여수작가』2022년

제4부

문학의 지평

- 인류세 시대의 해체적 시학 읽기:『여수작가』 2021년
- 민중항쟁에 관한 작가의 역사 인식과 문학적 재현 방식:『광주전 남작가』 2021년 29호
- 알퐁스 도데의 작품에 나타난 프랑스의 지역적 특색:『텃밭』(22) 2019년

Résumé
Littérature au-delà de la Civilisation

Lee Jeonghun (critique littéraire)

Qu'entend-on par 《littérature au-delà de la civilisation》? Tout d'abord, cela peut signifier la littérature indépendante elle-même, qui a un thème littéraire qui transcende la civilisation et couvre toute la période, et ensuite la littérature d'exploration humaine pour surmonter les contradictions sociales face à la civilisation matérielle. D'autre part, l'intelligence artificielle "Chat GPT" définit la "littérature au-delà de la civilisation" comme suit. Concernant le premier paragraphe, "L'Appel de la forêt"(1903) de Jack London (1876~1916) y répond. C'est une œuvre qui décrit clairement la lutte pour la survie d'un chien appelé Buck sur la scène de l'Alaska. Je pense que le troisième paragraphe correspond bien au sujet mentionné ici.

La littérature au-delà de la civilisation est souvent comprise comme une littérature au-delà du spirituel. Cela signifie des œuvres littéraires qui traitent d'expériences humaines profondes, de considérations philosophiques, de complexité psychologique, etc., au-delà des normes ou des contraintes d'une culture ou d'une époque spécifique.

Au-delà de la civilisation, la littérature recouvre souvent des œuvres qui contiennent des éléments irréalistes, une dimension transcendante, une imagination mystique, etc. Ces œuvres explorent souvent des mondes imaginaires hors du réel, ou explorent des mondes intérieurs personnels, soulevant des questions sur la complexité et l'identité de l'homme.

De plus, la littérature au-delà de la civilisation a souvent tendance à dépasser les limites du monde réel et à explorer des significations profondes à travers des concepts philosophiques ou éthiques, des symboles religieux, des mythes et des éléments mystiques. Ces œuvres offrent au lecteur une expérience différente de la réalité, stimulent les pensées et les émotions, et offrent aussi une compréhension et une perspicacité plus profondes.

La littérature au-delà de la civilisation peut souvent prendre des formes diverses, comme des œuvres littéraires classiques, des fantasmes, des romans de science-fiction, des mythes et des poèmes mélodiques. Ces œuvres offrent aux lecteurs une beauté, un exemple et une inspiration difficiles à trouver dans la réalité, elles posent de plus grandes questions et servent à susciter une réflexion profonde.

Par conséquent, je ne vois pas l'essence de la littérature comme une civilisation capitaliste. Comme l'a dit très tôt l'anthropologue Lévi-Strauss, c'est la violence culturelle et la délinquance linguistique, vue par les Occidentaux sur la vie autochtone, qui tentent de faire la différence entre civilisation et barbarie. En littérature, la façon dont un écrivain perçoit l'environnement et le lieu sous-jacent de l'artiste est très importante. L'espoir d'un environnement d'écriture et d'une région dans de meilleures conditions et d'essayer de se montrer au centre de la littérature générale reflète secrètement l'image de l'écrivain lui-même par le capital et la civilisation.

Alphonse Daudet(1840~1897) était un écrivain qui savait parler de sa ville natale, et non de la littérature centrée sur Paris, contrairement à son contemporain, Gustave Flaubert(1821~1880) ou Emile Zola(1840~1902). C'est-à-dire un auteur qui a montré l'essence de la littérature naturaliste française d'un point de vue local et non central, qui exprime la sensibilité et l'âme pures de l'homme dans une technique de réalisme lyrique.

Très tôt, l'Argentin Jorge Francisco Isidoro Luis Borges(1899~1986) présente une image de sens entre réalité virtuelle et réalité, sur le thème de la fiction, comme il en parle dans ses livres "Fictions"(1940) et "Alep"(1949). Dans une encyclopédie qui assure l'absolu dans le monde incarné par Borges, qui guide le lecteur d'innombrables hypothèses fictives, s'infiltre la fiction parfaitement fictive, révélant même "soi", sujet de pensée et de perception, à travers l'image d'un rêve, ou d'un rêveur. Ce genre de contenu du roman de Borges a largement réussi à apporter aux lecteurs un nouveau choc et un changement d'humeur, ouvrant ainsi la voie à un "sens infini" de l'œuvre. Personne ne peut prédire si le monde après la chute de la civilisation sera comme un trou noir ou s'il y aura des changements majeurs comme le Big Bang. Mais ce qui est clair, c'est que si l'esprit humain n'est pas réformé par le développement de la civilisation matérielle, la vie humaine peut devenir un château de sable du jour au lendemain.

En tant qu'écrivain qui fait réfléchir le monde en montrant aux lecteurs et aux spectateurs l'image de la réalité projetée dans le texte, on peut citer Friedrich Dürrenmatt(1921~1990). Dans ses pièces représentatives, 'La Visitation de la Vieille Dame'(1956) et 'Le Physicien'(1962), l'auteur demande au lecteur de regarder la réalité en face, de se sensibiliser aux contradictions sociales et de changer de comportement. L'image du monde que Dürrenmatt voit dans son œuvre est déformée, effrayante, choquante, rejetante ou insultante. Ce faisant, on distingue le goût grotesque de l'imitation au sens traditionnel. La représentation de la réalité par imitation fait participer le public et les lecteurs aux événements sur scène de manière passive, mais il montre que la vocation de la littérature n'est pas d'incarner un nouveau monde, mais d'attribuer un comportement étrange au monde.

Dans les deux pièces de Dürrenmatt, les personnages principaux se présentent comme impuissants, peu influents sur le changement social, qu'ils soient popularisés ou individualisés. Cela ne veut pas dire pour autant que Dürrenmatt vise l'impossibilité d'un changement social. Tout en ressentant sérieusement les responsabilités sociales d'un écrivain, j'essaie de révéler la contradiction sociale d'un œil lucide.

Aujourd'hui, le destin de la littérature se trouve dans une situation compliquée, coïncidant avec plusieurs phénomènes sociaux et culturels, voire avec des situations politiques et économiques. La structure narrative et le marché de l'édition des genres littéraires traditionnels changent également de manière significative avec la quatrième révolution industrielle. Le développement de l'industrie de la vidéo comme le cinéma et l'animation et l'émergence des médias tels que l'écriture et l'intelligence artificielle sur les réseaux sociaux peuvent être toxiques pour le développement et la croissance de la littérature. Cependant, le but le plus important de la littérature est d'explorer la nature humaine et les phénomènes sociaux. Même dans le processus de développement de la civilisation matérielle, le rétablissement de l'humanité que l'homme doit poursuivre est un élément nécessaire dans une société capitaliste. Il n'est pas facile de résoudre des problèmes tels que l'aliénation humaine, l'écart entre les riches et les pauvres et les conflits sociaux dans le processus de coopération pour le développement social.

En outre, la récente crise climatique ou la destruction de l'environnement écologique qui entoure l'homme est un problème qu'il faut surmonter pour coexister avec l'humanité et la nature, et pour ce faire, il faut chercher ce que la littérature peut apporter. Jusqu'à présent, avec l'avènement de la société industrielle, l'humanité a considérablement détérioré l'environnement de l'écosystème, et l'augmentation de l'avidité et du capital due à l'urbanisation a provoqué des concurrences et des conflits inutiles. Pour un développement durable dans ces classes et structures sociales, la littérature ne détruit plus l'environnement écologique et ne monopolise pas ou n'arme pas les ressources. Même dans la guerre russo-ukrainienne en cours, l'ambition russe d'étendre son territoire a détruit de nombreuses vies, détruit des biens et détruit des infrastructures sociales telles que des routes, des usines et des installations institutionnelles. Comme Nikolai Vasilievich Gogol(1809~1852) l'a mentionné dans "Taras Boulba"(1842), l'auteur parle de l'existence réelle du peuple au-delà de l'existence personnelle. La raison pour laquelle le personnage principal Taras Bulba se bat dans l'œuvre est que ses deux fils veulent vivre en cosaque. Les deux fils sont revenus de l'école de théologie russe, mais à travers la guerre, ils ont essayé d'implanter la nature des Cosaques en eux-mêmes. Cependant, à la suite du choix de l'amour et de la bataille contre le Cosaques par son deuxième fils, Taras Bulba a tué son propre fils qui a trahi son peuple avec un autre fils. Même le fils restant de la guerre est fait prisonnier par les ennemis, et Taras Boulba voit directement son fils exécuté en tant que véritable cosaque, et le roman se termine par la mort de ses deux fils.

Enfin, la lutte pour l'hégémonie économique entre les États-Unis et la Chine et le conflit entre le Japon et les pays voisins sur la question du passé montre la nécessité d'une véritable réflexion sur l'homme, la société et l'État au-delà de la civilisation capitaliste et du militarisme. Concernant les horreurs de la guerre, la disparition de la raison humaine et la distorsion de la vérité, Je pense qu'il a été décrit avec sincérité dans les œuvres de Svetlana Alexievitch Cятл Аля Ал'ӱi iч л(1948~1991), "la guerre n'a pas le visage de la femme"(1985), et "les garçons de zinc"(1991). Le premier a été publié sur la base des témoignages de jeunes soldats qui ont participé à la guerre contre l'Union soviétique, et le second est l'histoire d'un garçon soldat russe et de sa famille endeuillée pendant la guerre soviétique d'Afghanistan en 1979. De plus, "Les Garçons de Zinc" est une œuvre qui a suscité l'intérêt du public avec des diffamations et des procès innocents entre écrivains, témoins et associations conservatrices. Par conséquent, les devoirs de la littérature doivent également faire face collectivement à ces problèmes par le biais de groupes sociaux ou de solidarité entre les pays, et ils doivent recommencer à partir de leur région, non pas temporairement, mais continuellement.